Knaur.

Über den Autor:

Chris Tvedt wurde 1954 in Bergen geboren. Seit 1998 praktiziert er als Rechtsanwalt. Neben dem Jurastudium hat er u. a. auch ein Studium der Literaturwissenschaft absolviert. Er lebt mit Frau und zwei Kindern in Bergen. Weitere Romane um den Helden Mikael Brenne sind bei Knaur in Planung.

Chris Tvedt

FREI VON SCHULD

Kriminalroman

Aus dem Norwegischen
von Günther Frauenlob

KNAUR TASCHENBUCH VERLAG

Die norwegische Originalausgabe erschien 2005 unter dem Titel
»Rimelig Tvil« bei N. W. Damm & Søn AS, Oslo.

Besuchen Sie uns im Internet:
www.knaur.de

Deutsche Erstausgabe Februar 2009

Ein Unternehmen der Droemerschen Verlagsanstalt
Th. Knaur Nachf. GmbH & Co. KG, München.

Redaktion: Knut Krüger
Umschlaggestaltung: ZERO Werbeagentur, München
Umschlagabbildung: FinePic, München
Satz: Adobe InDesign im Verlag
Druck und Bindung: CPI – Clausen & Bosse, Leck
Printed in Germany
ISBN 978-3-426-50006-4

2 4 5 3 1

Für Elisabeth und Oda. Danke für eure Hilfe, eure Unterstützung und euren unerschütterlichen Optimismus.
Und für Christian und Ida, die es mit mir aushalten.

Teil I
VERBRECHEN

Kapitel 1

Die Nachmittagssonne fiel schräg durch die hohen, gebogenen Fenster und ließ den tanzenden Staub wie Sterne und Planeten aussehen. Es war vollkommen still, ich war allein in dem großen Raum. Für einen kurzen Moment saß nur ich hier in diesem Saal des Gerichts. Wie viel hatte ich hier erlebt und gehört, Tränen und Wut – Triumphe und Verzweiflung, doch nie die Stille. Die erlebte ich erst jetzt.

Es war nicht die Ruhe vor dem Sturm. Auch nicht die Ruhe nach einer geschlagenen Schlacht. Es war der Moment der Stille dazwischen. Nach dem Kampf, vor dem Urteil. Die Stille, die noch alle Möglichkeiten in sich birgt und für einen Augenblick zwischen Sieg und Niederlage schwebt.

Eigentlich müsste es hier drinnen Geister geben, Schwingungen und Vibrationen von all der Trauer, all der Verzweiflung und all den zerstörten Leben, doch der große, leere Raum mit seinen schweren Eichenmöbeln schien die Wirklichkeit hinter den hohen Fenstern auf Distanz zu halten.

Als ich die schwarze Robe anzog, öffnete sich die Tür an der Schmalseite des Raumes, und der Staatsanwalt kam herein. Er ging langsam zu seinem Platz, während auch er seine Robe anlegte. Seine Schritte hallten im Raum wider. Er nickte mir schweigend zu, ohne zu lächeln. Dann standen wir uns wartend gegenüber.

Schließlich kam der Gerichtsdiener herein. »Wo ist Ihr Mandant, Herr Brenne?«, fragte er.

Ich zuckte mit den Schultern. »Auf dem Weg, nehme ich an. Er war im Untergeschoss des Präsidiums und hat dort etwas zu essen bekommen. Haben Sie dort angerufen?«

»Ja, die sollten längst hier sein.«

In diesem Moment öffnete sich die Tür rechts neben mir, und mein Mandant betrat den Raum. Er trug Handschellen und wurde von zwei Beamten begleitet. Nachdem sie seine Fesseln gelöst hatten, kam er auf mich zu. Er war recht jung, hatte kurzgeschorene, blonde Haare, ein dickliches Gesicht und einen kräftigen Körper. Er trug ein weißes T-Shirt und eine Jeans. Ich hatte ihn schon die ganze Woche bearbeitet, etwas anderes anzuziehen, aber er wollte nicht. Jetzt war es zu spät. Er setzte sich auf seinen Platz und stützte den Kopf auf die Hände. Angeklagt war er wegen zweifachen Mordversuchs. Mit einem Messer. Ich hatte auf Notwehr plädiert.

Ich ging zu ihm, zögerte etwas und legte ihm dann für einen kurzen Moment die Hand auf die Schulter. Als er zu mir aufblickte, sah er wie ein kleiner Junge aus. Er hatte Angst.

»Wie sieht's aus?«, fragte er. »Warum brauchen die so lange?«

»Ich weiß es nicht«, antwortete ich. »Wir werden es bald wissen.«

Dann warteten wir auf das Gericht. In diesen Augenblicken des Wartens gibt es keine Zeit für Trost. Das ist die Stunde der Wahrheit, in der sich die Sekunden für die Angeklagten endlos in die Länge ziehen.

Schließlich kamen die Richter. Alle drei trugen schwarze

Roben mit Samtbesätzen. Zwei Männer und eine Frau. Sie blieben stehen. Wie wir anderen. Ich sah zu meinem Mandanten. Er klammerte sich an die Tischplatte vor sich und sah aus, als hätte er Schwierigkeiten, aufrecht zu stehen.

Der vorsitzende Richter nickte dem Gerichtsdiener zu. »Bitten Sie die Geschworenen herein«, sagte er. Mein Magen zog sich zusammen.

Die Tür hinter dem Staatsanwalt wurde geöffnet, und die Geschworenen betraten langsam den Raum. Sie gingen zu ihren Plätzen, an denen sie die ganze Woche gesessen hatten. Auch mir kamen diese Momente wie eine Ewigkeit vor. Ich versuchte, ihre Blicke einzufangen und etwas in ihren Gesichtern zu lesen. Dabei wusste ich aus Erfahrung, wie wenig das nützt. Zehn ganz normale Menschen, die meisten schon recht betagt. Sie sahen grau und müde aus. Ich legte meine Hände auf den Rücken, um sie gleich darauf wieder vor meinem Bauch zu falten. Meine Handflächen waren feucht. Für einen Augenblick kochte die Wut in mir hoch. Wut darüber, eine Woche in diesem Gerichtssaal verbracht und bis zur Erschöpfung gerungen zu haben und jetzt keinerlei Einfluss, keine Kontrolle mehr über die Situation zu haben. Zum Warten verdammt zu sein.

»Bitte«, sagte der vorsitzende Richter zum Sprecher der Jury. »Sie können Ihre Entscheidung verlesen.«

Er stand auf, ein etwas gebeugter, älterer Mann in Strickjacke und weißem Hemd. Er fingerte an dem Papier in seinen Händen herum und räusperte sich. Meine Hände hatten sich fest ineinander verhakt.

»In der Hauptanklage«, las er mit viel zu lauter Stimme, »haben wir auf schuldig erkannt. Mit mehr als sieben Stimmen.« Die Übelkeit schoss in mir hoch, so dass ich mich beinahe zusammenkrümmen musste.

Das ist jedes Mal so. Die Enttäuschung ist so überwältigend, dass sie mich lähmt. Ich setzte mich und nahm den Rest der Verhandlung durch einen Schleier der Gleichgültigkeit wahr, bis der Richter die Verhandlung vertagte.

»Es ist schon spät«, sagte er. »Wie Sie wissen, können wir morgen aus terminlichen Gründen keine weitere Verhandlung ansetzen. Wir werden uns aber am Wochenende zusammensetzen und über das Urteil beraten. Das Gericht vertagt sich deshalb auf Montagmorgen, neun Uhr. Wir rechnen damit, dass die Verhandlung bis gegen Mittag abgeschlossen sein wird.«

Wir standen auf, als die Richter den Saal verließen – mit Ausnahme meines Mandanten, der wie betäubt auf seinem Platz verharrte. Ich setzte mich neben ihn und versuchte, die richtigen Worte zu finden. Als er mich ansah, stand in seinen Augen die blanke Angst. Erst jetzt schien er wirklich an eine Verurteilung zu glauben. »Was bekomme ich, Herr Brenne? Wie viele Jahre kriege ich?«

Ich konnte ihm kaum in die Augen sehen. »Ich weiß es nicht. Ein paar werden es schon sein, das wissen Sie. Ich muss mir alles übers Wochenende noch mal durch den Kopf gehen lassen.«

Er nickte. Mehr gab es nicht zu sagen. Wir saßen noch ein paar Minuten nebeneinander, konnten aber nur die Enttäuschung teilen. Dann wurde er von den Polizisten abgeführt.

Der Staatsanwalt kam durch den Saal auf mich zu, reichte mir die Hand und wünschte mir ein schönes Wochenende. Ich schlug ein, erwiderte seinen Wunsch, konnte ihn aber nicht anlächeln. Ich bin Verteidiger und will gewinnen, wenn ich vor Gericht stehe. Das hat nichts mit meinen Mandanten oder den jeweiligen Fällen zu tun. Es spielt keine Rolle, ob ich sie für schuldig halte oder nicht. Ich will einfach nur gewinnen.

Jetzt brauchte ich ein Bier.

Der Lärmpegel war hoch und das Gedränge groß. Ich saß ganz hinten im Lokal, umringt von Journalisten und Anwälten. Schon nach dem zweiten Bier hörte ich mich selbst über den Rechtsfall lamentieren und ununterbrochen wiederholen, was ich gesagt und getan hatte, wie viele Fehler der Staatsanwalt gemacht hatte und warum ich diesen Fall hätte gewinnen müssen. Ich wusste, dass ich für meine Umgebung eine Plage war, konnte aber kein Ende finden. Zwei Kollegen nickten mir mit glasigen Blicken zu. Als wäre der Druck dieser einen Woche im Gericht, in der ich jedes Wort auf die Goldwaage hatte legen müssen, so übermächtig geworden, dass jetzt all die Enttäuschungen und Frustrationen in einem einzigen, langen Monolog aus mir herausquollen.

Die Gläser leerten sich immer schneller. Ein paar Menschen gingen, andere kamen. Aus dem Nachmittag wurde Abend, doch ich redete noch immer. Als die Promillewerte auch bei den anderen stiegen, war ich nicht mehr der Einzige, der zu viel redete. Ich wusste, dass ich etwas essen sollte, konnte mich aber nicht aufraffen.

Irgendwann im Laufe des Abends gingen wir noch in eine andere verrauchte Kneipe. Hier verkehrte ich schon seit der Studienzeit. Der Lärm machte es beinahe unmöglich, ein ordentliches Gespräch zu führen, und der Service war schrecklich; dennoch hatte ich das Gefühl, als wäre ich nach Hause gekommen. Früher war das mal die Stammkneipe der Schauspieler, Künstler und Intellektuellen gewesen. Jetzt waren die Künstler jünger und gingen in die angesagten Bars, während die Intellektuellen zu Hause blieben. Bei den wenigen, die immer noch kamen, handelte es sich um Anwälte und Journalisten mittleren Alters, die zu viel tranken.

Wir bekamen noch eine Runde und zogen über Kollegen her. Als ich auf die Toilette ging, bemerkte ich, dass ich mich beim Pinkeln mit einer Hand an der Wand abstützen musste. Ein schlechtes Zeichen. Ich nahm mir fest vor, als Nächstes einen Kaffee zu bestellen.

Als ich wieder zurückkam, saßen mit einem Mal Frauen am Tisch. Jemand hatte den Nachbartisch an den unseren geschoben, um Platz zu schaffen. Ich presste mich dazwischen und stellte zu meiner Überraschung fest, dass mein Glas fast leer war. Georg, der Journalist bei einer Boulevardzeitung war, stellte mich vor.

»Das ist Mikael«, sagte er. »Mikael Brenne. Strafanwalt. Der Verteidiger der Schwachen. Der weiße Ritter des Gerichtssaals, heute allerdings mit gebrochener Lanze und verbeulter Rüstung. Sag hallo zu den Mädchen, Mikael.«

Ich nickte lächelnd und begrüßte diejenigen, die mir am nächsten saßen, mit Handschlag. Die Namen vergaß ich sogleich wieder.

Es gelang mir tatsächlich, einen doppelten Espresso zu bestellen, der aber nur wenig half. Die Enttäuschung über das Urteil begann sich etwas zu legen, falls sie nicht bloß vom Alkohol betäubt wurde. In einem Augenblick der Klarheit wusste ich, dass mich nicht nur dieses Verfahren bedrückte, auch wenn ich es natürlich gerne gewonnen hätte. Ich hatte in letzter Zeit zu oft verloren und zu viele Mandanten eingebüßt. Ich befand mich in einem Teufelskreis und fragte mich, ob ich diesen Job vielleicht schon zu lange machte. Ob ich darunter litt, mir unentwegt die gleichen traurigen Geschichten meiner oft chancenlosen Mandanten anhören zu müssen.

»Du bist so still«, säuselte mir eine Stimme ins Ohr. »Machst du dir um deine gebrochene Lanze Sorgen? Oder um die verbeulte Rüstung?«

Ich drehte mich in Richtung Stimme. Neben mir saß plötzlich eine andere Frau. Irgendjemand war aufs Klo gegangen, was rund um den Tisch zu einer neuen Sitzordnung geführt hatte.

Ich sah sie lächelnd an. Volle Lippen, große Brüste unter einem lockeren Pullover. Kurze, dunkle Haare und braune Augen in einem offenen Gesicht. Nicht hübsch, aber attraktiv. Ihr Mund gefiel mir, er war ebenso sinnlich wie hungrig.

»Ich hab heute schon zu viel geredet, und die meiste Zeit über mich selbst. Meine Umgebung und ich brauchen eine Pause.«

Sie lachte. »Warum denn? Und was sollte das mit der Lanze und der Rüstung bedeuten?«

»Ich habe heute einen Gerichtsfall verloren, einen, den ich gerne gewonnen hätte. Deshalb bin ich etwas geknickt.«

Und dann redete ich wieder über mich. Nach einer Weile kam das Thema aber auch auf sie zu sprechen. Sie hieß Mette und arbeitete im Jugendamt. Sie lachte viel und war eine angenehme Gesprächspartnerin. Als sie aufstand, um aufs Klo zu gehen, fiel mein Blick auf ihren runden Po, der sich unter der engen Jeans abzeichnete. Sie kam wieder zurück und presste sich erneut lächelnd neben mich. Wenn sie sich bei einem Thema ereiferte, berührte sie mit ihrer Hand leicht meinen Arm, um sicherzugehen, dass ich ihr auch zuhörte.

Später gingen wir noch in eine Bar. Draußen war es dunkel, ein milder Spätsommerabend mit einem Hauch von Herbst in der Luft. Als wir zu viert oder fünft durch die Straßen der Stadt liefen, hakte sich Mette bei mir ein. Mir gefiel der Druck ihrer Hand auf meinem Unterarm, ihre Nähe.

Die Bar war so voll, dass wir nur noch einen Stehplatz am Ende des Tresens fanden. Ich hatte wieder begonnen, Bier zu trinken. Georg war inzwischen vollends betrunken und hatte mir wichtige Dinge mitzuteilen.

»Pass auf, Mikael«, sagte er. »Hör mir gut zu, ich bin dein Freund.«

Eine maßlose Übertreibung, aber ich kannte ihn schon lange und mochte ihn einigermaßen.

»Du … du musst dich zusammenreißen, Mikael. Du bist auf dem absteigenden Ast.«

Ich sah ihn nur an, während er sich die weiteren Worte zusammensuchte und Anlauf nahm.

»Ich meine das so, Mikael. Pass … ich kenne dich schon lange und hab dich oft im Gericht gehört. Du bist gut.« Er nickte. Seine Augen waren glasig, aber er redete so eindringlich, wie das nur betrunkene Leute können. »Du bist verdammt gut, wirklich. Genauso gut wie … ach, egal.« Ihm fiel niemand ein, mit dem er mich vergleichen konnte. »Ja, das bist du, und das weißt du. Aber dir … dir fehlt der

Drive, Mikael. Es wirkt fast so, als hättest du dein Interesse verloren. Du setzt die Zeitungen nicht mehr richtig ein. Du kriegst nicht mehr die besten Fälle. Du verkaufst dich den Mandanten gegenüber nicht richtig. Du musst aufpassen, Mikael. Und …«, er hob seinen Zeigefinger und richtete ihn auf mich, »… und du hast zu viele Fälle verloren.«

Ich wollte mir das nicht anhören. Was er sagte, glich zu sehr den Gedanken, die ich mir an diesem Abend selbst gemacht hatte. Mette stand hinter mir und sprach mit einer Freundin. Ich konnte ihre Hüfte spüren, die Rundung ihres Schenkels an meinem. Ich wollte mich umdrehen.

»Ich werde dir was zeigen, Mikael«, sagte Georg und fasste mich am Arm. »Etwas, das du wissen musst und das du schon wüsstest, wenn du aufgepasst hättest. Dreh dich um, so dass du das ganze Lokal im Blick hast.«

Er zog mich am Arm, drehte mich um und sprach mir ins Ohr. Einen Augenblick lang roch ich seinen Atem, Rauch und Alkohol.

»Guck mal nach ganz hinten links, da in der Ecke. Ein Tisch mit drei Leuten. Siehst du die?«

Ich sah sofort, wen er meinte. Sie saßen an einem Ecktisch und waren trotz der vielen Leute in der Bar unter sich. Zwei Männer und eine Frau. Zwei Männer, die äußerlich total unterschiedlich waren und sich trotzdem glichen. Sie kamen nicht von hier. Die Menschen hielten Abstand zu ihnen.

Beide trugen dunkle Anzüge und Hemden ohne Schlips. Ihre Schuhe glänzten, sie waren frisch geputzt. Allein das reichte schon, um hier aufzufallen. Ihre Kleider sahen teuer aus, und trotzdem wirkte alles ein wenig falsch, als hätten sie die aktuellen Modetrends um ein Haar verfehlt. Etwas zu große Hemdkragen, zu dicke Ringe und Uhren. Ich gab einen Tipp ab.

»Keine Norweger, Osteuropäer?«

»Richtig«, flüsterte Georg in mein Ohr. »Nicht schlecht, Jugoslawen … ich meine, Serben.«

»Aha, ja und? Was soll das?«

»Du passt nicht richtig auf. Sonst wüsstest du das. Die wohnen hier in der Stadt. Sind vor ein paar Monaten aus Schweden gekommen. Von denen da ist die Rede, wenn von der Jugomafia gesprochen wird, und dieses Wort sollte dir eigentlich ein Begriff sein. Sie wohnen seit zwei Monaten hier. Gib ihnen noch zwei, und sie kontrollieren die gesamte Verbrecherszene hier in der Stadt. Das sind Profis, Mikael. Leute, die du kennen musst, wenn du hier weiter als Strafverteidiger arbeiten willst. Neue Zeiten, neue Machthaber.«

Ich zuckte mit den Schultern. »Vielleicht. Aber ich weiß nicht, ob mir das so wichtig ist. Auch wenn du recht hast, es sind ja nie diese Leute, die geschnappt werden. Das sind doch immer die kleinen Fische. Ich werde wohl weiter meine Anrufe von den üblichen zugedröhnten Dummköpfen bekommen.«

»Wart's ab«, sagte Georg.

Je mehr ich die beiden Männer studierte, desto unterschiedlicher erschienen sie mir. Der Mann auf dem Sofa hatte sich nach hinten gelehnt und sah vollkommen ruhig aus. Er redete, ohne die Hände zu bewegen. Sein Kopf war ungewöhnlich groß und rund mit kurzgeschnittenen, dunklen Haaren und tiefen Geheimratsecken. Ich schätzte ihn auf knapp fünfzig Jahre. Der andere redete beinahe unaufhörlich. Sein Gesicht war länglich und schmal. Sein kleiner Mund wurde von tiefen Falten umgeben. Er war schlank, seine Hände bewegten sich ohne Unterlass und unterstrichen jedes seiner Worte mit kurzen, abrupten Bewegungen. Das war die Körpersprache eines Mannes, in dem Wut steckte.

Dann betrachtete ich die Frau, die bei den beiden saß. Sie beteiligte sich nicht am Gespräch und schien sich zu langweilen. Ich musterte sie, während mir Georg etwas von Gewalt und Blut, Tod und Drogen ins Ohr flüsterte.

Ich sah lange Beine und hohe Absätze. Sie wippte mit dem Fuß, saß aber ansonsten ganz still da. Sie rauchte schnell und gierig, wie so viele Frauen, die stark rauchen. Dunkle, glatte Haare, dunkle Augen, blasse Haut und rote Lippen. Ihre Brüste waren klein, die Hüften schmal. Die Art, wie sie den Kopf hielt, prägte sich mir ein, dieser leichte Winkel, der gleichermaßen anziehend wie abweisend wirkte. Der Mann auf dem Sofa legte ihr eine Hand auf den Schenkel, ohne sich umzudrehen.

Ich bekam eine unbändige, unerklärliche Lust auf sie.

Draußen zeigte das sonderbare Licht, dass die Nacht bald vorüber war. Die Taxischlange war lang, und Mette hing an meinem Arm. Ich drehte mich zu ihr. Ihr Blick war tief, die Lippen halb geöffnet. Im Licht der Straßenlaterne sah ich den Rest des Lippenstifts auf ihrem etwas trockenen Mund und den verschmierten Lidschatten unter ihren Augen. Sie sah mich abwartend an. Ich wusste, dass ich sie mit nach Hause nehmen konnte. Aber ich spürte all die Biere, die ich getrunken hatte. Sie lagen tonnenschwer in meinem Magen, und plötzlich brach mir am ganzen Körper der Schweiß aus. Ich hatte einen metallischen Geschmack im

Mund, befreite mich aus ihrem Arm und sagte ihr, dass sie mich anrufen könne. Dann ging ich.

Ich schaffte es gerade noch um die nächste Ecke, ehe ich mich wie ein Schiffbrüchiger an einen Laternenpfahl klammerte und auf den Bürgersteig kotzte, während mir Tränen in die Augen stiegen. Es muss schon ein merkwürdiger Anblick gewesen sein: ein erwachsener Mann, der in einem gutsitzenden Anzug an einem frühen Herbstmorgen mitten in der Stadt steht und kotzt. Eine Gruppe Jugendliche machte einen großen Bogen um mich. Jemand lachte.

Ich ging zu Fuß nach Hause. Nach einer halben Stunde war ich da. Unterwegs verlor ich immer wieder das Gleichgewicht und begann zu torkeln. Nachts träumte ich von einer dunklen Frau. Ich war in ihr und nahm sie schnell und hart. Sie lag zurückgelehnt auf einem Sofa und rauchte mit kleinen, hastigen Zügen, während sie mich ausdruckslos ansah. Ihre Brüste waren klein, mit wütenden, roten Nippeln. Ich kniff hart hinein und zog an ihnen, damit sie reagierte, aber sie sah mich nur an.

Kapitel 2

Am nächsten Morgen ging ich zu Fuß ins Büro. Der Sommer hatte sich endgültig verabschiedet. Ein kalter Wind schlug mir entgegen, die Wolken kündigten Regen an. Die ersten Blätter flogen durch die Luft und wirbelten in schnellem Tanz über die Straße. Das Laufen tat mir gut.

Als ich um halb zehn das Bürohaus erreichte, fühlte ich mich bereit für einen neuen Tag. Ich fuhr mit dem Fahrstuhl in den fünften Stock. An der Tür stand: Mikael Brenne, Fachanwalt für Strafrecht. Seit vielen Jahren erfüllte mich der Anblick dieses Schilds jeden Morgen mit einer gewissen Zufriedenheit.

Drinnen lief ich direkt durch das Vorzimmer, rief meiner Sekretärin »Kaffee« zu, hängte meinen Mantel auf und ging in mein Büro.

Die Morgenzeitung lag bereits auf meinem Schreibtisch. Auf Seite zwei war ein großes Bild von mir unter der Überschrift »Messerstecher verurteilt«. Es war ein altes Bild, das jemand aus dem Archiv herausgesucht haben musste.

Ich betrachtete es. Dunkle, lockige, kurz geschnittene Haare. Ein Foto aus der Zeit vor den grauen Schläfen. Meine Nase war groß und krumm. Als Kind war ich wegen ihr gehänselt worden, doch inzwischen hatte ich mich mit ihr angefreundet. Die tiefliegenden Augen lagen im Schatten, und die Falten an den Mundwinkeln sahen wie markante Klammern aus. Ein ausdrucksstarkes, aber auch verschlossenes Gesicht. Ich fand, es passte zur Headline. Man musste allerdings die kleine Bildunterschrift lesen, um zu kapieren, dass ich nicht der Messerstecher, sondern sein Anwalt war.

Nach ein paar Minuten hörte ich das Klacken der Absätze meiner Sekretärin und bekam einen großen Becher kochend heißen Kaffee. Sie nahm auf der anderen Seite des Schreibtischs Platz.

»Du kommst spät«, sagte sie und bemühte sich um einen strengen Gesichtsausdruck. Sie versteht sich nicht besonders gut darauf, aber das weiß sie. Kari ist jetzt schon seit zwei Jahren bei mir.

»Ich weiß«, sagte ich. »Aber ich hatte keine Termine. War also nicht so schlimm.«

Kari fand es trotzdem nicht gut. Sie ist der Meinung, ich sollte jeden Tag um punkt halb neun ins Büro kommen. Wenn sie unzufrieden mit mir ist, kneift sie immer den Mund zusammen und heftet ihren Blick auf einen Punkt, der sich etwa einen Meter über meinem Kopf befindet. So auch jetzt.

Ich hob meine Hände. »Nicht schimpfen, bitte! Dafür ist heute nicht der richtige Tag.«

»Ich schimpfe nicht«, sagte sie. Dann musste sie lächeln. Sie ist nie lange sauer. »Warst du gestern unterwegs?«

Ich nickte, und sie lächelte nur noch breiter, als hätte sie bei einer Diskussion die Oberhand behalten. »Trink deinen Kaffee, ich hol dir die Post. Und dann müssen wir mal über das Finanzielle reden.«

Ich hätte am liebsten protestiert, aber sie war schon wieder aus dem Zimmer verschwunden.

Die Post war rasch erledigt. Ein paar Sachen zum Ablegen, anderes musste an Mandanten weitergeschickt werden, aber darum kümmerte sich Kari. Ein kleiner Stapel Anfragen, die ich bearbeiten musste. Kari holte die Akten und stapelte sie auf der Ecke des Schreibtischs, wobei sie die Briefe jeweils auf die entsprechenden Akten legte.

Ich beobachtete sie bei ihrer Arbeit. Sie war klein, blond und flink. Beige Bluse, dunkelblauer Rock und schöne Schuhe. Ihre Haare steckt sie immer zu einem kleinen Knoten hoch, der nie richtig sitzt. Immer rutschen einzelne Locken heraus, fallen ihr vor die Augen und zwingen sie zu der raschen, automatischen Handbewegung, mit der sie ihre Haare beiseiteschiebt. Sie sah stark, gesund und durchtrainiert aus. Ihre Beine waren eine Spur zu kräftig, aber sie hatte schlanke Fesseln. Ich fühlte mich alt und aufgedunsen.

»So«, sagte sie und setzte sich. »Das war's. Wir brauchen zehn Minuten für die Finanzen. Dann hast du bis zum Mittag Zeit für die Korrespondenz, da schaffst du das meiste, vielleicht sogar alles.«

Ich nickte.

»Am Nachmittag hast du zwei Termine. Um eins kommt Frau Andersen. Sie will wieder ihr Testament ändern, und um halb drei kommen die Eltern von Kim.«

Ich sah sie fragend an.

»Kim. Dieser achtzehnjährige Junge, der in Untersuchungshaft sitzt – wegen des Tankstellenraubs. Sie wollen, dass du ihn verteidigst. Er hat bei seiner Verhaftung erst mal einen Pflichtverteidiger zugewiesen bekommen.«

Ich nickte. »Ja, okay. Jetzt kann ich dir folgen. Haben wir vom Gericht schon die Vollmacht bekommen?«

»Nein.« Sie dachte nach. »Aber wir haben vor drei Tagen per Fax darum gebeten. Ich werd mal nachfragen.«

»Gut. Sollte ich sonst noch was wissen?«

»Du hast Dienstag früh einen Haftprüfungstermin. Reidar Larsen. Vielleicht solltest du heute Nachmittag oder am Montag mal ins Gefängnis fahren.«

Ich dachte nach. »Glaube nicht, dass das nötig ist. Seit seiner Verhaftung ist nichts passiert, und die lassen ihn sicher nicht frei, bevor die Verhandlung stattgefunden hat. Ich werde ihn anrufen. Vielleicht auch die Polizei … ja doch, die Polizei sollte ich zur Sicherheit auch anrufen. Haben wir den Haftantrag vom Staatsanwalt gekriegt?«

Kari schüttelte den Kopf.

»In Ordnung. Erinnere mich dran, dass ich noch vor dem Mittagessen anrufe.«

Sie richtete sich auf und zupfte an ihrem Rock herum. »Dann also zu den Finanzen.«

Ich bekam einen Stapel Kopien. Kari ging die Dokumente, Kontoauszüge und Rechnungen bis zum heutigen Tag durch. Sie wusste alles auswendig und genoss es, die volle Kontrolle zu haben. Ich hasste diese Dinge und spürte die Kopfschmerzen bereits kommen.

Kari fasste zusammen: »Es sieht nicht sonderlich gut aus. Wir haben noch Geld genug, um die Löhne und laufenden Kosten im nächsten Monat zu bestreiten, aber keine Rücklagen mehr. Die haben wir in letzter Zeit aufgebraucht. Wenn das so weitergeht, bekommen wir in vier bis sechs Wochen Liquiditätsprobleme.«

Sie beugte sich vor und nutzte den Zeigefinger, um ihren Worten Nachdruck zu verleihen. »Wir – nein, *du* musst Geld verdienen, Mikael. Stell mehr in Rechnung, akquiriere mehr Fälle. Du musst dich wirklich zusammenreißen.«

Ich wusste, dass sie recht hatte. Schließlich war ich es, der ihr die Aufgabe gegeben hatte, sich um die Rechnungen und die Finanzen zu kümmern. Ich habe ihr gezeigt, wie sie es machen soll, und streng aufgetragen, alles deutlich anzusprechen und nicht um den heißen Brei herumzureden.

Kari stand auf. Sie hatte hektische Flecken auf den Wangen. Vermutlich registrierte sie, wie unwohl ich mich fühlte, und fürchtete, eine Grenze überschritten zu haben. Ich zwang mich zu einem Lächeln und murmelte, dass sie vollkommen recht habe und wir die Sache schon in Ordnung bringen würden. Als sie sich umdrehte, um zu gehen, fiel mein Blick auf ihren Po, der sich rund und fest wie bei einem jungen Mädchen unter dem Stoff ihres Rocks abzeichnete.

»Gehst du eigentlich joggen, Kari?«, fragte ich, ohne nachzudenken. Sie drehte sich überrascht um. Ich bemerkte, dass sie rot wurde, als wüsste sie, wie ich auf diese Frage gekommen war.

Sie schüttelte den Kopf. »Aerobic«, sagte sie. »Drei Mal die Woche.« Dann lächelte sie wieder und klackte auf ihren Absätzen aus meinem Büro.

Ich blickte auf die Akten mit der Arbeit des Tages, nahm die erste zur Hand und schlug sie auf.

Ein paar Tage später saß ich nachmittags in einem Café, vor mir auf dem Tisch drei Zeitungen und ein Espresso. Ich war ganz zufrieden mit meinem Leben. Ich hatte eine Anhörung vor dem Untersuchungsgericht gehabt, bei der ich mich erfolgreich gegen das Besuchsverbot und die Kontaktsperre eines inhaftierten Mandanten eingesetzt hatte. Ein zufriedener Mandant in der Untersuchungshaft führt oft zu neuen Mandanten, wenn man ihn erst mal aus der Isolation befreit hat. Einen Moment lang dachte ich an Kari und unsere finanzielle Situation, die wirklich schlechter war, als sie sein sollte, aber ich verdrängte den Gedanken und nahm die erste Zeitung.

Ein Handy klingelte. Die Hälfte der Leute im Café durchsuchte ihre Taschen, aber es war meins.

»Brenne«, meldete ich mich.

»Hallo, hier ist Mette«, sagte eine Frauenstimme. »Ich wollte mich noch mal für den schönen Abend neulich bedanken.« Ich stand auf der Leitung. »Das war wirklich nett«, fuhr sie fort, »auch wenn der Abschied ein bisschen … plötzlich war.«

Schließlich fand ich meine Stimme wieder und begrüßte sie. Sie hörte sich am Telefon herzlich und entspannt an. Ich musste mich räuspern und suchte nach den richtigen Worten. »Äh, ja, das stimmt. Es war nett, meine ich. Ich … fürchte, ich hatte ein bisschen viel getrunken. Bier, meine ich. Mir … war ein bisschen schlecht.«

Sie lachte. »Ich dachte mir schon so was. Du warst ein bisschen blass.« Noch mehr Lachen. »Falls du nicht vor mir weggelaufen bist. Aber so schlimm war es doch wohl nicht?«

»Nein, ganz und gar nicht. Das war ein sehr … schöner Abend.«

»Dann kann ich ja die Frage riskieren, ob wir nicht mal abends etwas unternehmen können. Natürlich nur, wenn du willst? Es ist aber auch ganz in Ordnung … wenn du keine Lust hast.« Plötzlich hörte sie sich etwas unsicher an.

»Nein, nein, ich möchte gerne«, sagte ich. »Wie wäre es denn am … Freitag, wenn dir das passt.«

Es passte. Wir verabredeten Ort und Zeit und legten auf. Ich bemerkte, dass ich lächelte. In Gedanken sah ich sie vor mir und erinnerte mich daran, wie gut mir ihr Mund gefallen hatte. Zufrieden dachte ich, dass ich mir wohl ein Nachmittagsbier gönnen durfte, aber nur eins.

Sie roch nach Wein und Gewürzen. Ihre Blicke waren tief, und als wir miteinander schliefen, war sie aufreizend ernst und langsam. Normalerweise bevorzuge ich schlankere Frauen. Mette aber war nicht schlank. Sie war eine große, weiche Frau mit Brüsten und Hüften, Bergen und Tälern. Ich lag zwischen ihren Schenkeln, war in ihr und hatte beständig das Gefühl, als bewegte ich mich zurück in eine halb vergessene Kindheit. Als schliefe ich mit den Tanten und Müttern von Freunden, an deren Namen ich mich längst nicht mehr erinnerte, oder mit der Frau vom Kiosk an der Ecke, die mich mit ihren Riesenbrüsten und den hochgesteckten Haaren durch so viele Träume meiner Jugend begleitet hatte.

Sie sah mich an, bewegte sich langsam und rhythmisch, ohne jede Eile. Ihre Brüste waren schön, und ihre Hände lebten ihr eigenes Leben auf meinem Rücken und in den zerwühlten Laken, wo sie nach etwas zu suchen schienen, woran sie sich festklammern konnten. Ein endloser Rhythmus voller Ruhe und Gleichmäßigkeit.

Sie neigte den Kopf nach hinten und öffnete den Mund. Ich wusste, dass wir gleichzeitig kommen würden. Der

Orgasmus begann wie eine Verheißung tief in meinem Rückenmark, während sich ihr Körper unter mir in einem weichen Bogen zu spannen begann und ihre Stimme lauter und lauter wurde. Als ihre Worte jede Kontur und jeden Sinn verloren und zu einem lauten Stöhnen wurden, kam ich und entschwand in eine ganz eigene Welt ohne Sicht, Geruch oder Gehör.

Wir lagen nebeneinander. Ich sah an die Decke und spürte, wie die Nachtluft meinen Körper kühlte. Einen Augenblick lang dachte ich an Kari, an ihre raschen Bewegungen und an die Locke, die ihr immer vor die Augen fiel. Ich weiß nicht, wo dieser Gedanke herkam.

»Ich hätte nicht gedacht …«, sagte Mette.

»Was?«

»Dass ich mit zu dir nach Hause kommen würde. Heute, meine ich. Und du?«

»Ich weiß nicht. Ich glaube, ich habe überhaupt nicht darüber nachgedacht. Bereust du's?«

Sie schüttelte den Kopf und schmiegte sich an mich. »Nein, es war wunderbar.«

Als ich wach wurde, roch es im Haus nach Kaffee und gebratenem Speck. Ich konnte Mette singen hören. Ich zog die Decke über den Kopf, hörte sie aber trotzdem. Der Morgen ist nicht gerade meine beste Tageszeit. Nach einer Weile gab ich auf und ging duschen. Ich wusste, dass ich eigentlich lieber allein gewesen wäre.

Sie trug eins meiner T-Shirts. Der Küchentisch war für zwei gedeckt. Sie lächelte, als ich hereinkam, und küsste mich. Ich bekam Speck und Eier und Saft und Kaffee. Sie hatte sogar die Zeitung geholt. Sie war fröhlich und effektiv und redete nicht viel. Wir lasen in der Küche Zeitung und tauschten wortlos die Seiten aus. Danach setzte sie sich rittlings auf meinen Schoß und sagte, sie müsse gehen.

»Warum?«

Sie lehnte sich lächelnd zurück. »Ich habe eine Verabredung mit einer Freundin«, sagte sie und küsste mich noch einmal. Ihre Brüste zeichneten sich schwer unter dem T-Shirt ab.

Nachdem sie gegangen war, saß ich in der Küche und wünschte mir, sie wäre noch da. In diesem Moment ging mir auf, dass ich gar nicht wusste, wie sie mit Nachnamen hieß, und dass sie mir ihre Telefonnummer nicht gegeben hatte.

Kapitel 3

Am Montagvormittag kam Kari mit zwei Nachrichten in mein Büro.

»Da war ein Anruf aus dem Präsidium, als du am Telefon warst. Johnny Hansen ist festgenommen worden. Er will, dass du kommst. Es scheint wichtig zu sein.«

»Ah ja«, sagte ich. »Warum? Soll er verhört werden? Wann?«

Kari schüttelte den Kopf. »Ich hab keine Ahnung. Die haben nur gesagt, dass es dringend ist.«

»Du hättest fragen können.«

Kari sah mich nur schweigend an, und ich wusste, dass ich ungerecht war.

»Okay«, sagte ich. »Ich fahr hin – ich hab doch Zeit, oder?«

Sie nickte. »Ja, du hast erst heute Mittag um eins einen Termin.«

»Und die zweite Nachricht?«, fragte ich und zog mir den Mantel an.

»Ach ja, stimmt«, sagte Kari. »Eine Mette hat angerufen und nach dir gefragt. Ich hab ihr gesagt, du bist am Telefon.«

»Hat sie eine Telefonnummer hinterlassen?«

»Ja, hier.« Sie reichte mir einen gelben Zettel mit der Nummer. »Sie hat weder ihren Nachnamen genannt noch um was es geht. Weißt du, wer das ist?«

Ich nickte. »Ja.«

Kari sah mich an. Ihre Haare hatten sich wieder selbständig gemacht und hingen ihr vor den Augen. »Eine neue Mandantin?«

Ich schüttelte lächelnd den Kopf.

Draußen schien eine blasse Herbstsonne. Kalter Wind wehte. Ich knöpfte meinen Mantel bis oben zu und ging pfeifend in Richtung Polizeipräsidium.

Am Empfang musste ich wie üblich warten, während ein gähnender Polizist jemandem half, Anzeige gegen unbekannt zu erstatten. Fahrraddiebstahl und Einbruch. Dabei würden sicher niemals Ermittlungen aufgenommen werden. Solche Anzeigen werden einzig für die Versicherungen gemacht, die sonst nicht zahlen. Auf einer Bank in der Ecke saß ein Ausländer, den Kopf auf die Hände gestützt. Er hatte ein großes blaues Auge und sah reichlich verloren aus.

Die Zellen im Polizeipräsidium sind bekanntes Terrain für einen Strafverteidiger. Wir sind hier öfter als viele Polizisten. Hier treffen wir unsere Mandanten zum ersten Mal. Wir sehen sie in der Regel unmittelbar nach den ersten Verhören und noch bevor sie sich über ihre Lage bewusst geworden sind und eine Maske aufgesetzt haben. Verängstigte Drogenabhängige auf Turkey, die am ganzen Körper zittern. Junkies, die immer noch high sind. Junge Männer, die nach Schlägereien auf der Straße einen derart hohen Adrenalinspiegel haben, dass sie mit vor Wut zuckenden Muskeln, häufig noch blutverschmiert, in ihren Zellen randalieren.

Am schlimmsten sind die erwachsenen Ersttäter, häufig Leute mit guten Jobs und sicheren Positionen, die irgendeiner Verlockung erlegen sind. Sie haben jeden Halt verloren. Normalerweise sind es diese Menschen gewohnt, ihre Lage zu kontrollieren und mit Problemen rational und vernünftig umzugehen. Sie versteigen sich dann nicht selten zu abstrusen Erklärungen. Doch an diesem Ort, an dem alles neu und unbekannt ist, leuchtet die Angst so verzweifelt aus ihren Augen, dass man sich selbst davon anstecken lässt.

Schließlich hatte der Beamte Zeit für mich. Er begleitete mich über den hinteren Flur bis zum Fahrstuhl. Aus einem Verhörraum drang das Schreien und Fluchen von jemandem, der gerade hereingebracht worden war. Mit seiner Chipkarte öffnete der Beamte die Tür des Aufzugs.

»Kennen Sie das System?«, fragte er und gähnte wieder.

Ich nickte, drückte auf den richtigen Knopf und fuhr mit dem langsamsten Aufzug der Welt ins Untergeschoss.

Ich begrüßte den Wärter namens Berg. Die meisten hier kenne ich inzwischen, und manchmal vermitteln sie mir sogar neue Mandanten. Er bot mir einen Kaffee an. Berg war groß und dünn mit einem vorstehenden Adamsapfel und nach hinten gekämmten, lockigen Haaren. Wie die meisten, die es hier aushielten, war er ein phlegmatischer, toleranter Mann, der schon einiges erlebt hatte.

Ich nickte ihm zu: »Ja, gerne, Kaffee wäre gut.«

Er winkte mich in seine Wachstube. Volle Aschenbecher, fast volle Kaffeebecher und ein Monitor mit einem stummen Bild. »Und?«, fragte er, als er mir den Pappbecher reichte, der so heiß war, dass ich mir fast die Hand verbrannte. »Sie wollen zu Johnny?«

»Ja«, sagte ich, stellte den Becher hin, ohne etwas zu verschütten, und blies mir in die Handflächen. »Wie geht's ihm?«

Er wich meinem Blick aus. »Nicht so gut. Der ist total durch den Wind.« Er zuckte mit den Schultern. »Sie wissen ja, wie das ist, Herr Brenne. Der ist schon ewig auf Drogen. Müsste eigentlich längst tot sein, wenn Sie mich fragen. Aber einige von denen, die scheinen das Zeug so lange zu nehmen, dass ihnen nichts mehr passieren kann. Nur Haut und Knochen, aber verdammt zäh.«

Er machte eine Pause, sah mich noch immer nicht an. »Aber es geht ihm dreckig, wenn er hierherkommt. Ist ja klar. Ich frage mich wirklich, wozu das gut sein soll.«

Für Berg war das eine ziemlich lange Rede gewesen. Er stand auf. »Ich sage ihm, dass Sie hier sind. Sie müssen zu ihm in die Zelle, das Besuchszimmer ist besetzt. Ich gebe ihm ein bisschen Zeit, damit er sich sammeln kann.«

Ich blies in meinen Kaffee, betrachtete das stumme Bild auf dem Monitor und lauschte den anderen Geräuschen. Hier unten hörte man ein ständiges Rufen, Stöhnen und Klopfen. Ich nahm einen Schluck Kaffee. Er schmeckte nach Gerbsäure, was die vielen halbvollen Becher erklärte. Ich fragte mich, was mit Berg heute los war.

Johnny Hansen saß in der Ausnüchterungszelle. Er hockte mit verschränkten Beinen auf dem Boden auf einer Matratze. Das Bettzeug lag zusammengeknüllt in einer Ecke, während vor ihm neben einer halbvollen Flasche Cola und einem Stapel alter Comichefte ein paar angebissene Brotscheiben lagen. Fantomas und Silberpfeil. Ich lehnte mich an die Wand, sitzen konnte man hier ohnehin nirgendwo. Es roch säuerlich.

»Hallo, Johnny«, sagte ich. »Wie geht's Ihnen?«

Er antwortete nicht, aber warum sollte er das auch tun? Johnny Hansen, aufgewachsen in einem Vorstadtblock

Anfang der sechziger Jahre, glich einem alten Indianer. Aus seinem Gesicht war jegliches Fleisch verschwunden, es sah aus wie aus Stein gemeißelt. Seine Haare waren lang und grau. Er bewegte den Oberkörper vor und zurück. Hin und wieder ging ein Zucken durch ihn.

»Haben Sie etwas bekommen?«, fragte ich. »Tabletten oder irgendetwas zur Beruhigung?«

»Nein. Nichts.«

»Warum nicht?«, fragte ich. »Das klappt doch sonst immer?«

Er schüttelte nur den Kopf, zeigte mit dem Finger nach oben und richtete seinen Blick an die Zellendecke.

»Johnny«, sagte ich. »Können wir hier ein bisschen reden? Wenn ich Ihnen helfen soll, müssen Sie mir …«

Er unterbrach mich. »Entscheidung von oben«, sagte er und zeigte weiter an die Decke.

»Meinen Sie die Kommissare oben im fünften Stock? Die hindern Sie daran, Medizin zu bekommen? Wollen Sie mir das sagen?«

Er nickte.

»Kommen Sie, Johnny, das kann ich nicht glauben. Die kennen Sie doch. Und Sie kennen die. Warum sollten sie das tun?«

Er sah mich betrübt an, als wäre ich ein vielversprechender Schüler, der eine wichtige Frage falsch beantwortet hatte. »Diese Stadt hat sich verändert«, sagte er. »Sehr verändert.« Dann schlang er die Arme um seinen Oberkörper und erzählte mir seine Geschichte.

Als er fertig war, ging ich in die Hocke. »Okay«, sagte ich. »Noch mal im Klartext. Sie sind im Park mit anderthalb Gramm Heroin geschnappt worden?«

Er nickte.

»Und dafür will man Sie vier Wochen in Untersuchungshaft nehmen? Noch dazu isoliert, weil man glaubt, Sie mit weiteren Heroindeals in den letzten Wochen in Verbindung bringen zu können? Sie sagen – und haben das auch der Polizei gegenüber erklärt –, dass man gar nichts gegen Sie in der Hand haben kann, weil sie seit Monaten kein Körnchen mehr verkauft haben?«

Er nickte wieder.

»Weiter behaupten Sie, die Polizei hätte Ihnen damit gedroht, Beweise gegen Sie zu konstruieren, um Sie für mindestens acht Wochen in Untersuchungshaft zu stecken, auch wenn diese Beweise niemals für eine Verurteilung ausreichen würden. Und dass sie diese Drohung wahrmachen wollen, wenn Sie ihnen nicht ganz bestimmte Informationen über gewisse Personen geben. Wollen Sie mir wirklich nicht sagen, was das für Informationen sind und um welche Personen es sich handelt?« Ich hielt inne und holte tief Luft. »Das ist in etwa der Sachverhalt, richtig?«

Johnny nickte. »Richtig.«

»Hören Sie mal, Johnny. Hören Sie mir gut zu.« Ich hob die Hand, um meinen Worten mehr Gewicht zu verleihen. »Das ist doch Scheiße. Ich weiß nicht mal, ob ich Ihnen glaube. Mir ist jedenfalls noch nie zu Ohren gekommen, dass unsere Polizei so etwas macht. Aber okay, sagen wir mal, ich glaube Ihnen. Auch dann ist das Scheiße. Die sollten mit so einem Mist nicht durchkommen. Wenn Sie wirklich nichts gemacht haben, kriege ich Sie bis morgen Vormittag hier raus. Eine Nacht halten Sie durch, Johnny. Eine Nacht. Sie waren doch früher schon öfter mal auf

Entzug, davon sterben Sie nicht. Ich werde Berg dazu bringen, Ihnen ein paar Tabletten zu geben.«

Ich musste daran denken, wie Berg meinem Blick ausgewichen war. Vielleicht sagte Johnny tatsächlich die Wahrheit.

Er schüttelte bloß den Kopf. »Ich weiß, dass Sie recht haben und dass wir genau das tun sollten. Aber ich schaffe das nicht. Denn Sie werden mich hier nicht rausbringen. Nicht, wenn die wirklich tricksen wollen, dann wandere ich in den Knast. Sie wissen, wie das vor dem Untersuchungsrichter läuft.«

Ich wusste, dass er recht hatte. »Okay, es ist Ihre Entscheidung. Was soll ich tun?«

»Gehen Sie nach oben und reden Sie mit dem Sonnenkönig.« Damit war der leitende Kommissar des Drogendezernats gemeint.

»Warum? Das können Sie doch selber tun, oder?«

Er zitterte jetzt noch mehr. »Ich will einen Zeugen. Damit sie sich auch an die Abmachung halten … vielleicht.«

Ich nickte. »Geht in Ordnung. Aber … eine Sache noch. Sie wissen, dass die etwas gegen Sie in der Hand haben, wenn Sie jetzt in einen solchen Deal einwilligen. Es wird ein zweites Mal geben, ein drittes Mal und so weiter.«

Langsam, wie eine stürzende Statue, ließ er sich der Länge nach auf die Matratze sinken. »Tun Sie's einfach, Brenne. Ich halte das nicht länger aus. Ich bin zu alt für so etwas.«

Der »Sonnenkönig« hieß eigentlich Breivik. Seinen Spitznamen hatte er aufgrund seiner roten, lockigen Haare erhalten, die wie ein Kranz um seinen Kopf standen. Er hatte ein breites, flaches Gesicht mit Himmelfahrtsnase. Das Lächeln, das über sein Gesicht huschte, als er mich sah, war nicht gerade angenehm. Er drückte seine Stuhllehne nach hinten, als er mit mir redete.

»Hören Sie auf, den Moralapostel zu spielen, Brenne! Vergessen Sie's! Ich bin hier auf der Seite der Engel, nicht Sie.«

Am liebsten hätte ich den Stuhl unter ihm weggetreten. »Wenn Sie auf der Seite der Engel sind, dann aber mit höchst zweifelhaften Methoden.«

Sein Lächeln wurde nur noch breiter. »Wissen Sie, wie leid mir dieser Johnny Hansen tut?« Er zeigte mit Daumen und Zeigefinger, wie sehr er das alles bedauerte. »Bei der Menge Heroin, die Johnny jeden Tag nimmt, sollte er längst über die Klinge gesprungen sein. So etwas kostet doch Geld. Um sich das zu beschaffen, muss er entweder Stoff verkaufen oder klauen, wenn nicht beides. Er ist ein Verbrecher, nicht mehr und nicht weniger.« Sein Lächeln verschwand. »Ich mag keine Verbrecher. Mein Job ist es, sie aus dem Verkehr zu ziehen, die großen wie die kleinen. Wenn Johnny Hansen dafür ein bisschen schwitzen muss, dann ist mir das, mit Verlaub gesagt, scheißegal.«

Ich schaute ihn schweigend an.

»Also, was soll jetzt werden, Brenne ? Will er einen Deal oder nicht?«

Ich nickte. »Er will. Sie können ihn hochholen. Aber halten Sie Ihr Wort! Wenn nicht, mache ich Ihnen verdammten Ärger. Dann gehe ich zum Oberstaatsanwalt und zur Presse, zu allen, die mir zuhören wollen.«

Die Tür des Büros ging auf, und Bjørn Kvarme kam herein. Er nickte mir höflich zu. Kvarme war klein und gut gekleidet mit einem runden, offenen Jungengesicht. Er sah kaum wie ein Polizist aus und bildete einen seltsamen Kontrast zum Sonnenkönig – dabei sah man sie stets zusammen, im Job wie auch im Privatleben.

Er wedelte mit der rechten Hand. »Lassen Sie sich nicht stören, meine Herren, ich will nur ein paar Papiere holen.«

Der Sonnenkönig lächelte mit geschlossenem Mund, wobei seine Augen ernst blieben. »Ich halte meine Versprechen immer. Wenn er mir gibt, was ich haben will, ist er in zwei Stunden wieder auf freiem Fuß. Nicht wahr, Bjørn, ich halte meine Versprechen.«

»Immer«, bestätigte Kvarme und grinste.

»Auf was wollen Sie eigentlich hinaus? Was soll Johnny Ihnen erzählen?«

Sein Lächeln wurde breiter. »Das geht Sie ja eigentlich nichts an, nicht wahr, Brenne?«

Ich antwortete nicht, und nach einem Augenblick der Stille fuhr er fort: »Da sind neue Leute in der Stadt, verstehen Sie. Neue Leute mit neuen Methoden. Und Johnny – nun, er kennt alle und weiß alles.«

Kapitel 4

Der Regen klatschte schräg durch die Straßen der Stadt. Ich lief mit dem Aktenkoffer in der Hand und einer Robe unter dem Arm, die ich trocken zu halten versuchte, zwischen den Pfützen Slalom. Es war unmöglich, einen Schirm aufzuspannen, ohne ihn mit zwei Händen zu halten.

Auf der Treppe des Gerichtsgebäudes war ich vor dem Regen geschützt und konnte mir das Wasser von den Kleidern schütteln. Ganz oben standen wie gewöhnlich bereits die Anwälte, die rauchend auf ihre Mandanten warteten. Ich nickte ihnen zu. Die meisten von ihnen kannte ich. Heute war auch Peter Ula unter ihnen, ein großgewachsener, magerer Mann mit dünnen Haaren und einem gesprenkelten Schlips, der häufig als Pflichtverteidiger arbeitete. Er war ein guter Freund und einer der besten Anwälte, denen ich je begegnet war.

»Hallo, Peter«, sagte ich. »Was läuft?«

»Ach, nur Wirtschaftskram. Betrug und Steuerhinterziehung, getürkte Rechnungen, frisierte Zahlen und so weiter.« Er wedelte mit den Armen. »Mir brummt jetzt schon der Kopf. Wer soll da noch durchblicken? Wenn das noch Wochen so weitergeht, dreh ich durch.«

Ich lachte. »Du schaffst das schon. Und dann stellst du die dickste Rechnung der Welt.«

»Natürlich schaffe ich das.« Sein plötzliches Lächeln war voller Bosheit. »Die Richter haben nämlich noch weniger

Durchblick als ich. Und wenn ich erst mit ihnen fertig bin, werden sie … gar nichts mehr verstehen. Wirtschaftskriminalität ist ein Paradies für uns Verteidiger. Nur eben schrecklich langweilig.«

»Ich hatte ja schon immer den Verdacht, dass es im Paradies langweilig ist«, sagte ich. Dann ging ich hinein, um meinen Mandanten zu suchen.

Er wartete drinnen in der Halle auf einer Bank und sah äußerst unscheinbar aus. Trug eine alte, graue Hose und einen blauen Pullover mit V-Ausschnitt. Er hatte eine Brille und kurze Haare. Die Anklageschrift gegen ihn umfasste fünf Seiten und reichte von unerlaubtem Drogenbesitz über Verstöße gegen das Betäubungsmittelgesetz bis hin zu Hehlerei. Er war dreiunddreißig Jahre alt, Sozialhilfeempfänger und lebte vom Umsatz von Diebesgut.

Wir begrüßten uns per Handschlag. »Sie erinnern sich, was wir besprochen haben?«, fragte ich. »Reden Sie nett, ruhig und höflich, und werden Sie nicht wütend. Weichen Sie nicht aus, und sprechen Sie deutlich. Okay?«

Er nickte eifrig. »Klar, ich weiß Bescheid. Hab mir schon überlegt, was ich sage.«

»Gut, aber bleiben Sie bescheiden. Fangen Sie bloß nicht an, den harten Mann zu spielen.«

Im Gerichtssaal hängte ich meinen Mantel auf und zog die feuchte Robe an. Auch meine Schuhe waren durchnässt und unangenehm. Dann kam die Staatsanwältin. Sie war klein und dunkelhaarig und schien kaum älter als zwanzig zu sein. Sie zog ihre Stiefeletten aus, streifte hochhackige Pumps über und nahm ihre Robe aus einer Plastiktüte. Eines war sicher, sie hatte diesen Verhandlungstag auf jeden Fall klüger begonnen als ich – und sie hatte schöne Beine.

Dann begrüßte sie den Angeklagten per Handschlag und stellte sich vor. Sie war neu hier, sehr gut erzogen und sicher sehr fachkundig.

Stuhlbeine kratzten über den Boden, als wir uns für die Richter erhoben. Als sie sich gesetzt hatten, erteilte der Vorsitzende der Staatsanwältin das Wort.

Sie war wirklich ein Frischling. Las ihr langatmiges Eingangsplädoyer vom Blatt ab und blickte beim Lesen kaum einmal auf. Überdies sprach sie viel zu viele Details an.

Ich musterte die beiden anderen Richter, eine Frau und einen Mann, beide mittleren Alters. Schon bald hatten sie diesen leicht glasigen Blick, den Juristen oft bekommen, wenn ihnen wieder einmal bewusst wird, wie langweilig ein Gerichtsverfahren sein kann.

Dann begann ich, sie zu unterbrechen. Ich bat höflich darum, gewisse Details erklärt zu bekommen, die sie nicht erklären konnte, und forderte Verweise auf Dokumente, die ihr nicht vorlagen. Sie verlor den Faden und fand im Manuskript nicht weiter. Die Richter wurden ärgerlich – auf sie. Das Ganze war nicht boshaft oder gegen ihre Person gerichtet. Es war einfach mein Job.

Als sie fertig war, sah sie erhitzt und hektisch aus. Der Richter fragte, ob ich etwas zu dem Eingangsplädoyer sagen wolle, und ich antwortete ihm, das sei kaum nötig, so ausführlich, wie die Staatsanwältin gewesen sei. Alle Richter nickten und sahen mich zufrieden an. Stattdessen bat ich um eine kurze Pause.

Nach der Pause kam mein Mandant zu Wort. Er war perfekt. Höflich und bescheiden, redete leise, aber deutlich. Er saß mit leicht gesenktem Kopf auf der Anklagebank in der Mitte des Saals und erinnerte an einen Schuljungen. Er räumte die Schuld für den Tablettenmissbrauch ein und erklärte, eine Invalidenrente zu bekommen, weil er nervenkrank sei und einen kaputten Rücken habe. Die Ärzte hätten ihm leider über Jahre hinweg zu viele Medikamente verschrieben, so dass er abhängig geworden sei. Da er heute jedoch viel weniger bekäme, müsse er sich die restlichen Tabletten auf dem Schwarzmarkt beschaffen. Das alles sei ganz schrecklich für ihn, er sähe aber wohl ein, dass er dafür bestraft werden müsse.

All die Gegenstände in seinem Haus habe man ihm verpfändet, wenn er sie sich nicht selbst gekauft hatte, meistens von Freunden. Er habe keine andere Einnahme als die Sozialhilfe, lebe aber bescheiden. Außerdem verwaltete er die Rente seines Vaters, die recht umfangreich sei. Viele seiner Freunde seien leider ein bisschen auf die schiefe Bahn geraten, aber er kannte sie seit der Schulzeit und wollte sie nicht mit in die Sache hineinziehen. Sie brauchten halt häufig Geld und verpfändeten oder verkauften ihm dann alle möglichen Dinge. Er wisse ja selbst, dass sich da im Laufe der Jahre eine Menge angesammelt hätte. Natürlich sei er naiv gewesen und vielleicht ausgenutzt worden. Vielleicht hätte er vorsichtiger sein sollen, das wisse er nicht, das müsse das Gericht entscheiden. Doch sollte es so sein, würde er seine gerechte Strafe annehmen.

Die Staatsanwältin konnte sagen, was sie wollte. Mein Mandant bot ihr während der gesamten Verhandlung nicht die geringste Angriffsfläche.

Dann war ich an der Reihe, Fragen zu stellen. Wir begannen mit den einzelnen Anklagepunkten. Er räumte ein, dass er vielleicht hätte erkennen müssen, dass einige der größeren Gegenstände aus Diebstählen stammten. Das hatten wir vorher besprochen.

Dann hakten wir auch noch die letzten Punkte ab. Er erklärte, warum er guten Glaubens all die Kameras, Fahrräder, PCs und so weiter angenommen habe. Wir hatten das alles vorbereitet und tagelang in meinem Büro eingeübt. Der Junge hatte ein verdammt gutes Gedächtnis.

»Herr Vorsitzender«, sagte ich zum Richter. »Darf ich mich auch nach den derzeitigen persönlichen Verhältnissen des Angeklagten erkundigen? Das ist so sicher am praktischsten. Dann wären wir mit ihm fertig.«

Der Richter nickte. »Ja, ich denke schon. Ist das auch in Ihrem Sinne, Frau Staatsanwältin?«

Sie willigte ein.

Ich blickte auf meinen Block. Vor einem Verfahren notiere ich mir immer die wichtigsten Punkte, die ich einen Angeklagten oder Zeugen fragen will. Vor Gericht vergisst man so schnell einmal etwas. Mein Mandant sah mich abwartend an. Er war noch immer ruhig. Dann begann ich ihn vorsichtig nach seinem persönlichen Hintergrund, seiner Jugend und seiner jetzigen Lebenssituation zu fragen. Ich brauchte nicht viele Fragen zu stellen.

Es war ein echtes Erlebnis. Ohne Faxen und Übertreibungen, einzig mit einem leichten Zittern in der Stimme, berichtete er uns von seiner ausnehmend traurigen Kindheit und Jugend. Er redete über seinen alkoholkranken Vater, der seelisch unheilbar krank sei, seit er im Krieg bei der Marine gedient habe. Er sprach von Mobbing, seinem Rückenleiden, das er sich bei einem Autounfall zugezogen habe, und von seiner Tablettenabhängigkeit, gegen die er nicht angekommen sei. Er sagte, er habe das Haus seines

Vaters übernommen, der jetzt als Pflegebedürftiger im Erdgeschoss wohne. Ohne die Fürsorge und tägliche Hilfe seines Sohnes würde er sich zu Tode saufen. Mein Mandant betonte zu wissen, dass er bestraft werden würde, dass er sich aber gewaltige Sorgen um das Wohlergehen seines Vaters mache, sollte er ins Gefängnis müssen.

Seine Vorstellung war wirklich oscarreif. Ich musterte die Richter. Die Frau hatte Tränen in den Augen. Aber auch die beiden anderen hingen hellwach an seinen Lippen. Ebenso die Staatsanwältin. Als wir fertig waren, war es mucksmäuschenstill im Gerichtssaal. Anschließend folgte die Mittagspause.

Ich habe ein ambivalentes Verhältnis zu solchen Komödien im Gerichtssaal. Ich kannte meinen Mandanten, wusste, dass er zynisch und berechnend war und dem Publikum etwas vorspielte. Schließlich hatte ich gemeinsam mit ihm diese Strategie entwickelt. Und ich zweifelte keine Sekunde daran, dass er schuldig war. Trotzdem stimmte es, was er über seinen Background und seine Lebenssituation erzählte. Vielleicht nicht bis ins letzte Detail, aber seine Geschichte war mindestens ebenso wahr wie diejenige, die aus den Dokumenten der Staatsanwältin hervorging und ihn ausschließlich auf seine Verbrechen reduzierte. Deshalb hatte ich keine Skrupel, diese Mittel so effektiv wie nur möglich einzusetzen. Wollte das Gericht jemanden verurteilen, dann musste es auch wissen, um was für einen Menschen es sich handelte.

Nach dem Mittagessen kamen die Zeugen zu Wort. Zuerst die Polizisten, die an der Razzia beteiligt gewesen waren, dann ein paar Betroffene, die bestohlen worden waren. Es ging schnell. Mit Polizisten, insbesondere den weniger wichtigen Zeugen, muss man vor Gericht schnell fertig werden, sonst sagen sie noch etwas Negatives über die Angeklagten.

Dann kamen die Schlussplädoyers. Zuerst die Staatsanwältin. Sie war, wenn das überhaupt möglich war, noch langweiliger als zu Beginn der Verhandlung, so dass man ihr kaum folgen konnte. Das Wetter war inzwischen ebenso trostlos geworden. Der Regen floss in dichten Strömen über die Scheiben und ließ die Gebäude auf der anderen Straßenseite verschwimmen. Im Saal war es warm und feucht, die Luft war schwer. Ich hatte noch immer nasse Beine, und die ersten Kopfschmerzen meldeten sich. Die Staatsanwältin redete und redete. Ich fragte mich, ob ich sie unterbrechen sollte, konnte mich aber nicht aufraffen.

In diesem Moment ging die Tür auf, und ein Mann kam herein. Er zog sich vorsichtig den Mantel aus, faltete ihn zusammen und legte ihn auf die Bank, ehe er selbst Platz nahm. Alle Blicke richteten sich auf ihn. Die Staatsanwältin hielt mit ihrem Plädoyer inne, doch alle schwiegen. Nach einer Weile fuhr sie wieder fort. Die Verhandlungen sind zwar öffentlich, für gewöhnlich kommt aber niemand.

Ich beugte mich zu meinem Mandanten hinüber und fragte ihn, ob er wisse, wer der Zuhörer sei, aber er zuckte nur mit den Schultern. »Keine Ahnung«, sagte er dann.

Dabei wusste ich es, denn ich hatte ihn sofort wiedererkannt. Das war der Mann aus dem Nachtclub, der Serbe, den Georg mir gezeigt hatte. Der größere der beiden, der so ruhig dagesessen hatte. Er saß auch jetzt ruhig da, sah die Staatsanwältin an und verfolgte alles aufmerksam.

Ich hatte mich ablenken lassen und nicht mitbekommen, was die Staatsanwältin gesagt hatte. Es deutete aber nichts darauf hin, dass es wichtig gewesen war. Ich konzentrierte mich erneut, doch meine Augen huschten immer wieder zu dem Zuschauer.

Endlich kam sie zum Ende. Ich bat um fünf Minuten Pause und schlug vor, einmal kurz die Fenster zu öffnen, damit wir ein bisschen frische Luft bekämen. Mein Vorschlag stieß auf Gegenliebe.

Ich ging nach draußen auf den Flur und lief ruhelos auf und ab. Wie immer vor meinem Plädoyer war ich nervös, obgleich dieser Fall weder groß noch schwierig war. Mir war etwas übel, mein Kopf fühlte sich leer an. Aber das musste so sein und gab sich, sobald ich anfing.

Als die Pause zu Ende war, sammelte ich die Dokumente zusammen, die ich brauchte, füllte mein Wasserglas und stellte mich an meinen Platz, das Gesicht dem Gericht zugewandt. Die Richter kamen herein und alle nahmen wieder Platz. Ich blieb stehen. Der Vorsitzende nickte mir zu. »Bitte, Rechtsanwalt Brenne.«

»Hohes Gericht«, begann ich. »Es ist Zeit für mein Plädoyer. Es ist bereits später Nachmittag, ein langer, grauer Gerichtstag liegt hinter uns, und wir alle werden langsam müde. Deshalb werde ich versuchen, mich kurz zu fassen. Mein Plädoyer wird deutlich kürzer sein als das der Staatsanwältin.«

Ich nahm einen Schluck Wasser und redete weiter: »Aber auf einige wichtige Aspekte möchte ich doch eingehen. An erster Stelle ist da die Beweislast. Mein Mandant muss freigesprochen werden, wenn es berechtigte Zweifel daran gibt, dass er wirklich getan hat, wofür er angeklagt worden ist.« Ich hob einen Finger. »Dann *muss* er freigesprochen werden.«

Damit war ich in Gang. Meine Nervosität fiel von mir ab, und ich spürte die Worte wie von selbst kommen. Ich tat, was ich wirklich am besten kann und was mir am besten gefällt. Sprach meine Punkte an, einen nach dem anderen. Die Struktur stimmte, und ich musste nicht einmal auf den Zettel gucken, auf dem ich mir die wichtigsten Aspekte der Reihe nach notiert hatte. Ich sprach engagiert, mit Nachdruck, und ich wusste, dass ich überzeugend war. Der vorsitzende Richter schrieb eifrig mit, und auch seine beiden Beisitzer waren bei der Sache. Und noch etwas wusste ich, während ich redete, meine Argumente mit dem Zeigefinger unterstrich, wohlberechnete Kunstpausen einlegte und meine Stimme hob oder das Tempo verlangsamte, damit sich etwas richtig setzen konnte: Hinter mir auf der Zuhörerbank saß jemand, regungslos, die Hände im Schoß, das breite Gesicht meinem Rücken zugewandt, und hörte mir aufmerksam zu. Ich fragte mich immer wieder, warum dieser Mann erschienen war.

Als ich nach Hause kam, war ich leer, müde und nass. Ich duschte und zog mich um. Anschließend machte ich mir ein Fertigmenü in der Mikrowelle heiß, das ich aß, ohne etwas zu schmecken. Ich versuchte, mich eine halbe Stunde auf dem Sofa auszuruhen, konnte aber wie üblich nach einer Verhandlung nicht schlafen.

Draußen war es dunkel, feucht und windig. Ich blätterte lustlos in der Zeitung und zappte unruhig durch die verschiedenen Fernsehkanäle. Dann rief ich Mette an und fragte, ob sie nicht zu mir kommen wolle.

Als sie bei mir eintraf, trug sie einen Regenmantel und hatte Tropfen auf der Nase. Ihr Mund war kalt und nass. Ich nahm ihr den Mantel ab und zog ihr noch im Flur die restlichen Kleider aus. Sie stand nackt vor mir und ließ sich betrachten, bevor ich sie in mein Schlafzimmer führte.

Danach schlief ich wie ein Kind. Als ich am nächsten Morgen in der Dämmerung aufwachte, war Mette gegangen. Aber es hatte aufgehört zu regnen, und in der Küche stand frisch gekochter Kaffee. Auf dem Tisch lag ein gelber Zettel mit einem Smiley und drei Küssen darunter.

Kapitel 5

Als er ein paar Wochen später plötzlich in meiner Kanzlei auftauchte, wurde mir bewusst, dass ich auf ihn gewartet hatte. Kari kam herein und sagte, da sei ein Mann, ein Ausländer, der gerne mit mir sprechen wolle.

»Wenn du denn Zeit hast«, sagte sie. »Ich habe den Namen nicht mitbekommen, er meinte aber, wir könnten auch einen Termin vereinbaren, er würde dann wiederkommen.«

»Ausländerrecht?«, fragte ich. Das gehörte nicht gerade zu meinen Lieblingsthemen.

Sie schüttelte den Kopf. »Das glaube ich nicht. Er hat teure Klamotten an, ist höflich und spricht gut norwegisch. Also so ein Schwedisch-Norwegisch. Er wollte mir aber nicht sagen, um was es geht.«

»Ich habe doch Zeit, oder?«

»Schon. Du hast heute keine Termine mehr. Aber du musst dieses Protokoll noch fertig schreiben.«

Es handelte sich um ein ungemein langweiliges Protokoll über Mängel nach einem Hauskauf. »Bring ihn rein«, sagte ich. »Und frag ihn, ob er auch einen Kaffee will.«

Als er mein Büro betrat, war er wie schon bei unseren anderen Begegnungen tadellos gekleidet. Dunkles Jackett über einem dunkelgrünen Rollkragenpullover, graue Hose und braune, robuste Schuhe. Er war groß und kam mit ausgestreckter Hand auf mich zu, noch ehe ich aufgestanden war.

»Slavo Mihailovic«, sagte er. »Danke, dass Sie mich ohne Termin empfangen.«

Seine Hand war trocken und warm.

»Mikael Brenne.« Ich zeigte mit der Hand auf den Besucherstuhl. »Nehmen Sie doch Platz. Eine Tasse Kaffee?«

»Ihre Sekretärin hat mich bereits gefragt. Ich nehme gern eine Tasse, danke.«

Die Tür ging auf, und Kari kam mit dem Kaffee und zwei Tassen herein. »Ich habe zu fragen vergessen, ob Sie Milch oder Zucker möchten«, sagte sie.

Er warf ihr ein rasches Lächeln zu und zeigte seine kräftigen, weißen Zähne. »Nein, das ist gut so, vielen Dank.«

Sein Norwegisch, in das sich ein schwedischer und ein fremdländischer Akzent mischten, war sehr gut. Ich musterte ihn. Er sah wie ein erfolgreicher Geschäftsmann aus. Saß aufrecht und entspannt auf dem Stuhl, die Hände auf den Oberschenkeln, und wartete darauf, dass ich begann.

»Was kann ich für Sie tun, Herr Mihailovic?«, fragte ich.

»Slavo«, sagte er. »Bitte, nennen Sie mich Slavo. Das ist einfacher.«

Ich nickte.

»Ich brauche einen Anwalt, und ich hätte gerne Sie. Wenn Sie Zeit haben und bereit wären …«

»Nun, ich bin zwar Anwalt …« Ich lächelte ihn an. »Aber ich bin nicht in allen Sachfragen gleich kompetent. Es gibt bestimmte Themen, bei denen Ihnen andere Kanzleien vielleicht besser helfen können. Wenn Sie mir kurz skizzieren könnten, was für Probleme Sie haben, dann kann ich Ihnen etwas konkreter sagen, ob ich Ihnen helfen kann.«

Er hob abwehrend die Hand und streckte mir die Handfläche entgegen. »Nein, nein, ich habe keine Probleme.«

Ich öffnete den Mund, um etwas zu entgegnen, aber er fuhr fort.

»Lassen Sie mich erklären. Ich bin … Geschäftsmann, habe sehr unterschiedliche Interessen und diverse Beteiligungen. Ich habe viele Jahre in Schweden gelebt. Jetzt bin ich dabei, mich hier zu etablieren. Und vielleicht auch noch an ein paar anderen Orten in Norwegen.«

Ich nickte. Er zögerte etwas, suchte nach den richtigen Worten.

»Ich brauche Hilfe bei der Gründung verschiedener Firmen beziehungsweise bei der Übernahme bereits bestehender Gesellschaften und noch bei einigem mehr. Da gäbe es bereits jede Menge Arbeit für einen Anwalt. Des Weiteren verfüge ich über viele Kontakte und habe zahlreiche Bekannte. Ich würde diese Leute gerne an Sie vermitteln, sollten sie einen Anwalt brauchen.«

»Ja«, sagte ich. »Das hört sich wirklich interessant an. Aber warum ich? Es stimmt zwar, dass ich die unterschiedlichsten Fälle bearbeite, aber in erster Linie bin ich doch … als Strafanwalt tätig. Aber das wissen Sie bereits, nicht wahr? Sie haben mir vor einiger Zeit vor Gericht zugehört.«

Er nickte. »Das stimmt. Ich habe mich etwas umgehört. Sie sind mir empfohlen worden. Sie und ein paar andere. Deshalb war ich im Gericht und habe mir jeweils selbst einen Eindruck verschafft. Sie waren der Beste. Ich war sehr beeindruckt.«

Ich lächelte ihn an. »Danke, das ist sehr freundlich. Aber es beantwortet meine Frage nicht. Warum einen Strafanwalt? Sie betreiben … Geschäfte, haben Sie mir gesagt.«

Er zuckte mit den Schultern und lehnte sich zurück. »Ja, das ist richtig. Vollkommen … legale Geschäfte der unterschiedlichsten Art. Aber Sie haben doch auch Erfahrung als Wirtschaftsanwalt, nicht wahr? Das ist mir jedenfalls von meinen Kontaktleuten berichtet worden.«

Er hatte sich gründlich über mich informiert.

»Meine Kontaktpersonen sind sehr … unterschiedlich«, fuhr er fort. »Sehr … verschiedene Menschen. Wirklich. Ich bin nicht intolerant. Und einige von ihnen könnten durchaus auch einmal einen Strafanwalt brauchen, wer weiß.«

Ich nickte nur.

»Nun«, sagte er. »Wäre das für Sie interessant?«

Ich musste nicht lange nachdenken. »Natürlich ist das interessant. Unter bestimmten Voraussetzungen. Es gibt ein paar … Grundregeln, die wir zunächst besprechen müssen. Unter anderem müssen wir uns über den Preis einig werden.«

Er stand auf und sah auf die Uhr.

»Sehr gut, das verstehe ich. Ich habe jetzt leider nur wenig Zeit, denn ich muss noch einen anderen Termin wahrnehmen, aber ich kann Ihnen einen Vorschlag machen. Ich habe ein Restaurant übernommen, Der Alte Keller, kennen Sie das?«

Ich kannte das Lokal.

»Ich lade Sie heute Abend zum Essen ein. Passt Ihnen das? Dann besprechen wir alles Weitere, und Sie können auch gleich meinen Partner kennenlernen. Ja?«

Ich sagte zu.

Nachdem er gegangen war, kam Kari zu mir ins Büro. Sie lehnte sich an den Türrahmen und sah mich fragend an. »Nun? Kein Ausländerrechtsfall, oder?«

Ich schüttelte den Kopf. »Nein, kein Ausländerrecht.«

»Was dann? Interessant?«

»Ja, interessant war das. Und lukrativ, glaube ich.« Ich machte eine Pause. »Aber ob es sonderlich klug ist … das bleibt abzuwarten.«

Kari sah mich an. »Tja, das musst du entscheiden. Wir brauchen zwar Geld, aber so viel nun auch wieder nicht.« Dann lächelte sie. »Aber attraktiv war er. Das muss man ihm lassen.«

»Er ist zu alt für dich«, sagte ich, worauf sie nur noch breiter lächelte.

Ich traf pünktlich im Restaurant ein. Der Alte Keller existierte schon viele Jahre und war weder gut noch schlecht, aber mit einer dunklen, intimen Atmosphäre. Ich hatte mich umgezogen und viel Zeit mit meiner Kleiderwahl verbracht. Am Ende der Treppe, die ins Kellergeschoss führte, in dem das Restaurant lag, befand sich die Garderobe mit einem großen, wandhohen Spiegel. Ich betrachtete mich. Brauner Kaschmirmantel, dunkle Hose, schwarze Schuhe, dunkelbraunes Wollsakko über einem schwarzen Rollkragenpullover. Ich bemerkte, dass meine Haare grauer und die Falten am Mund tiefer waren als noch vor kurzer Zeit. Dann nickte ich mir selbst kurz zu und ging ins Restaurant.

Es waren nicht viele Gäste anwesend, so dass ich Slavo sofort an einem der hinteren Tische erblickte. Neben ihm saß ein Mann, der mir den Rücken zuwandte. Slavo stand auf und kam mir mit ausgestreckter Hand entgegen.

»Willkommen, willkommen«, sagte er. »Darf ich Ihnen meinen Kollegen vorstellen, meinen Partner.«

Er fasste meinen Arm und geleitete mich zu seinem

Tisch. Der andere stand auf, und wir begrüßten uns per Handschlag. Es war der Mann, den ich bereits im Nachtklub zusammen mit Slavo gesehen hatte. Er grüßte, ohne zu lächeln. Sein faltiges Gesicht war länglich und vollkommen verschlossen. Er gestikulierte beim Reden, doch seine Miene blieb merkwürdig starr. Er wurde mir als Mike vorgestellt.

»Sie beide haben den gleichen Namen«, sagte Slavo lächelnd. »Mikael und Mike. Aber Mike liebt Amerika, amerikanische Autos, amerikanische Filme, amerikanische Namen.« Er lachte.

Mike lächelte nicht.

»Nun«, sagte Slavo. »Zuerst das Geschäft, mein Freund, dann das Vergnügen. Mike sollte da dabei sein. Danach können wir essen und trinken und es uns gut gehen lassen.« Er sah mich fragend an.

Ich nickte.

»Gut. Aber ein Glas Wein können wir jetzt schon trinken, nicht wahr?«

»Ja, gerne.«

Er schnippte mit den Fingern. Nach zwei Minuten stand eine geöffnete Flasche Weißwein auf dem Tisch.

»Chablis«, sagte Slavo und schenkte ein, »der einzige Weißwein, den ich trinke. Prost.«

Wir stießen an. Slavo nickte mir zu und nippte an seinem Glas. Alles, was er tat, war von einer intensiven Aura umgeben, als hätte jede seiner Handlungen eine versteckte Bedeutung.

Mike leerte sein Glas in einem Zug. Seine Augen waren fast schwarz. Es war wie zwischen zwei Polen zu sitzen, einem anziehenden und einem abstoßenden.

»Nun«, sagte Slavo und legte die Hände flach auf den Tisch. »Sie haben bei unserem ersten Treffen gesagt, dass Sie uns unter gewissen Voraussetzungen vertreten könnten. Ökonomische, denke ich, aber vielleicht gibt es auch noch andere?«

Ich nahm einen Schluck Wein und nickte. Ich hatte mir Gedanken gemacht.

»Natürlich sind da, neben ein paar anderen Dingen, die finanziellen Rahmenbedingungen. Fangen wir also mit dem Finanziellen an: Ich rechne auf Stundenbasis ab. Bei zivilen Verfahren und Geschäftskunden wie Ihnen berechne ich 1250 Kronen die Stunde plus Mehrwertsteuer. Das ist natürlich nicht billig, liegt aber im Rahmen, wir Anwälte sind teuer, leider.«

Ich lachte. Mein normaler Stundensatz betrug 1000 Kronen.

Slavo nickte nur.

»Des Weiteren gibt es ein paar andere Dinge formeller Natur, die ich erwähnen sollte. Absprachen und Vorgehensweisen, die sicherstellen sollen, dass es keine Missverständnisse zwischen uns gibt.« Ich ging schnell mein persönliches System durch: Auftragsbestätigung, schriftliche Fixierung, monatliche Abrechnung und andere Routinedinge. Ich konnte das auswendig.

Slavo nickte wieder. »Das ist unproblematisch. Vernünftig und professionell. Sonst noch etwas?«

Er sah mich an, und ich fühlte, dass er genau wusste, wo das Problem lag. Ich holte tief Luft und sagte: »Ja, eins noch. Und das ist wichtig. Aus unserem Gespräch heute früh habe ich entnommen, dass Sie … in die verschiedensten Geschäfte involviert sind. Ich brauche und will da nichts Genaues wissen. Andererseits ist es manchmal wichtig und notwendig, dass ich detailliert über Ihre Tätigkeiten informiert bin, um Sie entsprechend vertreten zu können. Das ist die Ausgangssituation. Lassen Sie uns mal annehmen, dass Sie – natürlich nur rein theoretisch – oder einer Ihrer Partner in etwas verstrickt sind, das … etwas zweifelhafter Natur ist, vielleicht ungesetzlich oder strafbar.« Ich hob meine Hand, um zu signalisieren, dass ich nicht unterbrochen werden wollte, aber das war nicht nötig. Sie saßen beide ganz ruhig da, hochkonzentriert. Die beiden waren sich in gewisser Weise sehr ähnlich.

Ich fuhr fort: »Das ist ein prinzipieller und theoretischer Punkt. Ich will damit nicht andeuten, dass es wirklich so ist. Aber falls es sich so darstellen sollte, darf ich davon nichts wissen. Ich darf nicht konsultiert werden, darf keine Ratschläge geben oder in irgendeiner Weise bei etwas Ungesetzlichem mitwirken, und ich möchte auch nicht darüber informiert werden, sollte so etwas geschehen oder bereits geschehen sein. Nicht bevor so etwas vor Gericht kommt und ich als Verteidiger engagiert werde. Dann gelten eigene Regeln, aber die besprechen wir erst, wenn es so weit ist.«

Ich sagte die letzten Worte mit Nachdruck und sah ihnen in die Augen. Slavo war ernst und nachdenklich. Mike lächelte zum ersten Mal. Ein kleines, unangenehmes Lächeln voller Verachtung, das aber sofort wieder von seinem Gesicht verschwand.

Mike sagte etwas zu Slavo, vermutlich auf Serbisch. Slavo schüttelte nur den Kopf und antwortete mit einem Wort. Ich sah sie fragend an.

»Mike ist keine Anwälte gewohnt. Er ist eher … operativ

tätig, um es einmal so auszudrücken. Doch ich vertraue ihm.«

Dann beugte er sich lächelnd vor. »Aber ich verstehe ganz genau, was Sie sagen. Und ich bin einverstanden. Das ist ein sehr vernünftiges Prinzip, und zwar sowohl für Sie als auch für Ihre Mandanten. Kein Problem, absolut nicht.«

Ich nickte. »Ausgezeichnet.«

»Jetzt müssen Sie mich einen Augenblick entschuldigen«, sagte Slavo. »Ich muss einen Moment mit Mike in unserer Sprache sprechen. Das geht viel schneller.« Er wandte sich Mike zu, und sie besprachen rasch etwas. Meistens redete Slavo, Mike gab nur kurze Antworten und nickte mehrmals. Schließlich wandte sich Slavo wieder an mich.

»Gut. Als Erstes müssen wir ein paar Gesellschaften gründen oder bestehende übernehmen, wenn das einfacher ist. Ich schreibe eine Liste mit unseren Vorstellungen. Unter anderem gilt das auch für dieses Restaurant. Wir haben das faktisch bereits übernommen, nicht aber formell. Ich weiß nicht, was besser ist – die Gesellschaft zu übernehmen oder eine neue zu gründen und den Betrieb zu kaufen. Das Gleiche gilt auch noch für ein anderes Restaurant. Außerdem brauchen wir eine … Importgesellschaft heißt das, glaube ich. Ich werde alles aufschreiben, auch den Namen des Verkäufers und seines Anwalts. Ist das in Ordnung?«

Das war es.

Er fuhr fort. »Mike wird morgen Ihre Sekretärin anrufen und einen Termin am Nachmittag vereinbaren, wenn Ihnen das recht ist. Könnten Sie bis dahin die Auftragsbestätigung und diese Dinge vorbereiten?«

»Ja«, sagte ich. »Das lässt sich machen. Ich werde sofort damit beginnen. Rechnen Sie damit, dass wir am Folgetag auch noch einen Termin brauchen, ich werde ganz sicher noch weitere Fragen haben.«

»Ja, das ist klar. Dann sind wir uns einig.«

Er stand auf. »Mike muss jetzt gehen. Er hat noch einen Termin. Und wir können jetzt entspannen und etwas essen.«

Auch Mike erhob sich, und ich folgte ihrem Vorbild. Er drehte sich um und machte eine kurze auffordernde Handbewegung in Richtung einer Frau, die ich bei meinem Kommen nicht bemerkt hatte. Sie stand auf und kam auf uns zu. Es war die Frau, die ich schon beim ersten Mal in ihrer Gesellschaft gesehen hatte.

Sie blieb neben Mike stehen, wurde mir aber nicht vorgestellt und sagte auch selbst nichts. Sie trug ein kurzes, schwarzes Kostüm mit einem knappen Rock. Ihre Schuhe hatten sehr hohe Absätze. Hätte sie jetzt noch einen Hut getragen, wäre sie glatt als Filmstar aus den fünfziger Jahren durchgegangen. Für einen kurzen Moment begegneten sich unsere Blicke.

Mike streckte mir seine Hand entgegen. Er hatte ungewöhnlich lange, kräftige Finger.

»Dann bis morgen«, sagte er und ging ohne ein Lächeln.

Die Frau folgte ihm mit etwas Abstand.

Ich blieb stehen und sah ihnen nach. Sie wiegte sich mit einer Arroganz in den Hüften, die ganz und gar unnorwegisch war. Slavo lachte.

»Sie heißt Eva«, sagte er. »Und sie hat das schönste Hinterteil der ganzen Stadt, finden Sie nicht auch?«

»Ist sie Mikes Frau?«, fragte ich.

Er dachte einen Moment nach. »Nun«, sagte er. »Diese Frage ist nicht so leicht zu beantworten. Die Antwort lautet nein, aber in anderer Hinsicht ist sie wohl doch so etwas wie Mikes Frau.«

Ich muss verwirrt ausgesehen haben, aber er lachte nur und schlug mir auf die Schulter. »Ein Rätsel. Eva ist ein Rätsel. Aber lassen wir das. Jetzt sollten wir essen und trinken. Noch etwas Wein, mein Freund?« Er klatschte in die Hände, und schon kam ein Kellner angelaufen.

Beim Essen erlebte ich einen anderen Slavo. Jetzt schien er die Intensität zu verbergen und wurde jovial und locker. Er bestand darauf, für uns beide zu bestellen, und aß mit gewaltigem Appetit. Er trank den Wein in großen Schlucken und achtete darauf, dass mein Glas immer voll war. Nach dem Essen bestellte er eine ganze Flasche Cognac und zwei Gläser. Er erzählte bizarre, manchmal aber auch schöne Geschichten aus einem Dorf in dem alten Jugoslawien, aus dem er stammte.

»Ich bin bei meinem Großvater aufgewachsen«, sagte er, »auf dem Land, nördlich von Belgrad. Bei meinen Großeltern.«

»Und Ihre Eltern?«, fragte ich.

Er zuckte mit den Schultern. »Meine Mutter ist gestorben, als ich ein Jahr alt war. Und mein Vater … nun, er war in Belgrad. In der Partei. Ein hohes Tier. Ich habe ihn fast nie gesehen. Und dann ist er verschwunden.«

»Verschwunden?«

»Ja, während Tito an der Macht war. Er ist in Ungnade gefallen. Ich habe nie herausgefunden, was mit ihm geschehen ist.«

Er wurde still, und ich wusste nicht, was ich sagen sollte. Dann lächelte er wieder. »Aber mein Großvater war ein fantastischer Mann. Er stammte aus dem Jahr 1900 und hatte miterlebt, wie sich seine Welt von Grund auf veränderte. Bei seiner Geburt herrschte noch das ungarisch-österreichische Kaiserreich, und danach hat er beide Weltkriege erlebt und vierzig Jahre Kommunismus. Doch er selbst hat sich dabei nie verändert. Hat das Dorf auf seine ganz eigene Weise wie sein kleines Reich regiert, nur aufgrund seiner Persönlichkeit. Alle haben auf ihn gehört und ihn respektiert. Und er war der netteste Mann der Welt.«

Er schenkte uns Cognac nach und hob sein Glas.

»Als ich noch ganz klein war, habe ich gesehen, wie er einmal einen Mann getötet hat.«

Ich sah ihn an. »Warum?«

Slavo lächelte. »Das kann auch nur ein Anwalt fragen«, sagte er. »Warum? Und nicht wie? Ich weiß es nicht, habe es nie wirklich verstanden. Ich war zu jung, glaube ich. Es hatte etwas mit einer Frau zu tun, einer Frau, die vergewaltigt worden war. Mein Großvater hat den Mann mit einem Messer getötet, ihm vor den Augen des ganzen Dorfes die Kehle durchgeschnitten. Dann haben sie ihn weggetragen und begraben. Keiner hat das gemeldet. Das war undenkbar. Ich erinnere mich noch ganz deutlich daran. An den Staub und das Blut und daran, wie schnell alles ging. Ein Augenblick, dann war es vorbei. Mir hat mein Großvater nur gesagt, dass es nötig war. Und dass ein Mann niemals zögern darf, etwas zu tun, das getan werden muss. Ich glaube, ich war damals fünf oder sechs Jahre alt.«

Für einen Augenblick saßen wir schweigend da. Dann redeten wir über andere Dinge. Als wir gingen, waren wir beide angetrunken. Die Nachtluft wehte kalt und frisch über den Bürgersteig.

Er legte mir den Arm um die Schultern. »Das müssen wir mal wiederholen«, sagte er. »Aber dann bringen Sie Ihre hübsche Sekretärin mit. Die hat mir gefallen.«

Ich lachte und stimmte ihm zu, dachte dabei aber an Kari und wusste ganz genau, dass ich das niemals tun würde. Dann trennten wir uns.

Auf dem Heimweg musste ich an seine Geschichte denken. Ich sah das Dorf vor mir, irgendwo auf dem Balkan. Das Blitzen des Messers, das Blut im Staub und den kleinen Jungen, der mit großen Augen danebenstand.

Kapitel 6

Der nächste Tag war klar und wie frisch gewaschen. Der Himmel war hellblau, und das Gebirge leuchtete grau mit einem ersten Anstrich von Herbstfarben. Nur die leichten Kopfschmerzen erinnerten mich an den vergangenen Tag.

Im Büro stieß ich auf eine gutgelaunte, gesprächige Kari. Mike hatte bereits angerufen und einen Termin am späten Vormittag vereinbart. Und Mette hatte sich gemeldet. Sie wollte es später noch einmal probieren. »Ich nehme mal an, das ist deine neue Freundin?«, sagte Kari.

Als ich sie ansah, huschte eine leichte Röte über ihre Wangen. »Nicht, dass mich das etwas anginge«, sagte sie schnell. Ich lächelte.

Das blasse Sonnenlicht fiel schräg ins Büro und ließ ihre Haare golden glänzen. Sie sah jung, rein und gesund aus, und mir kam in den Sinn, wie wenig ich eigentlich über sie wusste. Wie lebte sie, was dachte sie oder wovon träumte sie?

»Gefällt es dir hier, Kari?«, fragte ich. »Ich meine … gefällt dir der Job? Ist alles … in Ordnung?«

Sie sah mich überrascht an. »Ja, na klar«, antwortete sie. »Es gefällt mir gut hier, wieso?«

»Nein, ich dachte nur. Ich glaube, ich habe dich nie gefragt. Vielleicht sollten wir mal so ein Mitarbeitergespräch führen.«

»Wenn du meinst.« Dann begann sie zu lachen. »Und

auf so was kommst du ganz plötzlich nach zwei Jahren? Sollen wir einen Termin vereinbaren? Es gibt ja nur uns zwei hier, und wir reden jeden Morgen, wenn du deinen ersten Kaffee trinkst. Ich denke aber, ich kann an einem der nächsten Tage einen Termin möglich machen.«

Als sie lachte, bemerkte ich, dass einer ihrer Eckzähne schief war.

Aus irgendeinem Grund passte das perfekt zu ihr. Dann musste auch ich lachen.

»Okay, okay. Aber man lacht nicht über seinen Chef. Vergiss nie, dass ich dein Herr und Meister bin und über Leben und Tod entscheide. Ich kann dich aber wenigstens ein bisschen loben und sagen, wie gut du bist. Du bist die beste Sekretärin, die ich je hatte. Ich glaube, das habe ich dir noch nie gesagt.«

Sie lächelte. »Nein, das hast du nicht. Aber das ist schon in Ordnung. Ich weiß, dass ich gut bin«, sagte sie mit einer Sicherheit, die mich überraschte.

Wir saßen noch einen Augenblick mit unseren Kaffeetassen in der Sonne und ließen es uns gut gehen.

Als das Telefon am Empfang klingelte, nahm ich das Gespräch an meinem Apparat entgegen und meldete mich: »Anwaltskanzlei Brenne.«

Es war Mette. Sie rief von der Arbeit aus an und plauderte zufrieden über alltägliche Dinge. Kari stand auf, zog ihren Rock glatt und strich sich mit beinahe automatischen, aber seltsam erotischen Bewegungen über die Hüften. Dann lächelte sie mich kurz an und ging zurück ins Vorzimmer. Mette redete so viel, dass ich nur ab und zu ein Wort einzuwerfen brauchte.

Nach der Mittagspause kam Mike. Er stand mit einem langen, schwarzen Ledermantel in meinem Büro und hielt einen großen Umschlag in den Händen. Ich bat ihn, Platz zu nehmen, aber er schüttelte nur den Kopf und reichte mir den Umschlag. Ich blätterte rasch die Papiere durch. Alles wirkte ordentlich und vollständig.

»Haben Sie Unterlagen für mich?«, fragte Mike.

Ich nickte und rief Kari an, die mit den Dokumenten ins Büro kam. Mike musterte sie rasch von Kopf bis Fuß. Wie ein Auto oder ein Pferd. Kari ignorierte ihn.

»Ich nehme die Sachen mit zu Slavo«, sagte er. »Er meldet sich dann bei Ihnen, um einen Termin zu vereinbaren. Haben Sie für den Anfang alles, was Sie brauchen?«

Ich nickte. »Ja, es sieht gut aus.«

Er schob seine Hand in die Jackentasche und nahm einen kleinen Umschlag heraus. »Hier«, sagte er. »Rechnen Sie damit ab.«

Ich öffnete den Umschlag. Er enthielt einen unterschriebenen Scheck über 100 000 Kronen. Ausgestellt auf Anwalt Mikael Brenne.

Ich sah ihn an. In seinen Augen stand Arroganz und Verachtung.

»Machen Sie Ihre Arbeit«, sagte er. »Unsere Freunde … bezahlen wir gut.«

Er drehte sich um und wollte gehen, blieb dann aber noch einmal stehen und sagte: »Noch eine Sache, Brenne.«

Ich blickte auf. »Ja?«

»Sie haben einen Mandanten namens Johnny … Hansen?«

Ich nickte vorsichtig.

»Wir wollen nicht, dass Sie ihn weiter vertreten.«

»Johnny? Warum nicht?«

Er antwortete nicht, sondern sah mich nur still an, bis ich sagte: »Ja, okay, das wird kein Problem sein, ich habe im Moment ohnehin nichts Konkretes mit ihm …«

Als er gegangen war, schämte ich mich ein bisschen, ohne wirklich zu wissen, warum.

Kari steckte den Kopf zur Tür herein. »Puh«, sagte sie. »Mir ist der andere lieber. Der ist mir zu unheimlich.«

Ich legte den Scheck beiseite, nahm die Papiere von Slavo und begann zu arbeiten. Dann rief ich einen Wirtschaftsprüfer an, den ich kannte, vereinbarte einen Termin und bat schließlich den Anwalt des Verkäufers des Alten Kellers um eine komplette Rechnungsübersicht. Wir verabredeten uns für die kommende Woche. Das gleiche Vorgehen wählte ich auch bezüglich des geplanten Erwerbs eines weiteren Restaurants. Ich arbeitete effektiv bis abends um sechs. Die ganze Zeit über lag der Scheck neben mir auf dem Schreibtisch. Ich wusste, dass ich damit wirtschaftlich für Monate festen Boden unter den Füßen hatte und dass Kari sich freuen würde. Ich hätte glücklich sein sollen, war es aber nicht.

Anschließend ging ich in die Stadt und kaufte mir einen neuen Anzug. Ich rief Mette an und lud sie für den kommenden Tag ein, aber das alles verhalf mir dennoch nicht zu besserer Laune.

Als ich Mette am nächsten Abend traf, trug ich den neuen Anzug. Es fiel ihr sofort auf. Typisch Frau.

»Elegant«, sagte sie. »Aber du hättest mich warnen können. Dann hätte ich mich ein bisschen hübscher gemacht.«

»Du bist hübsch«, sagte ich. »Mehr als genug.«

Und das stimmte. Ich öffnete die Tür des Restaurants, in dem wir essen wollten, und ließ sie zuerst hineingehen. Sie trug eine Designerjeans mit Strass und schwarze, hochhackige Stiefeletten. Das Restaurant war neu, und keiner von uns war zuvor einmal dort gewesen. Die Gerichte hatten komplizierte Namen, und der Kellner sah uns entgeistert an, als wir ihn baten, uns etwas zu empfehlen. Die Portionen waren klein.

»Ärgere dich nicht«, sagte Mette und legte ihre Hand auf meine.

»Worüber soll ich mich nicht ärgern?«

»Ach, über alles hier.« Sie machte eine vage Handbewegung. »Dieses Restaurant. Die Welt ist doch voller solcher Orte. Prätentiös, teuer und schlecht.« Sie lachte. »Vermutlich muss das so sein. Wir müssen mit der Zeit gehen, weißt du.«

Ich lächelte sie an, ärgerte mich aber trotzdem. Und ich war unkonzentriert. Mette redete weiter.

»Was?«, fragte ich. »Was hast du gesagt?«

Sie sah mich resigniert an. »Du bist heute ein bisschen abwesend, Mikael. Was ist denn los? Ist was passiert?«

Ich hörte ihr nicht zu und musste sie bitten, noch einmal zu wiederholen, was sie gerade gesagt hatte.

An diesem Abend trank ich zu viel. Ich wurde laut, redete mit Leuten, die ich nicht kannte, und lachte lärmend. Ich klopfte fremden Menschen auf die Schultern und zwinkerte unbekannten Frauen zu. Dann fuhren wir mit einem Taxi zu mir nach Hause. Mette bezahlte, weil ich zu lange brauchte, um meine Geldbörse zu finden.

Im Schlafzimmer ging ich laut polternd zu Boden, weil ich beim Ausziehen der Hose auf einem Bein zu balancieren versuchte. Mette kam aus dem Bad gestürzt, die Zahnbürste in der Hand und die Lippen voller Schaum.

Ich lag da, die Hose um die Knöchel, und winkte ihr zu.

»Keine Sorge«, sagte ich. »Ich habe nur das Bett verfehlt. Aber du siehst schlimm aus. Du hast Tollwut und musst wohl erschossen werden.«

Mette verdrehte die Augen und ging wieder ins Bad.

Wir versuchten miteinander zu schlafen, aber ich war zu betrunken.

Anschließend tätschelte sie meine Wange wie die eines Kindes. »Das macht nichts«, tröstete sie mich. »Das macht nichts.«

Ich sah zu ihr auf und bemerkte, wie traurig sie aussah. Dann schlief ich ein.

Die Hände meines Vaters waren beinahe durchsichtig. Die Haut weiß und zart, als hätte das Leben die äußere Schicht seines Körpers zu einer dünnen, transparenten Hülle abgeschliffen. Unter der Haut spannten sich blaue Adern. Seine Hände zitterten leicht, als er mir Kaffee einschenkte.

»Milch und Zucker?«

Meine Irritation kam spontan, wie immer, ich zeigte sie aber nicht. »Nein danke, ich trinke ihn schwarz.« Er stellte diese Frage schon, solange ich denken konnte, wobei er jedes Mal dieselbe Antwort bekam.

»Gefällt es dir hier?«

Er zuckte mit den Schultern. »Ich kriege hier ein warmes Mittagessen serviert und kann tun und lassen, was ich will. Das ist schon in Ordnung.« Er schwieg eine ganze Weile, dann sagte er: »Es gibt hier viele, denen es schlechter geht.«

Ich war bei ihm aufgewachsen und sollte ihn besser kennen als jeder andere, trotzdem konnte ich noch immer nicht mit Sicherheit sagen, was in ihm vorging. Er verstand sich ganz einfach nicht auf Nähe.

Wir nippten schweigend an unseren Tassen. »Wir könnten … hast du Lust, mal einen Ausflug zu machen, Papa? An einem Sonntag, zum Beispiel? Ich könnte dich abholen.«

»Wohin denn?«

»Ich weiß nicht, egal … wohin du willst.«

Er dachte nach und schüttelte dann den Kopf. »Nein, das ist nicht notwendig.«

Nach ein paar Minuten sagte er dann aber: »Vielleicht im Frühling, Mikael.« Als verstünde er selbst, dass seine Ablehnung hart und unhöflich gewesen war.

Wir redeten ein bisschen über Politik. Er hatte sich früher immer sehr dafür interessiert, doch jetzt konnte ich seiner Stimme anhören, dass ihn das alles nicht mehr wirklich betraf.

»Du brauchst eine Freundin«, sagte er plötzlich. »Es ist nicht gut für einen Mann, allein zu sein.«

»Ich habe eine«, sagte ich, aber er hörte mir nicht zu.

»Du hättest dich nicht von Silje trennen dürfen«, sagte er. »Ich habe sie gemocht.«

»Sie hat mich verlassen, Papa. Wir waren anderthalb Jahre verheiratet, als sie mich mit einem anderen betrogen hat. Aber ich weiß, dass du sie gemocht hast.«

Die Ironie focht ihn nicht an. »Du hättest sie nicht gehen lassen dürfen, Mikael.«

»Ich habe sie nicht gehen lassen, *sie* hat *mich* verlassen, Papa, und das weißt du. Genau wie Mama dich verlassen hat. Und mich. Ohne dass einer von uns auch nur etwas dagegen hätte tun können. Ich weiß nicht, warum du immer darauf herumreitest.«

Ich hörte die Schärfe in meiner Stimme und sah, wie sich sein Gesicht verschloss. Seine Bewegungen wurden steif und abweisend. Als ich ein paar Minuten später ging, blickte er nur kurz auf.

Ich besuchte ihn zu selten, wusste aber genau, warum das so war. Immer kamen wir auf die wunden Punkte zu sprechen und rissen jedes Mal aufs Neue die alten Wunden auf. Ich liebte ihn und glaubte, dass auch er mich liebte. Wir verstanden uns nur nicht darauf, es zu zeigen.

Kapitel 7

Die nächsten Wochen waren sehr arbeitsreich. Der Herbst war jetzt richtig angebrochen. Die Tiefdruckgebiete rollten, eines nach dem anderen, von Westen her über das Meer heran und brachten nasse Tage und Wind, so dass das Laub von den Bäumen gerissen wurde und durch die Luft wirbelte. Ich arbeitete lange im Büro und saß abends häufig zu Hause.

Die Aufträge von Slavo kamen jetzt regelmäßig. Sie beschäftigten mich und zwangen mich zu häufigen Treffen mit verschiedenen Wirtschaftsprüfern. Nachdem ich die Bücher der beiden Restaurants durchgegangen war, die übernommen werden sollten, entschlossen wir uns, zwei neue Gesellschaften zu gründen, die die Geschäfte übernehmen sollten, statt die existierenden Gesellschaften weiterzuführen. Slavo war zufrieden. Ich fragte ihn nicht, was er mit den Gesellschaften wollte, und auch er ging nicht genauer darauf ein.

Die Eigentumsverhältnisse waren kompliziert. Zu guter Letzt gründeten wir eine Holding, die einzig die Aufgabe hatte, diese beiden Gesellschaften zu besitzen. Ich fragte ihn, wer wiederum Eigentümer der Holding sein sollte, doch er wich einer Antwort aus und sagte, das sei noch nicht klar. Ich war der Meinung, wir müssten uns schnell entscheiden, da der ganze Prozess sonst ins Stocken geriete.

Zwei Tage später tauchte er unangemeldet mit einem

fremden Mann, den er als Martin Pettersen vorstellte, in meinem Büro auf. Der Mann war klein und untersetzt, hatte eine Glatze und trug einen beigefarbenen, vor dem Bauch gebundenen Mantel.

»Martin wird vierunddreißig Prozent der Holding besitzen«, sagte Slavo. Martin nickte.

Ich fragte ihn nach seinem beruflichen Hintergrund, doch er wedelte nur vage mit der Hand durch die Luft. »Dies und das«, antwortete er mir dann. »Autoimport. Kauf und Verkauf.« Dann sagte er nichts mehr, sondern nickte nur noch und lächelte mich an, wenn ich ihn ansah.

»Und was ist mit den restlichen sechsundsechzig Prozent?«, fragte ich Slavo. »Werden Sie die besitzen? Allein oder gemeinsam mit Mike?«

Er schüttelte lächelnd den Kopf. »Nein, die gehen an eine andere, auf den Cayman-Inseln registrierte Gesellschaft. Karibik.«

Ich sah ihn an. »Ah ja, okay, aber das liegt dann außerhalb meiner Kompetenz. Ich meine, ich kann mich da bestimmt schlau machen, aber ich habe bis jetzt noch keinerlei Erfahrung in diesen Dingen, außerdem würde das sicherlich unverhältnismäßig teuer.«

»Ich verstehe. Aber ich habe da meine Kontakte. Ein Anwalt aus Liechtenstein wird mit Ihnen Kontakt aufnehmen, wenn das für Sie in Ordnung ist. Das kränkt Sie doch nicht, oder?«

Ich lächelte. »Ganz und gar nicht. Das ist vernünftig.«

»Gut. Und dann wäre da die Importgesellschaft. Ich möchte, dass diese Gesellschaft außerhalb der gesamten Eigentumsstruktur liegt. Es soll keine identischen Besitzer geben, nichts, das die eine Gesellschaft mit den anderen in Verbindung bringen könnte.«

»Das ist kein Problem, aber ich brauche einen konkreten Besitzer, um die Gesellschaft gründen zu können.«

»Ich denke noch ein paar Tage darüber nach«, sagte Slavo.

Es dauerte einen Tag, dann kamen die ersten Faxe aus Liechtenstein. Eine Woche später war die Gesellschaft gegründet. Ich begann mich zu entspannen. Slavo war professionell und zuverlässig. Auch Mike kam manchmal, um Dokumente zu holen oder zu bringen, doch ansonsten geschah nichts, das mich hätte beunruhigen können. Ich rechnete am Monatsende ab, und Slavo akzeptierte die Rechnung ohne jeden Kommentar. Zwischendurch erhielt ich einen weiteren Scheck über 100 000 Kronen. In meinem ganzen Leben hatte ich noch nie so viel Geld verdient.

An einem der kommenden Tage lud mich Slavo auf einen Drink ein und fragte mich, ob ich einen Sitz im Vorstand der norwegischen Gesellschaften haben wolle.

»Ich glaube, das wäre nicht klug«, antwortete ich. »Ich möchte lieber unabhängig bleiben, um die juristischen Aufträge übernehmen zu können. Dafür darf ich persönlich nicht involviert sein.«

Zu meiner Erleichterung nickte er nur und akzeptierte meine Entscheidung.

Der Vorstand setzte sich schließlich aus Martin Pettersen, Mike und einem Buchhalter zusammen, den Slavo aufgetrieben hatte.

»Das lässt Ihnen aber wenig Kontrolle über die Betriebsführung und die eigentlichen Aktivitäten«, sagte ich zu ihm.

»Das ist kein Problem«, erwiderte er lächelnd. »Überhaupt kein Problem. Ich habe genug Kontrolle.« Dann wurde er ernst. »Wir müssen jetzt diese Importgesellschaft gründen, Mikael. Die Zeit drängt.«

Ich zuckte mit den Schultern. »Von meiner Seite her ist alles bereit. Ich kann das morgen machen, mir fehlen nur noch die Namen der Aktionäre.«

»Das braucht noch ein bisschen Zeit. Gründen Sie die Gesellschaft erst einmal auf Ihren Namen, Mikael, den Rest regeln wir dann später. Mike bringt Ihnen morgen das Kapital für die Aktien.«

In mir läuteten alle Alarmglocken. »Ich kann wirklich nicht als Besitzer der Firma eines Mandanten in Erscheinung treten. Das ist unmöglich.«

Er schien sich irgendwie in sich selbst zurückzuziehen. Als er antwortete, klang er abwesend und merkwürdig desinteressiert.

»Denken Sie darüber nach, Mikael. Es könnte durchaus klug sein, das zu tun. Und ich würde es sehr schätzen.«

Ich versprach ihm, mir Gedanken zu machen.

Kari war froh über die neue wirtschaftliche Situation, wirkte ansonsten aber ein wenig distanziert. Wenn sie mir morgens den Kaffee brachte, blieb sie nur selten länger sitzen. Und wenn sie es doch tat, sah sie meist nur mit abwesendem Blick aus dem Fenster.

»Bist du krank?«, fragte ich sie eines Tages. Ich hatte ihr eine Frage gestellt, doch statt zu antworten, sah sie mich geistesabwesend an.

»Nein, wieso?«, antwortete sie schließlich und schüttelte den Kopf. »Ich bin gesund wie ein Fisch.«

»Aber irgendetwas stimmt doch nicht mit dir?«

Wieder schüttelte sie den Kopf.

»Dann bist du verliebt«, sagte ich. »Du scheinst in Gedanken weit, weit weg zu sein.«

Kari zog die Augenbrauen zusammen und sah mich nachdenklich an.

»Nein, Mikael«, antwortete sie dann. »Ich bin ganz bei dir.« Dann stand sie auf und ging nach draußen. Seufzend begann ich zu arbeiten.

Nachmittags hatte ich einen Termin außer Haus. Er zog sich so in die Länge, dass ich Kari mit dem Handy anrief und ihr sagte, dass ich nach dem Termin direkt nach Hause gehen wolle.

»Mikael«, sagte Kari. »Da war ein Anruf vom Krankenhaus.«

»Ja?«

»Es ging um Johnny Hansen. Er ist eingeliefert worden. Ich habe nicht ganz verstanden, was passiert ist, aber er muss sich irgendwie verletzt haben.«

»Und wieso ruft er dann mich an? Ist es schlimm?«

Kari zögerte. »Ich weiß nicht … ich glaube nicht, dass er daran sterben wird. Aber der Anruf kam nicht von Johnny selbst, sondern von einem Sozialarbeiter, der mit dir reden wollte. Es … es schien wichtig zu sein. Ich habe ihm versprochen, dir das auszurichten.«

Ich seufzte und dachte daran, dass Mike mich gebeten hatte, Johnny nicht mehr zu vertreten.

»Mikael«, sagte Kari. »Hast du gehört?«

»Ich fahre heute Abend mal hin«, sagte ich. »So etwas bringt man wohl am besten gleich hinter sich.«

Es war bereits dunkel, als ich am Krankenhaus ankam. Am Empfang bekam ich seine Zimmernummer und eine Wegbeschreibung, mit der ich mich sofort verlief. Es war ziemlich spät, die Besuchszeit war längst vorüber und das Krankenhaus leer. Ich ging über hell erleuchtete Flure, ohne auch nur einen einzigen Menschen zu sehen. In einer Art gläserner Käfig saß eine Krankenschwester und telefonierte. Ich blieb stehen, um sie zu fragen, aber sie blickte nur kurz auf und redete dann weiter. Nach einer Weile gab ich das Warten auf und suchte weiter.

Zu guter Letzt fand ich die richtige Station und schließlich sein Zimmer. Vorsichtig öffnete ich die Tür. Drinnen war es fast dunkel, nur das Licht einer kleinen Nachttischlampe warf diffuse Schatten an die Wand. Johnny Hansen lag auf dem Rücken in einem großen Bett, das in der Mitte des Raumes stand. Er schlief. Ich erkannte sein Profil im schwachen Licht der Lampe und sah seine langen Haare auf dem Kopfkissen.

Verunsichert blieb ich in der Türöffnung stehen. Ich kannte Johnny schon lange. Wir sind im selben Stadtteil aufgewachsen, stammen aus den gleichen grauen Wohnblocks in einer der ersten Trabantenstädte dieser Gegend. Er ist ein paar Jahre älter als ich. Ich erinnerte mich noch daran, wie er immer auf seiner Vespa vor der Schule wartete und reihenweise die Mädchen abschleppte, mit denen ich gerne zusammen gewesen wäre. Auch damals hatte er schon diese langen Haare gehabt. Ich hätte ihm so gerne nachgeeifert, aber meine Mutter ließ das nicht zu. Er spielte Gitarre, und es kursierten Gerüchte, in seiner Clique würde Hasch geraucht. Wir waren seinerzeit nicht befreundet, aber lose miteinander bekannt. Dann war er nach

Kopenhagen gegangen und für viele Jahre verschwunden geblieben.

Viel später, ich hatte gerade meine erste eigene Kanzlei eröffnet, wurde Johnny Hansen einer meiner ersten Mandanten. Er stand einfach eines Tages mit einer Anklageschrift wegen diverser Diebstahldelikte in meinem Büro.

»Ich bin so schuldig, dass es wohl kaum darauf ankommt, welchen Verteidiger ich wähle«, sagte er. »Und ich dachte, da wir uns von früher kennen und Sie am Anfang sicher auch Geld brauchen …«

Das stimmte, und ich setzte mich für ihn ein, als ginge es um Mord, natürlich ohne Erfolg.

Hinter mir auf dem Flur hörte ich Schritte. Ich ließ Johnnys Tür leise wieder ins Schloss fallen und drehte mich um. Eine Krankenschwester kam auf mich zu. Sie sah viel zu jung für diesen Job aus.

»Sie wollen zu Herrn Hansen?«, fragte sie.

»Ja«, antwortete ich. »Er schläft.«

Sie nickte. »Das ist gut. Aber ich werde ihn jetzt wecken. Er muss seine Medizin nehmen. Gehören Sie zur Familie?«

»Nein, ich bin nur … ein Bekannter«, antwortete ich.

Sie schüttelte sich. Ihre Augen waren groß und braun. »Gut, dass Sie da sind. Ich glaube, er hat bis jetzt noch gar keinen Besuch bekommen. Dieser arme Mann. Ist das nicht schrecklich?« Ihre ohnehin schon sanfte, dünne Stimme wurde immer leiser. »Wer kann nur … dass jemand so etwas tun kann.«

»Was?«, fragte ich. »Was tun? Was ist denn mit ihm passiert?«

»Oh!«, platzte sie hervor. »Wissen Sie das denn gar nicht? Entschuldigung! Wie dumm von mir, ich dachte … das macht mich nur so wütend … und er tut mir so leid.«

Ich sah sie an. Sie wurde rot, schien dann aber mit einem Mal eine Art professionelle Maske aufzusetzen.

»Jemand hat ihm die Daumen abgeschnitten«, sagte sie. »Oder besser gesagt, abgetrennt, mit einer Zange, meint der Arzt. Warten Sie hier, ich werde ihn wecken und ihm seine Medizin geben. Dann können Sie zu ihm herein.«

Ich blieb stehen und starrte ihr ungläubig nach.

Als ich nach Hause ging, hatte es wieder zu regnen begonnen. Die Scheinwerfer der entgegenkommenden Autos spiegelten sich gelb in den Pfützen, und ich wurde immer nasser, ohne es wirklich zu merken.

Johnny hatte geweint. Leise und still, fast ohne jedes Geräusch.

»Wissen Sie, was eine der wichtigsten Sachen ist, die uns Menschen von den Tieren unterscheidet?«, hatte er gefragt, um dann, als ich nur stumm den Kopf schüttelte, fortzufahren: »Die Daumen. Nur durch sie können wir greifen, arbeiten, die Welt manipulieren.« Er hatte einen seltsamen Laut ausgestoßen, irgendwo zwischen Lachen und Weinen.

»Das ist schon fast symbolisch. Dreißig Jahre Drogen. Dreißig Jahre, um meine Menschlichkeit zu verlieren, Spritze um Spritze. Denn etwas anderes ist es doch nicht, oder? Und jetzt, jetzt habe ich es endlich geschafft, jetzt bin ich ein Tier.«

»Vielleicht wäre es dann an der Zeit, mal aufzuhören, Johnny«, sagte ich. »Es gibt doch noch andere Dinge, die uns Menschen ausmachen, nicht nur unsere Fähigkeit zu greifen.«

»Der … der das gemacht hat … der mir die Daumen abgeschnitten hat … der hat etwas gesagt, bevor er das getan hat. Er meinte … ich werde es nie wieder schaffen, mir selbst eine Spritze zu setzen, und dass er nur hoffen könne, dass ich viele Freunde habe. Und wissen Sie, was er dann gemacht hat? Dann hat er einfach gelacht.«

Was sollte ich dazu sagen? »Warum … wer hat das getan? Haben Sie mit der Polizei gesprochen?«

Johnny Hansen sah mich bloß an. »Sie müssen jetzt gehen. Die Tabletten beginnen zu wirken. Ich will schlafen.« Dann wandte er sich ab.

Als ich auf dem Weg nach draußen war, sagte er so leise, dass ich ihn kaum mehr verstehen konnte: »Ich habe in der Stadt gehört, dass Sie jetzt für Slavo arbeiten. Seien Sie vorsichtig, Mikael. Seien Sie verdammt vorsichtig.«

Meine Schuhe gurgelten vor Wasser und meine Haare hingen mir in die Stirn. Ich dachte an Johnny Hansen und spürte eine gewaltige Wut in mir aufsteigen. Als ich nach Hause kam, zog ich mir den Morgenmantel an und trocknete mir die Haare. Ich trank zwei Cognac, fühlte mich innerlich aber noch immer wie betäubt. Dann rief ich den Sonnenkönig an.

»Hallo, hier ist Brenne. Anwalt Brenne.«

Am anderen Ende wurde es still.

»Sind Sie noch da?«

»Was wollen Sie, Brenne? Es ist mitten in der Nacht.«

Ich sagte ihm, was mit Johnny Hansen passiert war.

»Und was hab ich damit zu tun?«

»Das ist Ihre Schuld!«

»Was soll das denn bedeuten?«

Ich holte tief Luft und versuchte, mich zu beruhigen. »Ich glaube, dass das nur deshalb passiert ist, weil Sie ihn gezwungen haben, eine Aussage zu machen. Und ich glaube auch zu wissen, über wen. Zwei Serben.«

Am anderen Ende der Leitung herrschte jetzt absolute Stille.

»Und noch etwas«, sagte ich. »Diesen Anruf hat es nie gegeben. Wir haben nie miteinander gesprochen. Ist das klar?«

»Das ist klar, Brenne.«

Erst im Nachhinein begann ich mich zu fragen, ob und wie Slavo oder Mike herausgefunden haben konnten, dass Johnny geredet hatte. Schon da bereute ich es, den Sonnenkönig angerufen zu haben.

Kapitel 8

Slavo rief mich am nächsten Tag an. Er klang ganz normal. »Ich habe einen Auftrag für Sie, Mikael«, sagte er. »Einen eiligen. Sie erinnern sich doch an Eva? Sie sind ihr mal im Alten Keller begegnet. Sie war … sie war mit Mike zusammen. Eine hübsche Frau.«

Ich sagte, dass ich mich an sie erinnerte.

»Sie sitzt im Gefängnis. Ich weiß nicht so genau, um was es geht«, sagte Slavo. »Irgendeine Drogengeschichte. Sie müssen sie da rausholen.«

Ich sagte, ich werde es versuchen.

Ansonsten wusste er beinahe nichts. Angeblich war sie bereits vor ein paar Tagen inhaftiert worden, doch er hätte das erst jetzt erfahren. Er wusste auch nicht, wer sie bei der Festnahme vertreten hatte.

»Sie müssen das regeln«, sagte er. »Ich will, dass Eva Sie als Anwalt hat. Grüßen Sie sie von mir. Sie weiß, wer Sie sind.«

Ich fragte ihn nicht, woher sie das wusste, sondern versprach ihm, mich sofort der Sache anzunehmen.

Er buchstabierte mir ihren Namen am Telefon. Sie hieß Kaufmann. Eva Kaufmann. »Mikael«, sagte er. »Regeln Sie das. Holen Sie Eva da raus.«

Er legte auf, ohne auf eine Antwort zu warten.

Ich bat Kari, einen Antrag auf Wechsel der anwaltlichen Vertretung auszufüllen. Dann rief ich im Gefängnis an und ließ mich mit der Untersuchungshaftanstalt verbinden.

Wie gewöhnlich verwehrten sie mir die Auskunft, ob eine Eva Kaufmann bei ihnen einsaß.

Ich seufzte. »Hören Sie mal. Ich weiß, dass Sie mir das am Telefon nicht sagen dürfen. Deshalb möchte ich Sie um Folgendes bitten: Sollte sie da sein, gehen Sie zu ihrer Zelle und grüßen Sie sie von Anwalt Brenne. Ich bin gebeten worden, mit ihr Kontakt aufzunehmen, und habe Grund zu der Annahme, dass sie ihren Anwalt wechseln und durch mich vertreten werden möchte. Sollte das der Fall sein, finden Sie meinen Namen bei sich in der Kartei, rufen Sie mich zurück und bestätigen Sie mir das. Ich schicke Ihnen dann ein Fax, das Eva Kaufmann unterzeichnen und an mich zurücksenden muss. Ist das in Ordnung?«

Es wurde still am anderen Ende. »Ich weiß nicht … ich nehme es an. Ich muss das überprüfen.«

»Warum muss ich jedes Mal aufs Neue diesen Unsinn durchmachen? Jeder Inhaftierte hat das Recht, seinen Anwalt zu wechseln. Seien Sie doch ein bisschen hilfsbereit.«

»Ich bin neu hier«, kam es vom anderen Ende.

Ich beherrschte mich. »Ja, in Ordnung. Aber so läuft das. Bitte, es wäre nett, wenn Sie sich gleich darum kümmern könnten, ja?«

Dann rief ich bei der Polizei an, um mich über den Vorgang zu informieren. Ich kannte meinen Gesprächspartner und wusste nach drei Minuten, dass natürlich wieder der Sonnenkönig für diesen Fall zuständig war.

Das Telefon klingelte. Es war der Vollzugsbeamte aus dem Gefängnis, der mir mitteilte, dass Eva Kaufmann tatsächlich durch mich vertreten werden wollte. Ob ich jetzt mit ihr sprechen wolle?

»Nein«, sagte ich. »Ich schicke Ihnen ein Fax. Bitten Sie

Frau Kaufmann, es zu unterschreiben, damit ich offiziell ihre Vertretung übernehmen kann. Sagen Sie ihr, dass ich morgen komme.«

Ich rief zu Kari ins Vorzimmer: »Schick das Fax ans Gefängnis. Setz oben einen Betreff ein: Beauftragung zur Verteidigung.«

Karis Gesicht tauchte in der Türöffnung auf. »Ja doch, aber schrei hier nicht so rum. Ich hasse es, wenn du in deinem Büro hockst und zu mir rüberbrüllst. Ruf an oder komm zu mir.« Sie sah mich streng an.

Ich rief den Sonnenkönig an und unterrichtete ihn, dass ich ab sofort Eva Kaufmann vertrat.

Er war einen Moment lang still. Dann sagte er: »Na gut, Brenne. Dann sind Sie also wieder im Geschäft. Ich habe auf Sie gewartet.«

Ich tat so, als hätte ich diese Bemerkung überhört. »Können Sie etwas über den Fall sagen? Um was geht es?«

»Heroin«, sagte er. »Eine Riesenmenge. Eine glasklare Sache für uns. Ihre Mandantin, eine hübsche, kleine Schnecke, wird in den norwegischen Gefängnissen noch alt und grau werden.«

»Wir werden sehen«, sagte ich. »Wen hat sie jetzt? Ich meine, wer hat sie bis jetzt vertreten? Ich kann mir dann ja die Unterlagen schicken lassen?«

Er nannte den Namen.

Wir schwiegen einen Augenblick, dann sagte ich: »Schrecklich, was mit Johnny Hansen passiert ist, finden Sie nicht auch?«

»Ja, schrecklich.«

»Das ist nur wegen der Aussage, die sie von ihm erzwungen haben. Jemand hat geredet.«

Ich hörte ihn schwer in den Hörer atmen. »Ja«, sagte er. »Das mag stimmen. Aber vielleicht waren das ja Sie, Brenne.«

Er legte auf, und ich blieb mit offenem Mund sitzen.

Am nächsten Nachmittag fuhr ich nach der Rushhour zum Gefängnis. Es liegt etwa zwanzig Minuten vom Zentrum entfernt. Ich hatte meine Beauftragung, aber noch keine Unterlagen.

Ich fuhr langsam und dachte an den ersten Eindruck, den ich von Eva Kaufmann gewonnen hatte. Elegant und geheimnisvoll. Sie war eine dieser Frauen, die eine beinahe physische Anziehungskraft auf Männer ausüben, und das sogar quer durch ein vollbesetztes Restaurant. Man sieht sie für einen Moment durch den Qualm und spürt den gesamten restlichen Abend, dass sie da ist, irgendwo. Ich dachte an den kühlen, kurzen Blick, den sie mir zugeworfen hatte. Uninteressiert, aber doch irgendwie musternd. Mikes Frau, dachte ich. Oder stimmte das nicht?

In der heutigen Zeit klirren im Gefängnis keine Schlüssel mehr. Es gibt nur noch Schlüsselkarten und Codenummern. Trotzdem dauert es eine Ewigkeit, bis sich die unzähligen Türen vor einem geöffnet und hinter einem wieder geschlossen haben. Wir mussten die Bibliothek nutzen, da keiner der Gesprächsräume frei war. Wartend studierte ich die Bücherregale. Es schien drei Hauptkategorien von Büchern zu geben: Krimis, Recht und Religion.

Ich stand auf, als sie den Raum betrat, und reichte ihr die Hand. Ihr Händedruck war überraschend fest. An diesem Tag strahlte sie nichts Geheimnisvolles aus. Sie trug eine ausgeleierte, schwarze Jogginghose und ein graues T-Shirt. Die schwarzen Haare sahen ungewaschen aus, und der Nagellack an ihren Fingern blätterte ab. Sie war ungeschminkt und hatte trockene Lippen. Wir setzten uns.

»Slavo hat mich angerufen«, sagte ich. »Deshalb bin ich hier.«

Sie nickte.

»Ich bin Ihr Anwalt. Nur Ihrer. Es ist wichtig, dass Sie das verstehen. Schließlich ist es nicht Slavo, der mich bezahlt. Ebenso wenig wie Sie. Meine Rechnung wird vom Staat beglichen. Trotzdem arbeite ich für Sie – nur für Sie. Sie können mir sagen, was Sie wollen. Es wird unter uns bleiben. Ich werde das ohne Ihre Einwilligung an niemanden weitergeben Nicht an die Polizei, nicht an Slavo, an niemanden. Es ist wichtig, dass Sie mir vertrauen. Verstehen Sie das?«

Sie hörte, was ich sagte. Ihre dunklen Augen fixierten mich, doch ich konnte in ihnen nichts lesen. Ich wusste nicht, ob sie mir glaubte. Sie schwieg.

»Ich habe Ihre Akte noch nicht einsehen können«, räumte ich ein. »Und ich weiß so gut wie gar nichts über Ihren Fall. Sagen Sie mir bitte, was Sie wissen.«

Sie breitete die Arme aus und drehte die Handflächen nach oben. »Ich weiß nichts. Ich verstehe das nicht. Ich wurde festgenommen. Die Polizei kam eines Abends und hat mich einfach mitgenommen. Sie behaupten, ich hätte Drogen geschmuggelt. Das ist … ich mache so was nicht. Ich verstehe das überhaupt nicht.«

Ich sah sie zweifelnd an. »Sie waren doch beim Haftrichter, bevor Sie inhaftiert wurden. Sie müssen die Unterlagen gesehen haben, mit Ihrem Anwalt gesprochen haben … irgendetwas müssen Sie doch wissen.«

Sie zuckte mit den Schultern. »Ich spreche gut Norwegisch, und ich verstehe viel. Aber … aber nicht vor Gericht. Da habe ich nicht alles verstanden. Das ging auch alles so schnell. Mit meinem Anwalt habe ich ganze fünf Minuten geredet. Vielleicht zehn. Er hat mir diese Papiere vorgelesen und mich darauf vorbereitet, dass ich inhaftiert werden würde. Und er hat gesagt, ich soll nichts sagen.« Wieder zuckte sie mit den Schultern. »Aber was sollte ich denn auch sagen, ich weiß doch nichts.«

Ich wartete.

»Da war ein Mann«, sagte sie nach einer Weile. »Er kam aus den Niederlanden. Ich weiß nicht mehr, wie er hieß. Die Polizei meint, er habe mir Drogen übergeben. Aber das stimmt nicht.« Die Verärgerung brachte einen Funken Leben in ihre Augen. »Ich weiß nicht, wer das ist. Ich kenne den nicht.«

Wir blieben eine Weile schweigend sitzen. Sie starrte vor sich auf die Tischplatte, wobei ihr die Haare ins Gesicht fielen und ihre Augen verbargen. Ich betrachtete ihren Mund. Er sah gekränkt und verletzlich aus.

Der Raum hatte keine Fenster, aber im Licht der Deckenlampe und dank der fehlenden Schminke sah ich, dass sie nicht so jung war, wie ich angenommen hatte. Sie war sicher über dreißig.

Seufzend stand ich auf. »Ich komme wieder, sobald ich die Unterlagen habe«, sagte ich. »Morgen oder übermorgen.«

Auch sie erhob sich und ging auf mich zu, so dass sich unsere Körper beinahe berührten. Sie legte ihre Hand auf meinen Arm. »Ich will hier nicht sein«, sagte sie. »Holen Sie mich hier raus.«

Erst spät am nächsten Tag bekam ich die Dokumente. Ich rief im Gefängnis an, teilte mit, dass ich am kommenden Tag meine Mandantin besuchen wolle, packte dann meine Sachen zusammen und ging nach Hause. Ich aß und schlief einen Moment auf dem Sofa, bevor ich die Unterlagen über den Fall Eva Kaufmann zu lesen begann. Zuerst den Haftbefehl. Es ging um einen Verstoß gegen Paragraph 162 des Strafgesetzbuches, Absätze 2 und 5. Mittäterschaft bei der verbotenen Einfuhr von 4,6 Kilogramm Heroin.

Dann las ich die Verfügung des Haftrichters, um einen Überblick über den Fall zu bekommen. Danach folgten die Verhöre und die Polizeiberichte. Nach ein paar Stunden hatte ich ein ziemlich gutes Bild davon, wie es zu der Festnahme von Eva Kaufmann gekommen war. Und ich wusste, dass sie ein schwerwiegendes Problem hatte.

Dabei ging es in den meisten Dokumenten gar nicht um Eva Kaufmann, sondern um einen jungen Niederländer namens Hans de Gier.

De Gier war an einem der letzten Oktobertage mit dem Zug nach Oslo gekommen. Bei sich hatte er einen Rollkoffer und eine kleine Adidas-Tasche. Im Bahnhof verstaute er sein Gepäck in einem Schließfach. Er wurde den ganzen Tag von den Polizeifahndern observiert, tat aber nichts Ungewöhnliches, telefonierte nicht und hatte auch mit niemandem Kontakt.

Abends fuhr er mit dem Nachtzug nach Westen. Er hatte ein Schlafwagenabteil für sich allein und zeigte sich erst wieder fünf Minuten vor Erreichen der Endstation des Zuges. Auf dem Bahnhof übernahm ein lokales Team die Observierung.

De Gier frühstückte im Bahnhofshotel. Nach zwei Stunden stand er auf, nahm sein Gepäck und setzte sich in Bewegung. Zweimal wandte er sich unterwegs an Passanten, vermutlich um nach dem Weg zu fragen. Er ging zum Hafen und folgte dem westlichen Fjordufer, bis er zu einem kleinen Hotel im Rotlichtviertel gelangte. Dort schrieb er sich unter seinem eigenen Namen ein, Hans de Gier, Nationalität niederländisch. Als Identifikation lieferte er an der Rezeption seinen Pass ab. Infolge dieses Dokuments wohnte er in Amsterdam, war achtundzwanzig Jahre alt und Schauspieler von Beruf.

Er blieb zwei Stunden in seinem Hotelzimmer. Um zwölf Uhr kam er nach unten in die Rezeption. Er hatte sich umgezogen und kaufte sich einen kleinen Stadtplan. Dann lief er langsam und scheinbar ziellos durch die Stadt. Hin und wieder warf er einen Blick auf die Karte.

Er ging in ein Café und bestellte Gebäck und Kaffee. Gleich nach der Bestellung verschafften sich zwei Polizisten Zutritt zu seinem Hotelzimmer. Im Kleiderschrank fanden sie die Adidas-Tasche, die zahlreiche Plastikpäckchen enthielt, die mit braunem Tape zusammengeklebt waren. Sie nahmen die Päckchen heraus und zählten sie. Es waren dreiundzwanzig Päckchen à 200 Gramm. Niemand zweifelte daran, dass sich in diesen Päckchen Heroin befand. Sie legten die Päckchen vorsichtig zurück in die Tasche und verstauten sie im Schrank.

Nach einer Stunde und zwanzig Minuten im Café schaute de Gier auf die Uhr, stand auf und ging ins Zentrum, wo er von einer Telefonzelle aus drei Anrufe tätigte. All diese

Gespräche waren im Nachhinein untersucht worden. Eines führte in eine Bar in Amsterdam, so dass kein konkreter Gesprächspartner ermittelt werden konnte. Das zweite Gespräch führte zu einem Anschluss im Restaurant Der Alte Keller. Auf Nachfrage wurde seitens des Restaurants bestätigt, dass ein Hans de Gier einen Tisch für eine Person bestellt hatte. Das dritte und kürzeste Gespräch führte er mit Eva Kaufmann.

Nachdem er diese Gespräche beendet hatte, lief de Gier schnell zurück zum Hotel und verschwand in seinem Zimmer. Fünf Minuten später tauchte er wieder auf. Er ging am Kai entlang und überquerte den Marktplatz, um dann auf der anderen Seite erneut dem Kai zu folgen. Die ganze Zeit über ging er gleichmäßig und ruhig.

Er verließ schließlich den Hafen und ging so lange bergauf, bis er in ein Viertel mit engen, verwinkelten Gassen und alten Holzhäusern kam. Hier blieb er mehrfach stehen, um einen Blick auf die Karte zu werfen. Auch überprüfte er immer wieder die genaue Uhrzeit. In einer Imbissstube kaufte er sich einen Hamburger. Einmal blieb er mitten auf einer Straße stehen und machte kehrt. Beim Vorbeigehen nickte er einer Frau des Observationsteams freundlich zu, die daraufhin befürchtete, entlarvt worden zu sein.

Schließlich blieb de Gier vor einem zweistöckigen Holzhaus stehen, überprüfte die Adresse auf seiner Karte und klingelte. Die Haustür wurde sofort geöffnet, wobei keiner der Beamten die Person erkannte, die ihn einließ.

Das Haus gehörte einem Rentnerehepaar. Die Ermittlungen ergaben rasch, dass das Ehepaar schon die ganze Woche in Ålesund zu Besuch bei seiner Tochter war. Die zweite Etage war an eine Frau namens Eva Kaufmann vermietet. Diese stammte ursprünglich aus Ungarn, war aber inzwischen schwedische Staatsbürgerin.

Im Hotel verschafften sich dieselben Beamten noch einmal Zutritt zu de Giers Zimmer. Eine schnelle Überprüfung ergab, dass sich jetzt nur noch zweiundzwanzig Päckchen Heroin in der Tasche befanden. Ein Päckchen fehlte.

Nach zehn Minuten kam de Gier wieder nach draußen. Er kehrte direkt in sein Hotelzimmer zurück. Danach passierte mehrere Stunden lang nichts, so dass sich das Observierungsteam in der Hotellobby mehrmals abwechseln musste.

Gegen Abend saß wieder die Polizistin in der Lobby, die am Nachmittag das Gefühl gehabt hatte, entlarvt worden zu sein. Sie las Zeitung. Als sie zwischendurch aufblickte, stand plötzlich de Gier mit einer Tasse Kaffee in der Hand vor ihr und sah sie ein paar Sekunden lang mit gerunzelter Stirn an, bevor er im Fahrstuhl verschwand. Die Beamtin glaubte, erkannt worden zu sein.

Als sie dies der Einsatzleitung mitteilte, entschloss man sich zum sofortigen Eingreifen. Die Tür wurde aufgebrochen und das Zimmer gestürmt, obgleich es vermutlich ausgereicht hätte, einfach anzuklopfen. De Gier lag auf dem Bett und las. Im Verhör sagte er aus, nie zuvor in seinem Leben eine solche Angst gehabt zu haben. Die Polizei beschlagnahmte natürlich das gesamte Heroin, das sich in seiner Tasche befand. Es waren zweiundzwanzig Päckchen. Ein Päckchen war an jemanden ausgeliefert worden.

Ansonsten war de Gier recht schweigsam. Doch er behauptete, er sei bedroht und gezwungen worden, die Ware zu schmuggeln, ohne jedoch zu wissen, worum es sich handelte. Über seine Auftraggeber, Kontaktpersonen oder andere Details verlor er kein Wort. Auf die Frage, was er bei Eva Kaufmann gemacht habe, schwieg er. Zwischendurch waren ihm immer wieder die Tränen gekommen. Schließlich erklärte er sich schuldig, 4,6 Kilogramm Heroin ins Land gebracht zu haben. Obwohl er keinen Anwalt wollte, wurde ihm ein Pflichtverteidiger zugewiesen. Jetzt saß er in Untersuchungshaft und durfte weder Briefe noch Besuch empfangen.

Kapitel 9

Dieses Mal hatte man uns ein Besuchszimmer zugewiesen. Der kleine, leere Raum hatte an der Schmalseite ein Fenster, das sich hoch oben unter der Decke befand. An einer Wand standen ein Tisch und zwei ungleiche Stühle.

Ich saß auf einem abgenutzten, grünen Bürostuhl mit Rollen und sie auf einem billigen, wackeligen Plastikstuhl. Außerdem gab es ein Regal mit Brettspielen. Ich sah Mensch ärgere dich nicht und Halma und dachte, dass wir, so wie unser Gespräch lief, auch ein Spielchen machen könnten.

»Ich weiß nichts«, sagte Eva Kaufmann immer wieder und schüttelte den Kopf. »Ich weiß nichts.«

Ich sah sie seufzend an. Sie sah heute besser aus, hatte sich geschminkt und die Haare gewaschen. Der glänzende, tiefrote Lippenstift ließ ihre Haut im trüben Tageslicht blass aussehen. Sie trug einen Jeansrock, der vorne zugeknöpft war, und ein enges, weißes T-Shirt. An ihren kleinen Füßen hatte sie rote Joggingschuhe. Ihre Knöchel waren so schmal wie bei einem kleinen Mädchen. Sie wippte unablässig auf ihrem Stuhl. Ihre dunklen, ernsten Augen waren unergründlich.

»Das reicht nicht«, sagte ich. »Es hilft uns nicht weiter, wenn Sie immer nur beteuern, nichts zu wissen.«

Ich beugte mich vor und hob den Zeigefinger. »Auf ein paar Sachen müssen Sie antworten. Hans de Gier war eindeutig bei Ihnen zu Besuch. Das wird niemand bezweifeln. Wer ist der Mann? Woher kennen Sie ihn? Was hat er bei Ihnen gemacht, und worüber haben Sie gesprochen? Auf solche Fragen müssen Sie doch Antworten haben.«

Sie blieb unverändert ernst und schweigsam, so dass ich fortfuhr: »Sie müssen! Wissen Sie überhaupt, über was für ein Strafmaß wir bei dieser Anklage reden? Zehn Jahre Gefängnis! Zehn Jahre. So viel werden Sie nicht bekommen, aber es können gut und gerne sechs bis acht Jahre werden, Eva. Das ist eine lange Zeit. Sie sind dann bald vierzig, wenn Sie entlassen werden.«

Ich wusste inzwischen, dass sie zweiunddreißig war. Ihr Geburtsdatum hatte in der Akte gestanden.

»Ich kann nicht zaubern. Wir brauchen eine Story, eine Erklärung. Haben wir die nicht, kann ich Ihnen auch nicht helfen. Verstehen Sie? Verstehen Sie, was ich sage?« Ich hörte, dass ich richtig laut geworden war.

Sie senkte ihren Blick und starrte auf die Tischplatte. »Sie sind böse auf mich«, sagte sie leise. »Warum?«

Ich hatte jetzt wirklich Lust, sie anzuschreien. Stattdessen stand ich auf und tigerte durch den Raum.

»Darum geht es nicht«, begann ich, »Sie müssen verstehen, dass …«

Sie schob den Stuhl vom Tisch zurück und wandte sich mir halb zu. Ihre Hände lagen ruhig auf ihrem Schoß, als sie mir ins Wort fiel.

»Mögen Sie mich nicht?«, fragte sie so leise, dass ich es kaum hörte. »Ich dachte, ich hätte in Ihren Augen gesehen, dass Sie mich mögen.«

Mit einem Mal war es still im Raum. Ich spürte, wie sie sich veränderte, wie ihr Atem schneller ging und sich ihre

Lippen etwas öffneten. Als wäre sie zum ersten Mal richtig anwesend.

»Wissen Sie, ich bin nicht klug«, sagte sie. »Ich verstehe mich nicht darauf, lange Dokumente zu lesen und dann zu wissen, was zu tun ist, so wie Sie.«

Sie lehnte sich auf dem Stuhl zurück und schob ihre Hüften vor. »Ich verstehe aber, dass ich ein Problem habe.«

Ihre Finger knöpften den untersten Knopf ihres Rockes auf. Und dann noch einen. Ich hörte die Geräusche des Gefängnisses, jemand rief, ein anderer lachte. Weit entfernt knallte eine Tür.

»Aber Sie müssen mir helfen, Sie müssen mir sagen, was ich tun kann. Ich weiß es nicht.« Sie sprach unverändert leise. Zwei weitere Knöpfe wurden geöffnet. Ihre Schenkel, in deren Mitte sich ein dunkler Schatten befand, strahlten mir lang und rund und weiß entgegen. »Ich weiß nicht, was ich tun soll.«

Sie setzte einen Fuß auf die Tischkante. Unter dem Rock trug sie nichts. Ihre Schamhaare glänzten schwarz, und ich sah ihre Scheide, rot und schamlos geöffnet. Ich erstarrte.

Mein Kopf war vollkommen leer, mir schwindelte. Ich sah ihre Hände. Perfekte, kleine Hände mit langen, wohlgeformten Fingern. Mit einer Hand fuhr sie langsam zwischen ihre Beine, streckte einen Finger aus und trennte ihre Schamlippen mit einem scharfen Fingernagel wie mit einem Messer.

Es hämmerte in mir. Mein ganzes Ich bestand nur noch aus Puls und Herzschlag. Ich stand auf, trat einen Schritt auf sie zu. Um ihr Einhalt zu gebieten. Oder um sie zu berühren.

»Bleib da stehen«, sagte sie. »Sieh mich an.«

Und ich blieb stehen, wo ich war, und starrte sie an. Sah ihre Finger auf und ab streichen, erst langsam, dann immer schneller und intensiver, rauf und runter, nur unterbrochen von kleinen, kreisenden Bewegungen. Mit den Fingern der anderen Hand spreizte sie jetzt ihre Schamlippen, doch ihr Blick wich nicht von mir. Als sie kam, legte sie den Kopf lautlos nach hinten, ihre Brust und ihr Hals liefen rot an, ihr Körper zuckte, und sie begrub beide Hände tief in ihrem Schoß.

Eine ganze Weile blieb sie so sitzen. Ich wusste, dass ich etwas sagen oder tun sollte. Doch dann rutschte sie in einer langsamen, gleitenden Bewegung vom Stuhl auf den Boden und kniete plötzlich vor mir.

»Komm her«, sagte sie. »Jetzt komm her.« Und ich gehorchte. Ihre Finger öffneten meinen Hosenschlitz mit raschen, kleinen Bewegungen, und ich spürte ihre Hände. Ihre Nägel kratzten über mein Glied, während sie mit glänzenden Augen zu mir aufblickte.

»Komm«, sagte sie, »komm mir ins Gesicht, ich mag das.« Sie öffnete den Mund, streckte ihre Zunge heraus und leckte vorsichtig über die Spitze meines Gliedes und um die Eichel herum. Ich tat, was sie gesagt hatte, und kam fast augenblicklich über ihr ganzes Gesicht. Ohne einen Gedanken im Kopf.

Eva sah vollkommen ruhig aus. Zufrieden. Ich hingegen wusste nicht recht, was ich sagen sollte. »Eva«, versuchte ich zögernd. »Hör mal … das war … nicht …«

Sie unterbrach mich. »Das war schön«, sagte sie. »Mach kein Problem daraus, Mikael.« In ihrer Stimme schwang auf einmal so etwas wie Arroganz mit, als bewegte sie sich zum ersten Mal auf sicherem Grund. »Das bin ich. So bin ich halt.«

Ihre Augen leuchteten plötzlich, und für einen Moment nahm ich ihre Intensität war. Sie wirkte in diesem Augenblick älter, roher, gefährlicher. »Ich tue, was du willst, Mikael. Alles. Alles, wovon du jemals geträumt hast.«

Als sie aufstand und sich ihren Rock glatt strich, war es vorüber. »Komm bald wieder«, sagte sie und streckte mir zum Abschied ihre Hand entgegen. Bereits wieder höflich und distanziert.

Die Wolken lasteten wie ein blaugrauer Deckel auf der Welt. Es war kalt. An den Autofenstern hatte sich Rauhreif gebildet. Ich saß im Wagen vor dem Gefängnis und fühlte mich leer. Startete den Motor und ließ ihn laufen. Mir war kalt. Ich zog den Mantel zu, schlang die Arme um mich, lehnte mich nach hinten und schloss die Augen.

So blieb ich lange sitzen. Im ethischen Verhaltenskodex der Anwälte steht nichts davon, dass man keinen Sex mit seinen Mandanten haben darf, aber vermutlich nur deshalb nicht, weil sich das von selbst versteht. Ich wusste, dass ich eine Grenze überschritten hatte.

»Ich bin nicht klug«, hatte sie gesagt, »nicht so wie du.« Ich fragte mich, ob sie nicht im Gegenteil sehr klug war. Und ich nicht. »Du musst mir sagen, was ich tun soll.« Das Echo ihrer Worte hallte noch immer in meinen Ohren, und ich wusste genau, was sie mit diesem Satz gemeint hatte.

Alle Anwälte balancieren auf einer haarfeinen Linie, deren Fixpunkte durch die Aussage des Mandanten festgelegt sind. Der Mandant muss sich erklären. Es ist nicht die

Aufgabe eines Anwalts, seinem Mandanten zu sagen, was er von sich geben soll. Auch ich halte mich an diese Vorgaben. Ich höre zu, was mir meine Mandanten sagen, und weise sie auf Probleme oder Widersprüche hin. Es obliegt dann dem Mandanten, seine Aussagen entsprechend anzupassen oder zu ergänzen. Etwas ganz anderes ist es, als Anwalt selbst Erklärungen für seine Mandanten abzugeben. Aber Eva Kaufmann hatte ein Konto bei mir eröffnet und eine erste Einzahlung gemacht. Jetzt stand ich in ihrer Schuld.

Als ich die Augen wieder öffnete, waren die Scheiben nicht mehr vereist. Ich blickte in die Wolken und hatte das Gefühl, in einem grauen Meer dahinzutreiben. Eine dicke Schneeflocke landete auf der Windschutzscheibe und schmolz. Und dann noch eine. Von einem Augenblick auf den anderen war die Welt voller großer, nasser Schneeflocken, so dass ich nicht einmal mehr das Ende des Parkplatzes erkennen konnte. Ich fluchte und legte den ersten Gang ein. Schon auf halber Strecke nach Hause herrschte auf den Straßen das blanke Chaos, und die rasch hereinbrechende Dunkelheit behinderte die Sicht noch mehr. Schon bald hatte sich eine graue Matschschicht auf die Straßen gelegt. Die Scheibenwischer bewegten sich mit höchster Geschwindigkeit, doch die freie Fläche auf der Windschutzscheibe wurde immer kleiner.

Zweimal musste ich aussteigen, um den Schnee mit der Hand von der Scheibe zu wischen, und war immer sogleich durchnässt. Ich war verkrampft, fuhr mit hochgezogenen Schultern und versuchte, mich zu entspannen. Rote Bremslichter tauchten vor mir auf und verschwanden wieder. Ich hatte noch keine Winterreifen aufgezogen, und jedes Mal, wenn ich die Bremse antippte, spürte ich, wie wenig Kontrolle ich über das Fahrzeug hatte. Die Räder fanden auf der Straße keinen Halt.

Meine linke Schulter begann zu schmerzen, ein Gefühl wie Gliederschmerzen bei Fieber. Dann tauchten wie aus dem Nichts Bilder von Eva in meinen Gedanken auf. Ihre gespreizten Beine. Ihre Scheide, tiefrot unter den schwarzen Haaren. Dunkler und tiefer als bei anderen Frauen. Ihr Mund, als sie kam.

Der Verkehr war jetzt beinahe zum Stillstand gekommen. Vor mir sah ich irgendwo den Widerschein eines Blaulichts. Jemand war von der Fahrbahn abgekommen. Ich bekam Kopfschmerzen, hatte eine harte Erektion und wusste, dass ich wieder zu ihr fahren würde. Bald.

Mein Handy klingelte. Es war Mette. Sie wollte wissen, ob wir uns am Abend treffen konnten.

»Wir wollten doch vielleicht bei dir essen«, sagte sie.

Ich hatte das komplett vergessen und sagte ihr, ich hätte Kopfschmerzen, sei müde und litte unter diesem grausamen Verkehr.

»Ich ruf dich morgen wieder an, okay?«, fragte ich. »Ich möchte bei diesen Straßenverhältnissen nicht telefonieren. Das ist gefährlich.«

Ich brauchte für den Heimweg mehr als eine Stunde. Nachdem ich todmüde zu Hause angekommen war, wärmte ich mir in der Mikrowelle ein Fertiggericht auf und ging unter die Dusche. Anschließend sah ich fern, eine Quizsendung, dann die Nachrichten. Ließ mich von den Bildern und Geräuschen einfach einlullen. Ich wollte nicht nachdenken, ging früh ins Bett und schlief beinahe sofort ein. Mitten in der Nacht schreckte ich total erregt aus dem Schlaf auf. Ich onanierte unter der Decke, während unzusammenhängende, groteske Bilder von Eva Kaufmann über meine Netzhaut flimmerten. Ich nahm sie, schlug sie, erniedrigte sie, während sie sich vor mir wand und immer mehr wollte – alles, was ich mir wünschte. Unter der Decke, allein im Dunkeln, kam ich schnell und explosiv.

Kapitel 10

Tags darauf verschlief ich. Mein Körper war steif und verspannt wie der eines alten Mannes. Ich hatte einfach keine Lust auf Hektik und informierte Kari darüber, dass ich erst in ein paar Stunden kommen würde. Sie klang kühl und distanziert. Ich duschte, frühstückte und machte mir danach einen Kaffee.

Mein Haus ist eines dieser alten, hübschen Holzhäuser. Mit einer großen Küche und zwei Zimmern. Das Wohnzimmer hat einen Erker mit umlaufenden kleinen Fenstern. Darin habe ich einen kleinen Tisch und zwei alte Ledersessel platziert, von denen aus man in den Garten schaut. Ich mag meinen Garten, obwohl ich nicht gerade einen grünen Daumen habe. Er ist alt und verwildert mit Bäumen, Büschen und Blumen, die noch die alte Vorbesitzerin gepflanzt hat. Damals war der Garten noch gepflegt und ordentlich. Jetzt ist er das nicht mehr, trotzdem sitze ich im Frühling und Sommer oft in dem Erker und freue mich an dem Ausblick. In den dunklen Jahreszeiten sitze ich seltener dort.

An diesem Tag aber nahm ich meine Tasse mit und setzte mich in einen der Ledersessel. Ich trank Kaffee und sah nach draußen. Der Garten war nass und traurig. Kahle, schwarze Äste ragten in einen grauen Himmel. Totes, gelbes Gras war mit feuchtem Laub bedeckt, und die wenigen Büsche, die noch Blätter hatten, sahen nass und welk aus. Trotzdem gab mir dieser Blick eine gewisse Ruhe. Ich wusste, dass es dort draußen in wenigen Monaten wieder keimen und grünen würde. Die Farben und das Leben würde sich zurückmelden. Ein verheißungsvoller Gedanke.

Ich dachte an Mette. Sie liebte meinen Garten. Ihre Augen leuchteten sofort auf, als sie ihn zum ersten Mal sah. Sie war über die überwucherten Kieswege gelaufen und hatte mich nach den mir unbekannten Namen der Büsche und Sträucher gefragt. Wie schön sie an diesem Tag gewesen war. Ein Gesicht voller Begeisterung und Offenheit. Sie hatte damals Joggingschuhe und eine alte Jeans getragen, und ich hatte ihr ansehen können, dass sie gerne mit Harke, Spaten und Heckenschere zu Werke gegangen wäre. Sie war eine starke, aktive Frau, robust und unkompliziert, und ich vermisste sie mit einem Mal.

Den Gedanken an Eva Kaufmann schob ich mit Mühe beiseite. Ich trank meinen Kaffee aus, ging in die Küche, spülte das schmutzige Geschirr und stellte es in die Spülmaschine. Dann wischte ich die Arbeitsplatte und den Tisch ab und brachte den Müll raus. Schließlich rief ich noch einmal Kari an und erkundigte mich nach den Terminen des Tages. Ich war nur mit einem älteren Ehepaar verabredet, das sich mit seinem Nachbarn über den Grenzverlauf der Grundstücke stritt. Ich bat Kari, den Termin zu verschieben. Sie fragte mich nach dem Grund.

»Weil ich mir heute freinehme«, sagte ich. »Ich bin kaputt und müde und brauche eine Pause, okay?«

»Schon gut«, sagte Kari. »Du musst das nicht so streng sagen. Warst du gestern Abend unterwegs?«

Ich seufzte. »Nein, das war ich nicht, ich bin einfach nur müde, Kari.«

»Ja, okay. Aber du solltest auf jeden Fall ein paar wichtige Telefongespräche führen.«

»Mit wem?«

»Mit der Polizei … dem Staatsanwalt. Slavo hat sich auch gemeldet. Und dann waren da noch zwei Anrufe aus dem Gefängnis. Einer davon wegen Eva Kaufmann. Ich habe gesagt, dass du am Nachmittag zurückrufst.« Sie zögerte ein bisschen. »Es schien sehr dringend zu sein. Warst du nicht gestern erst bei ihr?«

Ich wollte nicht an sie denken. Noch nicht. »Doch. Hör mal. Ruf du diejenigen an, die du für wichtig hältst oder die dringend auf eine Rückmeldung warten. Sag, dass ich krank bin oder sonst irgendwas und dass ich mich morgen melde, in Ordnung?«

»Gut«, sagte Kari. Anwaltssekretäre lernen schnell zu lügen, aber Kari gefiel das ganz und gar nicht.

»Danke, Kari«, sagte ich. »Dann sehen wir uns morgen. Halt die Stellung!«

Ich setzte noch einen Kaffee auf und goss ihn danach in eine Thermoskanne. Hinten im Schrank fand ich eine Packung Kekse, die ich zusammen mit der Thermoskanne in einem kleinen Rucksack verstaute. Ich packte auch noch einen zweiten Pullover ein, eine Mütze und ein Paar Handschuhe. Schließlich zog ich mir ein Flanellhemd und Jeans an, Wanderschuhe und Anorak, nahm den Rucksack auf den Rücken und ging aus dem Haus.

Ich wohne etwas oberhalb am Hang eines der Berge, die die Stadt einrahmen. Auf der wohlhabenden Seite. Auf der anderen Seite, die in der Morgensonne liegt, ist die Aussicht ebenso schön, aber nachmittags liegt der ganze Stadtteil im Schatten. Dort sind die Häuser kleiner und die Immobilienpreise niedriger.

Ich spazierte schnell durch die verwinkelten Gässchen

nach oben. Rechts und links lagen große, fruchtbare Gärten und teure Eigenheime. Schon bald wurde mir warm, ich geriet etwas außer Atem. Der Schnee vom vorigen Tag war längst geschmolzen, nur die großen Pfützen auf dem Weg erinnerten noch daran. Draußen war es beinahe menschenleer.

Nach zwanzig Minuten war ich am Rand der Bebauung angekommen. Von dort aus schlängelt sich ein kleiner, steiler Schotterweg am Hang hinauf. Ich ging langsamer. Der Pfad ist in den Kurven mühsam mit großen Steinblöcken befestigt worden. Er führt einen Hangrücken empor, der recht scharf nach Norden abknickt, ehe er weiter oben etwas flacher zum Gipfel des Berges ansteigt. Der Wald ist hier noch dicht und still. An manchen Stellen überquert der Weg glucksende, sprudelnde Wasserläufe. Dort sind kleine Brücken mit steinernen Sockeln errichtet worden.

Oben auf dem Bergrücken folgte ich dem Weg nach Westen, bis sich unter mir die Stadt und der Fjord zeigten. Ich blieb stehen und sah hinunter. Hier war ich schon oft gewesen, aber trotzdem verschlug mir die Aussicht jedes Mal aufs Neue den Atem. Die alte Stadt klammert sich an die Enden der beiden Fjordarme, die im Schutz von Hunderten großer und kleinerer Inseln perfekte Anlegestellen bilden. Diese Stadt existiert nur wegen des Meeres. Dort liegt ihr Reichtum, und über dieses Meer führen auch die Wege in die anderen Teile der Welt. Diese Stadt kehrt ihrem eigenen Land den Rücken zu. Von hier oben ist leicht zu erkennen, wie gut geschützt der Hafen und die Einfahrt sind. Von hier oben aus gesehen scheint sich die Stadt über die Jahrhunderte kaum verändert zu haben. Trabantenstädte und Neubausiedlungen liegen versteckt hinter Bergen und Hügeln.

Ich ging weiter ins Gebirge hinein. Das Gelände wurde hier ebener. Der Weg stieg zwar noch weiter an, war aber nicht mehr so steil. Er folgte dem geringsten Widerstand und führte zwischen Hügeln und Bergrücken hindurch, wobei man zwischen den Stämmen des lichten Waldes immer wieder kleine Seen glitzern sah.

Nach einer halben Stunde passierte ich die Baumgrenze und erreichte eine Hochebene. Der Weg war jetzt kein Weg mehr, sondern ein Pfad, der über nackten Fels und durch Heide führte. Plötzlich stieg er wieder so steil an, dass an manchen Stellen Tritte in die Felsen gehauen worden waren. Mir wurde heiß, und ich spürte die Steigung in den Knochen.

Als ich den Gipfel erreichte, wusste ich, wohin ich wollte. Ich verließ den Pfad und überquerte vorsichtig eine kleine Moorfläche. Dann kletterte ich über eine weitere Anhöhe und stieg in eine Senke zwischen zwei Bergkuppen hinab, die nach Westen abfiel. Genau zwischen den beiden Kuppen lag ein windgeschützter Felsen, der wie ein bequemer Lehnstuhl geformt war.

Ich leerte meinen Rucksack und stellte Kaffee und Kekse neben mich. Dann zog ich Mütze und Pullover aus, legte den Rucksack auf den feuchten Felsen und setzte mich darauf. Die Welt lag mir zu Füßen.

Die Stadt war verschwunden, verborgen hinter dem Rand der niedrigeren Bergvorsprünge unter mir. Im Westen sah ich weitere Berge, weniger hoch als derjenige, auf dem ich stand, und dahinter die Inseln. Ich ließ meinen Blick bis zum Horizont schweifen und sah das

Meer graublau blinken, ehe es sich mit dem Himmel vereinte.

Die Wolken standen hoch am Himmel und trieben schnell dahin. In der Ferne türmte sich eine dunkle Front auf und versprach späteren Regen. Davor waren noch Risse und Lücken zwischen den Wolken, so dass die im Norden liegenden Inseln immer wieder im strahlenden Sonnenlicht lagen.

Ich trank Kaffee und aß Kekse. Licht und Schatten huschten in einem immerwährenden Muster über Meer und Land. Eine Landschaft, in der die Spuren der Menschen nur schwer zu erkennen sind.

Nach einer Weile begann ich, über meine Probleme nachzudenken. So nüchtern wie nur möglich dachte ich an Slavo und Mike. Mike war unangenehm und beängstigend, Slavo hingegen musste man mögen, aber das bedeutete nichts. Auf jeden Fall wusste ich, was sie trieben. Nicht im Detail, aber ich zweifelte nicht daran, dass sie kriminell waren und skrupellos vorgingen, wenn das aus ihrer Sicht notwendig war. Ich wusste auch, dass ich tiefer in ihre Geschäfte verstrickt war, als mir lieb sein konnte. In Gedanken ging ich noch einmal all meine Aktivitäten und Vorgehensweisen durch. Slavo hatte erneut gefragt, ob ich nicht als formeller Besitzer der Importgesellschaft einspringen könne, und ich war ihm erneut ausgewichen. In diesem Moment war ich froh darüber. Ich hatte nichts für sie getan, das die Grenze dessen, was ich als Anwalt tun durfte, verletzte.

Abgesehen von Eva Kaufmann. Was ich mit ihr getan hatte, war jenseits aller Grenzen, und ich wusste, dass sie mich noch tiefer ins Elend ziehen würde, wenn ich das Mandat nicht niederlegte. Ich musste es tun.

Mit einem Mal dachte ich schaudernd an Johnny. Ich erinnerte mich an seine Warnung. Wenn ich Evas Mandat niederlegte, würde ich vermutlich auch Slavo als Mandanten verlieren, und das konnte ich mir nicht leisten. Im Laufe weniger Monate war er für mehr als die Hälfte meiner Einkünfte verantwortlich geworden. Außerdem hatte ich so viel Zeit für ihn aufgewendet, dass ich kaum für meine anderen Mandanten hatte arbeiten können. Möglicherweise konnte ich ohne ihn überleben, aber das würde schwer werden.

Ich musste eine Entscheidung fällen und entschloss mich, ihn als Mandanten zu behalten und weiterhin vorsichtig zu sein. Auch wenn das bedeutete, Eva Kaufmanns Mandat nicht niederzulegen. Sie war nicht dumm, auch wenn sie das von sich behauptet hatte. Ich musste anfangen, ihr Stichworte und mögliche Ansatzpunkte zu geben. Danach galt es erst einmal abzuwarten, wie sich die Dinge entwickelten. Ich hielt es für möglich, über die Klinge zu balancieren, ohne ins Messer zu stürzen.

Ob ich wirklich daran glaubte, wusste ich nicht. Dachte ich an sie, sah ich ihren Mund vor mir, ihre Augen, ihre Scheide. All diese Bilder zogen wie eine pornographische Diashow über meine Netzhaut, und es zuckte in meinem Glied, als wäre ich mit einem Mal wieder ein Teenager.

Es begann, kalt zu werden. Am Horizont wurde es dunkel. Sturmwolken trieben vom Meer aufs Land zu. Ich stand auf, nahm den Rucksack wieder über die Schultern und begann den Rückweg. Ich hatte einen Entschluss gefasst und war jetzt ruhiger. Ich wusste nur nicht, ob es der richtige Entschluss war. Es wurde immer windiger. Nach einer Weile kam mir der plötzlich einsetzende Platzregen wie eine Wand entgegen. Noch weit von zu Hause entfernt, war ich bis auf die Knochen nass.

Am Nachmittag rief ich Mette an und lud sie für den nächsten Abend bei mir zum Essen ein. Sie hörte sich glücklich an, und wir redeten eine Weile über dies und das. Das Telefonat mit ihr versetzte mich in gute Laune.

Abends ging ich ins Kino. Als ich wieder nach draußen kam, war es dunkel und nass. Der Bus fuhr mir vor der Nase davon. Ich sah die roten Rücklichter hinter einem Teppich aus peitschendem Regen verschwinden. Der nächste kam erst in einer halben Stunde.

Fluchend schlug ich den Mantel enger um mich und machte mich auf den Weg. Kein Taxi weit und breit. Ich nahm eine Abkürzung über einen Parkplatz und kam in eine schlecht beleuchtete Seitenstraße mit etwas heruntergekommenen, alten Häusern. Vor mir auf dem linken Bürgersteig stand ein dunkelgrüner Lieferwagen mit laufendem Motor und eingeschaltetem Licht. Als ich fünfzehn Meter hinter dem Wagen war, öffnete sich die Beifahrertür, und ein blonder Mann stieg aus. Er ging schnell zu einem dunklen Auto, das direkt vor dem Lieferwagen geparkt war. Ich sah die Lichter aufleuchten, als er mit der Fernbedienung den Wagen öffnete. Als er um die Vorderseite des Wagens herumging, erkannte ich ihn im Licht der Lieferwagenscheinwerfer. Es war Bjørn Kvarme vom Drogendezernat, ein Freund und Kollege des Sonnenkönigs.

Verunsichert blieb ich einen Moment stehen, doch dann trieb mich meine Neugier weiter. Kvarme startete den Motor und fuhr davon. Im Vorbeigehen wollte ich einen raschen Blick in den Lieferwagen werfen, doch die Scheiben waren beschlagen.

Kurz darauf heulte der Motor im ersten Gang auf. Ich drehte den Kopf und konnte für einen kurzen Moment den Fahrer durch die Windschutzscheibe erkennen. Ein dunkler Kopf, schmales, markantes Gesicht und schwarze Augen. Es war Mike. Ich wusste nicht, ob er mich erkannt hatte, glaubte es aber.

Wie angewurzelt blieb ich stehen. Die Gedanken rasten durch meinen Kopf, während der Regen vom Himmel klatschte. Ich hatte den Sonnenkönig angerufen und Slavo und Mike beschuldigt. Aus Wut. Und jetzt sah ich, dass der beste Freund und Kollege des Sonnenkönigs mit Mike redete. Mit einem Mal wusste ich, wer Johnny Hansen verraten hatte, und konnte zwei und zwei zusammenzählen. Bjørn Kvarme war der Informant, die undichte Stelle bei der Polizei. Ein leichtes Spiel für einen Ermittler. Sah man ihn mit einem Verbrecher, konnte er jederzeit behaupten, eine Information von ihm bekommen zu haben. So etwas kam täglich vor und war nicht zu widerlegen.

Mit einem Mal wurde mir erschreckend klar, in welcher Gefahr ich steckte. Mir wurde übel. Ich ging schnell nach Hause und versuchte, die Angst abzuschütteln, aber das Gefühl saß fest wie ein Knoten unter meinem Brustbein.

Kapitel 11

Ja, hallo, hier ist Eva.« Ihre Stimme klang warm und etwas flach. Am Telefon war ihr Akzent deutlicher zu hören. Ich spürte ein leichtes Ziehen in der Bauchgegend.

»Hier ist Mikael Brenne«, sagte ich. »Ihr Anwalt.«

Sie schwieg einen Moment, bevor sie sagte: »Mikael, wie schön. Ich habe auf deinen Anruf gewartet.« Ihre Stimme klang mit einem Mal nah und intim, aber vielleicht war das nur Einbildung.

»Ich war beschäftigt«, sagte ich, »aber ich komme morgen. Wir müssen langsam anfangen, an Ihrem Fall zu arbeiten, wenn wir Sie da rausholen wollen.« Ich versuchte, sachlich und konstruktiv zu klingen. »Soll ich irgendetwas für Sie besorgen und Ihnen mitbringen? Brauchen Sie etwas?«

Ihr Lachen kam leise und überraschend. Ich hatte sie nie zuvor lachen hören. »Und du, Mikael«, entgegnete sie. »Was ist mit dir? Brauchst du etwas?«

Der Klang ihrer Stimme rieselte durch meinen Körper. Ich konnte es beinahe physisch spüren, wie den beginnenden Rausch nach einem guten Tropfen. »Dann sehen wir uns morgen, Eva«, sagte ich und legte auf.

Als ich aufblickte, stand Kari in der Türöffnung und sah mich mit einem seltsamen Gesichtsausdruck an.

»Was gibt's?«, fragte ich.

»Deine Mandanten sind da«, antwortete sie kurz. »Sie warten.« Sie trat einen Schritt in den Raum und schloss die Tür hinter sich. »Und deine Freundin hat angerufen.«

»Mette?«

»Wer sonst? Hast du noch mehr? Sie wird heute Abend etwas später kommen. Sie kann erst gegen halb neun.«

Ich sah sie etwas überrascht an. Dann nickte ich. »Gut, du kannst die Mandanten dann hereinbitten.«

Ich bin nicht gerade das, was man einen guten Koch nennt, trotz meiner ewigen Vorsätze, endlich richtig kochen zu lernen. Manchmal kaufe ich Kochbücher, benutze sie aber nur selten. Versuche ich es dann doch einmal, bemerke ich zu spät, dass mir mindestens zwei Drittel der Zutaten fehlen, ganz zu schweigen von den entsprechenden Küchengeräten. Ich kann aber inzwischen eine gewisse Anzahl von Gerichten kochen, die mir zuverlässig gelingen.

An diesem Tag entschied ich mich für Fisch. Ich nahm Lachs, Steinbeißer, Miesmuscheln und Gemüse und legte alles in einen Bratschlauch. Dann würzte ich mit Salz und Pfeffer, frischem Chili, Knoblauch und viel geriebenem Ingwer. Ich goss Sahne dazu, schloss die Folie und garte sie zehn Minuten bei zweihundert Grad im Backofen. Das Rezept ist einfach, schmeckt gut und geht nie schief.

Mette schmatzte wohlig und sah glücklich aus. »Kannst du mir einen Löffel für die Sauce geben?«, fragte sie. »Auch auf die Gefahr hin, dass ich dick wie ein Brötchen werde.« Sie klopfte sich zufrieden auf den Bauch. »Magst du mich auch noch, wenn ich dick und rund bin?«

»Vielleicht«, sagte ich. »Wenn du dann glücklich bist und immer Lust auf Sex hast.« Ich stand auf, um ihr einen Löffel zu holen, und lächelte sie an.

»Kein Problem, so bin ich doch jetzt schon. Ich will auch

noch einen Schluck Wein!«, rief sie. »Viel Wein! Wenn ich betrunken bin, kannst du mit mir machen, was du willst.«

Nach dem Essen tranken wir einen Cognac und hörten Joni Mitchell. Mette zog sich die Schuhe aus und kuschelte sich in die Sofaecke. Ich saß mit ausgestreckten Beinen auf einem Sessel und sah sie an. Sie hatte sich schick gemacht, trug einen kurzen, schwarzen Rock und eine grüne Seidenbluse mit chinesischem Kragen. Es gefiel mir, wie sie auf dem Sofa saß. Ihre Beine und Schenkel waren kräftig, aber wohlgeformt. Ich sah ihre Muskeln. Sie war ein bisschen angetrunken und recht ernst.

»Ich habe nachgedacht, Mikael«, sagte sie. »Über uns, meine ich. Weiß du, wie lange wir jetzt zusammen sind?«

Ich schüttelte den Kopf. »Ein paar Monate?«

Sie sah mich mit gerunzelter Stirn an. »Vier Monate! Auf den Tag genau vier Monate. Wenn wir von dem ersten Tag an rechnen, an dem wir uns geliebt haben.«

Ich sagte nichts.

»Das ist doch ein guter Ausgangspunkt, meinst du nicht auch?«, fuhr sie fort, und ich hörte, dass ihre Zunge vom Alkohol etwas benommen war. »Es läuft doch gut mit uns, nicht wahr? Ich finde das jedenfalls. Und du bist ein guter Liebhaber. Ein sehr guter. Ich bin ein glückliches Mädchen.«

Sie nickte mehrmals vor sich hin. Ich sollte gar nichts dazu sagen.

»Aber ich frage mich … ich frage mich manchmal, wohin das mit uns führt. Unsere Beziehung, meine ich. Ob da etwas Festes draus wird, oder ob das bloß so ein Verhältnis bleibt, na, du weißt schon, ohne jede Verpflichtung … und irgendwann … wieder auseinandergeht.«

Ihre Stimme erstarb. Sie sah mich ernst und traurig an. Ich öffnete den Mund, um ihr zu antworten, aber sie schüttelte den Kopf.

»Sag nichts, Mikael. Ich will mich nicht beklagen. Ich hätte gar nichts sagen sollen. Du hast mir zu viel Wein gegeben.« Als wollte sie das unterstreichen, trank sie noch einen Schluck Cognac. »Und du … du bist nicht immer wirklich bei der Sache, verstehst du. Es ist nicht so leicht zu wissen, wo du mit deinen Gedanken bist. Als ich dich getroffen habe … da habe ich mich sofort Hals über Kopf in dich verliebt, weißt du das?«

Ich schüttelte den Kopf.

»Nicht weil du so anziehend warst … lach mich jetzt nicht aus, Mikael, du bist anziehend, das ist es nicht, aber da war noch etwas anderes … eine Intensität … diese Art, wie du zuhörst … das ist wunderbar. Aber du selbst erzählst nie etwas. Du hast einen Vater, das weiß ich, aber du sprichst nie über ihn. Und deine Mutter … ich weiß nicht mal, ob sie noch am Leben ist. Oder andere Frauen. Manchmal habe ich das Gefühl, du hättest gar keine Vergangenheit, Mikael.«

Sie sah verletzlich aus. Traurig und verletzlich. Ich mochte sie wirklich gern, hatte aber keine Lust, über mich selbst zu reden. Ich lächelte sie an. »Du hast große Augen, weißt du das? Und einen ungewöhnlich großen Mund.«

Sie sah mich noch immer ernst an. »Gefällt dir das?«

Ich nickte. »Ja, und du hast große Brüste.«

Jetzt lächelte sie. »Und?«

»Ja, und einen großen Po.«

Sie lachte. »Du Frechdachs. Einen großen Po, den habe ich nicht!«

»Doch! Einen großen, schönen Po. Mir gefällt das.«

Ich kniete mich vor sie hin und begrub mein Gesicht in ihrem Schoß. »Groß und zart und wunderbar knackig«, murmelte ich, worauf sie sich wie eine Katze zusammenkrümmte, meinen Kopf zwischen ihre Hände nahm und mir etwas ins Ohr flüsterte. Dann liebten wir uns auf dem Sofa und auf dem Fußboden davor und ließen es uns gut gehen.

Nur manchmal tauchten die Bilder von Eva Kaufmann in meinem Kopf auf, doch ich schob sie jedes Mal beiseite und sagte Mettes Namen, wieder und wieder, wie eine Beschwörung, um die Mächte der Finsternis fernzuhalten.

Als ich am nächsten Tag bei Eva Kaufmann im Gefängnis war, hatte ich einen leichten Kater und musste noch immer an Mettes Geruch denken. Das half. Dieses Mal kamen wir tatsächlich weiter.

Wir saßen nebeneinander in dem Besuchszimmer, in dem sie sich vor ein paar Tagen für mich ausgezogen und ich ihr ins Gesicht gespritzt hatte. Dieses Mal berührte sie mich nicht. Sie trug dieselben Kleider wie beim letzten Mal und saß konzentriert neben mir.

Wir begannen die Unterlagen durchzuarbeiten, Bericht für Bericht, Aussage für Aussage. Irgendwie schien sie zu wissen, dass es an diesem Morgen richtig war, so zu tun, als wäre nichts geschehen. Langsam begannen wir, eine Erklärung zu konstruieren.

Trotzdem gab es nicht einen Moment, nicht eine Sekunde, in der sie nicht meine volle Aufmerksamkeit hatte. Ihr Körper. Ihre Haare, die ihr immer wieder ins Gesicht fielen, wenn sie sich nach vorn beugte. Ihre Brüste, die sich unter dem T-Shirt leicht hoben und senkten. Ich sah, dass sich eine ihrer Brustwarzen unter dem Baumwollstoff abzeichnete. Und ich sah ihre Hand, den langen, perfekt manikürten Zeigefingernagel, der den Zeilen des Berichts folgte, während sie ihre Lippen bewegte und lautlose Worte bildete. Jede ihrer Bewegungen ging wie ein Stromstoß durch mich hindurch. Einmal spürte ich ihren Schenkel an meinem Bein, ein leichter Druck nur, aber mein Kopf war sofort leer, und ich atmete schwer, als wäre ich gelaufen.

Nach zwei Stunden waren wir beide müde. Ich stand auf und sagte, das sei erst einmal genug. »Ich komme in zwei oder drei Tagen wieder«, fügte ich hinzu. »Das war gut jetzt. Heute haben wir wirklich etwas geschafft.«

Erst in diesem Moment näherte sie sich mir. Sie trat ganz dicht vor mich, berührte mich aber nicht. »Ich will, dass du bald kommst«, sagte sie. »Ich brauche das.« Die Intensität ihrer Augen hielt mich fest.

»Magst du Schmerzen, Mikael?«, fragte sie. »Jemandem Schmerzen zuzufügen? Oder selber zu spüren? Ich mag das. Ich spüre das gerne. Vielleicht gefällt es dir, mich das spüren zu lassen?« Ihre Hand berührte mich. Sie legte ihre Finger auf meine Hose und umklammerte mein Glied, spürte meine Erektion. »Ich glaube schon, aber das können wir beim nächsten Mal herausfinden.«

Es dämmerte, als ich über die Autobahn nach Hause fuhr. Wieder war der Verkehr dicht und anstrengend. Ich versuchte mich zu konzentrieren und blickte immer wieder in den Rückspiegel. Hinter mir war ein Lieferwagen, und mit einem Mal wurde mir bewusst, dass mir dieses Fahrzeug schon sehr lange folgte. Es war dunkelgrün und fuhr plötzlich sehr dicht hinter mir.

Ich beschleunigte, wechselte die Spur und beobachtete den Verkehr. Der Lieferwagen verschwand, aber als ich die Mautstation erreichte, war er wieder da. Ich versuchte, den Fahrer zu erkennen, aber die Reflexion der Windschutzscheibe war zu stark. Auch auf dem Weg durch das Zentrum blieb der Wagen unentwegt hinter mir, so dass ich mich konzentrieren musste, nicht ständig in den Rückspiegel zu starren. Als ich den Bahnhof passierte und die letzten Straßen zu meinem Haus hinauffuhr, war er plötzlich verschwunden. Hatte ich mir alles nur eingebildet? Es musste ein Zufall gewesen sein, aber trotzdem ließ mich das nagende Gefühl der Unruhe nicht los.

Kapitel 12

Slavo bestand darauf. »Sie müssen kommen, Mikael, das ist ganz klar. Vergessen Sie dieses eine Mal Ihre Arbeit und Ihre Verpflichtungen. Sie müssen doch morgen nicht ins Gericht, oder? Sie haben gute Arbeit für uns geleistet, alles läuft perfekt, und wir verdienen Geld. Sie haben es sich verdient, ein bisschen zu entspannen und zu feiern.«

Es entstand eine kleine Pause. Ich wusste nicht, wie ich mich aus der Sache herausziehen sollte.

Seine Stimme wurde schärfer. »Enttäuschen Sie mich jetzt nicht, Mikael. Kommen Sie um acht Uhr zu mir nach Hause. Wir werden ein kleiner, gemütlicher Kreis sein.«

Dann legte er auf. Es war mehr ein Befehl als eine Einladung, und das gefiel mir überhaupt nicht.

Ich war niemals zuvor in seiner Wohnung gewesen. Eine große Penthousewohnung mit Aussicht über den Hafen. Die Möbel, die Beleuchtung, die Kunst an den Wänden – alles war geschmackvoll und elegant. Ich machte ihm Komplimente dafür. Er sah etwas verwirrt aus.

»Ich habe die so gekauft«, sagte er. »Fertig eingerichtet, mit allem Drum und Dran. Aber es freut mich, dass sie Ihnen gefällt.«

Es waren nicht viele Leute da. Slavo und Mike. Drei junge Serben mit Schlips und Kragen, die wie Brüder aussahen und nur dann redeten, wenn man sie ansprach. Inzwischen waren sie allerdings etwas angetrunken. Sie standen mit Mike zusammen, schubsten sich und lachten wie Teenager. Mike amüsierte sich über sie und lachte mit. Manchmal legte er seinen Arm um die Schultern eines der Männer und sagte etwas, das sie erneut lachen ließ. Er dominierte die Gruppe, und ihre Augen glänzten, wenn sie ihn ansahen.

Ich saß mit Slavo und Martin Pettersen zusammen, dem Gebrauchtwagenhändler und Vorstandsmitglied von Slavos Gesellschaften. Er war reichlich angetrunken. Sein Schlipsknoten hatte sich gelöst, und die Hemdzipfel hingen aus dem Hosenbund. Er schaffte es einfach nicht, seine Finger von den fünf Mädchen zu lassen, die sich seltsam ähnlich sahen. Sie lachten laut und hatten hektische, rote Flecken auf den Wangen, wobei all ihre Bewegungen einstudiert wirkten und ihre Schminke und ihr Lächeln wie Masken aussahen, die sie über ihre wirklichen Gesichter gestreift hatten. Sie flatterten umher, kamen und gingen. Nach einer Weile bemerkte ich, dass sie in einem Nebenzimmer Kokain schnieften. Martin Pettersens Hände waren überall an ihnen, er strich ihnen über die Schenkel und den Po, doch immer drehten sie sich kichernd weg. Sein Mund war feucht und voller Begierde.

Slavo sah ihn mit einer Mischung aus Verachtung und Nachsicht an. »Du bist zu betrunken, Martin«, sagte er. »Kein Mädchen will dich so, wie du jetzt bist. Geh auf die Terrasse und schnapp ein bisschen frische Luft. Ich lass sie einen Kaffee für dich kochen.«

Martin Pettersen grinste, gehorchte aber.

»Gefallen dir die Mädchen, Mikael?«, fragte Slavo.

Ich zuckte mit den Schultern. »Sie sind hübsch.«

»Aber nicht gerade dein Typ?« Er lachte. »Das habe ich

mir schon gedacht. Du ziehst die etwas … seriöseren vor, nicht wahr?« Er lächelte mich an und machte eine kleine Pause. »So wie deine Grundschullehrerin … wie heißt sie noch? Mette? Ja, ich glaube, Mette war es.«

Ich hatte nicht wenig getrunken und war selbst ein bisschen beschwipst, war aber auf einen Schlag wieder stocknüchtern, als hätte mir jemand einen Eimer kaltes Wasser über den Kopf geschüttet. Er hatte Mette nie getroffen, und ich hatte ihm nie von ihr erzählt, nicht mit einer Silbe.

Ich wusste nicht, was ich sagen sollte. Slavo sah mich noch immer unverändert freundlich an. »Sie ist süß, Mikael, sehr süß.«

Eine Frau schrie an der Terrassentür auf. Ich fuhr herum. Mike stand dort mit den drei jungen Männern und zwei Mädchen. Martin Pettersen stand hinter einer von ihnen und hatte seine Arme fest um sie geschlungen. Sein feuchter Mund schnitt eine Grimasse, die gleichermaßen Lachen und Wut ausdrückte. Eine seiner Hände war unter ihrem Kleid begraben. Sie strampelte, um sich aus seiner Umklammerung zu befreien.

Einen Moment lang blieben alle reglos stehen. Dann glitt Mike plötzlich hinter ihn, rasch und geschmeidig wie ein Tänzer, packte seine Haare und riss ihn nach hinten. Pettersen schrie auf und ließ das Mädchen los. Mike hielt seine Haare fest, drehte ihn um hundertachtzig Grad herum und knallte sein Gesicht gegen den Türrahmen. Blut tropfte aus Nase und Mund und spritzte auf die Terrasse. Pettersen sackte zusammen und blieb auf den Knien vor der Terrassentür hocken. Mike nahm eine seiner Hände und platzierte sie auf der Türschwelle. Dann trat er lächelnd auf sein Handgelenk, um die Hand zu fixieren. Ich sah die starken, weißen Zähne in seinem schmalen Gesicht aufblitzen. Martin Pettersen war von dem Blut geblendet und kapierte gar nicht, was geschah, als Mike die Terrassentür mit einem kräftigen Ruck zuzog. Es knackte wie zersplitterndes Holz. Pettersen wurde ohnmächtig.

Ich stand mitten im Zimmer, ohne bemerkt zu haben, dass ich aufgestanden war. Mike beugte sich über Martin Pettersen, und ich dachte, dass er ihm doch jetzt genug angetan hatte, aber da war Slavo plötzlich zur Stelle, legte Mike die Hand auf die Schulter und führte ihn weg, wobei er wie ein Vater auf seinen wütenden Sohn einredete. Es war vorbei.

An diesem Abend habe ich Mike nicht mehr zu Gesicht bekommen. Er verschwand mit einem der Mädchen. Die drei jungen Männer brachten Martin Pettersen weg.

»Entspannen Sie sich«, sagte Slavo. »Sie bringen ihn zu einem Arzt.« Er musste meinen Gesichtsausdruck bemerkt haben. »Setzen Sie sich, Mikael, beruhigen Sie sich, nehmen Sie einen Drink.« Er schenkte mir einen Cognac ein, und ich tat, was er sagte. Mein Kopf funktionierte nicht.

Etwas später nahm er an meiner Seite Platz. Die Mädchen waren irgendwo anders, ich hörte sie, aber auch ihre Stimmen klangen nach den Geschehnissen irgendwie gedämpfter.

»Hören Sie mir zu, Mikael«, sagte Slavo, noch ehe ich etwas sagen konnte. »Ich weiß, dass Sie so etwas nicht gewohnt sind und dass Sie das schockiert haben muss. Aber es gibt etwas, das Sie verstehen müssen. Sehen Sie her, nehmen Sie noch einen Schluck Cognac.«

Ich willigte ein und streckte ihm mit unsicheren Fingern mein Glas hin. Ich versuchte, das Zittern zu stoppen, und konzentrierte mich darauf, meine Hand ruhig zu halten, doch es gelang mir nicht.

»Wir kommen aus einer anderen Welt, Mikael. Einer Welt, die härter ist und in der solche … Maßnahmen … manchmal notwendig sind. Aber Sie, Sie haben nichts zu befürchten, Mikael. Sie sind ein respektierter Mitarbeiter von uns, ein Freund. Martin Pettersen hat es doch darauf angelegt, dass so etwas passiert. Er ist ein gieriger Idiot. Und er ist nicht zufrieden mit dem, was er von uns bekommt, er will immer mehr. Dabei wusste er genau, dass das nicht … akzeptabel ist. Es war nur eine Frage der Zeit. Und heute Abend hat er Mike einen Anlass geboten.«

Er machte eine Pause und legte seine Hand schwer auf meine Schulter. Seine Stimme klang leise und eindringlich. »Solange Sie loyal sind und sich an die Regeln halten, haben Sie nichts zu befürchten. Verstehen Sie das? Mikael, sehen Sie mich an. Verstehen Sie, was ich sage?«

Ich begegnete seinem Blick. Slavos Stimme klang sanft, aber seine Augen musterten mich, als suchten sie die Antwort auf eine Frage, die niemand gestellt hatte. Ich sagte, dass ich verstehe.

Als ich aufstand, um zu gehen, hielt er mich mit einer Handbewegung zurück. »Noch eine Sache, Mikael«, sagte er. »Ich habe heute etwas Geld auf Ihr Mandantenkonto eingezahlt. Zweihunderttausend. Rechnen Sie vierzigtausend davon als Lohn ab.«

»Und der Rest?«, fragte ich, hatte aber bereits wieder dieses Ziehen ihm Bauch.

»Den Rest überweisen Sie auf ein Konto in Liechtenstein, Mikael. Ich habe Ihnen die Kontonummer gemailt. Machen Sie das bitte gleich morgen früh.«

Ich öffnete den Mund, um zu protestieren, er kam mir aber zuvor. »Tun Sie das morgen, Mikael. Das ist entscheidend für mich. Und ich bin doch wohl ein wichtiger Mandant, nicht wahr? Den Sie doch sicher zufriedenstellen möchten?«

Ich nickte.

»Gut«, sagte er. »Ich schicke Mike morgen früh vorbei, um zu überprüfen, ob alles glattgegangen ist. Sie können ihm dann eine Kopie der Quittung geben. Und noch eine Sache – ich möchte jetzt endlich diese Importgesellschaft gründen. Ich brauche die. Ich habe gewisse Mittel … die in Zirkulation gebracht werden müssen. Tragen Sie erst einmal sich als Besitzer ein.«

Sein Lächeln kam unerwartet. »Machen Sie sich keine Sorgen, Mikael. Das wird lukrativ für Sie werden.«

Auf dem Rückweg dachte ich an das Geld, das ich für Slavo ins Ausland überweisen sollte. Ich zweifelte nicht daran, dass es Drogengelder waren und dass ich mich der Geldwäsche schuldig machte. Jedenfalls mitschuldig. Am liebsten hätte ich mich geweigert, musste aber an das Geräusch denken, mit dem Martin Pettersens Finger zermalmt worden waren, und an Mikes Lächeln, bevor er die Tür zugezogen hatte. Ich würde das Geld überweisen.

Schließlich verstand ich auch, warum Slavo darauf bestand, dass ich mich als Eigentümer der Importgesellschaft eintrug. Sie brauchten einen sicheren Kanal, um ihre Gelder zu waschen, und was war da besser als eine Gesellschaft, die von einem angesehenen Rechtsanwalt geleitet wurde? Wenn ich das tat, besaßen sie mich mit Haut und Haar.

Kapitel 13

Ich hatte keine andere Wahl. Auf jeden Fall redete ich mir das ein, als ich nach ein paar Tagen im Gefängnis anrief und für den nächsten Tag mein Kommen ankündigte.

»Gut«, sagte sie in ganz normalem Tonfall. »Ich will, dass du meine Brustwarzen zwischen deine Finger nimmst, Mikael, und sie so hart kneifst, wie du kannst. Und an ihnen ziehst. Zieh an ihnen, bis du sie fast abreißt, und ich berühre mich dabei selbst. Würdest du das morgen für mich tun, Mikael?«

Ich hatte ihr nicht einmal antworten können. Aber als wir tags darauf wieder in dem Besuchszimmer standen, verging keine Minute, bis ich ihre Brüste unter meinen Fingern spürte und ihre Warzen kniff und an ihnen zog, während ich ihre Hand zwischen ihren Beinen arbeiten sah.

»Fester«, forderte sie. »Fester, fester!«

Ich gehorchte, bis ich ihr Stöhnen hörte und sah, wie ihr der Schweiß ausbrach und ihr ganzer Körper beim Orgasmus zitterte.

Ich fühlte mich beständig wie im Fieberwahn und konnte mich auf nichts wirklich konzentrieren. Nachts träumte ich von ihr in immer groteskeren, unmöglicheren Bildern, und wenn ich aufwachte, war ich erschöpft und verschwitzt.

Ich war mehrmals pro Woche bei ihr. Ich rief jedes Mal vorher an, und dann sagte sie mir im immer gleichen klinischen Tonfall, was wir dieses Mal tun würden. Meine Finger zitterten schon beim Anruf im Gefängnis. Und sie hielt Wort, immer. Wir taten exakt das, was sie versprochen hatte. Ohne jede Grenze.

Wegen der Wachen machte ich mir auch keine Sorgen mehr, bis wir eines Tages beinahe überrascht worden wären, als es an der Tür klopfte und ein Gefängniswärter mit einer Nachricht von Kari ins Zimmer eilte. Es gelang mir gerade noch, meine Hose hochzuziehen und mich etwas abzuwenden, um meinen offenen Hosenschlitz zu verbergen. Ich wusste, dass ich ein rotes Gesicht hatte, als ich einen Dank murmelte. Der Wärter sah mich seltsam an und ging dann mit einem Schulterzucken wieder nach draußen. Eva hatte einfach ihren Rock nach unten gezogen. Sie sah vollkommen ruhig aus und machte sich über mich lustig.

»Vielleicht hätten wir ihn bitten sollen zu bleiben, Mikael«, sagte sie. »Er hätte zusehen können. Würde dir das gefallen? Ich mag es, wenn man mir zusieht.«

Ich schüttelte nur den Kopf und dachte, dass es eines Tages schiefgehen würde, hörte aber trotzdem nicht auf.

Zwischendurch arbeiteten wir aber auch. Das heißt, ich arbeitete, während ich nach und nach all meine Prinzipien über Bord warf. Ich schusterte allmählich eine erfundene Story für Eva zusammen, um eine plausible Erklärung für den Anruf und den Besuch von de Gier zu haben – eine Erklärung, die schwer nachzuprüfen und nicht zu widerlegen war. Eva hatte selbst ein paar Ideen dazu und lernte ihre Lektion auswendig.

Ich ging ebenso schamlos mit meiner Anwaltsethik um wie mit ihrem Körper. Ich testete sie, spielte die Rolle des

Staatsanwalts, stellte Fragen, drehte ihr die Worte im Mund herum und versuchte die Schwachstellen in ihrer Aussage zu finden. Ohne jede Schwierigkeit machte sie aus der Situation ein erotisches Rollenspiel mit mir als Staatsanwalt und sich selbst als hilfloser Gefangener. Irgendwie schien sie nur als sexuelles Objekt zu funktionieren. In allen anderen Zusammenhängen war sie still und unergründlich. Und trotzdem lernte sie ihre Lektion.

Ich begleitete sie zum Verhör, brauchte aber nichts anderes zu tun, als neben ihr zu sitzen und zuzuhören. Sie war ganz anders gekleidet als bei unseren Treffen, trug eine dunkle Hose und einen weiten Pullover. Sie war ungeschminkt und hatte die Haare zu einem Pferdeschwanz zusammengefasst. Durch die Betonung ihrer Wangen- und Kieferknochen sah sie älter aus, wirkte aber auch unschuldiger und verletzlicher.

Sie machte ihre Aussage und erklärte mit leiser, aber fester Stimme, keinen Hans de Gier zu kennen und auch nie von ihm gehört zu haben. Bis zu jenem Tag, an dem er sie gegen Mittag angerufen, sich vorgestellt und sie von einem gemeinsamen Bekannten in Holland gegrüßt hatte. Von wem? Von einem Paar, das sie im Jahr zuvor auf Ibiza kennengelernt hatte. Bob und Ilse, ein lustiges, hübsches Pärchen. Hippies, wenn die Polizei verstünde, was sie damit meinte. Sie waren immer unterwegs und stellten Souvenirs her, die sie dann an Touristen auf Ibiza verkauften. Eigentlich hätten sie keine feste Adresse. Aber manchmal schrieben sie sich Postkarten. Nein, ihre Nachnamen kannte sie nicht. Sie schrieb immer nur an Bob und Ilse an die Adresse einer Bar in Amsterdam. Ja, natürlich könne sie ihnen die Adresse dieser Bar geben. Manchmal habe sie auch selbst Karten bekommen. Nicht immer aus Amsterdam, nein, die meisten von irgendwo aus der Welt: Griechenland, Indien …

Der Polizist, der das Verhör leitete, seufzte tief und sah aus, als langweile er sich. Sie fuhren fort. De Gier hatte dann später wie abgesprochen vor ihrer Tür gestanden. Ein ziemlich hübscher junger Mann, aber sehr nervös und unruhig. Sie hatten sich verabredet, abends gemeinsam essen zu gehen. Er wollte wieder anrufen. Nein, von Heroin sei nie die Rede gewesen, und er habe ihr auch nichts gezeigt oder übergeben. Davon wisse sie gar nichts. Sie sei unschuldig.

Der Polizist fragte sie, wo das Heroin geblieben sei. »Wir wissen, dass er ein Zweihundert-Gramm-Päckchen aus dem Hotel mitgenommen hat und außer mit Ihnen mit niemand Kontakt hatte. Als er wieder ins Hotel kam, war das Päckchen verschwunden. Wo ist das geblieben, wenn nicht bei Ihnen?«

Eva zuckte nur mit den Schultern, sie wusste keine Antwort darauf. Der Polizist, der schon sein ganzes Leben im Drogendezernat gearbeitet hatte, sah mich an. Wir wussten beide, dass das die Kernfrage war und Eva Kaufmann schlechte Karten hatte, solange wir diese nicht beantworten konnten. Als wir fertig waren und sie zum Wagen zurückgebracht wurde, der sie ins Gefängnis fahren sollte, zögerte sie für einen Moment und sah mich an. »Kommst du bald?«, fragte sie, und für den Bruchteil einer Sekunde sah ich die Angst in ihren Augen. Die Angst und die Müdigkeit.

Ich nickte ihr zu und sagte, dass ich am nächsten oder übernächsten Tag kommen würde. Als sie ging, hatte ich einen bitteren Nachgeschmack im Mund. Zum ersten Mal in meiner Karriere hatte ich die Aussage eines Mandanten konstruiert, doch ohne damit wirklich etwas zu erreichen. Eva Kaufmann würde angeklagt werden, und ich kannte das norwegische Rechtswesen gut genug, um zu wissen, dass sie vermutlich auch verurteilt werden würde.

Als ich aus dem Präsidium ging, traf ich Bjørn Kvarme. Ich nickte ihm zu und wollte weitergehen, aber er hielt mich lächelnd zurück. »Na, Brenne!«, sagte er. »Immer bei der Arbeit?«

Ich kannte ihn nicht gut. Er stand in seinen schicken Klamotten und mit seinem jungenhaften Grinsen vor mir und lockerte sich die Schultern wie ein Boxer beim Aufwärmen. Ich fragte mich, was er wollte.

»Was machen Sie hier?«

»Ein Verhör«, erwiderte ich.

»Ach ja, die Kaufmann-Sache.« Er nickte. »Ist mir bekannt. Sie steckt in der Scheiße. Da können Sie nicht viel machen, oder?«

»Wir werden sehen. Irgendwas geht immer.«

Er lachte unmotiviert. »Wollen wir das mal hoffen, Brenne. Ihnen zuliebe. Nichts ist so … unnötig wie ein Anwalt, der seinen Job nicht erledigt. Passen Sie auf sich auf.«

Er klopfte mir freundschaftlich auf die Schulter und ging. Ich dachte über das seltsame Gespräch nach und fragte mich, ob ich gerade bedroht worden war.

Abends ging ich in der Nachbarschaft spazieren, um einen klaren Kopf zu bekommen. Ich wurde dabei zweimal von einem grünen Lieferwagen passiert. Ich konnte nicht durch die Scheiben blicken und war mir auch nicht sicher, ob es dasselbe Auto war, das mir zuvor schon aufgefallen war. Trotzdem wurde ich so verunsichert, dass ich wieder nach Hause ging.

Slavo zahlte noch einmal 200 000 Kronen auf das Mandantenkonto ein, von denen ich die vereinbarte Summe nach Liechtenstein überwies. Ich schaffte es einfach nicht, mich zu weigern, sagte ihm aber, dass das weder klug noch wirklich sicher war.

»Da bin ich Ihrer Meinung, Mikael«, antwortete er. »Es ist wirklich an der Zeit, dass Sie diese Gesellschaft gründen, damit das in geordnete Formen kommt.«

Eines Abends rief er mich zu Hause an. Das hatte er nie zuvor getan.

»Sie müssen etwas mit Eva machen«, sagte er. »Sie müssen sie da rausholen, bald.«

»Ich kann nicht zaubern«, sagte ich. »Eva steckt bis zum Hals drin.« Ich war müde und ärgerlich. Es gefiel mir nicht, dass er mich zu Hause anrief.

»Mikael«, sagte er. »Sie verstehen nicht. Es gibt da noch andere Leute … über mir. Die werden langsam ungeduldig. Sie verstehen sich doch auf so etwas, nicht wahr? Das ist doch Ihr Job. Außerdem bezahlen wir Sie dafür.«

»Ich werde es versuchen.«

»Finden Sie eine Lösung, Mikael«, sagte er. Dann legte er auf.

Ich hatte das Gefühl, mich in einem unsichtbaren Netz verfangen zu haben. Ich konnte nachts nicht mehr richtig schlafen und schreckte immer wieder aus Albträumen auf, an die ich mich dann nicht mehr erinnern konnte.

In den letzten Wochen war ich Mette aus dem Weg gegangen. Ich schob das auf die Arbeit, behauptete, viel zu tun zu haben und müde zu sein. Wenn wir zusammen waren, war ich mürrisch und still. Mein Verhalten beunruhigte sie, so dass sie noch mehr redete als sonst.

Eines Tages saßen wir an einem kalten, ungemütlich nassen Tag in einem Café. Unser Gespräch kam auch dort nicht richtig in Gang. Sie redete über ihre Arbeit und von einer neuen Stelle, auf die sie sich vielleicht bewerben wollte. Ich antwortete einsilbig.

Als wir wieder auf die regennasse Straße traten, legte sie plötzlich ihre Hände um mein Gesicht und sah mich an. »Wo bist du nur, Mikael?«, fragte sie. »Was ist mit dir los? Was quält dich so? Du siehst müde und unglücklich aus. Ich wünschte mir, du würdest mit mir reden!«

Aber das konnte ich nicht. Ich hatte sie verletzt und hätte das gerne wiedergutgemacht.

Kapitel 14

Eines Tages musste ich wieder an Johnny Hansen denken. Mir wurde bewusst, dass ich ihn seit meinem Krankenhausbesuch nicht mehr gesehen oder gesprochen hatte. Nach einigem Nachdenken bat ich Kari nachzusehen, ob wir seine Adresse und Telefonnummer im Archiv hätten. Kurz darauf brachte sie mir einen Zettel, auf dem eine Adresse und drei Telefonnummern, darunter zwei Handynummern, standen. Aber die Rufnummern existierten angeblich nicht, und bei der Auskunft kannte man keinen Johnny Hansen.

Ich wurde den Gedanken an ihn nicht mehr los. Ebenso wenig den an Mike. Mike mit der Kneifzange. An sein Lächeln, als er Martin Pettersens Hand zerschmettert hatte. Das Knacken brechender Zweige.

Noch am selben Abend setzte ich mich ins Auto und fuhr zu Johnnys Wohnung. Er hatte sie von seiner vor Jahren verstorbenen Mutter geerbt. Ich kannte die Straßen des Viertels noch aus meiner Kindheit und war bald dort.

Der Stadtteil war an diesem Novemberabend dunkel und verwaist. In meiner Erinnerung wimmelte es hier von Kindern und Jugendlichen, die auf der Straße spielten. Jetzt sah ich niemanden.

Ich fand die Adresse sofort und parkte auf einem leeren Gästeparkplatz. Hier schien niemand Besuch zu erwarten. Auf dem Messingschild neben der Tür stand immer noch

Amalie Hansen, doch ich wusste, dass es die richtige Wohnung war.

Keiner öffnete. Ich legte das Ohr an die Tür, hörte aber nichts. Als ich wieder hinausging und nach oben blickte, sah ich, dass alle Fenster der Wohnung im Dunkeln lagen.

Ich ging noch einmal ins Haus und klingelte bei Johnnys Nachbarn. Eine alte Frau öffnete, ohne die Türkette zu entfernen. Durch den schmalen Türspalt sah ich nur ein Auge von ihr. »Er ist nicht zu Hause«, sagte sie. »Ich habe ihn schon lange nicht mehr gesehen. Ich glaube, er ist verreist.« Dann knallte sie mir die Tür vor der Nase zu.

An vier Abenden in der kommenden Woche fuhr ich in der Stadt herum und fragte nach Johnny Hansen. Es waren keine erhebenden Abende. Ist man in einer Stadt wie dieser aufgewachsen und arbeitet seit zehn Jahren als Strafanwalt, kennt man das Milieu recht gut. Ich ging in den Park und lief ziellos umher, bis ich die kleinen, verkommenen Gruppen von Menschen sah, die ich suchte.

Manche kannte ich, aber die meisten waren mir noch unbekannt. Sie waren jung und aggressiv. Ein Junge, er konnte kaum älter als sechzehn sein, zückte sogar mit irrem Blick sein Messer. Ich wich rasch zurück. Seine Kameraden hielten ihn fest und forderten mich auf zu gehen. Ich war erschüttert und fuhr an diesem Abend früh nach Hause.

Am zweiten Abend ging ich eine Kneipe, in der meine Mandanten, wie ich wusste, manchmal Tabletten kauften. Drinnen roch es säuerlich nach altem Bier. Ein paar müde Gestalten saßen gleich neben der Tür an einem Tisch. Ansonsten war das Lokal leer, abgesehen von einem einsamen Mann am Tresen. Er wandte mir den Rücken zu.

Als ich näher kam, hob er den Kopf und sah mich an. Es war Bjørn Kvarme. Er war sturzbetrunken. Ich wollte kehrtmachen und gehen, aber er bekam meine Jacke zu fassen und hielt mich fest.

»Anwalt«, sagte er. »Der bekannte Strafverteidiger Brenne, zu Besuch bei seinen Mandanten, was?«

»Was tun Sie hier, Kvarme?«, fragte ich. »Das ist doch nicht der richtige Ort für einen Polizisten, schon gar nicht für einen betrunkenen.«

»Ich bin hier …«, lallte er, »ich bin hier … weil …« Er verlor den Faden. Sein Gesicht war aufgedunsen und voller roter Flecke. Er sah aus, als wäre er schon seit Tagen betrunken.

»Gehen Sie nach Hause, Kvarme«, sagte ich zu ihm. »Ich rufe Ihnen ein Taxi.«

Er nickte schwerfällig, und ich half ihm nach draußen auf den Bürgersteig.

Die Nachtluft schien ihm gutzutun. Plötzlich drehte er sich um und packte die Zipfel meiner Jacke mit beiden Händen. »Sie glauben, Sie haben die Kontrolle, nicht wahr, Brenne? Sie sind Anwalt und … und glauben, dass Sie die Kontrolle haben. Aber Sie irren sich! Noch ehe Sie sich umsehen, haben Sie die so komplett verloren, dass Sie nicht mehr wissen, wo Ihnen der Kopf steht. Verstehen Sie, was ich sage?«

Ich nickte und schob ihn in das nächste Taxi. Mag sein, dass er ein korrupter Polizist war, doch ihm war nicht wohl in seiner Haut. Und ich wusste nur zu gut, wie sich das anfühlte. Auch ich glaubte schon längst nicht mehr daran, die Kontrolle zu haben.

Am nächsten Abend fuhr ich ins Hurenviertel. Ich reihte mich in die Schlange der Autos ein, die im Schneckentempo durch die Straßen fuhren, auf denen sich eine Handvoll Mädchen zur Schau stellten. Es war kalt und windig, aber trotzdem trugen einige von ihnen Miniröcke und kurze Jäckchen.

Ich rollte langsam neben ihnen her, kurbelte die Scheibe nach unten und erklärte, auf der Suche nach jemand zu sein und keinen Sex zu wollen. Eine von ihnen wurde wütend. Für die anderen war das in Ordnung, doch entweder kannten sie Johnny Hansen nicht oder sie wussten nicht, wo er war.

Zu guter Letzt stieß ich auf eine alte Bekannte, eine ehemalige Mandantin. Sie sah mich überrascht an. »Na so was, Brenne«, sagte sie. »Müssen Sie jetzt schon auf den Strich, um mal jemand flachzulegen? Wir haben wohl alle schon bessere Zeiten hinter uns.«

Laila beschaffte sich das Geld für ihr Heroin schon lange auf dem Strich. Ich fragte sie, ob sie sich einen Moment aufwärmen wolle, und sie nahm mein Angebot gerne an.

»Verdammt kalter Job, Laila!«, sagte ich und blickte auf die mageren Schenkel unter ihrem Lederrock. Sie war einmal schön gewesen, wovon allerdings trotz all der Schminke kaum noch etwas zu sehen war. Sie fror so stark, dass sie zitterte, lächelte aber wie immer verschmitzt.

»Und?«, fragte sie. »Ficken oder blasen, Brenne? Und erwarten Sie sich ja keinen Rabatt von mir. Sie haben an mir schon genug verdient. Jetzt bin ich an der Reihe, Ihnen ein bisschen Geld abzuknöpfen.«

Ich lachte und erklärte ihr, was ich wollte.

»Johnny? Johnny Hansen? Klar kenne ich den. Aber ich

habe ihn jetzt schon länger nicht mehr gesehen. Er hat sich mit den falschen Leuten angelegt. Sie haben ihm die Daumen abgeschnitten.« Sie schauderte. »Aber das wissen Sie sicher, Brenne. Sie haben doch davon gehört? Alle haben das.«

»Ja, das weiß ich. Aber kennen Sie jemand … haben Sie eine Idee, wen ich nach ihm fragen könnte … wer könnte wissen, wo er steckt?«

Sie dachte nach. »Tja, vielleicht Eddi. Eddi Nilsen. Vielleicht weiß er was.«

Sie gab mir die Adresse, stieg dann aus dem Auto, ging zurück in die Kälte und hielt sich das kurze Jäckchen zu. Ehe sie ging, beugte sie sich noch einmal zu mir hinunter. »Um was geht es denn? Warum wollen Sie Johnny treffen?«

»Ach, das hat etwas mit einem anderen Fall zu tun«, sagte ich und machte eine vage Handbewegung.

Es war mittlerweile so spät geworden, dass ich das Gespräch mit Eddi Nilsen auf den nächsten Tag verschob. Auf dem Rückweg dachte ich, dass ich eigentlich keine gute Antwort auf Lailas Frage wusste. Ich hatte ganz einfach keine Ahnung, warum es mir so wichtig war, Johnny Hansen zu finden. Es war einfach so.

Am folgenden Abend schneite es wieder. Still und leise. Ich zog die dicke Lederjacke an und setzte eine Strickmütze auf. Dann stieg ich ins Auto, um Eddi Nilsen zu besuchen. Nach dem letzten Schneefall hatte ich Winterreifen aufgezogen. Die Räumfahrzeuge waren unterwegs, denn der Wetterbericht verkündete noch mehr Schnee. Sie rumpelten mit gelb blinkenden Warnlichtern durch die Straßen und warfen den Schnee mit ihren Räumschaufeln spritzend zur Seite. Ansonsten waren nur wenige Autos unterwegs.

Die Adresse, die ich bekommen hatte, lag weit oben auf der anderen Hangseite. Dort oben in dem alten Arbeiterviertel mit den steilen, engen Gassen wohnte ein Großteil der Süchtigen und Kriminellen der Stadt. Früher war das eine reine Arbeitersiedlung gewesen. Dort hatten die Werftarbeiter oder die Arbeiter aus den anderen Fabriken gewohnt, die sich nebeneinander an der geschützten Küste angesiedelten hatten. Jetzt, da Arbeiter wie Arbeitsplätze verschwunden sind, ist nur noch ein heruntergekommener Stadtteil mit alten, schlechten Häusern und vielen Problemen geblieben.

An einem steilen Anstieg begannen die Räder durchzudrehen, so dass ich den Wagen abstellte und den Rest zu Fuß ging. Es war glatt, und mir wurde warm, als ich endlich mit keuchendem Atem das Haus fand.

Es war ein schmales, dreistöckiges Steinhaus, dessen Putz von der fleckigen Fassade bröckelte. Nur hinter wenigen Fenstern brannte Licht. Die Lampe über der Haustür war kaputt, so dass ich die Namen auf den Klingelschildern nicht lesen konnte.

Ich legte die Hand auf die Türklinke. Die Haustür war nicht abgeschlossen. Ich ging hinein und kam auf einen Flur mit braunen, von Graffiti übersäten Wänden. Unter der Treppe standen ein Fahrrad ohne Vorderrad und ein rostiger Kinderwagen.

Im Erdgeschoss war es dunkel und still. Die Türen hatten keine Namensschilder. Im zweiten Stock öffnete sich eine Tür. Der kleine Mann, der Ende fünfzig sein mochte, roch nach Schnaps, als er den Mund aufmachte.

»Dachboden«, sagte er nur und zeigte mit dem Daumen nach oben. Dann schloss er die Tür, riss sie aber sogleich wieder auf. »An Ihrer Stelle wäre ich vorsichtig«, sagte er.

Ich fragte, wieso.

»Da oben geschieht ziemlich viel Merkwürdiges. Die sind nicht ganz dicht da oben, und dieser Eddi …«

Er tippte sich mit dem Zeigefinger an die Schläfe. »Der hat erst recht nicht alle Tassen im Schrank …« Dann schloss er die Tür wieder.

Ich wusste, was er meinte. Ich kannte Eddi Nilsen schon seit vielen Jahren. Er hatte als Zeuge in verschiedenen Strafprozessen ausgesagt, an denen ich beteiligt gewesen war. Außerdem tauchte sein Name in so mancher Akte auf. Er war nie mein Mandant gewesen, aber das lag wohl daran, dass er nur selten vor Gericht gestellt wurde. Nicht weil er selten geschnappt wurde, sondern weil er in der Regel direkt in die Psychiatrie wanderte. Eddi war total verrückt … wenigstens manchmal. Ich hielt ihn nicht für gefährlich, jedenfalls nicht, wenn ich mich vorsichtig verhielt. Trotzdem hoffte ich, dass er einen guten Tag hatte.

Die Glühbirne an der Decke über dem obersten Treppenabsatz war kaputt. Ich streckte in der Dunkelheit eine Hand aus und schob die Schulter an der Wand entlang, bis ich an eine Tür kam. Ich konnte keine Klingel finden und klopfte an. Nach einer Weile klopfte ich ein zweites Mal, dieses Mal fester, jedoch wieder ohne Resultat. Ich wartete einen Moment, ehe ich meine Hand auf die Klinke legte und sie nach unten drückte. Die Tür ging auf. Ich trat ein und fand mich am Fußende einer weiteren schmalen Treppe wieder. Auch hier war es dunkel. Ganz oben stand ein kleines Mädchen in einem Kleid. Ihre dunkle Silhouette zeichnete sich vor dem Lichtschein hinter ihr ab.

»Wer sind Sie?«, fragte das Mädchen.

»Mikael Brenne«, antwortete ich. »Ich bin Anwalt, und ich möchte mit Eddi sprechen. Ich kenne ihn. Darf ich zu euch nach oben kommen?«

»Ja«, sagte die Stimme.

Als ich nach oben kam, sah ich, dass sie kein kleines Mädchen, sondern eine junge Frau war, wenn auch so schmal und zartgliedrig, dass ihre Augen unnatürlich groß wirkten. Sie war barfuß und trug ein dünnes Baumwollkleid.

»Ist Eddi da?«, fragte ich.

Sie nickte und drehte sich um. Ich folgte ihr durch einen leeren Dachbodenraum mit einer nackten Glühbirne unter der Decke. Am Ende des Raumes war eine Tür.

»Warten Sie«, sagte sie und drehte sich um.

»Ist es … Eddi … ich meine, wie geht es ihm heute?«

Sie zuckte mit den Schultern. Ich sah, dass sie hübsch war. Es früher zumindest gewesen war.

»Er ist halt, wie er ist. Er hat heute … noch nicht geredet, also weiß ich es nicht.«

Wir kamen in einen großen, vom Boden bis zur Decke mit Holz getäfelten Raum. Auf dem Fußboden lagen mehrere Teppiche übereinander, und auch an den Wänden hingen Textilien – Baumwolle aus Indien und geknüpfte Teppiche aus dem Nahen Osten. Überall lagen Berge von Kissen, und die farbigen Glaslampen tauchten den Raum in ein warmes Licht. In der Ecke befand sich eine kleine, offene Küche. Alles war ordentlich und sauber. Die großen Dachfenster waren verschneit. Es sah aus wie ein Hippie-

Designerheim aus einem Einrichtungsmagazin. Sie lächelte mich an. »Gefällt es Ihnen? Als ich hier eingezogen bin, sah das noch etwas anders aus.«

Ich nickte. Es gefiel mir.

In der Ecke stand ein großes Doppelbett mit vielen bunten Kissen, auf denen Eddi Nilsen saß. Er hatte einen dicken Bauch sowie einen großen, bärtigen Kopf mit langen Haaren und sah mich aus kleinen, blitzenden Augen an. Eddi sah verrückt aus, aber das tat er immer.

»Hallo, Eddi«, sagte ich.

Er starrte mich lange an. Dann öffnete er seinen Mund und sagte: »Brenne!«, als wäre ihm plötzlich die Antwort auf eine schwierige Frage in den Sinn gekommen. Seine Stimme klang dunkel und rauh.

Ich wartete.

»Setz dich!« Plötzlich lächelte er. Es kam vollkommen unerwartet und veränderte sein ganzes Gesicht. Plötzlich sah er aus wie ein gutmütiger Weihnachtsmann. »Setz dich hin!«

Er drehte den Kopf zu der Frau und sagte: »Jennifer, hol dem Anwalt doch einen Stuhl. Und sag nett guten Tag. Das ist Jennifer, Brenne.«

Er fuchtelte mit den Armen, um uns gegenseitig vorzustellen. »Etwas zu trinken, Brenne? Ein Bier? Ja? Jennifer, bist du so gut?«

Diese Seite von Eddi Nilsen kannte ich noch gar nicht. Er war zuvorkommend und höflich. Fast hatte ich das Gefühl, bei einem ganz normalen Bürger der Stadt zu Besuch zu sein. Vielleicht war er immer noch verrückt, aber ganz sicher weder gefährlich noch unangenehm.

Ich bekam einen Stuhl und eine Dose Bier. Jennifer setzte sich mit verschränkten Beinen auf ein paar Kissen, die neben dem Bett auf dem Boden lagen. Mit ihrem Lächeln sah sie aus wie ein Engel, der in einem Konzentrationslager gewesen war.

Wir plauderten. Ich lobte die Wohnung. Eddi nickte lächelnd. »Das ist Jennifer«, sagte er. »Sie hat sich um alles gekümmert. Schreiner besorgt, die Sachen beschafft und dann alles selbst eingerichtet. Sie ist meine Rettung. Sie hält die Dämonen auf Distanz. Und ich passe auf sie auf.« Er sah mich ernst an. »Sie isst nicht genug, weißt du. Sie passt auf mich auf, nicht aber auf sich selbst. Ich achte darauf, dass sie genug zu essen bekommt. Vitamine.«

Jennifer nickte lächelnd. Sie streckte ihre Hand aus und er nahm sie. Er sah aus wie ihr Großvater. Als er dann auf einmal zu mir herüberblickte, sah ich ein Funkeln in seinen Augen, das mich an den Eddi Nilsen erinnerte, den ich kannte – durchtrieben und ein bisschen paranoid.

»Was willst du, Brenne? Warum bist du gekommen?«

»Wegen Johnny«, sagte ich. »Johnny Hansen. Er ist verschwunden. Ich dachte, dass du vielleicht wüsstest, wo er ist.«

»Warum? Was willst du von ihm?«

»Er … er ist verletzt worden. Weißt du das?«

Er nickte. »Ja, sie haben ihm die Daumen abgeschnitten.«

»Er rief mich an, und ich habe ihn im Krankenhaus besucht. Seither habe ich ihn nicht mehr gesehen. Er ist verschwunden. Ich … ich mache mir Sorgen um ihn. Ich kenne ihn schon seit Ewigkeiten.« Ich hörte selbst, dass sich das nicht sonderlich überzeugend anhörte.

Eddi sah mich lange an. »Vergebung«, sagte er. »Ist es

das, was du suchst? Aber so läuft das nicht, Brenne.« Er hob seine Hand und zeigte auf mich. »Vergebung kannst du nur hier finden, Brenne.« Mit diesen Worten legte er sich die Hand aufs Herz. »Bei dir selbst.«

Wir saßen eine Weile schweigend da. Mir kam einfach nichts in den Sinn, das ich hätte sagen können. Dann ergriff er wieder das Wort:

»Es geht Johnny gut. Er ist weggefahren. Such nicht nach ihm. Er ist dort, wo er sein will.« Und dann wollte er nichts mehr sagen. Ich trank mein Bier aus und fragte ihn, ob ich noch kurz auf die Toilette gehen dürfe, bevor ich ging.

Dort war es ebenso sauber und reinlich wie im Rest der Wohnung. Ich konnte der Versuchung nicht widerstehen, einen Blick in den Badezimmerschrank zu werfen. Auf der einen Seite befanden sich gewöhnliche Toilettenartikel. Auf der anderen Einwegspritzen, Watte, Gummischlauch, Löffel, Aminosäure und Heroin in Portionspäckchen, sauber aufgestellt wie in einem Krankenhaus. Daneben standen kleine Gläschen mit Pillen in allen Größen und Farben. Sie waren beschriftet, und fast jedes dieser Medikamente stand auf der Drogenliste.

Ich ging wieder zurück und bedankte mich. Eddi nickte nur. Jennifer winkte mir zum Abschied lächelnd zu: »Machen Sie's gut.«

Auf der Treppe machte ich noch einmal kehrt und ging wieder nach oben. Ich klopfte an und trat ein. Eddi blickte etwas überrascht auf.

»Eddi«, sagte ich. »Noch eine Sache wegen Johnny. Wissen Sie, wer ihm das angetan hat?«

Er nickte. »Die Serben. Das wissen doch alle.« Dann lächelte er, als hätte er einen Witz gemacht. »Alle außer dir.«

Wieder zu Hause, zündete ich den Kamin an und dimmte das Licht im Wohnzimmer. Dann goss ich mir einen großen Cognac ein und versuchte nachzudenken. Die Suche nach Johnny Hansen konnte ich aufgeben. Ich hatte keine Ahnung, wie ich weiterkommen sollte, wenn ich ihn nicht bei der Polizei als vermisst melden wollte, und dafür gab es ja eigentlich keinen Grund. Eddi hatte gesagt, er sei verreist. Ich wusste aber nicht, ob das bedeutete, dass er tot war. Oder noch am Leben. Vielleicht war das aber auch gar nicht mehr so wichtig.

Johnny Hansen war kein Freund von mir. Ich kannte ihn schon lange und mochte ihn, aber er war nur ein Mandant mit einem traurigen Schicksal, wie so viele andere. Ich wusste ja nicht einmal, warum ich ihn finden wollte.

In diesem Moment ging mir auf, dass Eddi Nilsen vielleicht recht hatte. Vielleicht suchte ich wirklich nach Vergebung. Vielleicht war ich nur deshalb so versessen darauf, Johnny Hansen zu finden, weil ich damit meine eigene Unruhe und mein schlechtes Gewissen bekämpfen wollte. Mein schlechtes Gewissen wegen der Zusammenarbeit mit Slavo und Mike, wegen Eva Kaufmann und wegen Mette. Möglicherweise war das alles nur der hilflose Versuch, wieder Kontrolle über mein eigenes Chaos zu gewinnen.

Dabei wusste ich, dass ich so nicht weiterkam. Ich sollte mich um meine wirklichen Probleme kümmern. Und dass ich die hatte, wusste ich nur zu gut. Ich musste Slavo, Mike und Eva aus meinem Leben entfernen, doch das war alles andere als einfach.

Ich goss mir noch ein Glas Cognac ein und fasste einen Entschluss. Irgendwo musste ich ja anfangen. Die nächsten Tage wollte ich dem Fall Eva Kaufmann widmen. Nicht für

Fahrten ins Gefängnis, um Sex mit ihr zu haben, sondern um an dem Fall zu arbeiten. Ich wollte noch einmal die Dokumente durchgehen und mich richtig konzentrieren, um doch noch einen Weg zu finden, ihren Kopf aus der Schlinge zu ziehen. Das war der Schlüssel. Danach musste ich die Zusammenarbeit mit Slavo beenden. Ich war Anwalt, und er war im Grunde nur ein Mandant. Schließlich hatte ich auch früher schon das eine oder andere Mandat niedergelegt.

Kapitel 15

Am nächsten Tag war ich schon vor Kari in der Kanzlei. Als sie kam, stand ich fluchend vor der Kaffeemaschine. »Gut, dass du kommst«, sagte ich, »die Kaffeemaschine tut's nicht.«

Sie sah mich überrascht an und musste dann lachen. »Ich ziehe den Stecker raus, wenn ich gehe. Sicherheitshalber. Es würde sicher helfen, wenn du den wieder reinsteckst.«

Ich verdrehte die Augen.

»Komm, geh in dein Büro«, sagte sie. »Ich bring dir gleich deinen Kaffee.«

Sie hatte immer noch rote Wangen von der Kälte und wärmte die Hände an ihrer Tasse, als sie sich zu mir ins Büro setzte.

»Warum bist du heute so früh gekommen?«

»Wir haben viel zu tun. Ich brauche von dir eine Übersicht über alle Termine in den nächsten … na, sagen wir, drei Tagen. Wir müssen sie unbedingt verschieben, damit ich Zeit für andere Dinge habe.«

Sie sah mich verwundert an. »Das sollte gehen, du hast in dieser Woche auf jeden Fall keinen Gerichtstermin. Aber warum? Was ist denn los?«

»Der Fall Eva Kaufmann. An dem muss ich arbeiten. Einen Ansatz finden, damit ich ihn irgendwie gewinnen kann. Ich will mich in den nächsten drei Tagen ausschließlich darum kümmern, auf jeden Fall so lange, bis ich wirklich eine Lösung gefunden habe.« Ich hörte selbst, dass ich zu laut und zu schnell redete.

Kari zögerte und trank einen Schluck Kaffee, ehe sie sagte: »Du warst ziemlich oft bei ihr. Was … was ist an diesem Fall denn so besonders?«

Ich spürte, dass ich errötete, und reagierte unnötig gereizt.

»Nichts. Das ist bloß ein Fall. Das geht dich nichts an. Tu einfach, um was ich dich bitte, damit ich meine Arbeit machen kann!«, rief ich. So hatte ich sie noch nie angefahren.

Sie blieb für einen Moment sitzen, während ihr Gesicht langsam vom Hals her rot wurde. Dann sprang sie so abrupt auf, dass der Kaffee auf den Boden schwappte, und stürmte aus dem Zimmer.

Zehn Minuten später war ich nicht mehr zornig. Ich fühlte mich unwohl und schämte mich. Ich ging in die Teeküche, holte einen Lappen, wischte den Kaffeefleck vom Boden, wrang den Lappen aus und hängte ihn wieder an seinen Platz. Dann ging ich zu Kari und stellte mich vor ihren Schreibtisch. Sie hämmerte etwas in die Tastatur. Ihr Nacken war noch immer rot.

»Kari«, sagte ich. »Es tut mir leid. Ich bin zu weit gegangen, ganz ohne Grund. Entschuldige bitte. Ich bin müde und gestresst und habe das an dir ausgelassen.«

Sie blickte mich nicht einmal an.

»Wenn du mir nicht vergibst, will ich nicht mehr leben. Dann hat mein Dasein keinen Sinn mehr, dann sehe ich keinen anderen Ausweg mehr, als meinem Leben ein Ende zu setzen. Ich hoffe nur, dass du zu meiner Beerdigung kommst.«

Ich sah den Anflug eines Lächelns über ihre Mundwinkel huschen. Dann hob sie den Kopf und sah mich direkt an: »Schon in Ordnung, Mikael. Du kannst weiterleben. Aber gewöhn dir nicht an, mich so zu behandeln. Sonst bin ich weg.«

Ich zweifelte keine Sekunde daran, dass sie es ernst meinte.

»Hör mal«, sagte ich. »Ich habe eine Idee, damit du mir vielleicht doch verzeihen kannst. Bald haben wir Dezember. Alle Firmen machen doch so Weihnachtsfeiern. Wir sind die kleinste Firma der Welt, und ich hasse Weihnachtsfeiern. Aber wir könnten doch trotzdem mal ausgehen. Wir bestellen einen Tisch in einem guten Restaurant und essen und trinken auf Kosten der Firma. Das haben wir uns doch verdient, oder was meinst du?«

Jetzt lächelte sie wirklich. »Da bin ich gerne dabei. Wann und wo?«

»Am nächsten Wochenende. Freitag oder Samstag, das darfst du bestimmen. Du kannst dir auch ein Restaurant aussuchen, Hauptsache teuer. Kümmerst du dich bitte darum? Ich muss arbeiten.«

Und ich arbeitete. In den nächsten zwei Tagen vergrub ich mich in Ermittlungsakten und Dokumenten. Ich aß nach der Arbeit im Café, um dann doch noch einmal ins Büro zurückzugehen und zu lesen, bis die Buchstaben vor meinen Augen zu flimmern begannen. Kein Fall ist jemals zuvor so gründlich studiert worden. Ich las die Aussagen, bis ich sie auswendig kannte. Nahm die Observationsberichte auseinander und verglich sie miteinander – in der Hoffnung, Lücken oder Widersprüche zu finden.

Vier Stunden lang widmete ich mich den Telefonlisten von Eva Kaufmann und de Gier, um irgendeinen Ansatzpunkt zu finden. Es kostete mich ein Vermögen, an die Namen heranzukommen, die zu den Telefonnummern gehörten. Aber ich fand nichts und kompensierte das mit Hektolitern von Kaffee.

Am Abend des zweiten Tages begann ich nach Verfahrensfehlern zu suchen, was bei dem norwegischen Rechtssystem aber wirklich eine Suche nach der Nadel im Heuhaufen ist. Und auch wenn man etwas fand, half einem das nur selten.

Um elf Uhr abends gab ich auf und ging nach Hause. Ich war müde und resigniert, musste aber trotzdem noch immer an den Fall denken. Meine Gedanken kreisten immer wieder um die gleiche Sache. Das Problem war de Gier oder besser gesagt de Giers Aussage. Er redete nie explizit von Eva Kaufmann, im Gegenteil leugnete er, sie getroffen zu haben, was im Grunde aber noch schlimmer war.

Bei seiner ersten Aussage hatte er offensichtlich nicht damit gerechnet, seit seiner Einreise in das Land observiert worden zu sein. Vermutlich hatte er so unter Schock gestanden, dass er überhaupt nicht nachgedacht hatte. Er wusste, dass es keinen Zweck hatte, den Heroinschmuggel zu leugnen, weigerte sich aber, seinen Auftraggeber preiszugeben. Er sagte nur, dass man ihn bedroht und er diesen Kurierjob aus purer Angst übernommen habe. Geschichten dieser Art bekam die Polizei immer wieder zu hören. Das sollte an sich auch kein Problem darstellen.

Viel schlimmer war die Aussage, die er danach gemacht hatte. Denn er hatte zugegeben, ein 200-Gramm-Päckchen aus der Tasche genommen und in die Jackentasche gesteckt zu haben, um es einer vorher bestimmten Person zu überbringen. Es handelte sich um eine Warenprobe, mittels der die Qualität des Stoffes überprüft werden sollte. Er hatte das Päckchen wie befohlen geliefert, bevor er ins Hotelzimmer zurückgegangen war, um auf weitere Anweisungen zu warten, wie der Rest der Lieferung übergeben werden sollte. Er weigerte sich allerdings zu sagen, wem er das Päckchen geliefert hatte.

Angesichts der Observationsberichte, aus denen hervorging, dass de Gier mit niemandem sonst Kontakt hatte, ergab das für die Polizei einen glasklaren Fall.

Ich fand in den Dokumenten einfach keinen Ansatzpunkt, keine Lücke bei der Beschattung, nichts, womit ich den Fall gewinnen konnte.

Draußen war es kalt, aber die Kälte tat mir gut. Ich ging schnell und versuchte das Gefühl der Mutlosigkeit abzuschütteln. Schließlich entschloss ich mich, den nächsten Tag darauf zu verwenden, Hans de Giers Spuren zu folgen. Ich wollte die Observationsberichte als Karte benutzen und seiner Route durch die Stadt folgen, Schritt für Schritt, von Ort zu Ort. Keine sonderlich originelle Idee, aber die einzige, die ich hatte.

Am nächsten Tag fuhr ich schon im Morgengrauen mit dem Bus ins Büro. Ich suchte alle Observationsberichte zusammen, ordnete sie chronologisch, kopierte sie und legte sie in eine Klarsichthülle. Dann ging ich zum Bahnhof.

Ich betrat gerade die Bahnhofshalle, als der Nachtzug aus Oslo eintraf. Müde Passagiere taumelten auf den Bahnsteig. Einige von ihnen wurden von Eltern oder Freunden erwartet, umarmt und von ihrem Gepäck befreit. Drei uniformierte Marinesoldaten stiegen unrasiert und mit roten Augen aus dem Zug. Sie sahen aus, als hätten sie die halbe Nacht getrunken. Ich bahnte mir einen Weg gegen den Strom, bis ich zu einem Schlafwagen kam, aus dem bereits alle Passagiere ausgestiegen waren. Ich ging an der einen Seite hinein, lief durch den Waggon und stieg vorne wieder aus.

Vor mir lag der Bahnhof. Ich versuchte, alles mit neuen Augen zu sehen und mir vorzustellen, wie er auf einen Fremden wirken musste, der 4,6 Kilogramm Heroin in seiner Tasche hatte. Keine leichte Vorstellung.

Ich ging in normalem Tempo in Richtung Ausgang, blieb für einen Moment stehen, um mich zu orientieren, und überquerte die Straße in Richtung Bahnhofshotel. Dort frühstückte ich, kaufte ein paar Zeitungen und achtete auf die Uhrzeit. Im richtigen Moment stand ich auf und begab mich mit den Observationsberichten in der Hand auf de Giers Route durch die Stadt.

Es war nicht so leicht, wie ich gedacht hatte. Die Beschreibungen waren bei weitem nicht so exakt, wie sie wirkten, wenn man sie las. Verschiedentlich musste ich die richtige Route beinahe erraten und einmal gar ein Stück zurücklaufen und eine Alternativstrecke ausprobieren, die logischer wirkte. Trotzdem konnte ich mir nicht sicher sein, de Giers Route wirklich genau zu folgen. Mag sein, dass das von Bedeutung war, nur wusste ich nicht, wie ich es nutzen sollte, bewies es doch nur, dass die Berichte keine Wegbeschreibung waren.

Als ich wieder ins Hotel kam, sagte ich der Frau an der Rezeption, dass ich auf jemanden wartete, und bestellte mir eine Tasse Kaffee. Ich warf einen Blick in die Berichte und setzte mich so hin, wie auch die Polizei gesessen haben musste. Von hier aus war es leicht, den Überblick darüber zu behalten, wer kam und ging. Vor der Rezeption stauten sich die Gäste, die auschecken wollten. Nach zwanzig Minuten hatten sie alle das Hotel verlassen, und der Portier verschwand in einem Hinterzimmer. Ich konnte ihn durch ein kleines Glasfenster sehen. Er kehrte mir den Rücken zu und telefonierte.

Ich stand auf und ging ins zweite Obergeschoss hinauf. De Giers Raum lag am Ende des Flurs. Ich stand eine Weile vor der verschlossenen Zimmertür, drehte mich dann um und ging den Weg zurück, den ich gekommen war. Unten nickte ich dem Portier zu und trat durch den Haupteingang auf die Straße.

Es hatte zu regnen begonnen. Ich schlug den Jackenkragen hoch und drückte mich bis zur nächsten Ecke an der Hauswand entlang. Dann bog ich in eine Seitenstraße ein und fand zwanzig Meter weiter die Tür zum Innenhof. Ich drückte die Klinke nach unten, aber die Tür war verschlossen. Neben der Tür hingen zwei vergilbte Schilder. Auf einem stand: »Lieferanteneingang« und auf dem anderen: »Achtung, diese Tür bitte immer verschlossen halten«, wobei das Wort »immer« gleich zwei Mal unterstrichen war. Es dauerte noch einige Stunden, bis de Gier weitergegangen war. Ich hatte mir vorgenommen, nicht nur seiner Route, sondern auch seinem Zeitplan zu folgen, bereute diesen Entschluss aber bereits wieder. Bis ins Büro wären es nur zehn Minuten gewesen, aber ich hatte keine Lust, dort zu arbeiten. Stattdessen ging ich in die nächste Buchhandlung und kaufte mir einen Krimi. Dann suchte ich mir ein Café in der Nähe, bestellte einen Kaffee und begann zu lesen.

Stunden später war ich wieder im selben Café. Ich war durch die Stadt gelaufen, war noch in ein anderes Café eingekehrt und dann wieder zurückgegangen. Das Buch hatte ich fast durch. Ich war müde und genervt. Die ganze Idee erschien mir mit einem Mal viel sinnloser, als sie mir gestern vorgekommen war. Ich hatte nichts herausgefunden, das für den Fall von Nutzen sein konnte. Ich sollte etwas essen, hatte aber eigentlich keinen Hunger. Stattdessen trank ich noch mehr Kaffee und las das Buch zu Ende. Danach saß ich einfach da, starrte in die Luft und wartete darauf, dass die Zeit verging.

Als ich wieder nach draußen kam, dämmerte es bereits. Als de Gier diesen Weg genommen hatte, waren die Tage noch heller und das Wetter besser gewesen. Jetzt schüttete es ohne Unterlass. Genervte Autofahrer schoben sich im Schneckentempo am Kai entlang, während ich auf den Markt zuging. Nach zehn Minuten war ich vollkommen durchnässt. Ich hatte gute Schuhe angezogen, kräftige, englische Wanderschuhe, die den ganzen Tag dicht gehalten hatten, doch jetzt gurgelte in ihnen bei jedem Schritt das Wasser. Meine Lederjacke wog eine Tonne.

Auf dem Weg durch die engen Gassen nach oben wurde es wieder schwieriger, de Giers Route zu folgen. Außerdem war es jetzt so dunkel, dass ich unter den Straßenlaternen stehenbleiben musste, um die Berichte zu lesen. Ich bog um eine Ecke und erblickte vor mir einen grünen Lieferwagen am Straßenrand. Sonst stand kein Wagen auf der Straße.

Mein Puls beschleunigte sich, je näher ich kam. Beim Vorbeigehen sah ich, dass der Wagen dunkel und leer war. Ich hatte keine Ahnung, ob es derselbe Wagen war, in dem ich Mike gesehen hatte, und versuchte mir einzureden, dass es in dieser Stadt Hunderte solcher grüner Lieferwagen geben musste. Trotzdem gelang es mir nicht, meine Unruhe abzulegen. Es juckte zwischen den Schulterblättern.

Die Klarsichthülle, in die ich die Berichte gelegt hatte, war voller Wassertropfen, die mir das Lesen erschwerten. Doch wenn ich sie öffnete, um besser lesen zu können, wurden die Papiere sofort nass. Ich hatte keine Lust mehr und hätte am liebsten aufgegeben.

Ich war fast allein auf der Straße. Die wenigen Menschen, die mir begegneten, duckten sich unter ihre Regenschirme. Einmal glaubte ich beim Anhalten Schritte hinter mir zu hören. Ich wartete, aber kurz darauf verstummten auch sie. Ich redete mir ein, überreizt und müde zu sein, aber das Gefühl der Unruhe verstärkte sich nur noch.

An einer Kreuzung nahm ich den falschen Weg und konnte der Route nicht mehr folgen. Der Regen tropfte jetzt bereits unter meinen Jackenkragen, so dass ich auch am Rücken nass wurde. Ich suchte unter dem Überdach vor einem kleinen, hellen Schaufenster Schutz und fischte mit klammen Fingern die Blätter aus der Hülle.

»Imbiss«, las ich. De Gier hatte sich in einer Imbissbude einen Hamburger gekauft.

Ich sah mich um. Vor mir lag eine steil ansteigende Straße. Etwa auf der Mitte leuchtete ein Neonschild. Ich eilte dorthin und las »Bakken Imbiss«. Ich ging hinein.

Drinnen sah es wie in jeder x-beliebigen Imbissbude aus. Es roch nach altem Frittierfett. Es war niemand dort, abgesehen von dem Mann hinter dem Tresen, der kurz aufblickte, als ich hereinkam. Ich blieb in der Mitte des

Raumes stehen, während das Wasser von meinen Kleidern auf die Fliesen tropfte. Außer ein paar Keksen hatte ich den ganzen Tag noch nichts gegessen.

»Einen Hamburger, bitte«, sagte ich. Dann warf ich einen Blick auf die Karte und ergänzte: »Hundertfünfzig Gramm, mit allem.«

Der Mann starrte mich an und nickte, dann begann er zu lächeln. »Brenne?«, fragte er. »Sind Sie das? Mein Gott, Sie sehen ja wie ein Schiffbrüchiger aus. Ich glaube, so einen nassen Anwalt habe ich noch nie gesehen.« Dann lachte er.

Ich sah ihn an. Dunkle, lockige Haare mit tiefen Geheimratsecken. Vollbart mit grauen Strähnen und eine Nase, die sicher schon ein paar Mal gebrochen war. Das ganze Gesicht war mit feinen Runzeln übersät, wie ein Spinnenetz. Als er lächelte, verschwanden seine Augen beinahe ganz.

»Sie erkennen mich nicht, oder?«

Ich schüttelte den Kopf.

»Das macht der Bart«, sagte er. »Der und dreißig Kilo mehr.« Er lächelte noch breiter. »Ich bin's, Doffen«, sagte er und sah, dass ich ihn erkannte, kaum, dass ich seinen Namen gehört hatte.

Auch ich lächelte und wir gaben uns die Hand. »Verflucht«, sagte ich. »Ich dachte …«

Doffen lächelte nur. »Sie dachten wohl, ich wäre tot, was? O nein, Unkraut vergeht nicht, Sie wissen ja …«

Ich dachte, wie recht er doch hatte. Doffen war wirklich Unkraut gewesen, einer von fünf Brüdern. Eine Säufermutter und fünf verschiedene Väter. Jeder der Brüder ist auf die schiefe Bahn geraten, abgesehen vom jüngsten, der als Zöllner in Sørland arbeitete. »Das schwarze Schaf der

Familie«, pflegte Doffen immer grinsend zu sagen. »Wir reden nicht über ihn.«

Doffen hatte unzählige kleinere Vergehen hinter sich, immer ging es um Beschaffungskriminalität für seine Drogen, doch es war ihm mit viel Glück und einem Charme, den er sich trotz all der Drogen bewahrt hatte, gelungen, die ganz großen Katastrophen zu umschiffen. Bis eben zum letzten Mal. Da war er wegen der Einfuhr von einem Kilo Speed für fünf Jahre hinter Gitter gewandert. Danach hatte ich ihn nicht mehr gesehen.

»Hamburger?«, fragte Doffen. »Sollen Sie kriegen. Und ein Handtuch für Ihre Haare. Hier, bitte!« Er warf mir ein Tuch zu und begann den Hamburger zuzubereiten.

Das Tuch roch nach Frittierfett, aber ich nahm es dankbar entgegen. Mit etwas trockeneren Haaren fühlte ich mich sogleich wohler. Wir redeten, während er arbeitete.

»Wie ich sehe, geht es Ihnen jetzt besser«, sagte ich. »Sie haben einen Job und dreißig Kilo mehr auf den Rippen. Dann läuft's wohl?«

Er sah mich über die Schulter hinweg an. »Arbeit? Geht so.« Er wedelte mit dem Pfannenwender herum. »Das gehört mir hier. Die ganze Bude. Ich bin seit sieben Jahren clean. Jeden Scheißtag seit sieben Jahren. Und ich arbeite sieben Tage die Woche. Das ist das Einzige, was hilft. Wenn ich das nicht tue, kommt die Sucht. Noch immer. Wahrscheinlich hört das nie auf. Aber jetzt weiß ich, dass ich es schaffe, und das hilft. Außerdem ist es verdammt teuer, Leute anzustellen. Und Probleme gibt's auch immer.«

Ich muss verblüfft ausgesehen haben, denn er grinste mich erneut an. »Ehrenwort!«, beteuerte er, »das funktioniert.«

Während ich aß, sprachen wir weiter. Doffen hatte im Gefängnis seinen Weg zu Gott gefunden. Fünf Jahre sind eine lange Zeit. Die Gemeinde hatte nach seiner Entlassung die Drogentherapie bezahlt, ihm einen Job besorgt und ihm schließlich zu dem Kredit verholfen, mit dem er sich die Imbissbude gekauft hatte.

Doffen war glücklich. »Ohne Gott klappt das nicht«, sagte er. »Alleine sind wir ein Nichts. Aber ich predige nicht, jeder muss seinen eigenen Weg finden. Ich rede ein bisschen mit den Jugendlichen hier in der Gegend, also mit denen, die den Halt verlieren, aber ich weiß nicht, ob das was nützt. Für die bin ich bestimmt nur so ein alter Idiot.«

Ich war nicht wirklich überrascht. Greift man zu Drogen, gibt es dafür meistens einen Grund. Man gewöhnt sich nicht nur an den Stoff, sondern braucht auch den Rausch, um sein Leben auszuhalten. Will man aufhören, muss man diesen Rausch durch etwas anderes ersetzen. Für mich wäre das kein Weg, aber ich freute mich für Doffen. Wirklich. Ich hatte ihn immer gemocht.

»Und die Polizei?«, fragte ich. »Lässt die Sie in Frieden?«

Er zuckte mit den Schultern. »Sie wissen doch, wie die sind. In den ersten Jahren hatten sie es auf mich abgesehen, aber inzwischen haben sie wohl verstanden, dass ich clean bin.«

In diesem Moment kam mir die Idee. Eigentlich seltsam, dass ich erst so spät darauf kam. Ich blieb mit offenem Mund sitzen und starrte Doffen an.

»Stimmt was nicht?«, fragte er. »Sie sehen aus, als hätten Sie ein Gespenst gesehen.«

Ich schüttelte den Kopf. »Nein, nein, es ist nichts. Mir ist nur gerade … etwas eingefallen.« Ich zögerte etwas, dann fragte ich: »Sie sagen, Sie arbeiten jeden Tag hier? Wirklich jeden Tag?«

Er nickte und grinste erneut. »Jeden Tag von vier Uhr nachmittags bis Mitternacht. Wenn ich nicht krank bin, und das war ich seit einem Jahr nicht mehr.« Er richtete den Daumen zur Decke. »Und ich habe es auch nicht weit bis zur Arbeit. Wohne obendrüber.«

Ich aß den letzten Bissen, trank einen Schluck Cola und stand auf.

»Schön, Sie getroffen zu haben, Doffen«, sagte ich. »Und wirklich klasse, dass es Ihnen so gut geht. Aber jetzt muss ich los. Man sieht sich.«

Als ich ging, nickte er mir freundlich zu und wischte sogleich den Tisch ab, an dem ich gegessen hatte.

Ich spürte den Regen nicht mehr. Schlenderte in Richtung Zentrum und wusste, dass ich gerade die Lösung für Eva Kaufmann gefunden hatte. Möglicherweise. Auf jeden Fall hatte ich jetzt gute Chancen, einen Freispruch zu erwirken. Meine Gedanken schwirrten umher, und ich versuchte, mich zu beruhigen und das Ganze sachlich zu durchdenken.

Mein Problem war, dass de Gier selbst eingeräumt hatte, eine 200-Gramm-Probe des Stoffs im Laufe des Nachmittags an seine Kontaktperson übergeben zu haben und dass er auf seinem Weg einzig und allein mit Eva Kaufmann Kontakt gehabt hatte. Glaubte die Polizei. Und hatte auch ich geglaubt.

Aber das stimmte nicht, denn er hatte noch jemanden getroffen. Doffen! Doffen war wie ein Geschenk des Himmels. Ein früherer Junkie, der selbst wegen Drogenschmuggels fünf Jahre eingesessen hatte. Besser ging's nicht. Dann kam mir etwas in den Sinn. Ich blieb unter einer Straßenlaterne stehen und holte den Observationsbericht heraus. Am liebsten hätte ich vor Freude getanzt. Die Beamten waren nicht mit in der Imbissbude gewesen, sie waren draußen geblieben, und es war auch sonst kein Kunde bei Doffen gewesen!

Ich glaubte nicht einen Augenblick daran, dass Doffen etwas mit der Sache zu tun hatte. Doffen war unschuldig, dessen war ich mir sicher. Aber das spielte keine Rolle! Wir Anwälte operieren bei Strafprozessen mit dem Begriff »berechtigter Zweifel«, das ist unser Werkzeug, unser Mantra, wenn wir keine anderen Beweise haben. Gibt es einen berechtigten Zweifel daran, dass der Angeklagte schuldig ist, muss er freigesprochen werden. Und in diesem Fall war Doffen der berechtigte Zweifel. Ich spürte innerlich, dass es funktionieren würde, das sagte mir der Instinkt, den man als Anwalt nach all den Jahren im Gerichtssaal entwickelt.

Was Doffen anging, hatte ich ein schlechtes Gewissen. Ich wusste, dass ich ihn in Schwierigkeiten bringen würde, schob diesen Gedanken aber von mir. Er war unschuldig, und damit würde die Polizei auch keine anderen Beweise gegen ihn finden. Er würde niemals verurteilt werden. Und ich, ich würde Eva Kaufmann loswerden. Und Slavo. Und Mike.

Als ich meinen Weg fortsetzte, glaubte ich erneut, Schritte zu hören. Ich blieb stehen, und das Geräusch verstummte, wenn auch etwas verspätet. Ich blickte mich um, konnte aber niemanden sehen. Es war dunkel in den Ecken und Hauseingängen. Unten an der Hauptstraße drehte ich mich noch einmal um und blickte zurück. Unter der Laterne, ganz oben auf der Treppe, sah ich eine dunkle Gestalt im Regen stehen. Die Silhouette sah aus wie Mike, ich war mir aber nicht sicher. Ich ging ein paar Schritte auf die Treppe zu. Als ich nach oben blickte, war niemand mehr da, nur der Regen und das wirbelnde Laub. Mir war plötzlich eiskalt.

Ich lag in der Badewanne und spürte, wie die Kälte langsam meinen Körper verließ. Auf dem Rand hatte ich ein Glas Cognac und das Telefon abgestellt. Ich nahm einen kleinen Schluck und spürte den Alkohol wohlig warm in meinen Magen rinnen. Dann lehnte ich mich zurück und legte den Kopf auf den Rand der Wanne.

An der Badezimmerdecke war der Dampf zu winzigen Tropfen kondensiert. Ich musste mal wieder streichen, am Übergang zur Wand waren kleine, spinnwebengleiche Risse. Vielleicht sollte ich auch einen Ventilator installieren, um die Feuchtigkeit zu vertreiben, aber das hatte ich schon hundert Mal gedacht und doch nie getan. Und ich würde es auch nicht tun. Aber das machte nichts. Oben an der Wand sammelten sich die Tropfen zu kleinen, schmalen Rinnsalen, die nach unten flossen.

Für einen Augenblick musste ich an Mette denken. Sie war nicht glücklich mit unserer Beziehung, und ich wusste, dass ich etwas tun musste. Einen Entschluss fassen, aber dann verschob ich den Gedanken wieder auf einen anderen Tag.

Als meine Augen zufielen, tauchte Eva Kaufmann auf meiner Netzhaut auf. Träge, sinnliche Bilder mit hungrigen

Augen und vielsagenden Schenkeln. Weil ich glaubte, eine Lösung für ihren Fall gefunden zu haben, war sie nicht mehr so beängstigend. Ich erlaubte mir sogar, ein wenig bei den Bildern zu verweilen, sie zu genießen und zu ganzen Sequenzen zusammenzusetzen. Ich spürte, dass ich eine Erektion bekam, und fragte mich, ob sie mich treffen wollte, wenn sie erst aus dem Gefängnis entlassen war. Der Gedanke daran, eine ganze Nacht mit ihr zusammen zu sein, ohne Grenzen und ohne die Furcht, von den Wachen gestört zu werden, erregte mich.

Bevor ich ins Bett ging, rief ich Slavo an. Es klingelte lange, bis er sich meldete. Seine Stimme klang gehetzt, als wäre er zum Telefon gerannt.

»Hier ist Mikael«, sagte ich.

Am anderen Ende blieb es für einen Moment still. Ich glaubte, Musik und Frauenstimmen zu hören. Lautes, schrilles Lachen.

»Mikael«, sagte er schließlich. »Wie geht's?«

»Störe ich, haben Sie Besuch?«

»Nein, nein«, sagte er. »Nur ein paar Leute. Frauen, Champagner. Die laufen nicht weg und können auch nicht alles austrinken, während wir reden.« Er lachte seltsam laut und wiehernd, und ich verstand mit einem Mal, dass er berauscht war.

»Hören Sie mir zu, Slavo«, sagte ich. »Wir können morgen reden. Ich wollte Ihnen nur sagen … dass Eva, Eva Kaufmann … ich glaube, ich habe die Lösung gefunden. Ich glaube, ich weiß, wie ich sie da rausholen kann.«

Erneut war es für einen Moment still, dann sagte er: »Mikael, Mikael, hab ich's doch gewusst. Ich habe Ihnen gesagt, dass Sie das schaffen, dass Sie eine Lösung finden werden.« Seine Stimme klang warm und anerkennend.

»Kommen Sie morgen zum Essen!«, fuhr er fort. »Um acht Uhr im Keller, passt Ihnen das? Tagsüber bin ich ein bisschen beschäftigt. Dann können Sie mir alles erzählen.«

Ich öffnete den Mund, um ihm zu sagen, dass ich ihm nicht alles erzählen durfte, dass ich der Schweigepflicht unterläge, ließ es dann aber bleiben. Im Hintergrund hörte ich eine Frau rufen: »Slavo, wo bist du denn?« Ich sagte, acht Uhr sei in Ordnung, und legte auf.

Im Dunkeln unter der Decke erinnerte ich mich wieder an den Klang der Schritte, das Gefühl, verfolgt zu werden, und an die plötzliche Angst, die ich an diesem Abend verspürt hatte. Erneut dachte ich, mir das Ganze nur eingebildet zu haben. Warum sollte mir jemand folgen?

Kapitel 16

Wir hatten gegessen und getrunken, und Slavo war bester Laune. Er unterhielt mich während des ganzen Essens mit – wie er es nannte – Anekdoten aus seiner Jugend und behauptete, als Schmuggler auf dem Mittelmeer gearbeitet zu haben. Auf einem alten Fischerboot. Ich wusste nicht, ob das der Wahrheit entsprach. Seine Geschichten waren überzogen und unglaubwürdig, aber das spielte keine Rolle. Sie waren witzig und unterhaltend.

Jetzt saß er vornübergebeugt am Tisch und sah mich lächelnd an: »Natürlich verstehe ich, dass Sie der Schweigepflicht unterliegen, Mikael, und eigentlich nicht das Recht haben, mir etwas über Evas Fall zu sagen. Aber das haben Sie eigentlich schon getan, nicht wahr?«

Als ich nichts sagte, fuhr er fort: »Sie wissen ja, dass mir Eva nicht egal ist. Sie ist eine von uns. Natürlich bin ich da neugierig. Und denken Sie einen Moment nach, Mikael … wir haben nie darüber gesprochen … was ich eigentlich für Geschäfte mache.«

Er streckte abwehrend eine Hand in die Höhe. »Nein, nein, wir werden auch jetzt nicht darüber reden. Aber Sie wissen genug, um sichergehen zu können, dass ich mich nicht an die Polizei oder die Zeitungen wenden werde.« Er suchte einen Moment nach den richtigen Worten. »Ich verstehe Ihren Wunsch nach … Diskretion. Aber ich möchte gerne wissen, ob wir … uns entspannen können und ob ich meinen Partnern sagen kann, dass wir die Situation unter Kontrolle haben.« Ein erneutes Lächeln. »Mikael, wir stehen doch auf derselben Seite, nicht wahr?«

Ich sah ihn an. Er sah gelöst und zufrieden aus, ganz und gar nicht gefährlich. Ich wusste, das war eine Illusion, und das half mir, standhaft zu bleiben.

»Slavo«, sagte ich. »Ich kann nicht und ich will auch nicht, und – was vielleicht das Wichtigste ist – es macht auch keinen Sinn, meine Schweigepflicht zu brechen, nur um Ihre Neugier zu befriedigen. Aber ich werde Ihnen etwas verraten, ohne ins Detail zu gehen.«

Ich erzählte ihm, dass ich de Giers Route gefolgt war und noch eine weitere Person ausfindig gemacht hatte, die ihm begegnet war und theoretisch genauso schuldig sein konnte wie Eva.

Er hörte mir zu, ohne mich zu unterbrechen. Als ich fertig war, schenkte er uns nach und blieb dann eine Weile schweigend sitzen. »Und das soll Eva helfen, aus der Haft entlassen zu werden? Ich meine, jetzt, sofort?«

Ich seufzte. Er war klug und konsequent und stellte immer die richtige Frage.

»Vielleicht nicht sofort. Wir haben aber genug, damit sie aller Wahrscheinlichkeit nach – und ich unterstreiche das Wort Wahrscheinlichkeit – vor Gericht freigesprochen werden wird. Die Rechtsprechung ist keine exakte Wissenschaft, und beim Strafrecht schon gar nicht, aber bei der Hauptverhandlung muss ihre Schuld eindeutig bewiesen werden. Es dürfen keine berechtigten Zweifel mehr bestehen. Und dass ihnen das gelingen wird, glaube ich nicht mehr.«

Ich nahm einen Schluck aus meinem Glas. »Zurzeit sitzt sie in Untersuchungshaft. Dafür reicht ein begründeter

Verdacht, was bedeutet, dass jemand mit einer etwa fünfzigprozentigen Wahrscheinlichkeit der Täter ist. Ich glaube nicht, dass ich sie da rausholen kann.«

Slavo sah mich einen Moment lang an und nickte. »Ich verstehe, Mikael, ich verstehe.«

Ich spürte, dass ich ärgerlich wurde. »Hören Sie, Slavo. Dieser Fall sah am Anfang ziemlich aussichtslos aus. Hätten Sie mich vor zwei Tagen gefragt, hätte ich nicht mehr an eine Chance geglaubt. Doch jetzt ist die ganze Situation wie auf den Kopf gestellt. Wir – Eva – haben unglaubliches Glück gehabt. Das war in dieser Situation alles andere als zu erwarten gewesen. Also sitzen Sie nicht so unzufrieden da.«

Er lächelte mich an. «Sie haben recht, Mikael. Vollkommen recht. Wir haben Glück gehabt. Und Sie haben verdammt gut oder gründlich gearbeitet, was ja oft das Gleiche ist.« Er hob sein Glas: »Prost, Mikael. Ich wollte nicht unzufrieden sein, sondern einfach nur sichergehen, dass wir die Situation richtig einschätzen.«

Ich prostete ihm zu. »Schon in Ordnung. Der Fall ist eigentlich ziemlich einfach. So wie es jetzt aussieht, kann Eva die Ware ebenso gut erhalten haben wie der andere. Und daran können wir nichts ändern, weshalb sie vermutlich noch eine Weile in Untersuchungshaft bleiben wird.«

Slavo nickte. »Verstehe, Mikael.«

Er wurde für einen Moment nachdenklich und verschlossen. Ich war ein wenig enttäuscht darüber, dass er mit so wenig Begeisterung auf meine Neuigkeit reagierte. Er versuchte es, ich sah aber, wie gekünstelt das war.

Unser Gespräch erstarb, und nach einer Weile stand ich auf und gab vor, nach Hause zu wollen.

»Wann werden Sie die Polizei über den neuen Sachverhalt informieren, Mikael?«, fragte er plötzlich.

Ich zuckte mit den Schultern. »Warum sollte ich damit warten? Andererseits eilt es auch nicht. Jetzt haben wir Wochenende. Ich denke, ich werde das am Montag tun.«

Er nickte. »Und die Importgesellschaft, wann haben Sie die so weit, Mikael? Ich war lange geduldig, aber langsam brennt es mir unter den Fingern.«

Ich holte tief Luft. »Hören Sie zu, Slavo … ich … kann das nicht tun. Ich meine … natürlich kann ich die Gesellschaft für Sie gründen, aber nicht mit mir selbst als Eigentümer. Das Risiko ist verdammt groß.«

Slavo wich meinem Blick aus. »Okay, Mikael. Bringen wir erst einmal Evas Fall ordentlich über die Bühne, und dann reden wir weiter.«

Wir waren die Letzten im Restaurant, die meisten Lampen waren bereits gelöscht und die Kellner nach Hause gegangen. Als ich auf der Treppe stand, die nach oben zum Ausgang führte, drehte ich mich noch einmal um und warf einen Blick zurück. Slavo saß immer noch vorgebeugt am Tisch. Das Licht der Kerze, die vor ihm stand, flackerte über sein Gesicht, und für einen Moment sah er dunkel und bedrohlich aus wie ein alter Bär. Ich hob meine Hand zu einem Abschiedsgruß, aber er blickte nicht auf.

Am Samstagvormittag lag ich auf dem Sofa, das Telefon auf dem Bauch. Ein freundlicher Gefängniswärter hatte mir versprochen, Eva Kaufmann zu holen und mich augenblicklich zurückzurufen. Es dauerte eine halbe Stunde.

»Hallo, hier ist Eva«, meldete sie sich, und schon diese wenigen Worten waren genug. Allein der Klang ihrer Stimme erregte mich und benebelte meine Sinne, so dass ich froh war, angerufen zu haben und nicht zu ihr ins Gefängnis gefahren zu sein.

»Ich habe gute Neuigkeiten«, sagte ich.

Für einen Moment wurde es still am anderen Ende. Dann fuhr ich fort: »Ich will am Telefon nicht ins Detail gehen, aber ich glaube, wir haben den Durchbruch in deinem Fall geschafft. Etwas … das dazu führen wird, dass du nicht verurteilt wirst.«

Sie schwieg noch immer. Aber ich hörte ihren Atem. »Eva«, sagte ich nach einer Weile, »hast du verstanden?«

»Ja«, sagte sie fast unhörbar. »Das ist gut, Mikael, sehr gut.« Und dann begann sie zu weinen.

Ich ließ sie weinen. Ich hatte sie nackt gesehen, erregt, doch nie hatte sie die Kontrolle oder die Distanz verloren, nicht einmal bei den intimsten Handlungen. Ich hatte ihr einen solchen Gefühlsausbruch nicht zugetraut. Plötzlich wurde mir bewusst, wie wenig ich sie im Grunde kannte. Ich wusste nichts über ihre Geschichte, woher sie kam oder wie sie zu der Frau geworden war, die sie jetzt war. Ich hatte sie einfach nur benutzt – oder war benutzt worden.

Nach einer Weile beruhigte sie sich. »Bist du sicher, Mikael?«, fragte sie. Ihre Nase war verstopft, und sie schniefte zwischen den Worten.

»Nein, sicher bin ich nicht. Bei solchen Fällen kann man sich nie ganz sicher sein. Aber ich bin mir sicher, dass deine Aktien heute viel besser stehen als noch vor einer Woche.« Ich machte eine Pause und fragte mich, wie ich es ihr erklären sollte. »Jetzt haben wir vor Gericht eine echte Chance, aber …«

»Ja?«

»Ich glaube nicht, dass ich dich aus der Untersuchungshaft herausholen kann. Aller Wahrscheinlichkeit nach wirst du da noch ein paar Monate bleiben müssen. Das musst du aushalten.«

»Ja«, sagte sie. »Das halte ich aus. Aber nicht zehn Jahre.«

Ich versprach ihr, nach dem Wochenende zu kommen. Ich hatte sie vom Moment unserer ersten Begegnung an begehrt, und ich begehrte sie noch immer, spürte zum ersten Mal aber auch so etwas wie Wärme und Zuneigung für sie. Vermutlich, weil sie mir gegenüber erstmals eine Schwäche gezeigt hatte.

Bevor ich Mette anrief, machte ich mir eine Tasse Kaffee. Sie war distanziert und abwesend, so dass unser Gespräch ins Leere lief. Ich redete über die Arbeit, doch sie hörte nicht richtig zu.

Nach einer Weile unterbrach sie mich. »Mikael, hör mal … das ist … das ist nicht okay.«

»Was?«, fragte ich, wusste aber gleich, was sie meinte.

»Ich habe dich gern. Aber ich will nicht mit einem Mann zusammen sein, der überhaupt nicht für mich da ist. Du musst dich entscheiden, was du willst, Mikael. Dann kannst du mich wieder anrufen. So halte ich das nicht aus.« Sie legte auf.

Ich legte mich wieder auf das Sofa und starrte an die Decke. Ich wusste, dass ich bald eine Entscheidung fällen musste. In Gedanken sah ich Mette, ihr Lächeln, ihren Körper, wenn wir uns liebten, und ihren Gesichtsausdruck, wenn sie ihren Höhepunkt erreichte. Die gemeinsamen

Frühstücke, bei denen sie meine T-Shirts trug, und ihr etwas betretenes und zugleich herausforderndes Lächeln, wenn sie diese überstreifte.

Zu Beginn unserer Beziehung hatte sie viel gelächelt, doch in nur wenigen Monaten war es mir gelungen, ihr dieses Lächeln zu nehmen. Aber auch mir selbst ging es so. Ich verdiente mehr Geld als je zuvor, hatte eine Freundin und fuhr mindestens einmal pro Woche ins Gefängnis, wo beinahe grenzenloser Sex auf mich wartete. Trotzdem lächelte ich kaum noch. Stattdessen hatte ich begonnen, mich umzudrehen und mir über die Schulter zu blicken, wenn ich abends nach Hause ging.

Ich musste auf dem Sofa eingeschlafen sein. Mike war wie ein Schatten. Ich sah ihn nie deutlich, wusste aber, dass er da war. Ich bewegte mich zäh wie Sirup. Meine Beine verwehrten mir den Dienst, und auch meine Lungen bekamen nicht genug Luft. Ich war gefangen in einem Labyrinth, das sich immer enger um mich schloss. Ich konnte ihn nicht abschütteln. Hörte ein leises Lachen und wusste, dass es Eva Kaufmann war. Ich versuchte, sie zu finden, doch ohne Erfolg. Alles war wie unter Wasser. Irgendwo ging ein Alarm.

Das Telefon weckte mich. Es lag auf meinem Bauch und klingelte hektisch. Schweißnass griff ich zum Hörer, aber meine Zunge war geschwollen, so dass ich kein Wort über die Lippen brachte.

»Hallo«, kam es durch den Hörer. »Hallo? Mikael? Hallo, bist du da?«

Es war Kari.

»Hallo«, sagte ich. »Ich habe geschlafen.«

Sie lachte. »Ach, deshalb klingt deine Stimme so komisch. Es ist mitten am Vormittag. Jetzt schläft man doch nicht.«

Ich antwortete ihr mit einem Grunzen und bat sie, in zwanzig Minuten noch einmal anzurufen. Dann ging ich unter die Dusche.

Unter dem warmen Wasser kehrten meine Lebensgeister zurück. Plötzlich wurde mir auch bewusst, dass ich mich an diesem Abend mit Kari verabredet hatte. Ich freute mich. Es war lange her, dass ich mit jemandem ganz unbeschwert und ohne irgendwelche Untertöne essen gegangen war. Ich wusch die Gedanken an Eva und Mette fort und blieb so lange unter der Dusche, bis kein warmes Wasser mehr kam.

Beim Abtrocknen pfiff ich ein Lied. Dann zog ich mir einen Bademantel an, machte mir noch eine Tasse Kaffee, nahm das Telefon mit und setzte mich in den Erker.

Draußen hatte der Rauhreif die kahlen Zweige der Bäume versilbert und die Welt in eine schwarz-weiße Federzeichnung verwandelt. Der niedrige, graue Himmel versprach Schnee.

Als Kari anrief, klang sie so, als wäre sie außer Atem.

»Ich war draußen und habe gespielt«, sagte sie.

»Wie alt bist du eigentlich?«, fragte ich. »Vielleicht sollten wir lieber zu McDonald's gehen.«

Sie lachte. »Ich war mit dem Hund des Nachbarn draußen«, sagte sie. »Hier auf dem Land macht man so was.«

Sie war zu Hause bei ihren Eltern. Sie haben einen kleinen Bauernhof auf einer der Inseln vor der Stadt. Kari war dort aufgewachsen und fuhr so oft wie möglich nach Hause.

»Es ist schön hier draußen, wenn auch ein bisschen kalt.

Das Gras knirscht beim Laufen. Du solltest mal rausgehen, statt den Tag zu verschlafen.«

»Tja«, sagte ich. »Ich sitze am Fenster, blicke in den Garten, trinke Kaffee und lasse es mir drinnen gut gehen. Hier in der Stadt macht man so was.«

Sie wollte wissen, was sie am Abend anziehen sollte.

»Und deshalb rufst du an?«

So war es.

»Das … das spielt doch keine Rolle«, sagte ich. »Wir sind doch nur zu zweit, soweit ich weiß. Was mich angeht, kannst du anziehen, wozu du Lust hast.«

Für einen Augenblick wurde sie still. Als sie antwortete, hörte ich den leicht resignierten, aber geduldigen Tonfall, den Frauen so oft anschlagen, wenn sie sich unverstanden fühlen.

»Wir wollen doch zusammen ausgehen, nicht wahr, Mikael?«

»Natürlich.«

»Da ist es doch ganz normal … dass wir uns darüber einigen, was wir anziehen. Nicht dass du in Jeans und ich im Abendkleid komme. Das wäre doch wohl bescheuert, oder findest du nicht?«

Ich fand das nicht so bescheuert, sagte aber nichts. »Okay, dann werfen wir uns in Schale«, sagte ich. »Schließlich ist das unser erstes Firmenessen. Eine Weihnachtsfeier nur für uns zwei. Da braucht es ein bisschen Stil. Schließlich sind wir ja eine Anwaltskanzlei. Was würden die Leute denken, wenn wir in Overall oder Jogginghose kämen?«

Kari lachte, schien aber trotzdem noch nicht ganz zufrieden.

»Für wann hast du den Tisch bestellt?«, fragte ich. »Acht Uhr?«

»Ja.«

»Okay. Zu dem Restaurant gehört auch eine Bar. Wir könnten uns da um halb acht treffen. Schaffst du das?«

Das tat sie.

Anschließend machte ich Hausarbeit. Ich mache das nicht so oft, aber wenn ich erst einmal angefangen habe, bin ich auch gründlich. Ich räumte das gesamte Erdgeschoss auf, zog mir eine alte Jeans und ein T-Shirt an und begann zu schrubben, wobei ich auf den Knien von Raum zu Raum robbte. Zum tausendsten Mal dachte ich, dass ich mir endlich einen Schrubber kaufen sollte, was aber wohl nie geschehen würde. Hausarbeit ist eine Art mentale Hygiene. Ich denke dabei an nichts anderes, sondern konzentriere mich nur auf die Arbeit. Ich riss die Fenster weit auf und schrubbte auch Treppe und Schlafzimmer. Dann wechselte ich das Bettzeug und hängte frische Handtücher ins Bad. Ich putzte die Dusche und die Badewanne. Als ich fertig war, roch es im ganzen Haus nach Neutralseife.

Durch das Lüften war es drinnen kalt geworden, aber mir war trotzdem so warm, dass ich schwitzte. Ich schloss die Fenster, zündete das Holz im Kamin an, ging in die Küche und briet mir ein Omelett, das ich vor dem offenen Feuer aß.

Ich fühlte mich so leicht und unbeschwert wie schon lange nicht mehr und dachte, dass sich meine Probleme mit der Zeit schon lösen würden, schließlich war ich ja auf einem guten Weg. Ich freute mich auf das Essen. Kari hatte sich einen schönen Abend verdient, und auch ich selbst glaubte, mir ein paar schöne Stunden gönnen zu dürfen.

Kapitel 17

Das Restaurant lag versteckt zwischen den alten Holzhäusern am Hafen. Die windschiefen Gebäude mit den vorstehenden Giebeln stammen noch aus dem Mittelalter. Sie stehen so dicht zusammen, dass ihre Dächer sich fast berühren. Geht man zwischen ihnen hindurch, läuft man wie durch einen Tunnel. Hinter zweien dieser Häuser öffnet sich ein kleiner, gepflasterter Platz, in dessen Mitte ein alter, steinerner Brunnen steht.

Mich fröstelte, und ich schlug den Mantel enger um mich. Winzige Schneeflocken tanzten durch die Luft. Es war eiskalt. Zu meiner Rechten fiel warmes Licht durch kleine, unterteilte Fenster. Dort lag das Restaurant. Ich ging hinein und musste mich ducken, um mir nicht den Kopf an der Tür anzuschlagen.

Drinnen brannte warmes, gedämpftes Licht. In dem großen, offenen Kamin an der einen Wand knisterte ein Feuer. Eine Handvoll Gäste saß an ein paar kleinen Tischen und redete leise miteinander. Kari wartete am Tresen. Ich ging zu ihr.

»Du kommst spät«, sagte sie. »Wie immer.«

Ich schüttelte den Kopf. »Diesmal bist du zu früh. Wie immer.« Dann lächelten wir uns an.

Sie hatte noch nichts bestellt, weil sie auf mich warten wollte. Also bat ich um zwei trockene Martini und suchte uns einen Tisch in der Nähe des Kamins. Ich legte meinen Mantel ab und betrachtete Kari. Sie sah vollkommen verändert aus. Sie trug ein enganliegendes, rotes Kleid, dessen Stoff bei jedem ihrer Schritte schimmerte. Als sie um den Tisch herumging, bemerkte ich den tiefen Rückenausschnitt. Sie trug schwarze, hochhackige Schuhe, ihre schulterlangen Haare waren gelöst. Sie war stärker geschminkt, als ich es gewohnt war.

Unsere Getränke kamen. »Du siehst toll aus«, sagte ich und meinte es auch so. »Aber anders … anders als im Büro, meine ich.«

Sie lachte etwas nervös. »Das will ich doch hoffen. Habe ich mich *zu* fein gemacht?«

»Feiner, als ich es verdiene«, antwortete ich und prostete ihr zu.

Sie lachte wieder.

Mir fiel auf, wie schön ihr Lachen war. Leise und etwas glucksend. Und dass sie viel lachte.

»Das kann schon sein, aber du siehst auch gut aus.«

Ich trug einen dunklen Anzug und ein weißes Hemd. Manchmal ist es einfach, ein Mann zu sein.

Wir sahen einander kurz an, ohne etwas zu sagen, dann plapperten wir gleichzeitig drauflos. Schnell waren die Martinis leer, und ich bestellte zwei neue. Wir redeten unbeschwert und frei, und ich orderte schließlich noch eine dritte Runde. Dann bat ich den Barkeeper, uns Bescheid zu geben, wenn unser Tisch frei war.

»Ich sollte nicht noch einen trinken«, sagte Kari.

»Warum nicht?«, fragte ich. »Wir sind doch auf einer Betriebsfeier, oder?«

»Doch, schon. Und es ist ja auch wunderbar, aber … ich vertrage nicht so viel Alkohol.«

Ich lachte. »Und passiert dann? Wirst du frech und zügellos? Legst du dich mit deinem Chef an? Prügelst du dich?«

»Nein, natürlich nicht. Aber meine Augen werden dann winzig und schmal. Die verschwinden förmlich.« Sie kniff die Lider zusammen, um mir zu zeigen, wie schmal sie werden konnten. Ich sagte ihr, dass ihr das stand.

»Und dann wird meine Zunge besoffen«, fuhr sie fort. »Die schwillt einfach an und fühlt sich dann ganz seltsam an, so dass ich nicht mehr ordentlich reden kann. Die ist viel eher betrunken als mein Kopf. Das ist immer so peinlich.«

»Ich kann für uns beide reden«, sagte ich. »Du musst dann einfach lächeln und zuhören. Für mich ist das in Ordnung.«

»Ja, das kann ich mir vorstellen. Aber … außerdem … außerdem mache ich schon mal Dummheiten, wenn ich betrunken bin.«

»Was denn?«, fragte ich.

Sie druckste herum. »Dumme Sachen eben.«

Ich musste über sie lachen. »Ich verspreche dir, dass am Montag nichts gegen dich verwendet wird, egal, was du tust. Die Japaner haben so eine Tradition, dass Betrunkene machen dürfen, was sie wollen, ohne dafür verantwortlich gemacht werden zu können. Die geben dann dem Alkohol die Schuld und nicht der Person. Wir trinken und führen für heute Abend das japanische System ein.«

Als unser Tisch frei war, stiegen wir über eine schiefe, steile Holztreppe nach oben und betraten einen kleinen Raum mit bemalten Wänden, weißen Tischtüchern und brennenden Kerzenleuchtern. Kari war noch nie hier gewesen, doch es gefiel ihr sofort.

Ich wusste nicht, dass ich Hunger hatte, bis ich einen

Blick auf die Speisekarte warf. Da fühlte ich mich mit einem Mal so ausgehungert, dass ich mich nicht entscheiden konnten. Zu guter Letzt bestellten wir beide je vier Gerichte, die alle verschieden waren.

»Dann können wir teilen«, sagte ich, »und fast alles probieren.«

Kari fand das eine unglaublich gute Idee. »Aber geht denn das?«, fragte sie. »Ist das nicht ein bisschen … dekadent?«

»Doch«, sagte ich. »Deshalb haben wir ja auch deine Mutter zu Hause gelassen.«

»Und ich habe mich schon gefragt, warum sie nicht mitgekommen ist«, konterte sie. »Ich dachte schon, du wolltest keine Anstandsdame dabei haben, weil …« Sie wurde rot. »Ich meine … ich wollte nicht, dass …«

Ich lachte nur über sie.

Das Essen war traumhaft, und ich entdeckte eine ganz neue Seite an Kari. Sie aß mehr als ich, und das mit einer unglaublichen Begeisterung. Jedes Mal, wenn sie ein neues Gericht kostete, konzentrierte sie sich, legte die Stirn in Falten und sah ganz nachdenklich aus. Dann rollte sie mit den Augen und stieß leise, verzückte Seufzer aus.

»Du bist ja richtig gierig«, sagte ich lächelnd. Sie nickte entrückt und verdrehte die Augen.

»Das ist so lecker«, sagte sie. »Ich kann einfach nicht anders. Ich bin ein Naturkind.«

Wir tranken schließlich doch eine ganze Menge Wein, und ich bemerkte, dass sie recht hatte. Ihre Augen wurden schmaler und schmaler, bis sie richtig kurzsichtig aussah. Zum Abschluss bestellten wir noch Kaffee und Cognac. Da wurde auch ihre Aussprache undeutlich.

Kari erzählte mir von ihrer Jugend auf dem Bauernhof. Ihre Geschichte war amüsant, aber auch ein bisschen traurig. Ich fragte sie, ob sie nicht viel allein gewesen sei.

»Doch«, erwiderte sie. »Das stimmt. Es war weit bis zu den Nachbarn, aber ich habe mich nicht gelangweilt. Mit den Tieren war immer was los. Ich mag Tiere. Und … außerdem ist es gut, wenn man allein sein kann. Heutzutage können die Leute das nicht mehr richtig.«

Wir ließen es uns gut gehen. Ich fragte sie, was sie mit ihrem Leben noch anstellen wolle. »Auf lange Sicht, meine ich. Oder willst du für immer meine Sekretärin bleiben? Was mir natürlich eine Freude wäre.«

Sie zögerte ein bisschen.

»Nein … ich … versprichst du mir auch, nicht zu lachen?«

Ich nickte. »Ehrenwort.«

»Jura. Ich habe Lust, Jura zu studieren. Und … vielleicht … Anwältin zu werden.«

Ich sah sie verblüfft an. »Wirklich! Aber das ist doch toll. Findest du mein Leben denn so verlockend?«

Sie schnitt eine Grimasse. »Versuch mal, ein Jahr Sekretärin zu sein.«

Ich lächelte. »Was willst du tun? Willst du denn schon bald bei mir aufhören?«

»Nein. Vollzeit kann ich gar nicht studieren. Das kann ich mir nicht leisten, und ich will keinen Kredit aufnehmen. Ich dachte, ich könnte das vielleicht … neben der Arbeit machen. Es dauert dann bestimmt länger, aber das macht ja nichts. Glaubst du … glaubst du, dass so etwas geht?«

»Ja, ich denke schon. Wenn du das wirklich willst, dann geht das auch. Ich werde dir dabei helfen.«

»Wirklich? Das wäre ja fantastisch.«

Wir strahlten uns begeistert an. Dann tranken wir noch einen Cognac.

Als wir nach draußen kamen, hatte sich die Welt vollkommen verändert. Auf dem Boden lag Schnee, und auch die Luft war voller Schneeflocken, die langsam und lautlos um uns herumtanzten. Erhitzt von Wein und Essen sahen wir uns erstaunt um. Es war vollkommen still, wie immer in solchen Schneenächten.

Wir standen allein auf dem kleinen Platz. Kari trat ein paar Schritte vor, öffnete die Arme, legte den Kopf nach hinten und drehte sich langsam um sich selbst, wie eine Ballerina in einer Spieldose.

Ich stand da, die Hände in den Manteltaschen, und betrachtete sie. Schneekristalle glitzerten in den hellen Haaren, die ihren Rücken bedeckten. Sie öffnete den Mund und streckte die Zunge heraus wie ein kleines Mädchen, das Schneeflocken fangen wollte. Sie war schön.

Plötzlich ruderte sie mit den Armen und lag im nächsten Moment der Länge nach im Schnee. Zunächst dachte ich, sie hätte sich verletzt, doch dann hörte ich ihr Lachen. Ich ging zu ihr und sah sie an. Sie lächelte.

»Schicke Absätze«, sagte sie. »Aber nicht ganz passend bei diesem Wetter.«

Ich beugte mich vor und reichte ihr die Hand, um ihr aufzuhelfen. Sie nahm sie, lächelte mich an und zog mich plötzlich zu sich nach unten. Ich fiel mit meinem ganzen Körper auf sie und schlug mir ein Knie am Boden an. Ich fluchte.

Mein Gesicht war nur zehn Zentimeter von ihrem entfernt. Kari lachte. Sie hatte Schnee in den Haaren. Ihre roten Wangen leuchteten. Dann vereinten sich mit einem Mal unsere Münder, ohne dass ich sagen könnte, wie es dazu gekommen war. Unsere Zungen spielten miteinander, und ihr Körper zitterte nicht mehr vor Lachen, sondern presste sich gegen meinen. Sie schlang ihre Arme um mich. Ich spürte ihre warme Hand in meinem Nacken. Für einen langen Kuss blieben wir so liegen, und es schneite und schneite.

Nach einer Weile standen wir auf und sahen uns an. Atemlos und überall voller Schnee. Sie hakte sich bei mir ein, und wir gingen los, wobei wir uns gegenseitig stützten. Als wir die dunkle Passage zwischen den alten Häusern erreichten, blieben wir erneut stehen und sahen uns noch einmal tief in die Augen.

»Kari«, sagte ich, »das ist keine gute Idee.«

»Hm«, antwortete sie. »Ich weiß. Aber das ist doch eine Betriebsfeier, nicht wahr?« Dann küsste sie mich wieder. »Zu dir oder zu mir?«

Als ich erwachte, war es noch immer dunkel. Die Zahlen auf dem Radiowecker leuchteten rot. Es war fünf Minuten vor halb fünf. Ich drehte mich um und sah Karis Silhouette auf der Bettkante. Ich streckte eine Hand aus und berührte ihre Hüfte.

»Habe ich dich geweckt?«, fragte sie. »Das wollte ich nicht, ich musste bloß aufs Klo.«

Ich sagte nichts. Ihre Haut lag warm unter meiner Hand.

»Jetzt weißt du, warum ich nicht so viel trinken sollte«, sagte sie. »Jetzt weißt du, was ich mit den dummen Sachen gemeint habe.«

»Komm unter die Decke, bevor dir kalt wird«, sagte ich.

Sie rührte sich nicht. »Und was ist mit … mit Montag, Mikael? Unserer Arbeit … wie sollen wir …?«

»Psst«, sagte ich. »Wir sind erwachsen und kriegen das hin. Heute Abend gilt doch das japanische System, erinnerst du dich? Niemand ist im betrunkenen Zustand für seine Taten verantwortlich. Das Gegenteil der norwegischen Rechtsprechung.«

Dann zog ich sie ins Bett und unter die Decke. Sie war warm und weich, und ihr Kopf passte genau in meine Armbeuge. Ich schlief beinahe sofort wieder ein.

Als ich am Morgen aufwachte, war sie verschwunden. Ich hatte Kopfschmerzen, und mir war ein bisschen übel. Für einen Moment dachte ich, das alles nur geträumt zu haben. Ich musste am Kissen riechen, den schwachen Duft ihres Parfüms wahrnehmen, um sicher zu sein, dass das alles wirklich geschehen war.

Kapitel 18

An diesem Sonntag trennte ich mich von Mette. Ich hätte ihr am liebsten bloß eine SMS geschickt, aber sie hatte etwas Besseres verdient, weshalb ich sie anrief und wir uns in der Stadt verabredeten.

Es hatte zu schneien aufgehört, aber die Wolken hingen noch tief und schwer über der Stadt, so dass mit weiterem Schnee zu rechnen war. Es war kalt und windstill. Auf allen Ästen, Leitungen und Laternenpfählen lag Schnee. Ich ging schnell und fühlte mich bald besser.

Dabei ging mir durch den Kopf, was ich mit Mette gemacht hatte. Ich hatte sie nicht nur mit Eva Kaufmann betrogen, sondern jetzt auch noch mit Kari. Es stimmte, ich hatte unserer Beziehung keine großen Chancen eingeräumt, und es war wirklich an der Zeit, sie zu beenden.

Sie wartete in einem Café auf mich. Ich schlug vor, einen Spaziergang zu machen. Sie ließ ihre Kaffeetasse stehen, ohne auch nur einen Schluck getrunken zu haben. Ich glaube, sie wusste, was kommen würde.

Wir schlenderten langsam über die sonntäglich leeren Straßen, vermieden aber jeden Körperkontakt. Ich sagte ihr, dass ich unsere Beziehung nicht fortführen könne. Sie fragte nach dem Grund, und ich erklärte ihr, dass ich sie mochte, wohl aber nicht verliebt genug sei, damit unsere Beziehung wirklich eine Chance hatte. Deshalb sei es ihr gegenüber ungerecht, so weiterzumachen.

Ihre Augen blitzten auf: »Du machst das also für mich, Mikael? Das ist ja nett von dir.«

Ich wusste nicht, was ich sagen sollte. Unsere Beziehung war ausgebrannt und der Funke zu schwach, um eine neue Glut zu entfachen.

Wir spazierten eine Weile schweigend nebeneinander her, dann blieb sie stehen und wandte sich mir zu: »Ich will jetzt gehen«, sagte sie. »Es war schön, mit dir zusammen zu sein, Mikael. Eine Weile war es schön. Ich wünschte mir …«

Sie hatte Tränen in den Augen und wandte sich ab, dann ging sie ein paar Schritte, ehe sie sich noch einmal umdrehte. »Du hast so viel versprochen, Mikael. Nicht mit Worten, sondern durch all das, was du getan hast. Wie du warst. Deine Wärme, deine Nähe, einfach alles. Aber du hast nichts davon gehalten. Du hast uns nie wirklich eine Chance gegeben, mir nie ein Stück von dir geschenkt, mich nie an dich herangelassen. Ich weiß heute nicht mehr über dich als an dem Tag, an dem wir uns kennengelernt haben, nicht wirklich. Es war ziemlich einsam, deine Freundin zu sein, Mikael, weißt du das? Vermutlich solltest du mir leid tun, im Moment tue ich mir aber nur selbst leid, und ich bin wütend.«

Ich wusste nicht, was ich ihr erwidern sollte. Sie sah es, drehte sich um und ging. Ich blieb noch eine Weile stehen, blickte ihr nach und versuchte, meinen Empfindungen nachzuspüren, aber es gelang mir nicht. Ich glaube, ich fühlte mich müde.

Als ich am nächsten Morgen ins Büro kam, war Kari am Telefonieren. Sie blickte kurz auf und winkte mir mit einer Hand zu. Ich ging in mein Büro und wartete.

Es dauerte länger als üblich, bis sie mit zwei dampfenden Tassen Kaffee zu mir kam. Sie setzte sich schweigend und versuchte, meinen Blick einzufangen. Ihre Wangen hatten einen rötlichen Schimmer, und einer ihrer Füße wippte unablässig auf und ab. Mir wurde klar, dass es für sie schwerer war als für mich, was mich etwas entspannte.

Sie trug dem Wetter angemessene, niedrige Stiefeletten, eine weite Hose und eine Samtjacke mit Kragen, die sie bis oben zugeknöpft hatte. Ich sah sie an. Jetzt hatte sie den Blick niedergeschlagen. Dann begann ich zu lachen. »Nicht gerade dressed to kill«, sagte ich. »Vielleicht hättest du besser eine Rüstung anziehen sollen?«

Sie wurde krebsrot. »Ich wollte nicht, dass du denkst … ich meine …« Dann musste auch sie lachen, was auf uns beide eine befreiende Wirkung hatte.

»Aber, Mikael, hör mal«, begann sie nach einer Weile. »Ich … ich weiß, dass das, was wir getan haben, nicht gerade klug war. Ich weiß, dass du eine Freundin hast. Es tut mir leid.«

Ich machte den Mund auf, um ihr zu sagen, dass das nicht mehr der Fall sei, ließ es aber bleiben. »Das macht nichts«, sagte ich stattdessen. »Vielleicht sollten wir darüber reden, ich weiß nicht. Aber nicht heute. Heute schaffe ich das nicht. Außerdem sollte ich wohl arbeiten. Habe ich heute nicht tausend Termine und morgen einen Gerichtstermin?«

Kari nickte. »Das hast du.«

»Na, dann lass uns loslegen.«

Sie stand schnell auf und ging, um die Post zu holen. Als sie an der Tür war, sagte ich: »Aber das war schon eine verdammt gute Betriebsfeier, nicht wahr?«

Sie drehte sich um und sah mich mit leuchtenden Augen an. Ihr Lächeln war offen und warm. »Das war es, Mikael, ein verdammt gutes Fest.«

Sie holte die Post, und wir gingen zur täglichen Routine über. Alles war wie immer und doch ganz anders.

Ich aß in der Stadt und setzte anschließend einen Brief auf. Als Betreff notierte ich: »Antrag auf weitere Ermittlungsschritte im Fall Eva Kaufmann.« Ich richtete das Schreiben an den Ermittlungsrichter und erklärte kurz, dass ich die Observationsberichte des Falls studiert und auf diese Weise bemerkt hätte, dass Hans de Gier in eine Imbissbude eingekehrt sei, die von einem gewissen Dag Erik Næss betrieben würde.

Es kostete mich einige Telefonate und Recherchen in meinen eigenen Akten, um Doffens Taufnamen herauszufinden. Ich schrieb, es bestehe Grund zu der Annahme habe, dass de Gier mit Doffen allein gewesen sei, der, wie mir des Weiteren bekannt sei, eine Reihe von Vergehen gegen Paragraph 162 des norwegischen Strafgesetzbuches begangen habe. Dann fuhr ich fort:

Nach meiner Kenntnis des Falls ist es deshalb gut möglich, dass Dag Erik Næss und nicht Eva Kaufmann der eigentliche Empfänger der betreffenden Menge Heroin war. Meines Wissens finden sich jedenfalls keine Beweise, die dies ausschließen.

Ich beantrage deshalb, möglichst umgehend weitere Ermittlungsschritte einzuleiten, um diesen Sachverhalt zu klären.

Ich brauchte nicht darauf hinzuweisen, dass ich sehr unbequem werden würde, sollte meinem Antrag nicht stattgegeben werden. Ich schloss den Brief mit dem Satz:

Es ist dem Unterzeichner des Briefes durchaus bewusst, dass der neue Sachverhalt die Strafsache gegen meine Mandantin in einem ganz anderen Licht erscheinen lässt. Ich gehe deshalb davon aus, dass dieser Erkenntnisfortschritt auch bei der Frage nach der Fortführung der Untersuchungshaft beziehungsweise bei dem weiteren Verfahrensablauf Berücksichtigung finden wird.

Das Letzte war das Wichtigste. Schließlich musste der Ermittlungsrichter nach Abschluss der Untersuchungen einen Bericht an den Staatsanwalt schreiben, der den Fall weiter behandelte und gegebenenfalls Anklage erhob. Nur dann kommt ein Fall vor Gericht, so dass eine Hauptverhandlung anberaumt werden kann. Ich hoffte nun aber, dass gar nicht erst Anklage erhoben würde.

Ich las den Brief noch einmal durch, druckte ihn aus und unterschrieb ihn. Ich wusste, dass die Behörde dieses Schreiben sehr ernst nehmen musste. Sollte sie das nicht tun, hätte das vor Gericht fatale Folgen für sie. Lächelnd legte ich den Brief in den Postausgang.

Am nächsten Nachmittag fuhr ich zum Gefängnis. Es war ein herrlicher Winternachmittag mit tiefblauem Himmel. Der Schnee hatte die Felder neben der Autobahn mit einer weißen Decke überzogen, die sogar die ansonsten trostlose Vorstadtgegend einladend aussehen ließ.

Ich dachte an Kari. In den letzten Tagen hatte ich sie

kaum gesehen, so beschäftigt war ich wegen all der Termine und des Gerichtsverfahren gewesen. Sie war immer mal wieder kurz bei mir hereingeschneit und hatte mir Papiere gebracht, so dass es nicht schwer gewesen war, mich ihr gegenüber ganz normal zu verhalten. Wir hatten zwar noch immer nicht über die Geschehnisse geredet, aber trotzdem war sie auf eine ganz neue Art in mein Bewusstsein gerückt.

Hat man eine Frau erst einmal ausgezogen und sie nackt gesehen, ist in sie eingedrungen und hat die Ekstase in ihrem Gesicht erlebt, dann wird sie nie wieder so sein wie zuvor. Ich konnte Kari nicht ansehen, ohne gleichzeitig daran denken zu müssen, wie sie an jenem Abend ausgesehen hatte. Und sie wusste das. Ich merkte es den Seitenblicken an, die sie mir zuwarf, und ihren Bewegungen, die in meinen Augen eine ganze neue Intensität bekommen hatten.

Ich saß hinter dem Steuer und spürte, dass ich wieder Lust auf sie bekam. Dabei fragte ich mich, ob ich nur deshalb an Kari dachte, um nicht an Eva Kaufmann denken zu müssen, zu der ich an diesem Tag Distanz wahren wollte.

Dieser Vorsatz war leichter umzusetzen als erwartet, denn das Besuchszimmer war belegt, so dass wir mit der Bibliothek vorliebnehmen mussten, die ein großes Fenster und eine offene Glastür zu dem davor befindlichen Gefängniskorridor besaß. Nicht einmal Eva konnte in diesem Raum Sex haben, aber sie setzte sich so dicht neben mich an den Tisch, dass ich manchmal ihr Knie oder ihre Schulter spürte. Einmal legte sie ihre Hand auf meinen Handrücken und kratzte mir mit ihren scharfen Fingernägeln leicht über die

Haut. In diesem Moment wusste ich, dass ich ihr, wären wir allein gewesen, nicht hätte widerstehen können. Ich war erregt, gleichzeitig aber auch ein bisschen deprimiert.

Ich unterrichtete sie über meine Unternehmungen und erklärte ihr, wie ich weiter vorgehen wollte, ohne ihr allerdings Details oder Namen anzuvertrauen. Sie stellte ein paar kluge, zielgerichtete Fragen. Dann lehnte sie sich zurück und dachte einen Moment nach, ehe sie mich mit einem zufriedenen Gesichtsausdruck ansah.

»Ja«, sagte sie. »Ich glaube, ich habe verstanden. Das sollte klappen. Ich glaube, du hast mir das Leben gerettet, Mikael.«

Ich zuckte mit den Schultern. »Vielleicht habe ich das. Aber das war reines Glück. Außerdem müssen wir noch abwarten.«

Nach einem Moment des Schweigens stellte ich ein paar Fragen über ihren persönlichen Hintergrund, woher sie kam und wo sie Slavo und Mike kennengelernt hatte. Ich wunderte mich selbst, ihr diese Fragen noch nie gestellt zu haben.

Jetzt war es an ihr, mit den Schultern zu zucken. »Woher ich stamme? Da gibt es viele Orte. Ich weiß nicht wirklich, wo mein Zuhause ist. Geboren und aufgewachsen bin ich in Ungarn. Ich bin aber deutscher Abstammung, wobei meine Familie schon seit Generationen in Ungarn wohnt.«

Sie zögerte etwas. »Ich … ich hatte keine gute Beziehung zu meinen Eltern und bin weggelaufen, als ich noch ziemlich jung war. Mit fünfzehn. Danach bin ich ein paar Jahre herumgereist.«

»Und wie hast du dich da durchgeschlagen?«, fragte ich.

Wieder hob sie die Schultern, wobei ein Zucken über ihre Mundwinkel huschte. »Ich habe getanzt, besser gesagt, gestrippt. Mir fällt das ziemlich leicht, ich habe den Körper dafür.«

Das wusste ich.

»Slavo und Mike habe ich dann in Serbien während des Krieges gegen die Kroaten getroffen.«

»Während des Krieges. Und was hast du da gemacht?«

Sie lächelte. Ein trauriges Lächeln. »Das solltest du sie fragen – oder vielleicht besser nicht.«

Ich ging nicht weiter auf das Thema ein.

Als ich aufbrechen wollte, fragte sie mich, ob ich bald wiederkommen würde. Eigentlich gab es in ihrem Fall jetzt nicht mehr viel zu tun. Wir mussten nur noch die Reaktion des Ermittlungsrichters abwarten. Ich hätte Nein sagen sollen. Aber als ich ihre langen Beine sah, die Wölbung ihrer Brüste unter dem T-Shirt und die dunklen Augen, die mich so kühl und abwartend musterten, versprach ich ihr, am Montag wiederzukommen.

Kapitel 19

Der Anruf kam am Donnerstagabend. Ich hatte es mir mit einer heißen Tasse Kakao vor dem Kamin gemütlich gemacht. Ich war müde, aber ziemlich zufrieden mit meinem Leben, und angelte mir das Telefon mit den Fingerspitzen.

»Ja, Brenne hier.«

»Hier spricht Breivik«, sagte eine Stimme.

Der Name sagte mir erst einmal nichts. »Wer?«

»Karl Petter Breivik vom Drogendezernat.«

Erst jetzt begriff ich, dass es der Sonnenkönig war. Ich war es so gewohnt, seinen Spitznamen zu verwenden, dass mir sein richtiger Name immer noch fremd war.

»Ach, Herr Breivik …«, sagte ich. »Worum geht es denn?«

Ich rechnete mit einer Verhaftung, vermutlich brauchte irgendjemand einen Anwalt, doch im Hintergrund waren Verkehrslärm und andere Stimmen zu hören. Der Sonnenkönig war nicht in seinem Büro, sondern rief vom Handy aus an.

Es dauerte einen Moment, bis er antwortete. »Es geht um den Kaufmann-Fall. Wir haben gestern Ihren Brief bekommen. Wegen Doffen.«

»Ja?«, fragte ich.

»Sie wissen doch, wo er wohnt, nicht wahr? Über seiner Imbissbude.«

»Ja, das weiß ich. Aber was …«

Er fiel mir ins Wort. »Bitte kommen Sie so schnell wie möglich dorthin! Ich warte unten an der Straße auf Sie.«

Das war höchst ungewöhnlich. Beinahe unglaublich. Ich hatte damit gerechnet, dass die Polizei eine Hausdurchsuchung durchführen oder ihn direkt festnehmen würde, aber was hatte ich damit zu tun? Verteidiger wurden bei den operativen Einsätzen der Polizei doch nicht dazugebeten. Niemals.

»Was … warum?«, fragte ich. »Um was geht es denn?« Für einen Moment fürchtete ich, der Sonnenkönig könne es auf mich abgesehen haben und mich in eine Falle locken wollen. Ich wusste, dass er mich nicht mochte, wies diesen idiotischen Gedanken aber sogleich von mir.

»Kommen Sie einfach, Brenne. Jetzt gleich. Ich möchte Ihnen etwas zeigen. Und ich kann Ihnen versprechen, dass es … von Interesse für Sie sein wird.«

Am liebsten hätte ich ihn einfach abgewiesen, da er mir nicht sagen wollte, um was es ging, aber irgendetwas in seiner Stimme hielt mich zurück.

»In Ordnung«, sagte ich. »Ich bin in einer Viertelstunde da.«

Das Wetter war umgeschlagen. Wie so oft in dieser Stadt. Mit einem Mal war es windig und regnete, so dass der Schnee zu Matsch zusammengesunken war. Meine Füße waren durchnässt, noch bevor ich mein Auto erreicht hatte. Der Schnee war so nass und schwer, dass die Scheibenwischer ihn nicht wegschieben konnten. Zu guter Letzt musste ich noch einmal aussteigen und ihn mit der Hand von der Windschutzscheibe schieben.

Schon in der ersten Kurve kam der Wagen ins Rutschen,

als hätte jemand Schmierseife auf die Straße gekippt. Ich schlich durch die engen Gassen oberhalb des Hafens und fragte mich, warum der Sonnenkönig mich unbedingt bei Doffen treffen wollte. Mir kam kein einziger vernünftiger Grund in den Sinn, und das beunruhigte mich.

Ich sah das Blaulicht der Einsatzfahrzeuge schon von Weitem und wusste mit einem Mal, dass etwas geschehen sein musste. Etwas Schlimmes. Ich parkte am Beginn der Steigung und ging das letzte Stück zu Fuß. Noch ehe ich da war, tropfte mir das Regenwasser aus den Haaren ins Gesicht und lief unter den Kragen meiner Jacke. Die heftigen Windböen zerrten an mir.

Zwei Polizeiwagen standen vor Doffens Imbissbude. Einer davon mit den Vorderrädern auf dem Bürgersteig und blinkendem Blaulicht, als würde hier ein Film gedreht. Was mir aber am meisten Sorgen bereitete, war der Rettungswagen, der am Straßenrand stand. Durch die regennasse Windschutzscheibe sah ich zwei dunkle Silhouetten in der Fahrerkabine sitzen. Das war kein gutes Zeichen.

Eine kleine Gruppe Schaulustiger, etwa sieben oder acht Personen, trotzte dem Regen am Rand der Straße. Polizisten in dunklen, glänzenden Regenmänteln sperrten den Bürgersteig vor der Imbissbude ab.

Ich trat an die Absperrung. Einer der Beamten hob die Hand und legte seinen Zeigefinger auf meine Brust. »Verschwinden Sie hier«, sagte er. »Hier gibt es nichts zu sehen. Gehen Sie bitte weiter.«

Da trat der Sonnenkönig aus einer Tür an der Ecke des Hauses. Er musste dort auf mich gewartet haben. Ich hatte ihn nicht bemerkt. Sein roter Haarkranz glänzte nass und strahlte im Licht der Autos wie ein Heiligenschein.

»Der gehört zu mir«, sagte er. Dann führte er mich durch einen kleinen Hauseingang zu einer steilen, schmalen Treppe.

»Was zum Teufel …?«, fragte ich. »Was ist denn passiert?«

Er antwortete nicht, sondern reichte mir nur eine grüne Plastikhaube und Schuhüberzüge aus demselben Material. »Ziehen Sie die an«, befahl er.

Ich streifte sie über und fühlte mich wie ein Idiot. Auch er zog sich Schutzkleider an.

»Kommen Sie«, sagte er, drehte sich um und stieg die Treppe hinauf.

Ich hatte keine Lust auf weitere Fragen. Außerdem war mir längst klar, was er mir zeigen wollte.

Doffen lag mit angezogenen Beinen auf der Seite, als friere er. Sein linker Arm war in einem rechten Winkel zum Körper ausgestreckt und das Hemd bis über den Ellenbogen hochgekrempelt. Den rechten Arm hatte er an die Brust gelegt, die Hand fest um etwas geklammert, dass ich nicht erkennen konnte.

Ich starrte auf sein bleiches Gesicht. Seine blau unterlaufenen Augen waren halb geöffnet, die Pupillen nach oben unter die Augenlider gedreht. Sein Mund stand offen. Ich konnte seine vom Nikotin gelben Zähne sehen. Er war barfuß. Seine Beine sahen so weiß aus, als wären sie vollkommen blutleer. Er hätte sich die Zehennägel schneiden sollen.

Es war ein hässlicher, einsamer und ärmlicher Anblick. Ein umgestürzter Küchenstuhl lag neben dem Toten auf dem Boden. Sein Körper sah seltsam klein aus, als sei er im Tod geschrumpft und passe nicht mehr in die Kleider.

Ein Mann in einem braunen Anzug hockte neben der Leiche und murmelte vor sich hin. Vermutlich der Arzt. Durch eine geöffnete Tür konnte ich ins Wohnzimmer blicken. Zwei Männer in weißen Overalls sahen sich dort drinnen langsam und gründlich um. Sie redeten leise miteinander. Ich konnte nicht hören, was sie sagten. Ansonsten war es merkwürdig still im Haus.

Der Sonnenkönig nahm meinen Arm. »Sehen Sie«, sagte er und streckte die Hand aus. »Sein linker Arm ist frei. Wenn Sie genauer hinsehen, werden Sie eine frische Einstichstelle in der Armbeuge finden. Aber keine Zeichen früherer Einstiche.« Seine Stimme klang ruhig und monoton. Er fuhr fort. »Seine rechte Hand hat er um einen Gummischlauch geballt. Der wird dazu genutzt, den linken Oberarm abzubinden, damit die Adern hervortreten. Das will man uns wenigstens glauben lassen.«

Er drehte sich nach rechts. »Werfen Sie einen Blick auf den Küchentisch. Ein Teller Cornflakes, halb aufgegessen. Eine Packung fettarme Milch. Spritze. Löffel. Ascorbinsäure. Eine Zeitung.« Seine Augen starrten mich an. »Eine Überdosis, glauben Sie nicht? Er war sicher all die Cornflakes leid und brauchte etwas Kräftigeres. Ich wette einen Monatslohn, dass man bei der Obduktion eine Überdosis Heroin feststellen wird. Was glauben Sie, Brenne?«

Sein Hand hatte sich wie eine Klaue um meinen Oberarm gelegt. »Würden wir ins Wohnzimmer gehen und dort einen Eckschrank öffnen – wir können das leider nicht, weil die Spurensicherung dort noch nicht fertig ist –, dann würden wir darin etwas ganz Bestimmtes finden. Raten Sie mal, was? Nun, Brenne?«

Ich schüttelte den Kopf.

»Ein Päckchen. Ein Päckchen, das ganz genau so aussieht wie diejenigen, die wir bei dem holländischen Kurier de Gier beschlagnahmt haben. Ich setze einen weiteren Monatslohn darauf, dass die Analyse ergibt, dass es sich um Heroin aus exakt dieser Lieferung handelt. Wollen Sie dagegen wetten?«

Ich machte mich aus seiner Umklammerung frei, drehte mich um und ging die Treppe wieder nach unten. Erst im Hauseingang blieb ich stehen, nahm mir die Schuhüberzüge und die Plastikhaube ab und atmete die kühle Nachtluft ein. Hinter mir hörte ich den Sonnenkönig nach unten kommen. Ich drehte mich um, als er zu sprechen begann. Er stand dicht vor mir, und ich sah die Wut in seinen Augen.

»Ich glaube nicht eine Sekunde an diese Scheiße, Brenne«, sagte er. »Erst kommt ein Brief von Ihnen über einen möglichen anderen Schuldigen, und zwei Tage später stirbt der an einer Überdosis. Noch bevor wir mit ihm reden konnten. Und dann war er noch so freundlich, uns ein unangetastetes Päckchen Heroin dazulassen. Ein Päckchen, das er zwei Monate lang aufbewahrt hat? Halten die uns eigentlich für Idioten?«

Er kam noch näher. Ich spürte seinen Atem in meinem Gesicht. »Ich kannte Doffen. Kenne ihn schon seit vielen Jahren. Ich habe ihn verhaftet, als er noch kriminell war. Und ich habe ihm geholfen, als er seine Vergangenheit hinter sich lassen wollte. Ich glaube nicht eine Sekunde daran, dass Doffen wieder auf die schiefe Bahn geraten ist. Nicht eine Sekunde.«

Ich hatte ihm nichts zu sagen, also fuhr er fort. »Ich glaube … nein, ich bin sicher … dass er ermordet wurde.

Und ich glaube, dass das Ihre smarten, Anzug tragenden, beschissenen Mandanten waren, damit ihre kleine Hure Eva Kaufmann, die eigentlich auch für zwanzig Jahre in eine Einzelzelle gehört, wieder aus dem Knast kommt. Das glaube ich!« Das Letzte brüllte er fast.

Ich konnte sehen, dass er sich zusammennahm, als er ein Stück zurückwich und seinen Zeigefinger auf mich richtete. Seine Hand zitterte leicht, aber seine Stimme war wieder leise und sein Tonfall beinahe etwas abwesend.

»Und sie werden damit durchkommen. Wie zum Teufel sollen wir denn beweisen, dass sich Doffen diese Spritze nicht freiwillig gesetzt hat? Das ist beinahe unmöglich. Die werden damit durchkommen, so dass wir Eva Kaufmann laufen lassen müssen. Das ist so eine verdammte Scheiße. Und Sie, Brenne«, er schüttelte den Kopf, »Sie stecken da mittendrin.«

Ich öffnete den Mund, um etwas zu sagen, aber er hob die Hand und fuhr fort: »Ich weiß nicht, ob Sie an dieser Sache hier beteiligt waren oder einfach nur bekloppt sind und gar nicht begreifen, was Sie da tun. Aber egal, Brenne, das ist Ihre Schuld. Da hätten Sie Doffen diese Spritze auch gleich selbst setzen können. Und das … das, mein Lieber, werde ich nie vergessen.«

Am liebsten hätte ich ihm eine in seine Visage gehauen. Weil er recht hatte. Ich hatte Doffen in diese Sache hineingezogen und die Maschinerie in Bewegung gesetzt.

Ich schlug ihn nicht, und ich sagte auch nichts. Ich drehte mich bloß um und ging.

Der Schnee hatte die Kanaldeckel an den Rändern der Straßen verstopft, so dass das Regenwasser den Asphalt überflutete. Auf den Bürgersteigen lag jetzt nur noch eine matschige, graue Schicht. Ich war benommen und mein Kopf leer. Kurz vor meinem Wagen rutschte ich aus und landete auf meinem Allerwertesten. Ich blieb sitzen, durchnässt und kalt.

Plötzlich bekam ich Angst. Sie hatten Doffen getötet. Nicht weil es notwendig gewesen war, sondern um sicherzugehen. Aber die Angst war nicht mein einziges Gefühl. Tief in meinem Inneren regte sich etwas. Wie ein kleiner Rest heißer Glut, der plötzlich ein Feuer der Wut entfachte. Wut auf Slavo. Auf Mike. Auf Eva Kaufmann. Und auf mich selbst. Meine Hände zitterten, als ich die Autotür aufschloss. Aus Wut oder Angst – ich wusste es nicht.

Kapitel 20

Ich ging am nächsten Tag ins Büro, hätte aber ebenso gut zu Hause bleiben können. Ich brachte einfach nichts zustande. Schließlich bat ich Kari, keine Anrufe mehr zu mir durchzustellen; und blieb nachdenklich hinter meinem Schreibtisch sitzen. Draußen regnete es noch immer.

Doffen war tot, und ich zweifelte keine Sekunde daran, dass der Sonnenkönig recht hatte. Das war kein natürlicher Tod. Dafür gab es zu viele Zufälle: das Heroin, der Zeitpunkt. Ich glaubte einfach nicht an eine Überdosis. Außerdem erinnerte ich mich noch gut an unsere Begegnung in der Imbissbude. Er hatte wirklich nicht wie ein Mann ausgesehen, der 200 Gramm Heroin in der Wohnung lagerte, um sich bei nächster Gelegenheit den goldenen Schuss zu setzen. Doffen hatte mit beiden Beinen im Leben gestanden, ruhig, heiter und klar.

Es musste Slavo gewesen sein. Slavo oder Mike. Ich dachte an das Treffen mit Slavo, bei dem ich ihm gesagt hatte, wie ich Eva Kaufmann aus dem Gefängnis bekommen wollte, an seine präzisen Fragen und seinen Schlusssatz: »Ich wollte einfach nur sichergehen, dass wir die Situation richtig einschätzen.« Er hatte sie richtig eingeschätzt und erkannt, dass ich die Lösung gefunden hatte. Er hatte nur unsere ohnehin schon guten Karten in ein absolut sicheres Blatt verwandelt.

Ich fragte mich, wie sie Doffen gefunden haben konnten. Je mehr ich darüber nachdachte, desto sicherer war ich, dass sie diese Information von Bjørn Kvarme hatten. Oder waren sie mir an diesem Abend gefolgt? Vermutlich schon, aber nicht einmal Slavo oder Mike töteten einen Menschen und schoben ihm 200 Gramm Heroin unter, ohne sich ihrer Sache ganz sicher zu sein. Und diese Sicherheit konnte ihnen nur Kvarme gegeben haben. Er hatte ihnen Doffens Namen genannt. Mein Brief war auf dem Schreibtisch des Sonnenkönigs gelandet, in dessen Büro Kvarme ein und aus ging. Natürlich konnte ich es nicht beweisen, war jedoch sicher, dass alles so zusammenhing.

Trotzdem war es meine Schuld. Ich hatte Doffen in eine Sache hineingezogen, mit der er nichts zu tun hatte, und ihn so ans Messer geliefert. Ich hätte es wissen müssen.

Ich war wütend auf mich und meine Naivität. Ich hätte Slavos Auftrag niemals annehmen dürfen. Ich hatte es aus Gier getan und geglaubt, die Situation kontrollieren und diesen riskanten Drahtseilakt überstehen zu können. Es war mir nicht gelungen, und hatte man erst das Gleichgewicht verloren, hing man in den Maschen des trügerischen Sicherheitsnetzes fest. Dann war es schwer, wieder auf die Füße zu kommen.

Außerdem hatte ich mit Eva Kaufmann geschlafen. Mit einer Mandantin. Im Gefängnis. Ein weiterer Schritt mehr in die falsche Richtung, noch eine Grenze, die ich ohne nachzudenken überschritten hatte, ohne zu sehen, in welche Abhängigkeit ich mich damit begab.

Und das alles bloß aus Gier nach Geld und Sex.

Ich sah mich selbst vor mir, und was ich sah, war wirklich kein schöner Anblick.

Und Doffen war tot.

In meinem Inneren brodelte die Wut. Nicht weil mir Doffen so viel bedeutete, wirkliche Trauer empfand ich im Grunde nicht für ihn. Ich hatte nie ein enges, persönliches Verhältnis zu ihm gehabt. Aber er verdiente Respekt. Er hatte sich an seinen eigenen Haaren aus dem Sumpf gezogen und den Wege in ein würdevolles Leben zurückgefunden. Gegen alle Prognosen. Er war mein Mandant gewesen. Wie auch Johnny, bevor sie ihm die Daumen abgetrennt hatten. Meine Mandanten. Plötzlich wusste ich, was wirklich wichtig für mich war.

Strafverteidiger zu sein ist keine ehrenvolle Angelegenheit. Die meisten von uns haben nur selten große Fälle, die Schlagzeilen machen. Unser Alltag besteht aus kleinen Ganoven und Bagatelldelikten, die mit der Zeit zur Routine werden, wie auch alles andere. Einige Mandanten sind in Ordnung, zu anderen findet man nie Zugang, und wieder andere mag man überhaupt nicht. Man macht diesen Job nicht, um berühmt zu werden, aber sicher auch nicht, um die Welt oder seine Mandanten zu retten. Die meisten Anwälte prägt heute eher Zynismus als Idealismus.

Und doch gibt es in diesem Job einen wichtigen Aspekt, der einem erst mit der Zeit richtig bewusst wird. Die Mandanten haben nur dich. Niemanden sonst. Deshalb muss man diesen Job machen, und zwar so gut wie möglich. Man hat ganz einfach nicht das Recht, zu schludern oder mangelhafte Arbeit abzuliefern. Man muss sich Nachmittage und Abende um die Ohren hauen, um irgendeinen Idioten davor zu bewahren, für einen Einbruch eingesperrt zu werden, den er nicht begangen hat, auch wenn er bereits vierzig andere auf dem Kerbholz hat. Als Dank erfährt man dafür Respekt. Den Respekt und die Achtung seiner

Mandanten, weil sie wissen, dass man für sie da ist. Und Selbstrespekt oder Selbstachtung, wenn man seine Arbeit anständig macht.

Man schwitzt, flucht und schimpft, teilt Siege und manch eine Niederlage mit ihnen. Mit der Zeit gehören diese Menschen zum eigenen Leben dazu. Mit vielen Mandanten endet es schlecht. Aber schafft es einer von ihnen, aus dem Sumpf herauszukommen, nimmt man auch daran Anteil. Jetzt waren Fremde in die Stadt gekommen, hatten einem von ihnen die Daumen abgeschnitten und einem anderen eine Überdosis verpasst, als wären all diese Menschen nichts wert. Doch für mich waren sie wertvoll. Sie waren meine Mandanten, und ich war ihr Verteidiger.

Die Wut steckte wie ein Kloß in meiner Brust. Doch da war nicht nur Wut, sondern auch Angst. Ich wusste nicht, ob sie mir vertrauten. Ich hatte Angst um mein Leben und um meine Karriere. Angst und Wut. Zwei Gefühle, die wie Brüder sind. Zwei Seiten derselben Medaille. Angst und Wut. Kopf oder Zahl. Sie blieben den lieben, langen Tag meine Begleiter. Waren da, als ich abends im Dunkeln nach Hause ging, und machten sich immer noch bemerkbar, während ich blind vor dem Fenster im Wohnzimmer saß und meine Gedanken den immer gleichen Bahnen folgen ließ.

Ich trank Schnaps, brauchte etwas, um mich zu beruhigen, aber es half nicht. Schließlich warf ich einen Blick auf die Uhr. Beinahe unbemerkt war es elf Uhr abends geworden. Ich hatte seit dem Morgen nichts gegessen, hatte aber keinen Hunger. Ohne nachzudenken griff ich zum Telefon und wählte Slavos Nummer. Er nahm nach einem Klingeln ab. »Ja?«

»Ihr habt Doffen getötet«, sagte ich. »Ihr habt ihn umgebracht. Es gab keinen Grund dafür. Das war total unnötig. Ich hatte alles geplant. Es war alles unter Kontrolle. Ihr seid doch verrückt. Ich will damit nichts mehr zu tun haben, ich will das nicht, kann das nicht.«

Die Worte strömten nur so aus mir heraus, als wäre irgendwo in mir ein Damm gebrochen.

Entsetzt realisierte ich, was ich gesagt hatte.

Am anderen Ende war es einen Moment lang still. Dann sagte er. »Mikael, sind Sie das?«

Ich sagte ja.

Ich konnte ihn seufzen hören, als wäre ich ein Sohn, der Schwierigkeiten machte. »Mikael, beruhigen Sie sich. Wir müssen reden.«

»Nein«, sagte ich. »Da gibt es nichts zu reden.«

Er seufzte wieder, blieb aber ruhig. »Man kann über alles reden, Mikael. Ich hole Sie in einer Viertelstunde ab.«

Ich protestierte, aber seine Stimme fiel mir scharf ins Wort: »Seien Sie da, Mikael! Wir müssen reden.«

Dann legte er auf.

Fünfzehn Minuten später stand ich fröstelnd draußen vor der Tür. Der Regen hatte aufgehört, dafür war es wieder kälter geworden. Am liebsten hätte ich die Polizei gerufen und dachte darüber nach, einfach abzuhauen. Doch schließlich machte ich, was Slavo gesagt hatte – aus Mangel an Alternativen. Ich wusste nicht, was ich tun sollte. Hatte Angst, glaubte aber nicht daran, dass Slavo mir etwas antun wollte.

Das Auto war dunkel und niedrig. Slavo kam allein. Ich setzte mich neben ihn, und er fuhr sofort los, ohne etwas zu sagen.

Nach einer Weile fragte ich: »Wohin fahren wir? Ich dachte, wir wollten reden.«

»Das tun wir auch, Mikael«, sagte er. »Aber zuerst will ich Ihnen noch etwas zeigen.« Er sah zu mir herüber. »Haben Sie keine Angst, Mikael. Es wird Ihnen nichts passieren.«

Mehr sagte er auf der ganzen Fahrt nicht. Wir bogen auf die Autobahn in Richtung Süden ein. Es war spät, so dass nur wenig Verkehr war, aber Slavo fuhr trotzdem gleichmäßig und ruhig und achtete darauf, die vorgeschriebene Geschwindigkeit nicht zu überschreiten. Nach zwanzig Minuten fuhren wir von der Autobahn ab. Wir rollten langsam zwischen dunklen Einfamilienhäusern aus den siebziger Jahren und vereinzelten alten Bauernhöfen hindurch. Die Bebauung wurde immer spärlicher. Im Licht der Scheinwerfer sah ich ein altes Straßenschild, doch es gelang mir nicht, die Aufschrift zu lesen, ehe Slavo auf einen Schotterweg abbog. Zu beiden Seiten des Schotterwegs standen Bäume und Büsche dicht an dicht.

Slavo umkurvte im Schritttempo die Schlaglöcher und Pfützen. Ich weiß nicht, wie lange wir schon unterwegs waren, als wir eine Lichtung erreichten, eine kleine Waldwiese, auf deren anderer Seite ein verfallenes Steinhaus stand. Er hielt den Wagen an, schaltete die Scheinwerfer aber nicht aus.

»Kommen Sie«, sagte er. »Wir steigen aus.«

Ich hatte Angst. Der Alkohol, den ich getrunken hatte, wollte wieder heraus, aber ich tat, was er sagte. Erst als ich draußen stand, erblickte ich das andere Auto. Es war der grüne Lieferwagen. Er parkte links von uns unter den dunklen Bäumen.

Slavo stand so dicht neben mir, dass mich seine Schulter beinahe berührte. Ich sah, wie sich unser warmer Atem wie Nebel in der Nacht mischte. Dann stiegen zwei Gestalten aus dem Lieferwagen, öffneten die hinteren Türen und holten einen Mann heraus.

Zuerst erkannte ich ihn nicht. Er wurde von beiden Seiten gestützt. Der Kopf mit den blonden Haaren hing auf seiner Brust. Ich wusste nicht, was sie bereits mit ihm angestellt hatten. Als er den Kopf hob und in das Licht der Scheinwerfer blinzelte, sah ich, dass es einer der unzähligen kleinen Dealer war, die in der Grauzone zwischen den Süchtigen und den großen Hintermännern operierten. Ich erinnerte mich nicht an seinen Namen. Er sah verwirrt und benommen aus. Vielleicht stand er unter Drogen, vielleicht hatte er aber auch nur Angst. Auf jeden Fall wusste er, was geschehen würde.

Mike trat aus dem Schatten. Er stellte sich vor ihn, packte die Haare des Mannes, hob seine Hand und sagte etwas, das ich nicht verstand.

»Soso, Sie sind also nicht mit uns zufrieden, Mikael«, sagte Slavo leise. »Sie meinen, wir hätten Doffen nicht töten sollen. Ich weiß wirklich nicht, was die alle hier in diesem Land haben. Als lebten sie überhaupt nicht in der realen Welt.«

Die Worten steckten irgendwo in meiner Brust fest. Als sie endlich über meine Lippen kamen, klang meine Stimme ungewohnt scharf und gepresst. »Was … was hat er getan? Was machen Sie mit ihm?«

»Einige Menschen lernen nie«, sagte Slavo. »Sie bedienen sich an den Waren, die sie auf Kredit kaufen, und halten ihre Versprechen nicht. Er muss Lehrgeld zahlen. Wir werden ihm eine Lektion erteilen, die er nicht vergessen wird.« Seine Stimme klang ruhig, fast alltäglich.

In meiner Kindheit hatte ich eine Zeit lang immer wieder denselben Traum, Nacht für Nacht. Ich war unter Wasser, wollte vor einer furchtbaren Gefahr davonlaufen, kam aber nicht vom Fleck. Nur meine Arme und Beine bewegten sich langsam, ohne dass es etwas nützte, und die Angst schwoll in mir an. Genau dieses Gefühl hatte ich jetzt. Ich war wie gelähmt. Sogar die Luft war dick und zäh. Sie hielt mich fest, erschwerte mir das Atmen und machte es mir unmöglich, mich zu bewegen.

Deshalb stand ich regungslos da, während Mike und die beiden anderen vor meinen Augen auf den Mann einprügelten. Ich habe in meinem Leben eine ganze Reihe von Prügeleien mitbekommen. Einige davon waren unbeholfen und beinahe komisch, während andere wie Eruptionen plötzlicher Gewalt gewirkt waren. Doch was sich hier vor meinen Augen abspielte, war anders: Das war wie ein Job, der erledigt werden musste, ohne Gefühle und ohne jede Wut. Es brauchte seine Zeit, doch sie wussten, was sie taten.

Als sie ihn nach einer Weile losließen, konnte der Mann nicht mehr aufrecht stehen und sackte in sich zusammen, als hätte er weder Knochen noch Gelenke. Dann begannen sie zu treten. An der Wand hinter ihnen führten ihre Schatten im Licht der Scheinwerfer einen grotesken, langsamen Tanz auf.

Ich weiß nicht, wie lange sie fortfuhren, doch bevor sie ihn wieder auf die Ladefläche des Autos warfen, sah ich kurz sein Gesicht. Er war nicht wiederzuerkennen, lebte aber noch. Ich sah, wie er sich bewegte. Noch immer konnte ich mich nicht an seinen Namen erinnern, und das quälte mich.

Mike kam auf mich zu. Seine langen Mantelzipfel schwangen um seine Beine. Im Licht der Scheinwerfer sah er unnatürlich groß aus. Seine Augen waren schwarz und voller … Verachtung. Verachtung für das Opfer, für all die Schwäche, für mich, für alles und jeden.

Unmittelbar vor mir blieb er stehen. »Das hätten Sie sein können, Brenne.«

Ich fand meine Stimme wieder. »Was wollen Sie mit ihm machen?«

Keiner antwortete. Mike drückte sich noch näher an mich heran, so dass ich seinen Atem auf meinem Gesicht spürte. Ich versuchte einen Schritt nach hinten zu machen, doch Mike packte mich an der Jacke und zog mich zu sich. Dann spürte ich seine rechte Hand wie eine Klaue in meinem Schritt. Er drückte zu. Der Schmerz raubte mir die Luft. Ich stellte mich auf die Zehenspitzen, um seinem Griff zu entkommen, aber er hielt mich eisern fest. Ich konnte nicht reden.

»Sie lernen nie, oder?«, fragte er. »Es geht Sie nichts an, was wir mit ihm machen. Das braucht Sie nicht zu interessieren. Ich weiß, wo Sie wohnen, Brenne. Ich weiß, wo Ihre Kanzlei ist. Was für ein Auto Sie fahren. Wo Sie spazieren gehen. In welchem Pflegeheim Ihr Vater ist. Wo Ihre Sekretärin wohnt. Ich weiß alles über Sie. Und bald komme ich und hole Sie … oder einen Ihrer Liebsten … wenn Sie nicht endlich begreifen.« Er unterstrich seine letzten Worte, indem er noch fester zudrückte. Der Schmerz erfüllte mich mit gewaltiger Übelkeit, dann ließ er mich los.

Nachdem sie gefahren waren, stand ich eine ganze Weile vor Schmerz gekrümmt da, bis Slavo seine Hand auf meine Schulter legte und mich wie ein Kind zu seinem Wagen führte und auf den Beifahrersitz schob. Wir fuhren langsam zurück.

Slavo sagte kein Wort. Ich blickte auf meine Hände. Sie zitterten wie die meines Vaters, wenn er mir Kaffee einschenkte.

Erst als er auf der Straße vor meinem Haus anhielt, drehte Slavo sich zu mir und redete. Seine Stimme klang leise und ruhig. »Es tut mir leid, dass Sie das miterleben mussten«, sagte er, »aber es war wohl notwendig.«

»Sie haben mich verfolgt, nicht wahr? Mich die ganze Zeit beobachtet.«

»Jemand hat … jemand hat die Polizei auf uns aufmerksam gemacht. Jemand hat sie angerufen und ihnen gewisse Informationen gegeben. Mike meint, dass Sie das waren.«

Schaudernd dachte ich an meinen Anruf beim Sonnenkönig. Ich öffnete meinen Mund, um zu antworten, aber Slavo kam mir zuvor.

»Ich glaube nur, was ich weiß. Vielleicht waren Sie es, vielleicht aber auch nicht. Aber wir haben Sie beobachtet, Mikael, sicherheitshalber. Wir wissen gerne, mit wem Sie sich umgeben. Und wir mussten wissen, in welchem Imbiss de Gier war.« Er saß eine Weile da, ohne noch etwas zu sagen.

»Sie müssen verstehen, Mikael. Uns verrät niemand. Und man hört auch nicht einfach auf, für uns zu arbeiten. Nicht bevor wir das wollen. Was ich jetzt will, ist, dass Sie diese Gesellschaft gründen und damit aktiv werden. Keine weiteren Verzögerungen, keine weiteren Entschuldigungen, keine weiteren Ausflüchte.«

Er berührte meinen Oberarm, und ich zuckte angewidert zusammen. »Ich mag Sie, Mikael. Ich spüre, dass ich mit Ihnen reden kann. Ich will nicht, dass Ihnen etwas zustößt. Sie sind mein Freund, und ich brauche Sie. Sie sind einer von uns, Mikael. Ich weiß, dass ich Ihnen vertrauen kann.« Er seufzte. »Gehen Sie jetzt, Mikael. Schlafen Sie sich aus. Wir reden in ein paar Tagen weiter.«

Ich stand vor meinem Haus und sah seine roten Rücklichter in der Nacht verschwinden. Es schmerzte in meinem Schritt. Er war ein Monster. Auf seine Weise war er schlimmer als Mike. Ich war am Leben, weil er mich mochte.

Ich ging in mein Haus, fühlte mich aber wie ein Fremder. Irgendwie hatte sich die Welt in dieser Nacht verändert und ich mich mit ihr. Ich dachte, dass ich nie wieder in Sicherheit leben konnte, jedenfalls nicht, solange es Slavo und Mike irgendwo auf dieser Welt gab.

Kapitel 21

Am Montagmorgen gingen heftige Regenschauer nieder, so dass ich die letzten Meter bis zu meiner Kanzlei im Laufschritt zurücklegte. Als ich zur Tür hereinkam, war ich ganz außer Atem.

»Hallo«, begrüßte mich Kari. »Warst du joggen?« Sie sah frisch und jung aus und hatte gute Laune. Ich fühlte mich alt, müde und grau.

Als sie später in mein Büro kam, sagte ich ihr, ich müsse ein oder zwei Wochen frei nehmen. Ich weiß nicht, wie ich darauf kam, es rutschte mir einfach so heraus.

Sie zog ihre Stirn in Falten. »So … so plötzlich?«, fragte sie. »Stimmt etwas nicht?«

Ich schüttelte den Kopf. »Alles in Ordnung. Ich bin nur müde. Ausgebrannt und erschöpft. Und wir können uns das doch leisten, nicht wahr?«

Sie nickte und stimmte mir zu. »Aber was ist mit deinen Fällen und Gerichtsterminen? Die kannst du doch nicht einfach verschieben?«

»Sehen wir mal, was wir haben. Ich könnte Peter Ula bitten, sich um die eiligen Fälle zu kümmern.«

Ich wusste mit einem Mal, dass diese Entscheidung richtig war. Ich konnte nicht arbeiten. Ich musste weg, nachdenken. Ich steckte in einem Alptraum fest und musste einen Ausweg finden. Gründete ich die Importgesellschaft und begann für Slavo Geld zu waschen, war ich verloren. Dann hatten sie mich für immer in der Hand.

Weigerte ich mich, brachten sie mich um. Ich hätte zur Polizei gehen sollen, wagte es aber nicht. Allein das Geld, das sie bereits auf mein Mandantenkonto überwiesen hatten, würde mich meine Konzession und ein paar Jahre Gefängnis kosten. Außerdem vertraute ich nicht darauf, dass die Polizei mich wirklich schützen konnte. Slavo war nicht allein, auch er hatte eine Organisation in seinem Rücken, da war ich ganz sicher. Ging ich zur Polizei, konnte ich mich nie wieder frei bewegen. Ich sah keinen Ausweg, keine Lösung, und ich bekam dröhnende Kopfschmerzen. Mir wurde übel.

Für den Rest des Tages arbeiteten wir. Ich schickte meinen Mandanten kurze Briefe und Kopien wichtiger Unterlagen. Des Weiteren informierte ich Mandanten und Gegenparteien, dass ich zwei Wochen abwesend sein würde, und entschuldigte mich im Voraus für verspätete Rückmeldungen. Das Gericht bat ich für die entsprechende Zeit um die Aussetzungen der Termine, die mich betrafen. Kari verschob alle bereits getroffenen Verabredungen.

Zwei Fälle konnten nicht warten, die betreffenden Unterlagen sonderte sie aus. Außerdem war für die kommende Woche ein vermutlich zweitägiger Gerichtstermin anberaumt.

Einen befreundeten Arzt bat ich, mir ein Attest auszustellen.

»Und was fehlt dir?«, fragte er.

»Egal«, antwortete ich. »Ich bin total erschöpft und brauche dringend eine Pause. Ich kann jetzt einfach nicht vor Gericht erscheinen.«

Für einen Augenblick wurde es still. »Dann brauchst du wohl wirklich ein Attest«, sagte er. »Du kannst ihn um zwei

Uhr abholen. Und wenn du willst, kann ich dir in zwei Wochen einen Termin geben.«

»Ich rufe dich an«, sagte ich.

Peter war in seiner Kanzlei. »Ich bin in fünf Minuten bei dir«, sagte ich ohne eine Erklärung, legte die Unterlagen der beiden Fälle, die ich ausgesondert hatte, in Klarsichthüllen, zog meinen Mantel an und machte mich auf den Weg.

Ich musste ein paar Minuten auf ihn warten. Seine Kanzlei ist größer als meine. Er hat zwei Sekretärinnen, einen Partner und eine ganze Reihe junger Referendare, Anwaltsgehilfen und -gehilfinnen, die sich in ihrem Übereifer alle seltsam ähnlich waren.

Peter sah müde aus. Er winkte mich in sein Büro und holte zwei Tassen Kaffee für uns. Seine Augen waren blutunterlaufen.

»Du siehst nicht gut aus«, sagte ich.

»Kranke Kinder zu Hause«, antwortete er. »Brechdurchfall bei allen, und so richtig los geht es immer erst nachts. Statt zu schlafen, kann ich dann aufwischen. Ich glaube, die machen das mit Absicht, um mich zu quälen. Wie kann ich dir helfen, Mikael? Ich habe viel zu tun.«

Ich nahm die Unterlagen aus den Klarsichthüllen. »Du hast doch gute Referendare, oder?«

Er nickte. »Brillant, ohne Ausnahme. Unnütz und teuer, warum?«

»Ich habe zwei Fälle, die erledigt werden müssen. Bei dem einen geht es um unklare Besitzverhältnisse – der ist ziemlich kompliziert. Bei dem anderen um eine Erbschaft – der ist umfangreich, aber nicht sonderlich schwierig, denke ich. Können deine Jünger das für mich erledigen? Im Laufe einer Woche?«

»Natürlich können die das, wenn du dafür bezahlst. Aber warum? Musst du verreisen?«

»Ja«, sagte ich.

»Schön für dich. Wohin?«

»In deine Hütte. Ich brauche nur noch den Schlüssel.«

Er grunzte und fischte einen Schlüssel aus der Schublade. Er hing an einem Holzklotz von der Größe eines Handys, in den der Schriftzug »Hütte« eingebrannt war. Er reichte ihn mir mit den vertrauten Worten: »Du kennst dich ja aus. Bedien dich bei den Vorräten, trink Wein oder Schnaps, aber sieh zu, dass du alles wieder ersetzt, in Ordnung?«

Ich nickte und bedankte mich bei ihm. Als ich gehen wollte, fragte er plötzlich: »Warum diese Eile, Mikael? Stimmt etwas nicht? Du siehst auch nicht gut aus, bist du krank?«

»Wie man's nimmt«, sagte ich. »Ich muss einfach mal raus und nachdenken.«

Er nickte nur und war schon wieder in seine Unterlagen vertieft, als ich die Tür hinter mir schloss.

Als ich meine Kanzlei betrat, saß Kari konzentriert vor dem PC. Sie war so beschäftigt, dass sie nur kurz aufblickte, als ich hereinkam. Ich hatte unterwegs das Attest abgeholt und warf es ihr auf den Schreibtisch.

»Die Krankmeldung«, sagte ich. »Ich schreibe noch einen Brief ans Gericht und bitte um Aufschiebung der Sache. Legst du das Attest dann als Kopie bei?«

Um vier Uhr kam Kari zu mir ins Büro, um sich zu verabschieden. Sie trug bereits ihren Mantel und hatte sich eine Strickmütze tief in die Stirn gezogen.

»Ich gehe jetzt«, sagte sie. »Haben wir auch an alles gedacht?«

Ich nickte. »Ich glaube schon. Ich werd aber wohl noch ein paar Stunden bleiben. Sollte mir noch etwas in den Sinn kommen, schreibe ich dir einen Zettel. Irgendetwas fällt einem doch immer noch ein.« Ich stand auf und streckte meinen Rücken. »Mach einfach, was möglich ist. Entschuldige mich, verleugne mich, und wenn nötig, kannst du ja auch ein bisschen lügen.«

Sie verzog ihren Mund zu einem schiefen Lächeln. »Hört sich an wie ein ganz gewöhnlicher Tag im Büro.«

»Sollte es etwas geben, das nicht aufgeschoben werden kann – ein Verhör, eine Festnahme oder Ähnliches –, dann rufst du Peter an, okay? Er kümmert sich dann darum. Wir werden keine Mandanten verlieren.«

Sie stand in der Mitte des Raumes und trat von einem Fuß auf den anderen. Plötzlich sah sie etwas unsicher aus. Ich ging zu ihr.

»Alles wird gut gehen, Kari. Es ist ja nicht das erste Mal, dass du für eine Weile allein in der Kanzlei bist. Du kriegst das schon hin. Halt einfach die Stellung für mich, okay?«

Ich konnte ihren Blick nicht entschlüsseln. »Ich weiß, Mikael, das ist es nicht. Hier wird alles glattgehen. Das kam nur so plötzlich. Ich … pass auf dich auf«, sagte sie. Dann stellte sie sich plötzlich auf ihre Zehenspitzen und berührte meinen Mund mit dem ihren, aber so schnell und weich und leicht, dass ich es kaum wahrnahm.

Ich stand noch immer in der Mitte des Raumes und starrte vor mich hin, als sich die Tür, die gerade erst hinter ihr ins Schloss gefallen war, noch einmal öffnete. Kari streckte ihren Kopf herein und sagte: »Ich hab noch vergessen, dir zu sagen, dass Eva Kaufmann angerufen hat. Sie ist heute aus dem Gefängnis entlassen worden. Du sollst sie anrufen. Sie meinte, sie brauche dich.«

Dann winkte sie mir zum Abschied zu. Ich hörte ihre Schritte auf dem Parkett, gefolgt von dem Schlagen der Bürotür.

Peters Hütte lag im Hochgebirge, nahe der Eisenbahnlinie. Mein Zug fuhr am nächsten Morgen um sieben Uhr, so dass ich direkt nach Hause gehen wollte, um zu packen. Als ich nach draußen kam, klatschte der Regen schräg auf die Straße. Es war kein Mensch zu sehen.

An diesem Abend fiel mir zum ersten Mal in diesem Jahr die Weihnachtsbeleuchtung über den Straßen und in den Schaufenstern der Geschäfte auf. Neonsterne und farbige Lampen schwankten im Wind und spiegelten sich in den Pfützen. Plötzlich spürte ich, dass ich Hunger hatte. Ich hatte seit dem Frühstück nichts mehr gegessen. Ich ging nach links in Richtung Hafen und hastete über den längst verwaisten Markt.

Die wenigen Menschen, die ich sah, duckten sich unter ihre Regenschirme. Ich ging an der Kaimauer entlang. Es war Springflut, so dass die hohen Wellen beinahe über die Mauer schwappten. Im Windschutz eines offenen Schuppens hockten zwei Penner und teilten sich eine Flasche. Einer von ihnen bemerkte mich, als ich vorbeiging: »Komm, nimm einen Schluck!«, rief er und hob die Flasche. »Das Jüngste Gericht kommt bald, trink, bevor es zu spät ist.« Ich ging weiter, ohne zu antworten.

Etwa auf der Hälfte der Straße, die der Kaimauer folgte, lag ein altehrwürdiges Lokal. Im ersten Stock des Restaurants traf man Geschäftsleute mittleren Alters. Nicht diese neuen mit ihren Armani-Anzügen und teuren Uhren, sondern eher die bescheidene, aussterbende Sorte der Filialleiter, Händler und Inhaber kleiner Familienbetriebe. Sie aßen Pfeffersteak oder Rinderfilet mit Zwiebeln und grüßten einander laut, während sie ihren Tischnachbarn vormachten, wie gut es bei ihnen lief.

Im Erdgeschoss sah es hingegen ganz anders aus. Hier stand der Qualm bis unter die hohe Decke, und es roch nach Bier. Wenn jemand etwas aß, dann das Tagesgericht. Auch die Bedienung unterschied sich von der im oberen Stockwerk. Hier unten wurde man von älteren Frauen bedient, die sachlich und ohne irgendwelchen Schnickschnack die Bestellungen entgegennahmen und effektiver als jeder Türsteher diejenigen nach draußen beförderten, die zu viel getrunken hatten und randalierten. Hielt man die Klappe, durfte man aber in der Regel so viel trinken, wie man wollte.

Ich bestellte ein Bier und bat um die Speisekarte. Das Bier war schnell geleert, also bestellte ich ein zweites und den Weihnachtsteller. Das Essen kam rasch und war in Ordnung. Etwas zögerlich bat ich dann um einen Aquavit und später um einen weiteren.

Als ich fertig gegessen hatte, spürte ich bereits den Alkohol. Ich suchte den Blick der Kellnerin und hob meine Hand, um die Rechnung zu bestellen. Nach einer Minute war sie mit einem weiteren Aquavit und einem bis zum Rand gefüllten Glas Bier zur Stelle. Ich wollte ihr sagen, dass sie mich missverstanden hatte, ließ es aber bleiben.

Stattdessen trank ich langsam und spürte, wie sich der Alkohol in meinem Körper ausbreitete.

Eva Kaufmann war entlassen worden. Das wusste ich von Kari, hatte diese Information aber bis jetzt verdrängt.

Ich sah mich um. Die Wände waren mit alten Wandgemälden verziert. Fischer und Seeleute und Boote im Sturm. Die Bilder waren nach all den Jahren braun und undeutlich geworden, aber sie gefielen mir trotzdem. Auf jeden Fall waren sie echt. Wie auch die Kundschaft.

Zwei Tische neben mir saß eine Frau, vielleicht Anfang sechzig, vielleicht jünger. Sie war blond, doch der Ansatz ihrer Haare war auffällig dunkel. Sie war sehr stark geschminkt. Das Licht hier drinnen schmeichelte ihr nicht gerade. Als ich sie ansah, lächelte sie mir zu und hob ihr Glas. Ein grausames Lächeln, das eher wie eine verzweifelte Grimasse aussah.

Eva Kaufmann war auf freiem Fuß. Sie suchte Kontakt zu mir. Sie brauchte mich.

Ich wusste, dass ich nach Hause gehen und packen sollte, blieb aber sitzen und trank weiter, langsam und gleichmäßig.

Die Frau, die mich eben noch angelächelt hatte, schien jetzt resigniert zu haben. Sie lächelte nicht mehr, sondern starrte auf die Tischplatte und trank konzentriert und schnell. Es sah aus, als flösse die Schminke langsam von ihrem Gesicht.

Ich versuchte, nicht an Eva Kaufmann zu denken. Dabei war ihre Wohnung nur zehn Minuten von hier entfernt.

An den Wänden hing Weihnachtsdekoration. Rote und grüne Kugeln an Plastiktannenzweigen. Sie sahen verloren aus. Ein pathetischer, hoffnungsloser Versuch, eine festliche Stimmung aufkommen zu lassen. An einer Ecke des Lokals begannen zwei alte Männer zu streiten. Sie sahen klein und vertrocknet aus, als wären sie in ihren Kleidern eingeschrumpft. Sie schrien einander mit brüchigen Stimmen an und fuchtelten mit den Armen. Ihre Schläge waren langsam und plump, als kämpften sie in Zeitlupe.

Schon Sekunden später war die Kellnerin da. Sie war deutlich größer als die Streithähne, und es gelang ihr problemlos, die beiden zu trennen. Die zwei Alten sahen erleichtert aus und setzten sich wieder. Ihre Frauen schimpften auf sie ein, dann bekam jeder ein frisches Bier. Ich vermutete, dass sie das nicht zum ersten Mal gemacht hatten. Das Ganze hatte eher wie ein Ritual zwischen alten Freunden ausgesehen. Vielleicht fühlten sie sich in diesem Moment wieder jung, spürten das Blut pulsieren und für einen kurzen Moment auch den Kick des Adrenalins.

Eva. Kaufmann.

Die falsche Blondine weinte. Regungslos, mit versteinertem Gesichtsausdruck. Von der Schminke schwarz gefärbte Tränen rannen über ihre Wangen und tropften in ihr Bier. Ich fragte mich, warum sie weinte. Es sah so traurig und hoffnungslos aus, dass ich am liebsten auch geweint hätte.

Eva Kaufmann weinte nicht, dessen war ich mir ganz sicher. Sie lief jetzt in ihrer Wohnung umher. Frei und zufrieden. Ich war niemals dort gewesen, sah sie aber plötzlich vor mir, elegant und irgendwie doch geschmacklos. Ich dachte, dass sie jetzt sicher aufräumte, Staub wischte, alles saubermachte. Vielleicht hatte sie nach der Zeit im Gefängnis den Wunsch nach etwas Luxus verspürt, lange gebadet, sich sorgsam abgetrocknet und dann die teuerste

Unterwäsche angezogen, die sie besaß. Schwarz, mit Strümpfen und Strumpfhaltern. Und die passenden Schuhe mit hohen Absätzen. Vielleicht schlenderte sie damit jetzt durch ihre Zimmer, langsam und verführerisch, ihrem straffen, eleganten Körper huldigend und die Freiheit genießend.

Ohne zu weinen. Und das war falsch, denn eigentlich sollte sie das tun. Sie verdiente es nicht, glücklich zu sein, glücklich und frei. In Gedanken sagte ich ihr das.

»Du bist schuldig, Eva«, sagte ich. »Du bist ein Luder. Wegen dir sind Menschen gestorben, lebendige Wesen aus Fleisch und Blut. Ich wollte nur, dass du das weißt.« Erst wenn sie es wusste, würde sich ihr Gesicht aus Verzweiflung und Trauer auflösen, sie würde auf die Knie sinken und mich bitten, sie zu bestrafen. Mir ihre Schuld eingestehen und sich wie ein Tier auf allen vieren vor mir winden …

Ich war verdammt betrunken und gab mir Mühe, nicht mehr an Eva Kaufmann zu denken. Stattdessen versuchte ich, mich im Lokal umzusehen, doch es gelang meinen Augen nicht mehr, richtig zu fokussieren. Alles war unscharf mit weichen Rändern. Ein tristes Braun, ein nikotingelber, deprimierender Sepiaton. Vor mir stand schon wieder ein neues Bier. Ich konnte mich nicht daran erinnern, es bestellt zu haben, griff aber trotzdem danach wie ein Ertrinkender nach einem Rettungsring.

Kapitel 22

Der Regen tat mir gut. Ich stand auf dem Bürgersteig vor dem Restaurant, streckte mein Gesicht in den Himmel und ließ mich von den Tropfen und dem Wind abkühlen. Mir war glühend heiß, als hätte ich Fieber.

Dann ging ich dem nächstgelegenen Taxistand entgegen. Nach einer Weile bemerkte ich, dass ich nicht mehr am Hafen war, sondern in einer der steilen Gassen, die den Hang hinaufführten. Ich dachte nicht nach, ich ging einfach. Folgte den alten Häusern, den Gassen mit ihrem Kopfsteinpflaster. An manchen Stellen war es so steil, dass die einzelnen Pflastersteine hochkant aus der Straße herausragten. Für die Pferde, dachte ich. Damit die Hufe der Pferde Halt fanden.

Details fielen mir auf. Eine alte, schmiedeeiserne Lampe, die das Dunkel erhellte, schmucke Namensschilder an den Türen der sorgsam restaurierten Häuser. Ein Juwelier mit einem kleinen Schaufenster. Eine Keramikwerkstatt und ein Tattoostudio. Das alles sah ich, während ich gedankenlos weiterging. Ich kann einfach nicht nachgedacht haben.

Ich war nicht überrascht, als ich mich plötzlich vor Dolfens Imbissbude wiederfand. Drinnen war es dunkel und still. Die Leuchtreklame war erloschen. Ich presste mein Gesicht gegen die Scheibe und sah drinnen kleine rote und grüne Lämpchen blinken. Nach einer Weile erkannte ich, dass es sich um die Kontrolllampen der Küchengeräte handeln musste. Von Kühlschrank, Herd und Gefriertruhe. Nur der kleine Rest des gelben Absperrbands, der an der Tür hing, erinnerte daran, dass an diesem Ort ein Verbrechen geschehen war. Ich drückte die Klinke herunter, und zu meiner Überraschung ging die Tür auf. Jemand hatte vergessen abzuschließen. Ich trat ein und schloss die Tür hinter mir. Saß im Dunkel auf einem Barhocker am Tresen und dachte an meine letzte Begegnung mit Doffen. Damals war mir die Idee gekommen, die alles verändert hatte. Jetzt kam mir keine.

Es war friedlich in dem kleinen Raum. Die Stille wurde nur von dem leisen Brummen der Küchengeräte und dem leichten Rumpeln der Kühlaggregate gestört, wenn diese sich ein- oder ausschalteten.

Ich hörte mich selbst reden. »Das ist wirklich Scheiße gelaufen, Doffen«, sagte ich. »So war das nicht geplant. Damals hielt ich das wirklich für eine gute Idee. Nicht im Traum wäre ich darauf gekommen, dass … so viel Bosheit … das hätte ich nicht für möglich gehalten, Doffen. Aber ich werde das regeln. Ich krieg das hin, dir zuliebe. Ich verspreche es.«

Es klang so dumm, dumm und pathetisch, sogar in meinen Ohren. Wie sollte ich das wieder hinkriegen, das war doch unmöglich, ich wusste ja nicht einmal, wohin ich mit mir selbst sollte. Ich ging wieder nach draußen und schloss die Tür hinter mir. Es regnete noch immer, wenn auch nicht mehr so stark.

Ich stand im Schutz einer alten Eiche und starrte zu dem Haus auf der anderen Straßenseite hinüber. An diesem Ort war ich noch nie gewesen, nur die Adresse war mir bekannt. Es war ein großes, weißes Holzhaus mit flacher, charakterloser Fassade. Die ursprünglichen Fenster schienen irgendwann in den fünfziger oder sechziger Jahren gegen einteilige, große, sprossenlose Fenster ausgetauscht worden zu sein. Im Erdgeschoss war alles dunkel, doch in der ersten Etage waren zwei Fenster erleuchtet. Die Vorhänge waren zugezogen, ich war mir aber trotzdem sicher, dass sie wach war.

Sie soll es wissen, dachte ich. Sie soll wissen, welchen Preis ihre Freiheit hatte. Dass sie nicht umsonst war. Wie schön das klang. Schön und vollkommen sinnlos.

Ich war durchnässt. Auch aus den Zweigen über mir tropfte das Wasser. Trotzdem war mir warm, innerlich spürte ich noch immer diese fiebrige Hitze. Ich zitterte. Jetzt, da ich ihr plötzlich so nah war, sah ich sie wieder in Fleisch und Blut vor mir, roch sie, spürte ihre Haut unter meinen Händen und nahm ihre Farben wahr: das Schwarz ihrer Haare und Augen, die weiße Haut und den roten Mund. Den roten Mund, die roten Nägel, ihre rote Scheide.

Ich ging rasch über die Straße, drückte den obersten Klingelknopf und zuckte zusammen, als ein Türöffner summte. So etwas hatte ich bei diesem Haus nicht erwartet. Das Treppenhaus war dunkel, aber oben vor der Wohnungstür brannte Licht. Leise ging ich hinauf. Die kleinen Glasscheiben in ihrer Tür vibrierten, als ich anklopfte.

Sie öffnete sofort und stand in einem weißen Morgenmantel vor mir. Barfuß. Sie sagte kein Wort, und ich war aufs Neue überrascht, wie schwer es war, ihre Augen zu lesen.

»Darf ich reinkommen?«, fragte ich. Sie wich schweigend zurück.

Es war unglaublich warm in der Wohnung. Ich spürte, dass ich zu schwitzen begann, kaum dass ich eingetreten war. Der tiefrot gestrichene Flur war vollkommen leer, sah man einmal von einer kleinen Kommode und einem Spiegel an der gegenüberliegenden Wand ab. Es gab keine Fenster, nur eine Tür an jeder Wand, so dass der Flur trotz seiner Größe beinahe klaustrophobisch auf mich wirkte.

Sie war kräftig geschminkt, aber die Schminke war verwischt. Das Rot ihres Mundes war etwas verschmiert, und die schwarze Wimperntusche klebte unter ihren Augen. Ich dachte, dass sie müde aussah, und sagte ihr das. Sie antwortete nicht. Dann öffnete sich die Tür hinter ihr, und Mike kam auf den Flur.

Ich hatte das nicht erwartet, und ich glaube, er sah es mir an. Mike lächelte, aber in seinen Augen war keine Freundlichkeit.

»Der Anwalt«, sagte er. »Mikael Brenne. Verdammt, was willst du hier?«

Ich antwortete nicht. Stand einfach da, während das Regenwasser von meinem Mantel tropfte und um meine Füße herum eine kleine Pfütze bildete.

Dann lächelte er plötzlich wieder, als könne er diesen Gesichtsausdruck wie eine Leuchtreklame an- und ausschalten. Seine Augen waren schwarz, die Pupillen klein. Seine Bewegungen waren kurz und abrupt. In einer Hand hielt er eine brennende Zigarette. Wenn er einen Zug nahm, sah es so aus, als schlüge er sich mit der Hand vors Gesicht. Ich fragte mich, ob er unter Drogen stand.

»Nun«, sagte er, »du willst mir nicht antworten? Auch egal.«

Er trug lediglich eine dünne Baumwollhose, die an der

Hüfte gebunden war. Abgesehen von Händen und Gesicht, war seine Haut, unter der sich seine kräftigen Muskeln abzeichneten, blass.

Mike war unruhig, und es sah fast so aus, als bewegten sich die Muskeln unter seiner Haut von allein. Dann trat er näher und stellte sich neben Eva. Sie sah ihn nicht an.

»Du hast sie wohl im Gefängnis gefickt, Brenne, nicht wahr?« Er lachte. »Du brauchst gar nicht zu antworten, das tun alle. Oder Eva treibt es mit allen, je nachdem, wie man das sieht. Das ist ihr Job. Sie hat das schon immer gemacht. Als ich sie getroffen habe, hat sie es mit den Soldaten in Serbien getrieben. Kompanie für Kompanie, und hatte auch noch Spaß dabei, nicht wahr, meine Süße?«

Sie antwortete nicht.

»Zieh deinen Morgenrock aus.« Seine Stimme klang scharf, erregt.

Eva öffnete den Gürtel und ließ ihn zu Boden fallen.

»Tu es nicht«, sagte ich. »Du musst nicht …«

»Muss sie nicht? Sie muss, weil ich es gesagt habe. Sie gehört mir, und ich kann mit ihr tun, was ich will, verstanden? Was ich will. Ich kann sie verschenken, sie verkaufen, sie … in kleine Stücke zerschneiden, wenn ich will, verstanden? Und das alles geht dich nichts an! Denn sie gehört mir.«

In seiner Stimme schwang jetzt deutliche Hysterie mit. Er legte seine Hand um eine ihrer Brüste und knetete sie hart. »Sieh sie dir an. Das gefällt dir doch, oder? Dafür bist du doch gekommen. Ihre Brüste. Sind sie nicht schön?«

Seine Finger waren gnadenlos, doch ich konnte meinen Blick nicht abwenden.

»Oder gefällt dir das hier besser? Willst du das?«

Seine Hand ließ ihre Brust los, glitt über ihren Bauch und packte ihren Schritt, wo sich seine Finger hart und unpersönlich in sie hineinbohrten wie in eine Puppe. Sie stellte sich auf die Zehenspitzen, und ihr Gesicht wurde blass. Ein leises Jammern kam über ihre Lippen. Mit einem Anflug von Übelkeit erkannte ich dieses Geräusch. Auch ich hatte sie dazu gebracht, solche Töne von sich zu geben. Ich war wie gelähmt, meine Muskeln schienen mir den Dienst versagen zu wollen.

»Willst du sie haben, Brenne? Vielleicht willst du sie ja mit mir teilen. Du kannst sie ficken, während sie mir einen bläst. Auch das wäre nichts Neues für sie.«

Sein Lächeln war jetzt nur noch eine Grimasse. »Aber dafür bist du wohl nicht Manns genug. Du bist ja nur ein Anwalt, ein feiger kleiner Bürohengst. Ein nützlicher Idiot. Eva hat es gern ein bisschen härter, weißt du. Sie braucht einen richtigen Mann.«

Er packte sie an den Schultern und drehte sie herum. Ihre Pobacken und der unter Teil ihres Rückens zeigten ein dichtes Muster leuchtend roter Streifen.

Ich fand meine Stimme wieder. »Du hast Doffen getötet«, sagte ich. »Du bist doch verrückt! Jemand muss dich stoppen!«

Er ließ Eva los und wurde mit einem Mal ganz still. Dann kam er auf mich zu und baute sich dicht vor mir auf. Sein Gesicht sah jetzt wie eine ausdruckslose Maske aus. Nur seine Augen blitzten. Für einen kurzen Moment glaubte ich, ihn zu riechen, die Bosheit, das Verkommene, den Tod. Dabei wusste ich, dass das unmöglich war.

Seine Stimme klang jetzt ganz ruhig. »Und wenn schon, warum hätte ich diesen alten Junkie nicht töten sollen? Ich kann Hunderte davon erledigen, ohne dass jemand sie vermisst. Du hättest seine Augen sehen sollen, als ich ihm die Spritze aufgezogen habe. Angst, aber auch blanke Begierde, dabei wusste er ganz genau, dass er draufgeht. Wie du Eva ansiehst, das erinnert mich an ihn.« Sein Lachen war leise und monoton.

Ich konnte seinen Blick nicht erwidern.

»Ich mag dich nicht«, sagte er. »Und ich vertraue dir nicht. Slavo schützt dich, weil er dich braucht. Aber es gefällt mir ganz und gar nicht, bedroht zu werden. Und Slavo auch nicht. Ich glaube, du hast gestern nichts gelernt, was?«

Ich hatte die Bewegung nicht bemerkt, hörte mit dem rechten Ohr aber das Klicken. Dann spürte ich einen scharfen Schmerz direkt unter meinem Auge. Ich wagte es nicht, mich zu bewegen. Am Rand meines Blickfeldes sah ich eine Messerklinge glänzen. Mike kam noch dichter auf mich zu, so dass ich jetzt seinen Körper an dem meinen spürte.

Er lehnte sich gegen mich und flüsterte mir ins Ohr. »Ich hätte Lust, dir das Auge auszustechen. Soll ich das tun, Anwalt? Ja? Soll ich das jetzt tun?«

Ich wagte nicht, den Kopf zu bewegen, versuchte Nein zu flüstern, brachte aber keinen Laut über die Lippen. Ich rang nach Luft.

Eva sagte etwas. Ich weiß nicht was, es war Serbisch. Dann wiederholte sie es noch einmal mit Nachdruck. Ihre Stimme klang scharf. Mike trat einen Schritt zurück und ließ das Messer sinken. Ich sah Evas Gesicht über seiner Schulter. Ich konnte ihren Gesichtsausdruck nicht deuten, sah aber, dass sie die Lippen bewegte und mit großen, deutlichen Bewegungen lautlos das Wort »geh« formte. Dann sagte sie wieder etwas zu Mike, und als der sich zu ihr umdrehte, rannte ich.

Ich stürzte die Treppe hinunter und wäre draußen auf der Straße beinahe ausgerutscht. Dann stürmte ich die Straße entlang, rannte so schnell wie ich konnte, bis ich irgendwann anhalten musste. Völlig außer Atem lehnte ich mich an eine Hauswand. Dann kam die Übelkeit, und ich kotzte mich so heftig aus, dass mir schwarz vor Augen wurde.

Kapitel 23

Ich weiß nicht, wie lange ich durch die Stadt geirrt bin. Es regnete nicht mehr, aber ich war durchnässt und fror. Bilder von Mike rasten durch meinen Kopf, aber ich versuchte, sie zu verdrängen.

Ein bisschen dachte ich auch an Peters Hütte, daran, was ich einpacken musste und was dort vor Ort war. Ich machte mir im Kopf eine Liste – lange Unterwäsche, Wollsocken, Handschuhe –, solche Sachen. Es dauerte lange, meine Gedanken schienen irgendwie nur in Zeitlupe zu funktionieren.

Anschließend dachte ich an Weihnachtsgeschenke. Für wen musste ich etwas besorgen? Wer sollte was bekommen? Diese Liste war kürzer, trotzdem brauchte ich Zeit. Ich fragte mich, ob ich Kari ein schöneres Geschenk machen sollte als sonst oder ob das falsch wäre.

Bei all diesen Gedanken registrierte ich nicht, wohin ich ging, bis ich mit einem Mal an der Spitze eines Anlegers stand. Ich blieb dort eine Weile stehen und starrte auf das Wasser. Es war immer noch Flut. Rauhe, kleine Wellen klatschten in rascher Folge an die Kaimauer. Der starke Wind jagte manchmal sogar die Gischt über die Mauer, so dass meine Hose wieder nass wurde, aber ich kümmerte mich nicht darum. Ich spürte salzige Tropfen auf dem Gesicht, wenn ich die Zunge herausstreckte. Ich redete mir ein, das sei das Meerwasser, musste aber selbst darüber lächeln, dass ich mir nicht eingestehen wollte, dass ich weinte. Die Wunde unter meinem Auge brannte.

Ich hatte gedacht, es sei viel später und alles längst geschlossen, als ich vier festlich gekleidete Menschen zwischen zwei Häusern verschwinden sah. Ich folgte ihnen, hörte das fröhliche, sorglose Lachen der Frauen und sah sie durch eine grüne Tür gehen, auf der »Bar« stand. Ich schob die Tür auf und trat ein.

Die Beleuchtung des niedrigen Raums war so gedämpft, dass ich nicht bis ans andere Ende des Lokals blicken konnte. Ich suchte mir einen freien Barhocker am Tresen und bestellte einen Whiskey. Ich trinke sonst nie Whiskey.

Der Barkeeper musterte mich für einen Augenblick, nickte dann und schob mir das Glas herüber. Ich nahm es und trank einen Schluck. Zu meiner Überraschung hatte es nicht den für Whiskey typischen Rauchgeschmack, den ich im Grunde nicht mochte, sondern schmeckte bloß nach Wasser.

Ich leerte das Glas und bestellte noch eins. Nur das Gefühl beim Schlucken verriet, dass Alkohol und nicht Wasser im Glas war. Ich spürte jeden Tropfen wie einen kleinen, warmen Wurm durch meine Kehle in meinen Magen gleiten.

Ich fühlte mich vollkommen nüchtern. Meine Gedanken waren kristallklar, und als ich auf die Toilette ging, waren meine Schritte sicher und fest. Im Spiegel begegnete mir mein normales Gesicht, wenn man davon absah, dass meine Augen aus irgendeinem Grund seltsam groß wirkten. Unter dem einen Auge war ein kleiner Schnitt. Er blutete nicht, brannte aber, wenn ich die Fingerkuppe darauf legte.

Ich trank noch einen Whiskey. Und noch einen. Doch nichts geschah. Nur die Zeit schien noch langsamer zu vergehen. Alle bewegten sich ruhig und bedächtig, wie unter Wasser. Und das gefiel mir.

Nach einer Weile kam es mir auch so vor, als vergrößerten sich die Abstände zwischen den Wänden. Der Raum sah mit einem Mal länger aus als zuvor. Ich konnte das hintere Ende noch immer nicht klar erkennen, so dass ich plötzlich den Eindruck gewann, der Raum habe dort hinten gar keine Wand und ginge immer weiter, bis er sich zwischen den Schatten verlöre. Ich sagte das auch dem Barkeeper, als ich den nächsten Drink bestellte. Er antwortete nicht darauf, sagte nur: »Das ist jetzt aber der letzte, den Sie hier kriegen.«

Schließlich musste ich wieder an Mike denken. Ich rief mir noch einmal unsere Begegnung in Erinnerung. Sein Lachen, die zuckenden Muskeln unter der blassen Haut. Und seinen Geruch. Die Erinnerung daran war tatsächlich die klarste. Dieser faulige, verkommene Geruch der Bosheit. Ich hatte diesen Gedanken bis jetzt immer von mir gewiesen, fand es nun aber ganz normal, dass er so roch. Warum sollte er nicht nach Bosheit riechen? Er war böse. Warum sollte Bosheit nicht ihren ganz eigenen Geruch haben? Am liebsten hätte ich das mit dem Barkeeper diskutiert, ich ließ es aber bleiben.

Stattdessen begann der andere Mann, der am Tresen stand, mit mir zu reden. Ich hörte nicht, was er sagte, aber als er mich genauer ansah, hielt er plötzlich inne und wandte sich rasch ab.

An einem Ecktisch des Lokals saßen drei Frauen. Sie lachten unaufhörlich. Ihre heiseren Stimmen schrillten durch die Bar. Ich spürte, dass ich langsam wütend wurde.

In meiner Erinnerung war die Furcht vollkommen ausgelöscht, was ich sehr seltsam fand. Ich hatte noch das Klicken des aufspringenden Messers im Ohr, erinnerte mich gut an den plötzlichen Schmerz unter meinem Auge und sah das Blitzen der Klinge vor mir, spürte aber keine Angst mehr. Dabei wusste ich, wie sehr ich mich gefürchtet hatte, so sehr, dass es mir die Sprache und den Atem verschlagen hatte.

Die Frauen in der Ecke begannen erneut zu lachen. Ich dachte an Eva, an den Blick, den sie mir über Mikes Schulter hinweg zugeworfen hatte. Hatte auch sie Angst gehabt, oder war sie wütend gewesen? Hatte sie sich über meine Angst amüsiert? Vielleicht war es aber auch Verachtung gewesen, was ich in ihren dunklen, unergründlichen Augen ausgemacht hatte. Je länger ich darüber nachdachte, desto mehr glaubte ich an diese letzte Möglichkeit. Vielleicht hatte sie mich stets mit einem Anflug von Verachtung betrachtet, weil ich mich derart benutzen, manipulieren, verführen und verängstigen ließ. Dieser Gedanke quälte mich. Ich bezahlte und ging.

Draußen war es kälter geworden. Die Wolkendecke hatte Risse bekommen. Ich steckte die Hände in die Jackentasche, stieß auf ein Paar Handschuhe und zog sie an. Es waren dünne, schwarze Lederhandschuhe, und es gefiel mir, sie an den Händen zu spüren.

Ich fragte mich, ob ich direkt nach Hause gehen und packen sollte, hatte aber keine Lust und lief einfach weiter durch die Stadt. Ich war nicht müde und hatte noch viel Zeit bis zur Abfahrt des Zuges. Die Minuten schienen sehr langsam zu vergehen. Das Gehen tat mir gut. Ich lief quer durch das Zentrum der Stadt. Außer ein paar angetrunkenen Jugendlichen war beinahe niemand mehr unterwegs. Nur am Taxistand warteten ein paar Leute. Ich wollte mich nicht anstellen und spazierte weiter über die sanft ansteigende Straße, bis ich die Anhöhe im Westen des Zentrums erreichte. Ich stieg die Treppen hinauf, die mir endlos vorkamen, wurde aber trotzdem nicht müde. Über mir lag die Kirche. Hinter ihrem Turm lugte der Mond hervor. Es war ein schöner Anblick.

Ich ging auf der dem Zentrum abgewandten Seite wieder nach unten und war jetzt vollkommen allein. Weit entfernt hörte ich ein paar Jugendliche rufen, sah aber niemanden. Studenten, dachte ich. Hier wohnen viele Studenten.

In diesem Viertel sieht die Stadt anders aus. Steinerne Mietshäuser aus dem 19. Jahrhundert überragen die dunklen Straßen, die zwischen ihnen hindurchführen. Ich war mir nicht bewusst, dass ich auf Straßennamen und Hausnummern achtete, musste das aber getan haben, dann als ich auf einmal vor einem Haus Halt machte, wusste ich nur zu gut, wer dort im zweiten Stock seine Wohnung hatte. Mike. Ich blieb eine Weile stehen und fragte mich, warum ich mich an seine Adresse erinnerte, bis ich darauf kam, dass ich sie in meinem Mandantenverzeichnis notiert hatte.

Ich blickte zu seinen Fenstern empor. Sie waren hell erleuchtet, und nach einer Weile, einer Minute oder einer halben Stunde sah ich auch einen Schatten an einem der Fenster vorbeihuschen. Er kam von links und ging nach rechts. Die Bewegung war unglaublich langsam, als hätte sich der Mensch, der den Schatten warf, kaum bewegt. Es musste Mike sein, und es überraschte mich nicht im Mindesten, dass er zu Hause war.

Der Mond verschwand hinter einer Wolke. Die Haustür knarrte, als ich sie öffnete. Unter der Treppe stand ein Damenfahrrad. Wieder musste ich an Kari denken und an das Weihnachtsgeschenk, das ich für sie besorgen musste, bis ich plötzlich den Einfall hatte, ihr eine Tasche zu schenken. Eine schöne Tasche mit Schulterriemen. Schließlich konnte ich mich nicht daran erinnern, sie jemals mit einer anständigen Tasche gesehen zu haben. Sie hatte immer nur diesen unförmigen, bunten Sack an einem Riemen über der Schulter hängen. Oder Plastiktüten. Sie lief wirklich oft mit Plastiktüten herum, in denen sie ihre Sachen verstaute.

Dann dachte ich an die Striemen und Schwellungen auf Evas Po und Rücken. Er musste sie hart geschlagen haben. Vielleicht mit einer Peitsche. Sicher nicht mit einem Gürtel, sonst hätten die Wunden anders ausgesehen. Ich fragte mich, ob ihr das wirklich gefallen hatte.

Der Treppenabsatz im zweiten Stock war vollkommen leer. Dort standen keine Blumen, und es hing auch kein Bild an der Wand. Die Tür war ohne Namensschild. Es war ein weiter Weg bis dort hinauf, und ich hatte den Eindruck, als käme ich überhaupt nicht vorwärts.

Meine Hand hob sich vor meine Augen, eine schwarze Hand, umgeben von weichem Leder. Ich sah, wie sich mein Zeigefinger ausstreckte und auf den Klingelknopf drückte. Nach einer nicht enden wollenden Sekunde hörte ich es drinnen in der Wohnung klingeln. Es klang wie entferntes Glockenläuten.

Nichts geschah. Ich fragte mich, ob die Zeit jetzt vollends ins Stocken geraten war und ich für immer vor dieser Tür stehenbleiben würde, erstarrt zwischen Vergangenheit und Zukunft. Vor mir eine Unzahl möglicher Wege, möglicher Aussichten, ohne jemals zu erfahren, wohin all diese Wege führten und wie es mit mir weitergehen würde.

Dann begann die Zeit wieder zu ticken.

Zuerst war auf Mikes Gesicht nur Verblüffung zu lesen, dann Wut.

»Du schon wieder«, sagte er. »Was zum …?« Er trug eine zerschlissene Jeans und ein grünes Muskelshirt, das, wie ich fand, irgendwie nicht zu seiner weißen Haut passte.

» … mit dir reden«, hörte ich eine Stimme sagen. Es musste meine Stimme gewesen sein.

Er sah mich kurz an, dann nickte er, drehte sich um und ging in seine Wohnung.

Ich war direkt hinter ihm und hatte Zeit, mich umzusehen. Er war dabei, den Flur zu renovieren. Die Tapete hing in Fetzen von der Wand, und in einer Ecke lag neben einem Eimer Farbe ein Spachtel. Auf dem Fußboden lag Werkzeug. Ich fokussierte seinen Hinterkopf – die dichten, dunklen Locken, die Vertiefung im Nacken, direkt unter dem Haaransatz –, ehe ich die Hand über den Kopf hob, die Faust ballte und so fest ich nur konnte auf seinen Nacken einschlug.

Er sackte ohne einen Laut in die Knie, blieb aber nicht dort. Ich hatte meinen Arm bereits für einen weiteren Schlag zurückgezogen und wollte ihn noch einmal an der gleichen Stelle treffen, bis er am Boden lag, verfehlte ihn aber. Er war nicht mehr da. Fast hatte ich den Eindruck, als hätte ich ihn mit meinem Schlag elektrisiert, ihm pure

Energie verabreicht, denn er war wie ein Gummiball aufgesprungen und hatte sich blitzschnell umgedreht. Ich konnte seinen Bewegungen mit meinen Augen nicht mehr folgen. Alles flimmerte und wurde unscharf. Ich konnte nicht glauben, was da geschah.

Jetzt stand er wieder vor mir. Sein Lächeln kam und ging, kam und ging, wie eine defekte Neonröhre. Seine Muskeln schienen wieder ihr Eigenleben zu entwickeln, sie zuckten und wanden sich unter seiner Haut. Die Zeit raste mit einem Mal. Immer schneller. Er täuschte einen Schlag an, und ich versuchte, mich zu ducken, doch dann traf mich etwas hart an der Brust. Ich weiß nicht, ob es ein Fuß oder eine Hand war, die mir den Atem raubte. Mein Kopf schlug gegen die Wand oder den Boden. Ich sah Sterne, kniete auf allen vieren und ließ den Kopf hängen. Ich wusste nicht, ob er vor oder hinter mir war.

Das Nächste, was mich traf, war seine Stimme. Sie tropfte mir wie warmes Öl ins Ohr. Er musste unmittelbar hinter mir stehen und sich über mich beugen. Die obszöne Intimität, die in seiner Stimme mitschwang, passte zu der Stellung, in der wir uns befanden.

»Ich werde dich bestrafen«, sagte er. »Dafür wirst du deine Strafe kriegen. So lange und so hart, dass du nicht mehr daran glauben wirst, dass es jemals endet. So lange, dass all deine Erinnerungen ausgelöscht sind und du nur noch an den Schmerz denkst. So lange, dass du mich anflehen wirst aufzuhören, und bereit bist, alles nur Erdenkliche zu tun, damit ich aufhöre. Vielleicht darfst du mir dann einen blasen. Doch auch dafür wirst du mir dankbar sein. Und danach, falls ich dich am Leben lasse, wirst du mein Freund sein.«

Mir war übel. Seine Stimme klebte wie zäher Schleim in meinen Ohren.

Sein Fuß traf mich mit voller Wucht im Bauch. Er musste einen Schritt zurückgewichen sein und mich so getreten haben, wie man gegen einen Fußball tritt. Ich rang nach Luft und versuchte zu erkennen, was er als Nächstes vorhatte, doch meine Augen waren voller Tränen. Ich lag auf einem Arm, ich musste ihn beim Fallen nach hinten gebeugt haben. Er bewegte sich, ich sah seine Beine rasch auf mich zukommen, leicht und ausbalanciert wie bei einem Tänzer.

Meine Finger fanden etwas Kaltes, Hartes. Stahl. Ich legte meine Finger darum. Es fühlte sich wie eine Stange an. Ich rollte mich herum und kniete mich hin. Er kam rasch auf mich zu. Ich schwang mit voller Kraft meine Hand herum, die Hand mit der Stange, als hätte ich nur diesen einen Schlag, diese eine Möglichkeit. Er sah sie kommen und versuchte nach hinten auszuweichen, aber ich hatte meinen Arm voll ausgestreckt, so dass es ihm nicht ganz gelang.

Ich traf ihn seitlich am linken Knie. Ein dumpfes, ekelerregendes Geräusch war zu hören, dann ging er zu Boden. Er gab keinen Laut von sich, aber ich sah seine weit aufgerissenen, schockierten Augen. Langsam stand ich auf, die Stange in der Hand. Es war eine Brechstange, deren spitzes Ende ich umfasste.

Als ich wieder nach vorn blickte, versuchte er sich hastig aufzurappeln und sich mit den Händen an einer Kommode hochzuziehen. Er kam auf die Beine und blieb zitternd und auf wackeligen Beinen stehen. Er lächelte mich an. Seine Augen sahen wie schwarze Löcher aus.

»Du besiegst mich nicht«, sagte er. »Du nicht. Ich habe so viele getötet, und ich werde auch dich töten, ich werde …«

Es rauschte so laut in meinen Ohren, dass ich seine Stimme nicht mehr hörte. Ich sah nur den irren Blick und das manische Grinsen. Mit einem Mal glaubte ich wieder, seinen Geruch wahrzunehmen. Diesen verdorbenen, süßlich kranken Gestank. Ich trat einen Schritt vor und schwang die Brechstange. Es gelang ihm mit seinem verletzten Knie nicht, mir auszuweichen. Er hob bloß schützend seinen Arm, den ich am Handgelenk traf, worauf seine Hand in einem seltsamen Winkel herabhing. Ich weiß nicht, ob er geschrien hat. Auf jeden Fall öffnete er den Mund. Ich schlug erneut zu und zertrümmerte sein Schlüsselbein.

Dann ist es irgendwie über mich gekommen. Ich hörte nichts mehr. Sah nichts mehr. In der Luft war überall nur Blut, wie eine rote Dusche. An der Wand ein leuchtend roter Fleck, doch das war alles, was ich sah. Ich spürte meinen Arm, der sich hob, um wieder und wieder nach unten zu schnellen. Sah die Brechstange in meiner Hand, den Stahl, auf dem die blaue Farbe abblätterte. Das Ende des Eisens war feucht und rot. An seiner Spitze hing irgendein glänzender, ekliger Fetzen. Sonst sah ich nichts.

Als es vorbei war und ich wieder sehen konnte, war von seinem Gesicht beinahe nichts mehr übrig. Eine Blutlache breitete sich langsam unter seinem Kopf aus und begann auf meine Schuhe zuzufließen. Ich wich ein paar Schritte zurück und ließ die Brechstange zu Boden fallen. Ich wusste, er war tot.

Meine Gedanken schienen ganz normal zu funktionieren. Ich war außer Atem, fühlte mich ansonsten aber wie immer. Dann drehte ich mich um, ging durch die Tür, schloss sie vorsichtig und leise hinter mir und schlich die Treppe nach unten.

Ich brauchte eine halbe Stunde für den Heimweg. Unterwegs begegnete mir niemand.

Kapitel 24

Auf dem Weg ins Gebirge riss die Wolkendecke langsam auf, und nach einem Tunnel glitzerten plötzlich Sonnenstrahlen auf dem Schnee. Das grelle Licht schmerzte fast in meinen Augen. Ich war beinahe allein im Abteil. Obwohl ich in der Nacht nicht geschlafen hatte, war ich nicht müde. Ich legte die Zeitung beiseite und betrachtete die Landschaft. Die Berge leuchteten weiß und majestätisch. Ihre Gipfel wirkten fern und unerreichbar. Ich wünschte mir, jetzt dort oben in der Kälte zu stehen, umgeben von der klaren Luft.

Nicht einen einzigen Augenblick hatte ich an die Geschehnisse der letzten Nacht gedacht. Nicht einmal in dem Moment, als ich die blutigen Kleider und Schuhe auszog, sie in eine Plastiktüte steckte und unten im Rucksack verstaute. Oder als ich unter der Dusche stand, mir die Haare wusch und das blassrosa Wasser in den Abfluss rinnen sah.

An der höchstgelegenen Bahnstation türmten sich glitzernde Schneewehen neben den Gebäuden auf und verwandelten sie in surrealistische Märchenschlösser. Die Menschen auf dem Bahnsteig trugen Handschuhe und hatten sich Mützen und Schals tief in ihre Gesichter gezogen. Es sah kalt aus. Im Hintergrund leuchtete ein Gletscher.

Im Speisewagen kaufte ich eine Tasse Kaffee und nahm sie mit an meinen Platz. Als sich der Zug plötzlich auf die Seite legte, goss ich mir glühend heißen Kaffee über die

Hand. Es tat weh, beruhigte mich aber auch irgendwie, zeigte es doch, dass ich noch immer etwas fühlen konnte. Ansonsten wirkte mein Körper so taub, als hätte ich den Kontakt zu ihm verloren.

Hier oben gab es keine Bäume mehr, nur Schnee, Steine und Eis. Nach einer Stunde ging es langsam wieder bergab. Der Zug fuhr durch ein breites Tal, und als ich die ersten kleinen, verkrüppelten Birken sah, begann ich mich anzuziehen.

Ich schlüpfte in den Winteranorak, setzte eine Mütze auf und zog Handschuhe und eine Überhose an. An den Füßen trug ich Bergschuhe. Trotzdem traf mich die Kälte wie ein Schock, als ich aus dem Zug stieg. Sie brannte in meinen Lungen, und auch meine Nasenlöcher schienen die eisige Luft nicht einatmen zu wollen. Ich war der Einzige, der an diesem Bahnhof ausstieg. Schließlich hatte die Wintersaison noch nicht begonnen.

Es war fast dunkel, als ich die Hütte erreichte. Ich war müde und verschwitzt, dabei hatte ich mich nur wenige hundert Meter von der Straße durch den lockeren Neuschnee kämpfen müssen. Drinnen war es kalt und dunkel. Ich schaltete das Licht ein und drehte die elektrischen Heizkörper voll auf. Draußen zeigte das Thermometer minus zweiundzwanzig Grad, drinnen war es acht Grad plus. Ich begann beinahe unmittelbar zu frieren.

Im Kamin waren Papier und Anfeuerholz. Daneben lagen trockene Scheite bereit, so dass ich ihn einfach anzünden konnte. Im Küchenfußboden war eine Klappe mit einer Leiter, die nach unten in eine Speisekammer führte, in der ich eine Dose Erbsensuppe mit Fleischeinlage und eine Flasche Rotwein fand.

Ich aß in eine Wolldecke gehüllt vor dem Kamin. Danach starrte ich in die Flammen und trank den restlichen Rotwein. Ab und zu legte ich Holz nach. Irgendwann im Laufe des Abends ging ich zum Holzschuppen und holte einen Armvoll Scheite. Draußen war es still und beißend kalt. Die Sterne am Himmel glitzerten in weiter Ferne. In keiner der anderen Hütten brannte Licht, so dass ich das Gefühl bekam, ganz allein auf dieser Welt zu sein. Im Osten zeichnete sich die imposante Silhouette der Berge mächtig und scharf vor dem Himmel ab, während sich im Westen und Süden die Hochebene mit ihren beinahe sanften Hügeln erstreckte. Ich blieb auf der Treppe stehen, bis mich die Kälte in die Hütte zwang.

Erst als ich unter zwei Decken im Bett lag, war mir endlich wieder warm. Ich blieb noch einen Moment wach liegen und starrte ins Dunkel. Die Holzbalken knackten, je mehr die Wärme in sie vordrang, doch ansonsten war es vollkommen still. Dann schlief ich ein.

Ich wachte vor Angst und Wut auf. Ich schrie, während Blut und Gehirnmasse vor meinen Augen aufspritzten. Meine rechte Hand war so fest geballt, dass ich sie nur unter Schmerzen öffnen konnte. Ich wusste, dass sie im Traum eine Eisenstange umklammert hatte, eine Brechstange.

Ich war vollkommen verschwitzt, und die Muskeln an Rücken, Nacken und Oberarmen schmerzten, als hätte ich viele Stunden lang hart gearbeitet. Als ich das Licht einschaltete, sah ich, wie meine Hand zitterte.

Ich stand auf und trocknete mich ab. Es war inzwischen warm in der Hütte. Dann legte ich mich auf die andere Seite des Betts und schlug die trockene Decke über mich. Es war drei Uhr nachts.

Ich musste wieder eingeschlafen sein, denn als ich das nächste Mal aufwachte, war es zehn nach vier. Dieses Mal war ich nicht schreiend aus dem Schlaf geschreckt, war aber wieder total verschwitzt. Ich hatte Bilder im Kopf, die rasch verblichen. Hatten meine Augen diese Bilder tatsächlich gesehen? Sie zeigten die Brechstange, die Mikes Gesicht traf und seine Wangenknochen knackend zerschmetterten. Ich sah das Blut und dann wieder die Brechstange, die noch immer unermüdlich auf sein Gesicht einschlug. Doch ich sah nicht nur diese Bilder, sondern spürte auch das Gefühl in Hand und Arm …

Ich schaffte es gerade noch ins Badezimmer, bevor ich mich übergeben musste.

Anschließend wagte ich nicht mehr, die Augen zu schließen. Im Kamin war noch etwas Glut, ich legte Rinde und ein paar Scheite nach. Im Barschrank fand ich eine Flasche Cognac. Ich schlug eine Decke um mich. Es hatte keinen Sinn, die Gedanken zu verdrängen. Ich hatte Mike getötet und war dann davongelaufen. Die Szene selbst entzog sich noch immer meiner Erinnerung. Ich wusste aber, wie er ausgesehen hatte, nachdem ich mit dem Schlagen aufgehört hatte. Ich sah den zerschmetterten Schädel deutlich vor mir. Das Blut, das an die Wand gespritzt war, und das Ende der Brechstange, an der das Blut und diese andere seltsame Substanz klebte. Das war alles. An mehr erinnerte ich mich nicht. Vergeblich suchte ich in meinem Kopf nach weiteren Bildern, Geräuschen.

Ich fand es seltsam, dass ich mich im Schlaf offensichtlich an mehr erinnerte, und fragte mich für einen Moment, ob das reale Erinnerungen oder bloß Wahnvorstellungen waren. Andererseits hatte ich das Gefühl noch nicht vergessen, das ich beim Aufwachen in meinem Arm und meiner Hand verspürt hatte. Das alles konnten keine grausamen Phantasien sein. Genau so hatte ich ihn getötet.

Ich trank Cognac und starrte in die Flammen, wobei ich versuchte, meine Situation zu überdenken. Es war schwer. Meine Gedanken waren träge, und mein Hirn kreiste unablässig um das gleiche Thema. Ich habe ihn getötet, dachte ich. Ich bin ein Mörder. Und dann sprach ich es laut aus:

»Ich bin ein Mörder.« Es kam wie ein Flüstern durch die Stille.

Ich konnte nicht verstehen, wie es dazu gekommen war. Ich hatte keinerlei Erinnerungen an die Gedanken, die ich auf dem Weg zu Mikes Wohnung gehabt hatte. Ich war mir nicht einmal sicher, ob ich bewusst dorthin gegangen war, hatte aber keine andere Erklärung dafür. Ich konnte mich an keinen Plan erinnern. Deutlich sah ich hingegen, wie ich zu ihm nach oben gegangen war, an seiner Tür geklingelt und ihm in den Nacken geschlagen hatte. Ich erinnerte mich an keine Absicht. Es war einfach geschehen. Natürlich war das eine absurde Behauptung. Jeder Strafverteidiger hätte über eine solche Aussage nur missbilligend die Nase gerümpft – und jeder Richter auch.

Ich erinnerte mich an meine eigene Resignation, wenn mir meine Mandanten in entsprechenden Situationen solche Geschichten auftischten. Dann hatte ich ihnen stets gesagt, dass sie sich schon etwas Besseres einfallen lassen müssten.

Ich trank Cognac und dachte darüber nach, ob ich mich stellen sollte. Ich konnte behaupten, mich nur verteidigt und in Notwehr gehandelt zu haben. Mir wurde bewusst, dass ich tatsächlich dachte, in Notwehr gehandelt zu haben. Vielleicht war das nötig, um mit dieser Tat leben zu können, juristisch würde es aber nicht standhalten. Ich hatte ihn aufgesucht und zuerst zugeschlagen. Und auch wenn ich log, die Details veränderte und vorgab, er hätte mich zu sich bestellt und dann plötzlich auf mich eingeschlagen, reichte das zu meiner Verteidigung nicht aus. Ich wusste nur zu gut, wie er ausgesehen hatte, als ich mit ihm fertig war. Das schloss eine Notwehr nahezu aus.

Nein, ich konnte mich nicht stellen. Man würde mich wegen Mordes verurteilen und mir meine Zulassung wegnehmen. Ich würde für viele Jahre ins Gefängnis wandern und alles verlieren. Und das wollte ich nicht. Nicht für Mike.

Ich versuchte meine Situation sachlich zu durchdenken. Schließlich ging mir auf, dass ich Handschuhe getragen hatte. Ich wusste noch, wie zufrieden ich gewesen war, als ich sie angezogen hatte, und fragte mich, ob auch das bereits ein Teil des Plans gewesen war. Hatte mein Hirn schon zu diesem Zeitpunkt gewusst, was später passieren würde?

Auf dem Weg zu Mike war mir niemand begegnet, und ich konnte mich auch nicht daran erinnern, auf dem Rückweg jemanden gesehen zu haben. Mit etwas Glück hatte mich tatsächlich niemand gesehen. Vielleicht hatte ich bei ihm ein Haar verloren, so dass man ein DNA-Profil erstellen konnte. Aber ich konnte immer noch behaupten, zuvor schon einmal dort gewesen zu sein, schließlich war er mein Mandant. Außerdem braucht ein DNA-Profil einen Verdächtigen, mit dessen DNA es verglichen werden kann. Es gab aber keinen Grund, mich zu verdächtigen. Abgesehen von Eva Kaufmann. Die hatte ich vergessen. Voller Schrecken fragte ich mich, ob meine Gedanken wirklich so klar gewesen waren, wie ich gedacht hatte.

Die Furcht lähmte mich für einen Augenblick und drängte alle vernünftigen Gedanken beiseite. Es war die Furcht, gefasst zu werden, die Furcht vor dem Gefängnis, vor der Strafe. Ich wusste, dass ich es nicht aushalten würde, mehrere Jahre im Gefängnis zu sitzen.

Ich blieb eine Weile vor dem Kamin sitzen. Vielleicht schlief ich ein bisschen, ich weiß es nicht.

Später dachte ich, dass ich nichts daran ändern konnte. Schließlich konnte ich ja nicht zu Eva gehen und sie bitten, nicht zu sagen, dass ich im Laufe des Abends bei ihr gewesen war. Sonst hätte ich ihr gegenüber gleich gestehen können, Mike getötet zu haben. Aber Eva Kaufmann war in den Drogenschmuggel verwickelt und pflegte Umgang mit Gangstern und Mördern. Ich glaubte also nicht, dass sie bei der Polizei überhaupt irgendeine Aussage machte. Sie konnte es aber Slavo erzählen, was für mich vermutlich nicht minder gefährlich war. Ich zweifelte nicht daran, dass Slavo sich rächen würde, wenn er herausfand, wer Mike getötet hatte. Ich erinnerte mich an die Geschichte über seinen Großvater, über den Mann, den er vor den Augen des ganzen Dorfes getötet hatte, über das Blut und den Staub.

Ich trank Cognac, bis ich schließlich im Sessel sitzend in einen unruhigen Schlaf fiel. Nach ein paar Stunden kippte ich noch einmal ein ganzes Glas Cognac und legte mich ins Bett. Die Welt drehte sich vor meinen Augen, aber ich konnte endlich richtig schlafen.

So machte ich auch am nächsten Tag weiter. Ich trank gleichmäßig und ohne Pause. Nur das half. Es war nicht so viel, dass ich sturzbetrunken wurde, aber genug, um den Tag zu überstehen. Schließlich ließ ich aber die harten Sachen stehen und ging zu Rotwein über.

Ich bemerkte, dass ich trinken musste, wenn ich denken wollte, aber das war der reinste Drahtseilakt. Trank ich zu wenig, kam es in meinem Kopf sofort zu Kurzschlüssen. Dann hatte ich wieder die Bilder von Mike vor Augen. Trank ich zu viel, konnte ich nicht mehr zusammenhängend denken, dann brachte ich nur Unsinn zustande und kam gedanklich nicht vom Fleck. Dann drehte sich alles um Eva, die Polizei und Slavo, immer und immer wieder. Wenn ich aber genau die richtige Dosis intus hatte, kam ich gut durch den Tag.

Ich fand aber keine Ruhe. Rannte ohne Sinn und Verstand in der Hütte von Raum zu Raum und ertappte mich selbst dabei, Gegenstände umzustellen, Tischdecken zu falten, Kerzen auszuwechseln und allerlei andere seltsame Dinge zu tun. Draußen war es noch immer unverändert kalt, die Sonne stand wie ein weißer Ball an einem blassen, dunstigen Himmel. Die Sicht war schlecht, die Hügel gingen fast nahtlos ineinander über und verschwanden vor dem diesigen Horizont.

Zwischendurch nickte ich immer wieder ein. Ich schlief unruhig und traumlos, wachte hin und wieder auf und empfand eine beklemmende Angst. Wenn ich ein wenig Rotwein trank, ging das nach einer Weile vorüber.

Die Sonne ging früh unter. Der Sonnenuntergang zeigte sich als blass orangener Streifen am westlichen Horizont. Gleich darauf wurde es stockfinster. Die Sterne waren nicht zu sehen. Die lagen versteckt hinter dem Dunst.

Irgendwann wurde mir bewusst, dass ich den ganzen Tag noch nichts gegessen hatte. Ich holte mir eine Dose Labskaus aus dem Keller und wärmte sie auf. Ich hatte keinen Appetit, zwang mich aber, eine Portion zu essen. Danach schlief ich wieder.

Als ich aufwachte, hatte ich das vage Gefühl, etwas vergessen zu haben. Ich machte erneut Feuer im Kamin und lief ruhelos durch die Hütte, ohne aber dieses Gefühl loswerden zu können. In einer Ecke des Schlafzimmers stand mein Rucksack. Ich warf einen Blick hinein. Er war vollkommen leer. Mit wachsender Verzweiflung begann ich die Schränke zu durchwühlen, bis ich endlich ganz unten hinter Wolldecken und Kissen fand, was ich suchte. Die Tüte mit den Kleidern und Schuhen. Voller Blut. Ich konnte mich nicht im Entferntesten daran erinnern, sie dorthin gelegt zu haben.

Ich nahm die Tüte mit zum Kamin, gönnte mir noch ein Glas Cognac und begann die Kleider zu verbrennen. Ich schnitt sie mit einer Schere in kleine Schnipsel und warf sie ins Feuer. Es dauerte lange. Einige der Sachen waren mit Blut durchtränkt, zäh und hart. Ich ekelte mich davor, sie anzufassen. Außerdem hatten ich den Eindruck, das Blut im Feuer zischen zu hören und einen süßlichen, widerlichen Gestank zu riechen. Einige Stofffetzen ließen das Feuer gewaltig qualmen, und ich fand schließlich heraus, dass ich diese in noch kleinere Stücke zerschneiden musste. Ich trank und machte weiter.

Als mir übel wurde, musste ich erneut auf die Toilette, um mich zu übergeben. Anschließend bemerkte ich das

Blut an meinen Händen. Schwarze Flecken von altem Blut, zäh wie Öl. Ich wusch mir gründlich die Hände. Aus Angst, auch in der Hütte Blutflecken zu hinterlassen, wischte ich alle Klinken und anderen Stellen, die ich angefasst hatte, mit Seifenwasser ab. Zwischendurch legte ich immer wieder Holz nach und verbrannte weiter die Kleiderfetzen. Ich ackerte und schwitzte, geriet ins Taumeln und realisierte erst in diesem Moment, wie betrunken ich war.

Die Nacht ging vorüber, doch meine blutigen Schuhe bereiteten mir ein Problem. Sie wollten nicht brennen. Sie qualmten und stanken nur, und das geschmolzene Gummi der Sohlen legte sich wie eine dicke, stinkende Teerschicht auf die Kaminsteine. Als ich zu lüften versuchte, schlug die Luft aus dem Schornstein zurück in die Hütte, so dass der Raum mit einem Mal voller Qualm war. Meine Unruhe steigerte sich zu maßlosem Stress.

Erst im Laufe des Vormittages wurde ich fertig, wobei ich den Versuch, auch die Schuhe zu verbrennen, aufgegeben hatte. Sie waren schwarz und verkohlt, nicht aber verbrannt. Ich nahm die Kaminzange und trug sie nacheinander nach draußen auf die Treppe. Als ich wieder drinnen war, begann ich allerdings zu fürchten, Füchse oder andere Tiere könnten sie verschleppen, also ging ich noch einmal nach draußen und trug sie in den Holzschuppen. Auf dem Rückweg stürzte ich in den Schnee. Die Kälte ließ mich ein wenig zu mir kommen. Ich begriff, dass ich so nicht weitermachen konnte, und entschloss mich, am nächsten Tag eine Skitour zu unternehmen. Ich ging ins Bett und war so erschöpft, dass ich sofort einschlief.

Als ich aufwachte, fielen die Sonnenstrahlen bereits wie Speere ins Schlafzimmer, und das kleine Viereck Himmel, das ich vom Bett aus erkennen konnte, war tiefblau. Draußen glitzerten die Schneekristalle im Sonnenlicht. Die Temperatur vor dem Fenster betrug minus zwanzig Grad.

Ich fühlte mich schlecht, war aber trotzdem ruhiger. Meine Gedanken schwirrten nicht mehr unkontrolliert umher, dennoch fühlte ich mich so, als wäre eine Saite in mir zu sehr gespannt worden. Ich legte mich aber nicht wieder hin, sondern duschte, putzte die Zähne und zwang mich, ein anständiges Frühstück zu mir zu nehmen. Nach dem Kaffee machte ich den Kamin sauber und tat die Asche in eine Plastiktüte. Im Skiraum fand ich ein altes Fahrtenmesser voller Skiwachs, mit dem ich den Rest der geschmolzenen Gummisohlen von den Kaminsteinen kratzte und sie in den Mülleimer warf. Jetzt zeugten nur noch ein paar kleine schwarze Flecken von meinem Verbrennungsversuch, aber die waren auf der rußigen Oberfläche kaum auszumachen.

Ich suchte mir passende Ski aus, zog mich entsprechend an, packte eine Ersatzüberhose und Überhandschuhe in den Rucksack, nahm eine Packung alte Kekse mit und goss Saft in eine leere Mineralwasserflasche. Zu guter Letzt holte ich die verkohlten Reste meiner Schuhe aus dem Holzschuppen, legte sie zu der Asche in die Plastiktüte und machte mich auf den Weg.

Es war ein schöner Tag. Die Berge zeichneten sich messerscharf vor dem Horizont ab, der Himmel im Osten war fast unnatürlich blau. Ich stieg ziemlich schnell die Hügel zwischen den kleinen, windschiefen Kiefern empor. Es war nicht eine einzige Skispur zu sehen. An zwei Stellen kreuzte ich Hasenfährten. Trotz meiner Geschwindigkeit achtete ich darauf, nicht so schnell zu gehen, dass ich ins Schwitzen kam. Die Kälte war beißend, und wenn ich zu tief einatmen musste, brannte es wie Feuer in meiner Brust. Ich hatte mir das Gesicht als Schutz vor der Kälte mit einer fetten Sonnencreme eingeschmiert, musste aber trotzdem schon bald die Sturmhaube nach unten ziehen.

Normalerweise hätte ich die Einsamkeit und die Natur genossen. Zwischendurch hatte ich tatsächlich einmal das Gefühl, auf einer ganz normalen Skitour zu sein, und konzentrierte mich nur auf den Weg, den Himmel, die Berge und meine Skispitzen, die durch den lockeren Pulverschnee glitten. Doch immer wieder meldete sich die Angst. Dann vergaß ich, wo ich war, und spürte nur diese allzu straff gespannte Saite in meinem Inneren. An einer Stelle geriet ich versehentlich in ein kleines Tal, kam nicht weiter und musste umkehren.

Der letzte Anstieg war sehr steil, doch dann befand ich mich plötzlich über der Baumgrenze. Vor mir lag ein sanfter Höhenzug mit reinem, unberührtem Schnee. Ich stützte mich auf die Skistöcke und kam wieder zu Atem. Mein Blick folgte dem Bergrücken vor mir bis zu einer schwarzen, etwa 200 Meter hohen Felswand. Am Gipfel glitzerten Schneewechten. Es musste windig sein dort oben, denn eine feine Wolke aus Schnee stand waagerecht am Himmel. Hier unten war es vollkommen windstill. Ich nahm den Rucksack ab und holte die Plastiktüte mit der Asche heraus. Die Schuhe stellte ich zur Seite. Dann streute ich die Asche auf dem weißen Schnee aus. Es entstand ein ungleichmäßiges, grauschwarzes Muster um mich herum. Es war nicht schön, aber ich wusste, dass bald neuer Schnee kommen und die Spuren verbergen würde.

Ich ging weiter. Das Gelände war jetzt nicht mehr so steil, und ich konnte lange Schritte machen, ohne nach hinten zu rutschen. Mein Atem gefror in der Sturmhaube. Jedes Mal, wenn ich ein paar Minuten stehenblieb, spürte ich, wie die Kälte in mich hineinkroch. Ich kämpfte mich weiter bergauf und kam der Felswand immer näher. Die letzte Steigung war wieder so steil, dass ich heftig keuchte.

Dann war ich da, direkt unterhalb der nackten Felswand. Hoch über mir ragten die Wechten über die Kante. Der Himmel dahinter sah einfach unendlich aus. In Anbetracht dieser Weite wurde mir mit einem Mal schwindelig. Ich ging am Rand der Felswand entlang, bis ich zu einer kleinen Steinhalde kam. Dort blieb ich stehen und schnallte die Skier ab. Ich holte die Tüte mit den verkohlten Schuhen aus dem Rucksack und kletterte vorsichtig über die Felsen. Sie waren so vereist, dass ich kaum die Balance halten konnte.

Nach ein paar Metern fand ich einen Spalt zwischen zwei Steinen, der groß genug war. Ich schob die Tüte mit den Schuhen hinein. Weiter unten war viel Platz zwischen den Felsbrocken, so dass die Tüte, als ich sie losließ, nach unten rutschte. Ich kletterte vorsichtig zurück und hatte einige Schwierigkeiten, mir die Skier in dem lockeren Schnee wieder anzuschnallen. Dann setzte ich den Rucksack auf den Rücken und fuhr schräg über den Hang nach unten, bis das Gelände wieder flacher wurde. Dort hielt ich an, nahm Ski und Rucksack ab, setzte mich auf meine Bretter und aß Kekse und trank den Saft, der bereits zu gefrieren begann.

Vor mir lag die Hochebene. Ich hatte das Gefühl, bis ans Ende der Welt blicken zu können. In der Ferne glänzte die Bergkette mit ihren hoch aufragenden Gipfeln in der Sonne. Trotz der Weite der gewaltigen gefrorenen Landschaft deutete hier nichts auf die Existenz des Menschen hin, sah man einmal von meinen eigenen Skispuren ab, die in großen Schwüngen hinter mir den Hang hinaufführten. Für einen Moment war ich von Frieden und Harmonie erfüllt, von der Erkenntnis, dass meine eigenen Sorgen klein und bedeutungslos waren und im Laufe der Zeit keine Spuren hinterlassen würden. Ein gutes Gefühl.

Kapitel 25

Ich erwachte frierend und zog die Decke bis zum Kinn. So blieb ich eine Weile liegen und lauschte dem Wind, der noch immer an der Hütte zerrte. Bei den heftigen Böen zitterte manchmal das ganze Gebäude. Ich dachte, dass meine Spuren längst verweht sein müssten. Im nächsten Augenblick fand ich es lächerlich, einen solchen Aufwand betrieben zu haben, um die Spuren der verbrannten Kleider zu beseitigen.

Ich schlief noch einmal ein, wachte aber bald schweißgebadet wieder auf. Ich hatte nicht geträumt und spürte auch keine Angst, aber mein ganzer Körper fühlte sich heiß an. Ich hatte Fieber. Ich stand auf, holte mir ein Glas Wasser und fand in einem Küchenschrank fiebersenkende Tabletten. Ich hatte Gliederschmerzen.

Als der Morgen graute, ging es mir noch schlechter. Der Tag brach an, aber es wollte gar nicht hell werden. Stattdessen stürmte es weiter. Die Welt vor meinem Fenster bestand nur noch aus wirbelndem Schnee. Ich trank Wasser und schlief viel. So verging der Tag.

Am Abend war ich glühend heiß. Ich hatte keine Tabletten mehr, und als ich zur Toilette musste, spürte ich, wie schwach ich war. Ich sah in den Spiegel und erschrak über meine eigenen Augen. Sie waren blutunterlaufen, fiebrig und geschwollen. Auf dem Weg zurück zum Bett gaben meine Beine unter mir nach, so dass ich hinfiel und erst Minuten später wieder im Bett lag.

Die folgende Nacht und der anschließende Tag verstrichen in Fieberträumen. Mike war da, begleitet von Eva. Ich tötete ihn wieder und wieder. Zerschmetterte seinen Kopf ein ums andere Mal, doch stets war er gleich wieder mit seinem höhnischen Grinsen und seinem süßlich verkommenen Geruch zur Stelle. Seine Muskeln zitterten unter der blassen Haut, wenn er auf mich zukam und mir beängstigend detailliert erzählte, was er mit mir anzustellen gedachte. Dann tötete ich ihn erneut.

Eva sah lachend zu und befriedigte sich selbst. Sie zuckte vor Lust, während sie schrie: »Wer soll mich denn jetzt auspeitschen? Jetzt musst du das machen, Mikael, jetzt gibt es nur noch dich.«

Ich wollte nicht, ich weigerte mich, aber sie rannte mir mit der Peitsche hinterher und bestand lachend darauf, dass ich es tat. Also nahm ich die Peitsche. Sie drehte sich um und bückte sich. Ich hob den Arm und ließ ihn wieder nach unten schnellen, doch da hatte sich die Peitsche in meiner Hand längst wieder in eine Brechstange verwandelt. Sie traf Mike am Kopf, im Gesicht, grub sich mit einem grässlichen Knirschen in sein Fleisch, während das Blut herausspritzte und ich schrie und schrie und schrie …

Als ich wieder aufwachte, war es dunkel im Raum. Draußen war es still, und Kari war da.

Ich verstand nichts mehr, aber sie war tatsächlich da. Saß auf der Bettkante und sah mich an. Als sie bemerkte, dass ich wach war, lächelte sie mich an. Ich war viel zu überrascht, um etwas sagen zu können.

»Ich bin mit dem Zug gekommen, Mikael. Gestern

Abend. Ein netter Mann hat mich mit dem Schneemobil hierhergebracht.«

»So etwas«, sagte ich. Mehr kam mir nicht in den Sinn.

Sie legte mir die Hand auf die Stirn. »Ich glaube, es geht dir schon besser. Das Fieber ist gesunken. Warte, ich hole dir ein Glas Wasser.«

Plötzlich spürte ich, wie durstig ich war. Die Zunge klebte an meinem Gaumen, doch als ich mich aufrichtete, um zu trinken, wurde mir schwindelig.

»Schlaf jetzt«, sagte sie. »Wenn du wieder aufwachst, wird es dir viel besser gehen.« Dann nahm sie einen feuchten Waschlappen und strich mir damit über die Stirn.

Es fühlte sich angenehm und seltsam vertraut an. Ich erinnerte mich daran, dass meine Mutter das auch immer so gemacht hatte, wenn ich als Kind fiebrig gewesen war. Tief in mir spürte ich noch, wie geborgen ich mich in diesen Momenten gefühlt hatte, und musste plötzlich weinen. Ich schloss meine Augen, damit Kari nichts merkte, und schlief bald ein.

Als ich erwachte, lag sie neben mir. Ich spürte die Wärme ihrer Haut und ihren Atem auf meinem Oberarm. Eine ihrer Hände ruhte auf meiner Brust. Ich drehte mich halb zu ihr und legte meinen Arm um sie. Sie wachte davon nicht auf, schob sich aber etwas näher an mich heran. Lange blieb ich so liegen und genoss ihre Wärme. Ich durchdachte meine Situation und war in Gedanken wieder bei Mike. Ich war zum ersten Mal ganz ruhig. Ich hatte ihn getötet. Natürlich wünschte ich mir, es wäre nicht geschehen, aber es ließ sich nicht mehr ändern. Jetzt musste ich lernen, damit zu leben.

Zum ersten Mal glaubte ich, es schaffen zu können. Ich

wusste, dass die Gedanken und Alpträume mich nicht loslassen würden, aber das Fieber schien dem allen die Spitze genommen zu haben. Als ich dort im Dunkeln lag, neben mir eine warme Frau, hatte ich zum ersten Mal das Gefühl, mich mit dem Unabänderlichen versöhnen zu können. Kari atmete gleichmäßig und ruhig. Durch das Fenster blinkten zwei Sterne zu mir herein.

Es roch nach gebratenem Speck, als sie mich weckte, und ich war augenblicklich hungrig. Ich fühlte mich immer noch schwach, aber das Fieber war abgeklungen. Draußen war es bewölkt, die schlimmste Kälte hatte sich gelegt. Nach dem Frühstück saßen wir eine Weile still vor dem Kamin und tranken Kaffee. Ich sah ihr an, dass sie mir etwas sagen wollte, aber den Anfang nicht finden konnte.

»Warum bist du gekommen?«, fragte ich, um ihr auf die Sprünge zu helfen. Ich hatte ihr bei der Frage den Rücken zugewandt, weil ich die Antwort zu kennen glaubte und nicht wollte, dass mich mein Gesicht entlarvte.

»Mike ist tot«, sagte sie.

»Gut«, sagte ich. »Das hat er verdient.«

Ich bemerkte, dass meine Äußerung sie schockierte, aber sie sagte nichts.

»Er war ein Mörder, Kari. Ein Sadist. Was ist passiert?«

»Ich weiß auch nichts Genaues. Jemand soll ihm den Schädel eingeschlagen haben.«

»Oh«, sagte ich. »Das ist … weiß man schon wer? Hat die Polizei schon jemanden verhaftet?«

Sie nickte. »Ja, Slavo. Er wurde gleich am nächsten Tag festgenommen und sitzt in Untersuchungshaft.«

Ich drehte mich um und starrte sie mit offenem Mund an. »Slavo?«

Sie nickte wieder. »Ja, deshalb bin ich gekommen. Peter hat ihn bei der Festnahme vertreten, aber Slavo will, dass du ihn vertrittst.«

Ich sagte nichts, sondern starrte sie weiterhin an.

»Er will dich, Mikael. Niemanden sonst.«

Für einen Moment drehte sich alles vor mir im Kreis. Mir wurde schwindelig, ich musste mich an der Wand abstützen. Schließlich wandte ich mich von Kari ab und beeilte mich, einen neuen Kaffee aufzusetzen, damit sie mein Gesicht nicht sah. Ich hätte laut loslachen können. Natürlich grenzte diese Reaktion an Hysterie, aber ich hatte mich einfach nicht unter Kontrolle. Meine Brust war von einem sprudelnden Lachen erfüllt.

Ich hatte mir immer einen Mordfall gewünscht. Jeder Anwalt träumt davon oder hofft auf eine solche Gelegenheit, wie grotesk meine eigene Situation auch sein mochte. Wir streben danach, weil es die wahre Herausforderung ist, der ultimative Kick. Und wohl auch wegen des Ansehens, das man dadurch gewinnt. Dabei kommt man kaum an solche Fälle heran. Ich arbeite jetzt seit dreizehn Jahren in der Branche, doch mir ist nicht ein einziges Mal ein solcher Fall angetragen worden. Auch wenn die Boulevardpresse häufig einen anderen Eindruck vermittelt, sind Mordfälle in diesem Land die große Ausnahme. Als Verteidiger kommt dann eine Handvoll prominenter Anwälte aus der Hauptstadt in Betracht, die sich selbst für Spezialisten halten. Wobei ich mich oft des Eindrucks nicht erwehren kann, dass ihre wirkliche Spezialität die Selbstvermarktung ist.

Jetzt hatte ich also einen Mordfall bekommen. Früher oder später hatte ich damit gerechnet, nicht jedoch damit, selbst der Mörder zu sein.

Auf der Zugfahrt nach Hause waren wir schweigsam und wechselten nur wenige Worte. In Gedanken war ich bereits bei dem Fall, der ein großes Medienecho erzeugen würde. Ich versuchte, meine eigene Rolle zu verdrängen und ihn als ganz normalen Fall zu betrachten. Nur so konnte das funktionieren, auch in Zukunft.

Der Tag blieb grau und trist, und auf der anderen Seite des Gebirges regnete es. Die kleinen Ortschaften, durch die wir fuhren, sahen verwaist aus. Kari schlief mit dem Kopf an der Scheibe ein. Ich sah zu ihr hinüber, betrachtete die Haare, die ihr ins Gesicht gefallen waren, und ihre geschwungenen Lippen. Fast sah es aus, als lächelte sie im Schlaf. Ihre Brust hob und senkte sich in einem gleichmäßigen Rhythmus unter ihrem Pullover. Die Hände hatte sie im Schoß gefaltet. Der Nagellack war abgeblättert. Ich spürte ein plötzliches Bedürfnis, sie zu berühren und ihr über die Wange zu streichen, ließ es aber bleiben. Der Regen lief in langen, schmalen Rinnsalen über die Scheibe.

Teil II

DER PROZESS

Kapitel 26

Peter war vollkommen aus dem Häuschen. Er trabte in seinem Büro auf und ab und redete wie ein Wasserfall.

»Gut, dass du kommst, Mikael, gut, dass du kommst. Der Mann ist total versessen darauf, dass du ihn verteidigst. Weiß Gott, warum, aber er will nur dich. Ich habe ihm zu erklären versucht, dass ich viel besser bin als du, aber das hat auch nichts genutzt. Gegen Dummheit ist halt kein Kraut gewachsen. Aber gut, dass du da bist.«

Er rieb sich die Hände und trabte weiter. »Das ist wirklich ein Knaller, Mikael. Serbische Gangster, und dann so ein blutiger, grotesker Mord.« Er sah mich fragend an. »Hast du einen Blick auf die Titelseiten der Zeitungen geworfen?«

Ich schüttelte den Kopf.

»Riesenschlagzeilen, Mikael, wirklich riesig. Das ist ein Knaller. Der Fall deines Lebens, verstehst du? Wir müssen da wirklich alles rausholen. Wenn wir jetzt richtig mit den Medien umgehen, kann das eine Goldgrube für uns sein.«

»Für uns?«, fragte ich.

Er winkte ab. »Dich, uns … ich hätte da einen Vorschlag.«

»Lass hören.«

»Komm doch mal zum Essen zu uns nach Hause. Wie wäre es am … Freitag? Ich werde Unn bitten, etwas richtig Gutes zu kochen.«

Peters Frau war bekannt für ihre legendären Essen, so dass ich die Einladung sofort annahm.

Es ermüdete mich, ihn zu beobachten und ihm zuzuhören. Er war so voller überschüssiger Energie.

»Peter, setz dich doch bitte hin. Können wir kurz über den Fall sprechen? In aller Ruhe?«

Er ließ sich auf den Bürostuhl fallen, riss sich die Brille herunter und begann sie energisch zu putzen. »Ja, sorry. Natürlich. Hast du deine Ernennung schon?«

»Nein, ich habe gerade erst ein Fax an das Gericht geschickt. Die kommt sicher morgen oder übermorgen. Aber ich will nur die groben Fakten.«

»Okay, was weißt du schon?«

»Nur dass Mike tot ist und dass man Slavo unter Mordverdacht festgenommen hat. Das ist alles.«

Er putzte die Brillengläser langsamer und langsamer und starrte vor sich hin, um seine Gedanken zu strukturieren. Peter ist manchmal manisch, aber er ist klug und vor allem systematisch.

»Mike wurde getötet«, begann er. »Im Laufe der Nacht vom 1. auf den 2. Dezember. Er wurde mit einer Brechstange in seiner eigenen Wohnung erschlagen. Die Mordwaffe lag in der Wohnung. Der Tatort muss, wie ich den Polizeiberichten entnommen habe, ziemlich blutig und grausam ausgesehen haben.«

Er dachte einen Moment nach. »Slavo wurde gleich am nächsten Tag festgenommen, wohl dank eines Zufalls. Den Berichten habe ich entnommen, dass die Polizei zu ihm gefahren ist, um mit ihm zu reden, schließlich war er ja Mikes Partner. Ich glaube, die Polizei interessiert sich auch noch aus anderen Gründen für Slavo. Aber darüber weißt du ja vielleicht mehr als ich?«

Er warf mir einen prüfenden Blick zu, starrte dann aber

wieder vor sich hin. »Ein Beamter hat an Slavos Garderobe die Schuhe überprüft, unter einem davon war Blut. Das Profil passte exakt zu den Abdrücken, die sie am Tatort gefunden hatten. Das war es.«

Ich seufzte. »Mit anderen Worten, er hat ein Problem.«

»Natürlich hat er ein Problem. Ich nehme an, dass er deshalb einen guten Anwalt will.«

»Was sagt er selbst dazu?«

Peter äffte Slavos schwachen Akzent perfekt nach: »Ich bin unschuldig. Ich will mit Mikael Brenne reden. Finden Sie Brenne.« Er sah mich an. »Die restlichen Details kannst du selber lesen. Im Übrigen hat er bei der Polizei jede Aussage verweigert. Soll ich dir die Dokumente jetzt gleich geben?«

Ich zögerte etwas. »Hast du Berufung gegen die Verhaftung eingelegt?«

»Ja. Vermutlich ein dummer, nutzloser Antrag. Bei den Fußabdrücken bleibt er hinter Gittern, bis der Fall vor Gericht kommt.«

»Ja, da hast du wohl recht«, sagte ich. »Die Sache eilt dann ja eigentlich nicht. Slavo wird im Gefängnis bleiben, wie du sagst. Dann können wir das auch nach Vorschrift machen. Ich schicke Kari, um die Dokumente zu holen, sobald ich meine Ernennung habe.«

»Gut, Mikael, dann sehen wir uns am Freitag.«

Ich war kaum im Büro, als Peter erneut anrief.

»Hör mal, Mikael«, sagte er. »Ich habe eine Idee.«

»Ach ja?«

»Ich werde dir das später erklären. Aber du musst mir einen Gefallen tun. Warte bitte mit der öffentlichen Erklärung, dass du jetzt Slavo verteidigst, bis … na, bis Sonntag, denke ich. Würdest du das tun?«

»Das kann ich machen, aber warum?«

»Tu es einfach. Ich erklär dir das alles am Freitag. Du wirst es nicht bereuen.«

Dann legte er auf, während ich höchst neugierig an meinem Schreibtisch sitzen blieb.

Kapitel 27

Slavo sah resigniert und müde aus. Wir saßen in demselben heruntergekommenen Besuchszimmer, in dem ich schon so oft mit Eva Kaufmann gesessen hatte. Ich kannte die grauen Stühle ebenso gut wie das graue Licht, das durch die vergitterten hohen Fenster an der Wand fiel. Im Gefängnis hatte ich stets den Eindruck, dass es draußen grau und bewölkt war.

»Das ist kompletter Blödsinn«, sagte er. »Ich habe hier nichts verloren. Ich habe Mike nicht getötet. Natürlich nicht. Warum sollte ich das denn tun? Er ist doch mein Kollege und mein Freund.«

Er sah fast flehend zu mir auf. »Sie verstehen doch, Mikael, dass ich ihn nicht getötet habe. Glauben Sie mir?«

Ich nickte. Diese Reaktion kannte ich nur zu gut. Jeder hat in dieser Situation das dringende Bedürfnis, dass man ihm glaubt. Ich antwortete auf diese Fragen immer mit Ja, nur mit dem Unterschied, dass ich es dieses Mal ehrlich meinte.

»Ich glaube Ihnen, Slavo. Die Frage ist nur, wie wir auch die anderen dazu bringen können, Ihnen zu glauben. Die Polizei. Und die Richter, falls es so weit kommt.«

Er nickte schwerfällig. »Ich weiß. Aber ich habe das nicht gemacht. Egal wie es aussieht.«

Er ließ sich auf den Stuhl fallen, der für seinen Körper viel zu klein aussah. Wie üblich saß er vollkommen ruhig mit den Händen im Schoß. Nur einer seiner Zeigefinger bewegte sich rhythmisch auf und ab und verriet seine innere Unruhe.

Ich hielt meine Rede. »Das ist halt so im Strafrecht, Slavo. Es geht nicht um die Wirklichkeit, es geht nicht um Gerechtigkeit. Streng genommen spielt es keine Rolle, ob ich Ihnen glaube.«

Er öffnete den Mund, um etwas zu sagen, doch ich sprach sofort weiter: »Aber ich glaube Ihnen, was auch immer das nützt. Ich will nur, dass Sie meine Rolle verstehen … und die Regeln des Spiels. Ich kann mich nur noch mal wiederholen: Es geht nicht um Gerechtigkeit. Es geht einzig und allein um die Existenz von Beweisen. Um sonst nichts. Gibt es diese Beweise, werden Sie verurteilt. Wenn nicht, werden Sie freigesprochen.«

Ich beugte mich vor und legte absichtlich mehr Schärfe in meine Stimme. »Und sagen Sie mir nicht, dass es keine Beweise geben kann, weil Sie es nicht getan haben. Die Welt sieht anders aus, und daran sollten Sie sich lieber sofort gewöhnen.«

Er saß eine Weile still und nachdenklich da und verdaute, was ich ihm gesagt hatte, wie er es immer tat. So hatte er auch den Mord an Doffen geplant, dachte ich. Er hatte ihn getötet oder den Auftrag dazu gegeben und in gewisser Weise so auch Mike auf dem Gewissen. Auch wenn er nichts davon wusste, hatte er mit dem Mord an Doffen eine Kettenreaktion in Gang gesetzt, die mit Mikes Tod ein Ende gefunden hatte.

Er hatte die Augen fast geschlossen und den großen Kopf gesenkt. Es war unmöglich, seine Gedanken oder Gefühle zu lesen, und für einen Moment hasste ich ihn von ganzem Herzen. Du hast das verdient, dachte ich. Du hast andere ausgenutzt, misshandelt, bedroht und getötet, ohne auch nur einen Moment lang daran zu denken, welche Trauer und welches Leid du damit anderen zufügst. Du hast es verdient, hier zu sitzen. Mehr als ich. Du hast es verdient.

Meine Gedanken schockierten mich ein bisschen. Schließlich war ich mit dem klaren Vorsatz zu ihm ins Gefängnis gefahren, für ihn zu arbeiten und mich genauso für ihn einzusetzen wie für jeden anderen Mandanten auch. Erst jetzt ging mir auf, welche Macht ich hatte. Ich war der Verteidiger eines Angeklagten, der es, wie ich von ganzem Herzen spürte, verdient hatte, verurteilt zu werden. Nicht weil er im Sinne der Anklage schuldig war, sondern wegen all der anderen Vergehen, die er begangen hatte. Mit einem Mal realisierte ich auch, wie perfekt es für mich sein würde, wenn er verurteilt wurde. Dann, und nur dann, konnte ich sicher sein. Sicher vor der Polizei. Und vielleicht auch sicher vor Slavo.

Er sagte etwas, und ich musste ihn bitten, seine Worte zu wiederholen.

»Ich sagte, dass ich das verstehe, Mikael. Natürlich tue ich das. Und dann sieht die Sache wohl nicht so gut aus, oder?«

»Nein«, sagte ich, »vorläufig sieht es gar nicht gut aus. Aber wir sind noch ganz am Anfang der Ermittlungen. Wir müssen Geduld haben. Wenn Sie es nicht getan haben, stehen die Chancen gut, dass sich die Anklage gegen Sie mit der Zeit erledigt.«

Ich richtete mich auf dem Stuhl auf und versuchte, konzentriert und professionell zu wirken. Meine Gedanken hatten mich abgelenkt und verunsichert. »Vorläufig hat die

Polizei nur ein einziges Beweisstück, aber das stellt wirklich ein Problem dar. Der Fußabdruck und das Blut unter Ihrer Schuhsohle. Sie sollten mir erzählen, was passiert ist.«

Die Geschichte war denkbar einfach. Er war wie vereinbart zu Mike gekommen. Etwa gegen drei Uhr nachts. Er hatte geklingelt, doch niemand hatte die Tür geöffnet. Darauf hatte er die Klinke der Tür nach unten gedrückt und erstaunt festgestellt, dass sie nicht verschlossen war. Im Flur hatte er dann Mike entdeckt, erschlagen. Er hatte sich über ihn gebeugt und sogleich erkannt, dass er tot war. Dann war er nach Hause gegangen. An seine Schuhe hatte er nicht gedacht, warum auch? Er hatte ja niemanden getötet. Er hatte sich in diesem Moment ganz andere Sorgen gemacht.

Ich seufzte. »Und was für Sorgen?«

Er zuckte mit den Schultern. »Das ist doch wohl klar. Wer ihn getötet hat. Und warum.«

»Und Sie haben nicht daran gedacht, zur Polizei zu gehen?«, fragte ich.

Slavo sah mich nur an.

Ich versuchte einen anderen Ansatz. »Was wollten Sie so spät bei Mike?«

»Etwas holen.«

»Und was?«

Er zögerte, und ich beugte mich vor. »Hören Sie, Slavo, jetzt reden Sie schon! Ich bin Ihr Anwalt, und es geht um Mord. Schluss mit dem Unsinn. Was wollten Sie holen?«

»Geld«, sagte er.

»Wie viel?«

Er zögerte einen Augenblick, doch als ich ihn ansah, antwortete er: »Hunderttausend, ungefähr.«

»Haben Sie das Geld mitgenommen?«

Er schüttelte den Kopf. »Nein. ich wusste nicht, wo er es versteckt hatte. Außerdem habe ich damit gerechnet, dass es weg war.«

»Dann gehen Sie davon aus, dass er wegen des Geldes ermordet worden ist? Dass es ein Raubmord war?«

Sein Blick war nicht zu deuten. »Das ist auf jeden Fall möglich.«

Ich holte meine Unterlagen und blätterte sie durch, bis ich das richtige Dokument fand. Dort stand etwas von einem Briefumschlag, der in einem Schuhkarton im Schlafzimmerschrank gefunden worden war: 102 500 norwegische Kronen in gebrauchten Scheinen. Tausender, Fünfhunderter und Hunderter. Ich hatte den Vermerk übersehen und nicht damit gerechnet, dass dieser Bericht etwas Wichtiges enthielt. Weil ich wusste, was geschehen war, dachte ich. Ich musste mich zusammenreißen, systematisch vorgehen, wie bei einem normalen Fall. Was ich bis jetzt machte, war nicht gut genug.

»Hören Sie mir zu, Slavo«, sagte ich. »Sie müssen mir gegenüber offen sein, sonst verstricken wir uns in ernste Probleme. Sie gehen nachts um drei zu Mike, um hunderttausend Kronen in bar zu holen. Drogengeld, nicht wahr? Das ist doch offensichtlich.«

Er nickte kurz. »Ja.«

»Okay. Wir haben da ein Problem, und wir brauchen eine Erklärung, bevor wir ins Verhör gehen.«

»Warum? Das heißt doch wohl nicht, dass ich Mike getötet habe?«

»Nein. Aber Sie haben doch wohl kaum Lust, fünf Jahren wegen eines Drogenvergehens hinter Gitter zu gehen, oder? Außerdem sind Gerichtsverhandlungen manchmal wirklich seltsam. Wenn die Polizei Ihre Anwesenheit am Tatort nachweisen kann, und das kann sie ja bereits jetzt, und Sie und Mike außerdem glaubhaft mit Drogen in Verbindung bringt, ist es nicht mehr weit bis zu einer Verurteilung wegen Mordes.«

Er schüttelte den Kopf. »Aber das ist doch nicht logisch, Mikael. Ich sehe da keinen Zusammenhang.«

Ich seufzte. »Nein, natürlich nicht. Aber es sind doch die Geschworenen, die über Schuld und Unschuld entscheiden. Ich weiß, wie die denken: Drogenmilieu, Verbrecher, Geld, ein Streit zwischen Kriminellen, Mord. Das ist einfach so, glauben Sie mir. Wir haben da ein Problem.«

Einen Moment lang blieben wir beide schweigend sitzen. Schließlich erhob ich mich. »Denken Sie darüber nach, Slavo. Ich komme morgen wieder. Sie sind ein kluger Mann, lassen Sie sich etwas einfallen.«

Er nickte.

»Und noch etwas, Slavo …«

Er blickte auf.

»Ich habe mich bereit erklärt, Sie zu verteidigen. Aber nur unter einer Bedingung.«

Slavo wartete.

»Ich bin aus all Ihren anderen Geschäften draußen … und will auch nichts mehr mit Ihren Geschäftspartnern zu tun haben. Keine weiteren Drohungen. Keine Rede davon, dass niemand aufhört, für Sie zu arbeiten. Keine Importgesellschaft und keine Überweisungen mehr.« Ich beugte mich zu ihm vor. »Ich bin von diesem Moment an aus dem Geschäft, und zwar für immer. Und ich will Ihr Wort darauf, dass das in Ordnung geht.«

Sein Gesicht war verschlossen, während er über meine Worte nachdachte. Dann nickte er kurz. »In Ordnung, Mikael. Sie haben mein Wort.«

Aus irgendeinem Grund glaubte ich ihm.

»Aber es wird jemand kommen, Mikael. Um das Geschäft zu übernehmen. Sie müssen … dieser Person müssen Sie dann alles übergeben und sie einweisen. Zu Ihrem eigenen Besten.«

Ich war nicht gerade froh darüber, hatte aber keine andere Wahl.

Wir gaben einander zum Abschied die Hände.

»Kriminalkommissar Rolf G. Dale«, sagte der Mann.

Sein Händedruck war schnell und etwas zu fest. Er war der Typ Mann, dem es wichtig war, jemandem mit Nachdruck in die Augen zu blicken. Das sollte wohl Stärke zeigen, Offenheit, Stabilität. Ich bekomme in solchen Momenten immer Lust, eine Sonnenbrille aufzusetzen. Auch seine Stimme passte zu seinem Stil. Er verschluckte die Endungen mancher Wörter, so dass seine Äußerungen beinahe in einem militärischen Befehlston daherkamen. Auch die grauen, kurzgeschnittenen Haare und die steife Körperhaltung passten dazu. Er war höchstens 1,70 Meter groß.

»Wofür steht das G?«, fragte ich. Die falsche Frage.

»Geirulf«, antwortete er. »Aber das sagt niemand.«

Ich sah ihm seine Verärgerung an, war selbst allerdings auch nicht gerade bester Laune. Es war noch früh am Morgen, und ich hatte schlecht geschlafen. Mike war mir mitten in der Nacht mit seinem Grinsen und seinem typischen Geruch erschienen, und ich ahnte, dass er das wohl noch oft tun würde.

»Also, Brenne«, begann Dale. »Ich dachte, es wäre sinnvoll, sich schon mal kurz zu treffen. Wir werden uns in der nächsten Zeit ja öfter über den Weg laufen. Wie ich höre, gelten Sie als tüchtiger, zuverlässiger Anwalt. Sie merken schon, ich habe mich im Präsidium ein bisschen umgehört.«

Ich fragte mich, was er wollte. Rolf G. Dale war als Kriminalkommissar des Morddezernats ein unbeschriebenes Blatt für mich. Er war erst vor kurzem aus der Hauptstadt gekommen, wo er seine eigentliche Karriere gemacht hatte.

»Ich bin fair und stets zur Zusammenarbeit bereit, Brenne. Behandeln Sie mich ordentlich, gehe ich auch anständig mit Ihnen um. Ich bin sicher, wir werden schon gut miteinander auskommen.«

Ich konnte kaum glauben, was ich da hörte. Hielt dieser Mann mich etwa für einen Angestellten des Polizeipräsidiums? Irgendwie kam es mir so vor, als hätte er dieselbe Rede schon bei seinem Stellenantritt hier in der Stadt gehalten. Ich beschloss, seine Plattitüden zu ignorieren. Wir standen nicht auf derselben Seite, und das wussten wir beide ganz genau. Besser, ich verschaffte mir gleich Respekt.

»Nun«, sagte ich. »Ich denke, dass wir kein Problem haben werden. Dafür haben wir ja unser Strafgesetzbuch, nicht wahr? Und all die Vorschriften, die die Zusammenarbeit zwischen Anwälten und der Polizei regeln. Und ich halte mich immer an diese Regeln.«

Seine Gesichtszüge erstarrten zu einer Maske, wobei er versuchte, sich nichts anmerken zu lassen. »Ausgezeichnet, ganz ausgezeichnet«, sagte er.

»Um was geht es denn konkret?«, fragte ich.

»Mihailovic wollte bis jetzt keine Aussage machen. Wir dachten, dass er auf Sie gewartet hat, und haben das natürlich respektiert. Aber jetzt ist es an der Zeit. Ich möchte ihn baldmöglichst verhören.«

»Natürlich, das verstehe ich. Aber er muss keine Aussage machen, wenn er nicht will. Ich rechne aber damit, dass er bald einwilligen wird. Ich gebe Ihnen dann Bescheid.«

Meine Reaktion gefiel ihm nicht. »Es liegt in seinem eigenen Interesse, eine Aussage zu machen. So schnell wie möglich. Sonst könnte man den Verdacht hegen, er hielte etwas aus taktischen Gründen zurück. Das kommt vor Gericht nur selten gut an. So verhalten sich nur Menschen, die etwas zu verbergen haben.«

»Ich rufe Sie an«, sagte ich, wohl wissend, dass er recht hatte. Wir mussten eine Aussage machen. Und zwar rasch. Slavo musste nur erst seine Geschichte ordnen. Ich spürte einen Anflug von Verachtung. Da er mit diesem Mord nichts zu tun hatte, sollte es eigentlich unproblematisch sein, im Verhör die Wahrheit zu sagen. Andererseits gab es eine ganze Reihe von Umständen, die man irgendwie erklären musste, was mir noch etwas Bauchschmerzen bereitete. Ich zuckte mit den Schultern. Das war wohl das Risiko, das man als Verbrecher einging.

Slavo sah aus, als hätte er sich nicht bewegt, seit ich tags zuvor gegangen war. Er saß auf demselben Stuhl, in dem selben Zimmer, trug dieselben Kleider und wartete auf mich.

»Hallo«, begrüßte ich ihn. »Wie geht es Ihnen?«

Er winkte mit langsamer Handbewegung ab.

»Ich habe nachgedacht«, sagte er.

»Ja und?«

»Über das, was Sie gestern gesagt haben. Ich verstehe Sie. Ich habe … eine Geschichte. Oder zwei.«

»Okay«, sagte ich. »Lassen Sie hören.«

»Ich bin nachts zu Mike gegangen, weil er mich gebeten hatte zu kommen. Ich kam etwas später als vorgesehen, weil ich zuvor noch bei einer Frau war.«

Ich unterbrach ihn. »Stimmt das auch? Wie heißt sie? Wo kann ich sie finden?«

»Ja, das stimmt. Ich war bei einer … Prostituierten. Bevor Sie gehen, werde ich Ihnen noch den Namen und die Telefonnummer geben.«

»Okay, reden Sie weiter.«

»Ich habe mich, wie gesagt, verspätet, aber das war kein Problem. Es war ja Wochenende, und Mike und ich sind ohnehin Nachtmenschen. Ich wusste, dass er noch wach sein würde.«

»Warum hatte er Sie gebeten zu kommen?«

Er zögerte etwas. »Er hatte Probleme. Persönliche. Seine Geliebte ist gerade aus der Haft entlassen worden. Er hatte eine andere getroffen und war sich nicht sicher, ob er wirklich noch mit ihr zusammen sein wollte. Er wollte darüber reden. Mit einem Freund.«

Ich dachte an Mike und daran, wie er Eva Kaufmann behandelt hatte. Ich konnte mir nicht vorstellen, dass Mike wirklich Skrupel hatte, sie zu betrügen, aber das bedeutete nicht, dass dic Geschichte nicht funktionieren konnte.

»In Ordnung«, sagte ich. »Bis jetzt. Wir werden das später noch überprüfen. Und was ist mit dem Geld?«

»Was für Geld? Sollte Mike Geld bei sich gehabt haben, war das seine Sache. Ich weiß davon nichts. Vielleicht hat er ja gespart oder geerbt. Vielleicht sollte er für irgendjemanden Geld anlegen, ich habe keine Ahnung.«

Ich sah ihn an. »Ja, das ist gut. Machen Sie es so einfach wie möglich. Aber stellen Sie keine Spekulationen an, das ist nicht Ihr Job.« Ich blätterte in meinen Notizen. »Dann bleibt uns noch ein Problem, Slavo. Warum in aller Welt sind Sie nicht zur Polizei gegangen, als Sie ihn gefunden hatten? Ich meine, wenn Sie unschuldig sind. Warum haben Sie nicht gleich angerufen? Das wäre doch die normalste aller Reaktionen gewesen? Das hätte wohl jeder gemacht.«

Er sah mich an, wusste keine Antwort.

»Vermutlich hatten Sie einen Schock, Slavo. Das wäre nicht verwunderlich, wenn man bedenkt, in welchem Zustand Sie Ihren Freund vorgefunden haben. Sie standen unter Schock und sind einfach herumgeirrt. Außerdem kommen Sie ja aus einem Land, in dem man es sich unter Umständen zweimal überlegt, ehe man die Polizei verständigt.«

Ich machte einen gewissen Widerwillen in seinem Blick aus, als er mich ansah. Es gefiel ihm gar nicht, von anderen abhängig zu sein. Aber er sagte nichts, sondern nickte nur langsam.

Wir gingen seine Version noch einmal durch. Arbeiteten an den Details. Ich stellte all die Fragen, die mir irgendwie relevant vorkamen, und noch viele mehr. Nach vier Stunden waren wir beide müde.

»Genug für heute«, sagte ich. »Das muss erst mal reichen. Ich melde dann der Polizei, dass Sie eine Aussage machen wollen, und rufe Sie wieder an, in Ordnung?«

»Hören Sie, Mikael«, sagte er. »Es gibt etwas, das Sie für

mich erledigen müssen.« Ich wurde wachsam. »Ich brauche ein paar andere Kleider und Waschzeug, können Sie mir das beschaffen?«

Natürlich konnte ich das.

»Hat Sie jemand angerufen? Oder Kontakt mit Ihnen aufgenommen?«

Ich schüttelte den Kopf.

»Dann wird das bald passieren, Mikael«, sagte er mit besorgtem Blick.

Als ich nach Hause fuhr, wurde es dunkel. Die Wolken hingen tief am Himmel, und es regnete, so dass die Bremslichter vor mir auf der Autobahn wie Glühwürmchen in der Dämmerung leuchteten. Es war bald Weihnachten.

An diesem Abend saß ich mit einem Drink im Erker und starrte in den dunklen Garten. Ich versuchte alle Fakten zusammenzutragen, fühlte mich innerlich aber vollkommen leer. Ohne eine bewusste Entscheidung getroffen zu haben, hatte ich mit Slavos Verteidigung begonnen. Der Anwalt in mir hatte die Regie übernommen, ganz von allein. Ich wusste nicht, was ich davon halten sollte. Alles deutete darauf hin, dass sich die Ermittlungen der Polizei auf Slavo konzentrierten. Andere Spuren wurden nicht verfolgt. Ich dachte, dass mich das zufrieden stimmen sollte. Mein Problem war Eva Kaufmann. Sie war meine Achillesferse. In den Unterlagen waren keine Verhörprotokolle von ihr, was mich überraschte. Am liebsten hätte ich sie angerufen und mich erkundigt, ob sie wirklich nicht befragt worden war. Außerdem würde ich dann wissen, wie sie reagierte, was sie sagte und dachte, aber ich wagte es nicht.

Stattdessen entschloss ich mich, Kommissar Dale am nächsten Tag anzurufen und ihn zu fragen, ob es neue Akten gäbe, die für mich interessant seien. Die Unsicherheit quälte mich.

Natürlich träumte ich auch in dieser Nacht wieder von Eva, aber die Träume waren nicht mehr so dramatisch und blutig. Mike lag einfach nur da und starrte mich mit seinem eingeschlagenen Schädel vorwurfsvoll an, während Eva mich verächtlich musterte. Als ich aufwachte, war ich schweißnass und fühlte mich unwohl. Mir war übel, und ich fragte mich, ob mich diese Träume jemals wieder in Frieden lassen würden.

Kapitel 28

Das Essen bei Peter war so gut wie immer und Peters Frau Unn die gewohnt warmherzige, aufmerksame Gastgeberin. Ich mochte sie. Für gewöhnlich hatten wir viel Spaß miteinander, doch an diesem Abend ging mir so viel durch den Kopf, dass ich sehr zerstreut war.

Nach dem Essen nahm Peter mich mit in »seinen« Salon. Er nannte diesen Raum so, obgleich Unn dafür nur ein verächtliches Schnauben übrig hatte. Es war eine kleine Kammer mit einem Computer, neben dem zwei Sessel und ein kleiner Couchtisch Platz hatten. An den Wänden sowie auf Schreibtisch und Fußboden stapelten sich die Bücher. Peter fand den Raum maskulin. Unn einfach nur unordentlich. Wir nahmen jeder einen Cognac, und Peter rauchte eine seiner seltenen Zigarren. »Lass hören!«, sagte ich. »Du wolltest mir etwas vorschlagen?«

Er streckte seine Beine aus, blies eine Rauchwolke an die Decke und sah zu mir herüber.

»Ja«, sagte er. »Das will ich. Aber dass du mich nicht missverstehst. Der Vorschlag könnte so wirken, als wollte ich dir die Butter vom Brot nehmen. Hör dir erst mal alles in Ruhe an. Ich habe schon eine ganze Weile darüber nachgedacht.«

»Worüber?«

»Wie wäre es, wenn du deine Kanzlei zumachst, dich mit uns zusammentust und unser Partner wirst? Auf einer Ebene mit Finn und mir.«

Finn ist Peters Partner, ein farbloser kleiner Wirtschaftsanwalt. Er ist gut in seinem Metier, hat aber wirklich keine Spur von Charme.

Als ich etwas erwidern wollte, kam Peter mir zuvor. »Ich weiß, dass du dich nicht so für Finn begeistern kannst, aber er ist ein echter Profi, absolut zuverlässig, und die Zusammenarbeit mit ihm klappt reibungslos. Du musst ihn ja nicht heiraten. Außerdem ist er ja schon älter. Er wird bald beginnen, sein Pensum herunterzuschrauben.«

Er paffte seine Zigarre und fuhr fort. »Die Sache hätte ein paar Vorteile für dich, Mikael. Sieh dich doch mal an. Ich weiß, dass dir deine Freiheit und deine Unabhängigkeit wichtig sind. Aber es schlagen doch zwei Herzen in deiner Brust. Zum einen bist du ein verdammt guter Strafverteidiger, vielleicht der beste, dem ich jemals begegnet bin, und das wäre natürlich auch gut für uns. Zum anderen bist du manchmal aber auch ein undisziplinierter, unorganisierter Chaot. Entweder du verdienst zu viel Geld oder zu wenig. Das wäre dann weniger gut für uns. Aber wir haben die Strukturen und das System, um so etwas aufzufangen. Wir haben eine gut laufende Kanzlei, auch wenn man so etwas nicht über sich selbst sagen sollte. Du brauchst dich auch gar nicht um den täglichen Kleinkram zu kümmern, das ist ohnehin nicht deine Stärke. Du kannst das tun, auf was du dich verstehst.«

»Ich komme gut zurecht«, sagte ich.

Er grinste mich an. »Ja, dank Kari. Mit deiner letzten Sekretärin wärst du beinahe Konkurs gegangen.«

Ich antwortete nicht, wusste aber, dass er vollkommen recht hatte.

Er fuhr fort: »Außerdem hast du jetzt diesen Fall. Einen

Mordfall. Es ist doch so, Mikael, dass dieser Fall deine große Chance ist. Du wirst eine gewaltige Aufmerksamkeit bekommen. Wenn du richtig damit umgehst, kannst du bald in einer ganz anderen Liga spielen und an die wirklich großen Fälle herankommen. Aber große Fälle machen auch verdammt viel Arbeit, und das ist bei einem Einmannbetrieb ein zweischneidiges Schwert. Deine anderen Aufträge werden darunter leiden. Und selbst wenn alles optimal läuft, wirst du früher oder später ein Kapazitätsproblem bekommen. Wir hingegen könnten uns all dieser Dinge annehmen, deine übrigen Mandanten vertreten und all die anderen, weniger ›großen‹ Fälle übernehmen. Du brauchst dich dann nur – das hoffe ich jedenfalls – vor Gericht um die publikumswirksamen Sachen zu kümmern. Wir alle werden daran verdienen. Ich glaube nicht, dass du das allein schaffst, Mikael.«

Ich saß da und schwenkte lange mein Cognacglas.

»Und was ist mit Finn?«

»Ich habe das mit ihm abgesprochen.«

Es wurde still zwischen uns. Ich leerte mein Glas und hielt es ihm hin. Peter stand auf und schenkte mir nach.

»Denk darüber nach, Mikael«, sagte er nach einer Weile. »Ich glaube …«

Ich schüttelte den Kopf. »Nein, das ist nicht notwendig. Ich weiß, dass du recht hast, Peter. Ich … ich habe immer gedacht, dass ich am besten allein zurechtkomme, aber ich weiß, dass das ein Trugschluss ist. Ich glaube, die Zeit für eine Veränderung ist wirklich gekommen, und ich arbeite lieber mit dir zusammen als mit irgendjemandem sonst. Du kennst mich und kannst mit mir auskommen, hoffe ich.« Ich holte tief Luft. »Dann haben wir eine Abmachung?«

»Das haben wir. Und die Details besprechen wir, wenn wir wieder nüchtern sind.«

Wir prosteten uns zu. Peter stand auf. »Sollen wir nach drüben zu Unn gehen und ihr die Neuigkeiten berichten? Sie wird sich freuen. Sie mag dich.«

Ich nickte und stand auf, doch dann sagte ich: »Zwei Dinge noch. Erstens: Warum sollte ich bis Sonntag damit warten, den Wechsel der anwaltlichen Vertretung bekannt zu geben?«

Er grinste begeistert. »Weil wir das richtig groß aufziehen werden. Wir geben eine Pressekonferenz … gleich Montagmorgen. So schlagen wir zwei Fliegen mit einer Klappe. Wechsel der anwaltlichen Vertretung und Fusion. Eine bessere und günstigere Reklame können wir nicht kriegen.«

Ich nickte. »In Ordnung. Aber ich habe noch eine Bedingung.«

»Und die wäre?«

»Dass Kari mitkommt.«

»Aber natürlich.«

»Sie bekommt dasselbe Gehalt wie jetzt, arbeitet aber nur noch 75 Prozent.«

Peter hob die Augenbrauen.

»Unter der Bedingung, dass sie in der restlichen Zeit Jura studiert und in ihrem Studium auch wirklich vorwärtskommt. Welche Schritte und welches Tempo wir da erwarten, müssen wir noch festlegen.«

Er dachte nach und nickte dann langsam. »In Ordnung«, sagte er.

Erst als ich zu Hause war, wurde mir bewusst, dass ich an diesem Abend nicht einen Augenblick lang an meine eigene Situation gedacht hatte. Ich hatte den Mord vollständig verdrängt, ihm nicht einen Gedanken gewidmet. Ich war längst nicht außer Gefahr, zumindest nicht, solange ungewiss war, was Eva Kaufmann sagen würde. Entsetzt wurde mir klar, dass ich – sollte ich des Mordes überführt werden – nicht nur für den Ruin meines eigenen Lebens, sondern auch für den Untergang von Peters Firma verantwortlich sein würde. Ich konnte nicht verstehen, dass ich daran nicht gedacht hatte. Plötzlich war mir übel. Ich lag im Bett, die Arme um mich geschlungen, und wusste, dass es eine lange Nacht werden würde.

Die Pressekonferenz war ein einziges Chaos. Ich hatte dieses eine Mal auf mein Äußeres geachtet und war voller Vorfreude, als ich durch die Tür von Peters Kanzlei trat. Die Blitzlichter schlugen mir entgegen und blendeten mich. Ein Dutzend Reporter rief mir gleichzeitig Fragen zu. Peter tauchte auf und führte mich sogleich in sein Büro. »Meine Damen und Herren, darf ich Sie um etwas Geduld bitten, wir beginnen in einer Viertelstunde«, rief er und schloss die Tür.

Er musterte mich. Ich trug einen grauen Nadelstreifenanzug, ein weißes Hemd und einen diskreten, graublauen Schlips. Meine Schuhe waren blank geputzt, ich hatte mich rasiert und gekämmt.

Er nickte. »Du siehst gut aus, Mikael«, sagte er. »Elegant, locker. Du siehst aus, als wüsstest du, was du willst.«

»Das tue ich auch«, sagte ich und fühlte mich wach und bereit. Ich hatte schon immer ein Faible für die Pressearbeit und genieße das Gefühl, im Rampenlicht zu stehen.

»Wer ist hier?«

Peter strahlte. »Ein Haufen Zeitungen, lokale und nationale. Drei Radiosender und zwei Fernsehsender. Es ist einfach unglaublich!«

»Das Fernsehen auch?«, fragte ich. »Nicht schlecht, Peter.«

Er streckte den Daumen in die Höhe. »Was habe ich dir gesagt, Mikael? Hot news. Big time. Gehen wir raus zu den Wölfen?«

Ich rückte meinen Schlips zurecht, nickte und folgte ihm ins Blitzlichtgewitter.

Peter war ganz in seinem Element und leitete die Pressekonferenz mit natürlicher Autorität. Er berichtete über den Wechsel der anwaltlichen Vertretung und stellte mich vor. Dann informierte er ausgiebig über den Zusammenschluss der beiden Kanzleien, was sich aus seinem Munde wie die Fusion internationaler Großbetriebe anhörte.

Schließlich durften Fragen gestellt werden, und ich musste an die Front.

»Warum will Mihailovic Sie als Anwalt, Herr Brenne?«

Peter kam mir zuvor. »Weil er der Beste ist«, sagte er, und alle lachten.

»Auf jeden Fall, weil ich mich auf diese Art von Verfahren verstehe«, sagte ich lächelnd. »Außerdem kennt er mich. Ich habe zuvor schon Aufträge für ihn übernommen.«

Ganz hinten in der Menge erblickte ich Georg. Er sah aus, als hätte er einen Kater, lächelte mich aber an. »Ihre Erfahrung in allen Ehren, Herr Brenne, aber fürchten Sie nicht, dass Ihnen dieser Fall über den Kopf wachsen könnte?«

»Nein«, antwortete ich. Ich war etwas verärgert über die Frage und hätte sie am liebsten ignoriert, was freilich nicht möglich war.

»Im Gegenteil. Ich fühle mich meiner Sache sehr sicher. Meiner Einschätzung nach habe ich gute Karten und sehe einem eventuellen Verfahren gelassen entgegen.«

Meine Worte brachten Leben in die Versammlung. Alle riefen wild durcheinander, bis Georgs Stimme den Lärm übertönte. »Wie können Sie sich da so sicher sein? Ihr Mandant hat schließlich einen blutigen Fußabdruck am Tatort zurückgelassen, nicht wahr?«

Ich lächelte und war vollkommen entspannt. »Sie haben sicher Verständnis, dass ich keine Ermittlungsdetails preisgeben kann«, sagte ich. »Aber was bedeutet dieser Abdruck schon? Er beweist doch nur, dass mein Mandant irgendwann einmal am Tatort war. Er beweist sicher nicht, dass er seinen Freund umgebracht hat. Meiner Meinung nach hat die Polizei nichts gegen meinen Mandanten in der Hand.«

Sie waren begeistert. Die restlichen Fragen waren stumpfsinnig und vorhersagbar. Natürlich wollten sie weitere Details und Spekulationen, bekamen aber nichts. Sie hatten erhalten, was ich ihnen zu geben beabsichtigt hatte.

Nur zweimal war mir nicht ganz wohl in meiner Haut. Das erste Mal angesichts der Frage einer jungen, blonden Frau mit auffällig spitzem Gesicht. Sie kam von der lokalen Boulevardpresse. »Slavo Mihailovic«, sagte sie, »Ihr Mandant. Wenn ich richtig informiert bin, blickt er auf eine sehr blutige Vergangenheit zurück. Er soll während des Balkankriegs zu einer Art Todesschwadron gehört haben. Erschwert das nicht die Verteidigung?«

Ich sah sie verblüfft an. »Wo haben Sie denn das her?«

Sie schüttelte den Kopf. »Ich … es kursieren da gewisse Gerüchte.«

Ich winkte ab. »Ich kann die Verteidigung in einem Mordfall nicht auf irgendwelchen vagen Gerüchten aufbauen«, sagte ich. »Auch Sie als Journalistin sind doch auf eine gründliche Recherche angewiesen.«

Damit war das Thema beendet. Ich wusste aber, dass gerade diese Zeitung gute Kontakte zur Polizei hatte, und entschloss mich, der Sache bei meinem nächsten Gespräch mit Slavo nachzugehen.

Die andere Frage, die mich ein bisschen verwirrte, kam von einem älteren, selbstgefälligen Mann, der einen der Fernsehsender repräsentierte.

»Es handelt sich hier um einen ungewöhnlich blutigen, brutalen Mord«, sagte er. »Aus inoffiziellen Polizeikreisen weiß ich, dass die Beamten kaum je etwas Vergleichbares gesehen haben. Der Mörder muss von einer gewaltigen Wut getrieben worden sein – falls es sich nicht um die Tat eines Psychopathen handelt. Was meinen Sie dazu, Herr Brenne?«

Für einen Augenblick platzte die Seifenblase, die mich umgab. Der Hülle zwischen dem, was ich getan hatte, und der Rolle, die ich spielte, zerriss. Mit einem Mal war ich zurück bei Mike. Bei dem Blut, das an die Wände spritzte. Ich spürte das Gewicht der Brechstange in den Händen. Mir wurde schwarz vor den Augen. Einige sahen mich verwundert an. Doch kurz darauf hatte ich die Fassung wiedergewonnen.

»Bis jetzt kann ich dazu nichts sagen. Ich habe den Tatort nicht gesehen. Und vorläufig auch keine Fotos. Ich bin Anwalt, kein Psychologe. Ich arbeite nicht mit Hypothesen, sondern mit Beweisen. Oder dem Fehlen von Beweisen.«

Dann war es vorbei. Peter war rundherum zufrieden, er hatte nichts bemerkt. Ich wusste aber, dass diese Augenblicke immer wieder kommen würden und ich auf sie vorbereitet sein musste.

Später rief ich Kari an und bat sie, sich die Abendnachrichten anzusehen. Ich studierte mich selbst. Der Beitrag war natürlich auf eine knappe Minute zusammengeschnitten worden, aber ich war zufrieden mit mir. Ich sah gut aus, sprach deutlich und hörte mich überzeugend an. Dem Kommentar des Polizeiinspektors, der in diesem Fall ermittelte, hatte man gerade einmal fünf Sekunden zugestanden. Er sagte, man habe in diesem Land eben die freie Anwaltswahl. Er sah erhitzt und müde aus und hörte sich bei diesen Worten ein bisschen beleidigt an. Ich lächelte und rief noch einmal Kari an.

»Und, wie war ich?«, fragte ich, als sie den Hörer abnahm.

Ihre Lachen war herzerfrischend. »Bist du aber eitel, Mikael! Also wirklich!«

»Na, sag schon!«

»Ich finde, du warst hervorragend, Mikael. Wirklich sehr überzeugend. Das war eine verdammt gute Marketingidee von euch.«

Ihre Stimme klang warm und intim. Wir plauderten noch eine Weile, und als ich auflegte, hatte ich gute Laune.

Kapitel 29

Der Anruf kam am frühen Morgen. Eine höfliche Stimme stellte sich auf Englisch als Anwalt Hoffmann vor. Er klang leise und schien etwas zu lispeln. Sein Akzent ließ mich in Verbindung mit seinem Namen auf einen Deutschen tippen. Er lud mich zu einer Besprechung in sein Büro ein, das sich direkt über dem Alten Keller befand. Ich willigte ein, am nächsten Tag zu kommen, womit er sich zufriedengab.

Sein Händedruck war schlaff und charakterlos. Hoffmann war klein und rundlich, und sein Englisch hatte einen derart ausgeprägten deutschen Akzent, dass es fast schon nach einer Parodie klang. Allein der Blick, den er mir durch seine altmodische Brille mit dem goldenen Gestell zuwarf, war wach und scharf. Ich spürte sofort, dass dieser Mann alle Informationen, die ich ihm gab, schnell erfasste.

»Herr Hoffmann«, sagte ich, »ich kann nicht länger als Anwalt für Sie tätig sein. Ich bin Ihnen natürlich ansonsten jederzeit behilflich, aber alle juristischen Dinge müssen sofort an einen anderen Anwalt übertragen werden.«

Er faltete die Hände vor seinem runden Bauch und fragte: »Warum?«

»Weil ich der Verteidiger von Slavo Mihailovic bin. Es wäre höchst ungünstig, wenn ich gleichzeitig auch … seine Gesellschaften verträte. Es ist durchaus denkbar, dass die Ermittlungen auch diese Gesellschaften in den Blick nehmen.«

Er dachte einen Moment nach, so dass ich hinzufügte: »Ich habe mit Slavo darüber gesprochen, und er ist einverstanden.«

»Gut, das ist vernünftig. Ich kann das akzeptieren.«

Ich bewahrte die Fassung. Trotzdem flutete die Erleichterung wie ein reißender Strom durch mich hindurch. Ich entschuldigte mich und ging auf die Toilette, wo ich ein paar Minuten schwer atmend stehenblieb. Es roch dort drinnen nach einem Parfüm, das mich an etwas erinnerte. Dann wusch ich mir das Gesicht mit kaltem Wasser, trocknete mich ab und ging wieder zu ihm hinein. Ich war frei.

Nachdem wir alle Gesellschaftsstrukturen und laufenden Aktivitäten durchgegangen waren, erkundigte er sich nach Slavos Fall.

»Es ist schwierig«, sagte ich. »Doch ich bin guter Hoffnung, ihn freizubekommen. Ich glaube nicht, dass die Beweise für eine Verurteilung ausreichen. Aber er wird wohl in Untersuchungshaft bleiben, bis der Fall vor Gericht kommt.«

Er nickte. »Die Bezahlung … wir sind willig, einen hohen Betrag für einen Freispruch zu zahlen. Nennen Sie mir eine Summe, dann überweise ich Ihnen das Geld unmittelbar.«

»Nein, nein, so läuft das nicht. Der Staat bezahlt uns Anwälte.«

»Das weiß ich, aber eine Extrasumme für ein extragroßes Engagement … Wir erwarten von Ihnen, dass er freigesprochen wird.«

Ich schüttelte entschieden den Kopf. »Nein, danke, das ist nicht nötig. Ich werde auch so mein Bestes geben.«

Nie mehr. Ich wollte mich nie mehr von Geld und Gier

verführen lassen. Dann fragte ich mich, ob seine Erwartung auch eine Drohung enthielt – ob mir etwas zustoßen konnte, sollte Slavo nicht freikommen –, zwang mich aber, diesen Gedanken zu verdrängen. Ich wollte der Angst nicht schon wieder Tür und Tor zu meinem Leben öffnen. Mir reichte es langsam.

Nachdem ich aufgestanden war, um zu gehen, blieb ich noch einmal stehen und erkundigte mich nach Eva Kaufmann.

»Warum?«

Ich zuckte mit den Schultern. »Sie ist doch auch eine Mandantin von mir. Ich sollte mal mit ihr reden.«

»Eva Kaufmann ist ins Ausland gereist. Die letzten Monate waren sehr anstrengend für sie. Ich weiß weder, wo sie ist, noch, ob sie wieder zurückkommt.«

Als ich auf dem Weg nach draußen an der Garderobe vorbeikam, sah ich ein paar rote Stilettos in der Ecke stehen. Ich wusste ganz genau, an wessen Füßen ich diese Schuhe schon gesehen hatte. Eva hatte sie an dem Abend getragen, an dem sie mir das erste Mal begegnet war. Jetzt wusste ich mit einem Mal, an wen mich das Parfüm im Bad erinnert hatte. Eva Kaufmann. Sie wollte nicht mit mir reden. Oder Hoffmann erlaubte es ihr nicht. Ich kannte die Gründe nicht und wusste auch nicht, was ich davon halten sollte, aber es beunruhigte mich. Wenn sie Hoffmann erzählt hatte, dass ich am Vorabend des Mordes bei ihr gewesen und von Mike bedroht worden war, konnte er sicher zwei und zwei zusammenzählen. Dann hatte er mich in der Hand und damit auch ein Mittel, Slavo freizubekommen. Ein Gefühl der Hoffnungslosigkeit überkam mich.

»Was macht er hier?«

Mein Finger war auf den Sonnenkönig gerichtet. Wir standen im Verhörraum des Präsidiums, der von der strahlenden Morgensonne erhellt wurde, und waren von einem tadellos gekleideten Kommissar Dale empfangen worden. Damit hatten wir gerechnet. Nicht aber damit, dass der Sonnenkönig in der Ecke saß und uns schief angrinste.

»Kommissar Breivik hat den Wunsch geäußert, dem Verhör beizuwohnen. Ich habe dem zugestimmt.« Er sagte das so, als wäre die Sache damit ein für alle Mal erledigt.

»Der Sonnen… Herr Breivik ist doch vom Drogendezernat«, sagte ich.

»Das ist richtig.« Dale verzog keine Miene.

»Warum soll er dann hier sein?«

»Auch das Drogendezernat interessiert sich für Mihailovic, Herr Brenne.«

»Das mag sein«, entgegnete ich. »Aber in diesem Fall geht es um Mord, und nur der ist Bestandteil dieses Verhörs. Ich möchte nicht, dass er dabei ist.«

»Ich habe das aber so entschieden, verehrter Herr Kollege.« Dale wurde formell, wenn er gereizt war.

Ich stand auf. »Wenn das so ist, entscheide *ich* mich dafür, dass mein Mandant keine Aussage macht. Ich schicke Ihnen dann noch einen Brief mit einer formellen Begründung. Für die Akten.«

Dale hob die Hand. »Warten Sie bitte draußen mit Ihrem Mandanten.«

Es dauerte zwei Minuten. Slavo fragte mich nicht ein einziges Mal nach meinen Gründen. Ich wusste das zu schätzen. Ich wollte den Sonnenkönig nicht dabeihaben.

Ich wollte überhaupt nicht, dass die Drogengeschäfte in irgendeiner Form zur Sprache kamen, sondern mit all meiner Kraft dafür kämpfen, diesen Aspekt wenn irgend möglich aus dem Gerichtssaal herauszuhalten. Außerdem war der Sonnenkönig persönlich in den Fall involviert und mochte mich nicht. Kurz darauf öffnete sich die Tür, und der Sonnenkönig rauschte über den Flur davon. Er würdigte uns keines Blickes.

Dale tat so, als hätte diese Episode nie stattgefunden. Er stellte sich Slavo höflich vor und präsentierte uns dann seinen Kollegen Nilsen, ehe das wie immer mühsame und vor allem langweilige Polizeiverhör seinen Lauf nahm. Ich hatte meine Muskeln gezeigt und keinen Grund mehr, mich aufzuspielen. Ich saß einfach da. Ich brauchte nichts anderes zu tun, als mich wachzuhalten, um notfalls eingreifen zu können. Dazu kam es aber nicht. Das heißt, beinahe nicht.

Slavo war klug und geduldig. Er gab knappe, aber größtenteils präzise Antworten. Sagte zu jeder Frage etwas, wenn auch nicht mehr als notwendig. Genau darum hatte ich ihn gebeten.

Die Regeln, besser gesagt, meine Regeln für ein Polizeiverhör sind einfach: Sag möglichst immer die Wahrheit. Fasse dich kurz und präzise. Lass dich nicht aus der Ruhe bringen. Werde nicht wütend.

Slavo war wie erwartet ein guter Schüler. Ich betrachtete die beiden, den kleinen, engagierten Polizisten und Slavo, der wie ein Zen-Mönch auf seinem Stuhl saß und Frage auf Frage über sich ergehen ließ. Vollkommen regungslos. Er dachte über die Fragen nach und nahm sich für jede Antwort viel Zeit. Seine Stimme war leise und beinahe ausdruckslos. Je energischer Dale wurde und je mehr er sein Engagement zeigte, desto ruhiger wurde Slavo. Gegen Ende sprach er so leise, dass ich ihn kaum noch verstand. Ich spürte, dass er in der Lage wäre, ewig an diesem Ort zu bleiben, und ich glaube, auch Dale spürte das, denn er begann zu schwitzen, seine Stirn glänzte, und er kam nicht weiter. Slavo hielt an seiner einfachen Geschichte fest, ließ sich nicht aufs Glatteis locken und stellte keine Spekulationen an, so dass Dales Körper schließlich vor aufgestauter Energie bebte. Es sah fast so aus, als wollte er nur mit Hilfe seines Willens eine Lösung finden oder ein Geständnis erwirken.

Das Ganze dauerte acht Stunden. Schließlich stand ich auf und sagte, es sei jetzt genug.

»Meine Herren, wir sind die Geschehnisse jetzt mehrmals durchgegangen. So kommen wir doch nicht weiter. Und für heute reicht es auch. Wir alle sind müde.«

Dale nickte: »Dann machen wir morgen weiter«, sagte er.

»Nein«, sagte ich. »Morgen kann ich nicht. Außerdem verstehe ich nicht recht, was Sie denn noch fragen wollen. Es hat doch keinen Sinn, immer wieder dieselben Fragen zu stellen.«

Er hasste es, dass ich ihm die Führungsrolle streitig machte. »Wir haben eine ganze Reihe von Sachverhalten«, begann er, aber ich unterbrach ihn.

»Lassen Sie uns morgen darüber reden, Dale. Rufen Sie mich an. Oder noch besser – schicken Sie mir ein Fax mit den weiteren Fragen, die Sie stellen wollen. Wie werden dann darüber nachdenken. Für heute danke ich Ihnen.«

Als wir draußen auf dem Flur standen, sah mich Slavo

an, und zum ersten Mal an diesem Tag sah ich so etwas wie Leben in seinem Gesicht.

»War das in Ordnung, Mikael?«, fragte er leise.

Ich lächelte ihn an. »Sehr in Ordnung. Das war gut.«

Dann führten sie ihn ab.

Draußen war es dunkel und kalt. An einer Ecke stand ein Chor von Weihnachtsmännern und sang. Eilige Menschen hasteten bepackt mit Geschenken und Einkaufstaschen vorbei. Bald war Weihnachten. Ich habe meine Begeisterung für diese festliche Zeit verloren. Für mich ist das eine Zeit für Kinder und Familien. Eine beschissene Zeit, um allein zu sein.

Ein vages Gefühl der Angst und Unruhe überkam mich. Das war in letzter Zeit öfter geschehen, und ich kannte auch den Grund dafür. Ich fürchtete mich ein bisschen vor diesem Weihnachtsfest. Schließlich suchte ich mir ein Restaurant und ging etwas essen. Allein.

Ich bestellte ein Mineralwasser zum Essen. Wollte keinen Alkohol mehr trinken, da ich nicht wusste, was dann passierte. Als ich das letzte Mal etwas getrunken hatte, waren einige unglückliche Dinge geschehen. Ich musste lächeln, ärgerte mich aber auch über diesen Gedanken.

Das Fax von Dale wartete bereits auf mich, als ich am nächsten Tag ins Büro kam. Ich war mir sicher, dass er jeden Tag um Punkt sechs zur Arbeit kam. Er listete in seinem Schreiben eine ganze Reihe von Themen auf, die aber fast alle mit Slavos Geschäften zu tun hatten. Ich wartete mit meiner dreizeiligen Antwort bis nach dem Mittagessen.

Darf ich Sie darum bitten, mir zu erklären, welche Relevanz die in Ihrem Fax aufgeführten Themen für die Mordermittlungen haben?

Ich war nicht überrascht, ihn zwanzig Minuten später am Telefon zu haben. »Das hat doch keinen Sinn, Brenne!«, sagte er.

»Was hat keinen Sinn?«

»Per Telefax zu kommunizieren. Ich bitte Sie doch nur um ein weiteres Verhör. Das ist vollkommen normal und reine Routine, und das wissen Sie auch.«

Ich sagte nichts, sondern ließ ihn schmoren. »Brenne?«, fragte er nach einer Weile, »sind Sie noch da?«

»Ja«, antwortete ich.

»Können wir noch ein Verhör machen?«

»Sie haben meine Frage noch nicht beantwortet.«

Er hörte sich entmutigt an. »Welche Frage?«

»Die Frage in meinem Fax. Die haben Sie nicht beantwortet.«

Ich hörte ihn rasch atmen, trotzdem klang seine Stimme vollkommen ruhig, als er antwortete. »Jetzt hören Sie mal zu, Brenne, wir haben es hier mit Mordermittlungen zu tun. Sie sollten wissen, dass wir bei solchen Fällen immer eine breite Ermittlungsbasis anstreben. Wir fragen nach den Hintergründen, der Vorgeschichte, nach Drogen … verdammt, nach allem Möglichen eben. Auch nach Arbeit, Geschäften und finanziellen Verhältnissen. Das sind alles wichtige Hintergrundinformationen, wie Sie selbst wissen sollten.«

»Das ist doch Bullshit«, sagte ich. » Probieren Sie es gar nicht erst. Sie sind doch wieder auf der Drogenspur.«

Er schwieg einen Moment, dann sagte er: » Wir werden das hinkriegen, Brenne. Ihr Mandant ist nicht sauber, und das wissen Sie. Wir werden jede Rechnung überprüfen, die Ihr Mandant gestellt hat, und seinen ganzen Laden auf den Kopf stellen, um das zu beweisen.«

»Das ist nicht relevant.«

»Das ist verdammt relevant, Brenne! Und es wäre gut für Ihren Mandanten, wenn er sich dazu äußern würde. Vor Gericht wird das ohnehin zur Sprache kommen.«

»Das werden wir dann ja sehen«, sagte ich. »Aber ein weiteres Verhör wird es nicht geben.« Mit diesen Worten knallte ich den Hörer auf die Gabel.

Kapitel 30

Ich hatte die wenigen Geschenke besorgt, die ich brauchte, sie abgeliefert und die Lebensmittel für das Weihnachtsessen eingekauft. Am Vormittag des Heiligen Abends ging ich noch einmal in die Stadt, um ein paar Kleinigkeiten zu kaufen, die ich vergessen hatte. Es war grau und kalt und schneite leicht. Die Menschen hasteten auf der Jagd nach den letzten Geschenken an mir vorbei, die Verkäufer in den Läden sahen gestresst aus. Ganz spontan entschloss ich mich, mir eine Zigarre zu kaufen, und ging in einen kleinen Tabakladen.

Drinnen war es dunkel, ich war der einzige Kunde. Es roch intensiv, aber angenehm nach Tabak. Ein kleiner, gebeugter Mann kam aus einem Hinterzimmer und sah mich freundlich an. Ich bat ihn um eine gute Zigarre, und er nahm sich viel Zeit, mir alles gründlich zu erklären und mir anschließend verschiedene Marken zu empfehlen. Als ich mich entschieden hatte und bezahlte, blickte er zu mir auf.

»Ich weiß, wer Sie sind«, sagte er. »Ich habe Sie im Fernsehen gesehen. Sie sind dieser Anwalt in dem Mordprozess … gegen den Serben.«

Ich nickte. »Das ist richtig.«

Er schüttelte den Kopf. »Das muss sehr schwierig sein«, sagte er. »Es ist doch bestimmt nicht leicht, sich mit so etwas zu beschäftigen. Mit den dunklen Seiten der Menschen, meine ich.« Dann grinste er mich plötzlich schief an, und ich sah, dass er sehr alt war. Sein Gesicht war voller tiefer Falten. »Aber jetzt ist ja Weihnachten«, sagte er. »Eine Zeit für Frieden und Vergebung. Auch für die Sünder und Zöllner. Und vielleicht auch für Mörder, wer weiß. Ich wünsche Ihnen jedenfalls ein gesegnetes Weihnachtsfest.«

Ich ging nach Hause. Es schneite jetzt stärker, so dass die Welt ganz still war. Das Gehen tat mir gut. Peter hatte vor ein paar Tagen angerufen und mich für den Weihnachtsabend zu sich nach Hause eingeladen. Die ganze Familie würde da sein, Kinder, Brüder, Schwestern und seine Schwiegermutter. Ich lehnte höflich ab und sagte, mein Vater käme zum Essen, bereute diese Entscheidung inzwischen aber ein bisschen.

Um fünf Uhr holte ich meinen Vater mit dem Wagen ab. Er wartete bereits hinter der Eingangstür. Als ich aus dem Auto stieg, sah er rasch auf die Uhr, um zu überprüfen, ob ich pünktlich war. Zu Hause half ich ihm aus dem Mantel. Sein Hals sah dünn und sehnig und seltsam verletzlich aus. Er trug einen blauen Anzug, Hemd und Krawatte.

Als wir am Tisch saßen, blickte er auf. »Hast du eine Bibel im Haus, Mikael?«

»Eine Bibel? Warum?«

»Hast du oder hast du nicht?«

Ich stand auf, um zu suchen. Oben im ersten Stock fand ich eine alte Schulbibel. »Hier, was willst du damit?«

Er lächelte mich etwas beschämt an. »Ich habe heute Vormittag zu Hause bei mir gesessen und mich erinnert. An das Weihnachten meiner Kindheit. Wir waren immer bei meinen Großeltern, am besten erinnere ich mich aber an Großvater. Er saß mit seinen weißen Haaren und seinem weißen Bart am Ende des Tisches und las jeden Heiligabend vor dem Essen laut aus dem Weihnachtsevangelium vor.«

Für einen Augenblick wurde es still. »Ich bekam so eine Lust … ich wollte das mal wieder hören.« Er fingerte an der Bibel herum. Blätterte aufs Geratewohl. »Aber ich habe meine Brille vergessen …«

Ich nahm ihm die Bibel ab und suchte die richtige Stelle heraus. Dann begann ich laut zu lesen. »Es begab sich aber zu der Zeit, dass ein Gebot von dem Kaiser Augustus ausging, dass alle Welt geschätzt würde…«

Wir aßen geräucherte Lammrippchen und tranken dazu Bier und Aquavit. Dann redeten wir ein bisschen und schwelgten in Erinnerungen, doch ohne Mutter zu erwähnen. Schließlich saßen wir im schummrigen Wohnzimmer, hörten Nina Simon traurige Lieder singen und tranken Cognac. Es ging uns endlich einmal gut zusammen. Irgendwann sah er von seinem Glas auf.

»Ich muss immer an unsere Weihnachtsabende denken … früher, meine ich, als du noch jünger warst. Erinnerst du dich?«

Ich nickte.

»Wir waren immer nur zu zweit. Ich … ich habe immer versucht, es irgendwie gemütlich zu machen, so wie es früher war … als du klein warst, aber … ich weiß nicht … wir waren ja nur zu zweit.«

»Ich weiß, dass du dir immer Mühe gegeben hast«, sagte ich. »Aber gerade an Weihnachten habe ich sie vermisst. Mama, meine ich.«

»Ich weiß, Mikael, ich auch.«

Wir blieben eine Weile schweigend sitzen. Er hatte mir niemals zuvor eingestanden, sie zu vermissen.

Ich holte tief Luft, dann fragte ich: »Warum ist sie gegangen? Warum hat sie uns verlassen?«

Er saß lange schweigend da, und ich fürchtete schon, er könne sich wieder verschlossen haben. Als er endlich antwortete, wich er meinem Blick aus: »Ich weiß es wirklich nicht, Mikael. Ich zerbreche mir jetzt seit über dreißig Jahren den Kopf. Aber ich verstehe es nicht.«

Auch ich hatte mir meine Gedanken gemacht, ebenso lang wie er, hatte ihn aber nie zu fragen gewagt. Jetzt hatte ich es endlich getan, doch nur, um zu entdecken, dass auch er mir keine Antwort geben konnte.

Wir machten an diesem Abend nicht mehr viele Worte, aber die Stille zwischen uns war dieses eine Mal nicht bedrückend. Als das Taxi ihn holte, nahm er meine Hand und sagte, er habe einen schönen Abend gehabt.

Etwas später ging ich nach draußen. Es schneite noch immer, wenn auch nicht mehr stark. Meine Schuhe knirschten im Neuschnee. Es war niemand draußen, und auch auf den Straßen war fast nichts los. Die wenigen Autos, die fuhren, rollten beinahe lautlos durch den Schnee. Ich ging von Straßenlaterne zu Straßenlaterne und dachte an nichts, betrachtete meinen Schatten, der vor mir im Schein der Lampen wuchs, bis er im Licht der nächsten Lampe wieder verschwand. Aus einem Haus hörte ich den entfernten Klang von Weihnachtsliedern.

Ich ging quer durch das Zentrum, ohne eine Menschenseele zu sehen. Lief mitten über die Straßen und drückte meine Spuren in den jungfräulichen Schnee. Einmal blieb ich für einen Augenblick stehen, nur um der Stille zu lauschen. In der Ferne hörte ich Orgelmusik.

Diese Klänge waren so einladend, dass ich begann, auf sie zuzugehen. Ich bog um eine Ecke, dann um eine weitere und kam in eine schmale Seitenstraße. Am Ende dieser Straße befand sich ein kleiner, offener Platz. Auf der gegenüberliegenden Seite lag eine unscheinbare, katholische Steinkirche, aus der die Musik drang. Ein gelblicher Lichtstreifen fiel durch die offene Tür auf den Schnee. Ich überquerte den Platz und ging hinein.

Drinnen war kein Mensch zu sehen. Nur die Musik der Orgel hüllte mich ein wie die Wogen eines Meeres. Ringsherum an den Wänden standen brennende Kerzenleuchter, die wie Augen aus Licht wirkten. Ich setzte mich auf die hinterste Bank und lauschte andächtig.

Ich glaube nicht an Gott und kann mich nicht erinnern, es jemals getan zu haben. Als Kind war ich manchmal in der Kirche gewesen, meistens gemeinsam mit der Schule anlässlich hoher Feiertage, aber das hat mich nie irgendwie berührt. Ich habe nie das Bedürfnis verstanden, an Gott zu glauben. Für mich war das immer ein Zeichen der Schwäche, ein Ausdruck davon, dass ein Mensch Halt sucht, eine Krücke für all jene, die der Wirklichkeit mit all ihrem Grauen und ihrer Schönheit nicht ins Auge zu sehen vermögen. Doch jetzt saß ich hier, umhüllt von dieser Musik, und wünschte mir aus vollem Herzen, es möge jemanden geben, der mir vergeben konnte. Der mir das Blut von den Händen wusch und mir an diesem Weihnachtsabend Frieden schenkte. Ich wünschte mir, glauben zu können, dass es irgendwo Frieden und Vergebung gab. Auch für Mörder und Anwälte. An der Wand vor mir hingen alte, rissige Gemälde. Jungfrau Maria mit dem Kind. Jesus am Kreuz. Ihre Gesichter strahlten Frieden aus.

Allmählich gewöhnten sich meine Augen an das schwache Licht im Innern der Kirche.

Hinter der Kanzel sah ich eine gewaltige Altartafel. Sie war mit dem Alter so stark nachgedunkelt, dass man sie nicht mehr richtig erkennen konnte, aber am linken Bildrand sah ich eine von Licht umgebene Person. Ihr Gesicht war streng und schön, aber ohne Gnade. In der erhobenen, rechten Hand hielt sie ein leuchtendes Schwert. Vor der Gestalt knieten Menschen mit entsetzten Gesichtern, bei denen es sich, wie ich annahm, um Sünder handelte.

Die Orgelmusik erstarb. Ich stand auf, um zu gehen, verharrte dann aber noch einen Moment und starrte auf die Altartafel.

»Kann ich Ihnen helfen?«, fragte eine Stimme. Ich zuckte zusammen. Ich hatte niemanden kommen gehört und sah auch niemanden. Dann trat ein Mann aus dem Dunkel, er trug einen dunklen Anzug und einen Schlips und sah ganz gewöhnlich aus.

Ich schüttelte den Kopf. »Nein, danke. Ich habe nur die Musik gehört. Waren Sie das?«

Er nickte.

»Das war schön.«

»Danke«, sagte er. »Es freut mich, wenn es Ihnen gefallen hat.«

Auf dem Weg zum Ausgang kehrte ich um und ging noch einmal zu ihm zurück. Ich zeigte auf die Altartafel. »Da … die Gestalt mit dem Schwert, wissen Sie, wer das ist?«

»Aber natürlich.« Er lächelte vorsichtig. »Ziemlich grausam, nicht wahr? Das ist der Erzengel Michael. Er war es, der den Satan aus dem Himmel vertrieben und in die Hölle gestürzt hat.«

Ich dankte ihm und ging.

Am zweiten Weihnachtstag war ich das Alleinsein satt. Ich rief Kari an und lud sie zum Essen ein.

Sie sah hübsch aus, als sie kam, wenn auch etwas streng. Sie trug einen dunkelblauen Rock, der ihr bis knapp über die Knie reichte, und eine Jacke in derselben Farbe, die sie bis zum Hals zugeknöpft hatte. Da draußen immer noch Schnee lag, zog sie erst im Flur hochhackige Schuhe an. Ich beobachtete von der Küche aus, wie sie den Rock etwas nach oben zog und den Fuß leicht anwinkelte, um in die Schuhe hineinzukommen. Die Bewegung war gleichermaßen unbeholfen und erotisch, so dass ich mit einem Mal ungeheure Lust auf sie bekam.

»Du hast mich gerettet«, sagte sie, als sie zu mir in die Küche kam. »Ich war über die ganze Weihnachtszeit zu Hause bei meinen Eltern. Es reichte mir jetzt wirklich.«

»Ich dachte, du wärst gerne dort draußen«, sagte ich. »Du sprichst doch immer davon.«

Ihr Mund war rot, und ihre Lippen sahen voller aus als sonst. »Ja«, sagte sie. »Ich fahre gerne nach Hause. Für zwei Tage. Das ist dann aber auch genug.«

Sie saß auf der Küchenbank, nippte an ihrem Glas Wein und sah zu, wie ich das Essen vorbereitete. Sie hatte die Beine übereinandergeschlagen und wippte mit dem einen Fuß. Ich starrte auf ihren Knöchel, ihre Knie, den Schwung ihres Schenkels. Ich glaube, sie las die Begierde in meinen Augen, denn sie war stiller als sonst.

Während des Essens redete ich viel, während Kari

hauptsächlich schwieg. In den Tagen, die ich allein verbracht hatte, schienen sich die Worte in mir aufgestaut zu haben, so dass sie jetzt in einem endlosen Strom aus mir herausquollen. Ich hörte selbst, dass ich zu viel redete, konnte aber nicht aufhören. Schließlich sagte Kari gar nichts mehr.

Wir tranken Kaffee und Cognac im Erker. Draußen war es dunkel, und die großen, schwarzen Fenster trennten uns von der Welt dort draußen. Alles war still, denn auch mir waren jetzt die Worte ausgegangen. Kari war abwesend und schweigsam. Wir saßen einander halb zugewandt in den Sesseln, die an dem niedrigen Tisch standen. Ich sah sie an, konnte den Ausdruck in ihren Augen aber ganz und gar nicht lesen. Ich hatte meinen Cognac bereits geleert, während Kari den ihren kaum angerührt hatte. Ich wollte mir nachschenken, konnte die Flasche aber nicht erreichen, so dass ich mich auf die Knie sinken ließ. Als ich mich an Kari wandte und sie fragte, ob sie auch noch einen Schluck wollte, schüttelte sie nur den Kopf. Sie hatte die Augenlider halb gesenkt.

»Stell die Flasche weg, Mikael«, sagte sie leise.

Wir gingen nach oben in mein Schlafzimmer und schliefen miteinander. Wie liebten uns im Dunkeln, und ich lag mit meinem ganzen Gewicht auf ihr und umarmte sie, während sie weich und ruhig unter mir ruhte und mir unverständliche, leise Worte ins Ohr flüsterte, bis wir beide gleichzeitig zum Höhepunkt kamen, der uns wie eine warme, freundliche Strömung an einen Strand trieb und dort sanft ablegte.

Sie war beinahe eingeschlafen, als ich sie fragte, ob sie an Gott glaube.

»Nein«, sagte sie. »Aber ich glaube … ich glaube an die Menschen. Jedenfalls manchmal.«

»Und wie erfahren wir dann Vergebung?«, fragte ich. »Wer vergibt uns unsere Sünden?«

Es war dunkel im Zimmer, so dunkel, dass ich ihr Gesicht nicht sehen konnte. Aber ich spürte ihre Wärme. Ich hatte schon gedacht, sie schliefe, als sie mir leise antwortete: »Unsere Vergebung erhalten wir, wenn wir lieben«, sagte sie. »Wenn wir lieben, sagen wir Ja zum Leben und zu allem Guten.«

Dann atmete sie noch gleichmäßiger, und ich wusste, dass sie jetzt wirklich schlief. Ich blieb noch lange wach, spürte ihren Körper neben mir und dachte an das, was sie gesagt hatte.

Als ich aufwachte, saß sie im Bett mit einem Kissen im Rücken. Ein Schimmer lag draußen in der Luft, eine Spur von Grau, die verriet, dass es bald Morgen war. Ich lag eine Weile da und betrachtete sie, musterte ihr Gesicht, die kleine Falte auf ihrer Stirn und die leicht angespannten Muskeln an ihren Mundwinkeln, die verrieten, dass sie nachdachte. Ich legte eine Hand auf die Decke über ihrer Hüfte und lächelte sie an. »Über was denkst du nach?«, fragte ich.

Ihr Gesicht war ernst. »Über uns. Ich glaube … ich glaube, wir sollten das nicht noch einmal tun, Mikael. Ich glaube, das war das letzte Mal.«

Ich stemmte mich auf die Ellenbogen. »Warum? Es war doch … was es nicht schön für dich?«

»Doch, das war es. Es war ganz fantastisch.«

»Warum dann?«

Sie sah mich nicht an, sondern starrte nach draußen in die Morgendämmerung. »Ich … ich habe mich in dich verliebt. Liebe dich. Das ist nicht gut. Ich krieg das nicht hin. Wenn … wenn wir zusammen sind, miteinander schlafen … wird das nur noch schlimmer.«

Ich lag da und wusste nicht, was ich ihr sagen sollte. Sie war jung. Und schön. Sogar in dem grauen Morgenlicht, dem jede Farbe, jede Wärme fehlte, sah sie glatt und rein und wie neugeboren aus. Ich hatte Lust auf sie, und ich mochte sie, wusste aber nicht, was ich ihr geben konnte.

Wir lagen da, still und seltsam weit voneinander entfernt. Als es unerträglich wurde, zog ich sie an mich. Sie ließ es zu, schmiegte sich an mich, drehte aber ihr Gesicht weg. Mir fehlten noch immer die Worte.

Nach einer Weile schlief ich noch einmal ein, und als ich wieder aufwachte, war sie gegangen.

Kapitel 31

Als ich durch die Tür des Gerichtsgebäudes trat, wurde ich von Blitzlichtern überrascht. Ich war schon Hunderte Male dort gewesen, hatte aber nie mehr als zwei oder drei verschlafene Journalisten angetroffen. Jetzt war der Vorraum voller Reporter, Fotografen und Kameraleute, deren grelle Lampen mich blendeten. Alle riefen durcheinander, während die Fotografen mich unaufhörlich knipsten. Einen solchen Empfang hatte ich nicht erwartet.

Ich hob die Hand, um meine Augen vor dem Licht zu schützen, und bahnte mir mit den Ellenbogen einen Weg.

»Beruhigen Sie sich bitte«, rief ich. »Ich muss jetzt zu meinem Mandanten, mich mit dem Staatsanwalt besprechen und mich vorbereiten. Ich kann Ihnen eventuell später Auskunft geben.«

»Glauben Sie, dass Ihr Mandant heute schon aus dem Gefängnis freikommt?«, brüllte mir einer der Reporter ins Ohr.

Ich zuckte nur mit den Schultern. »Wir werden sehen.«

Wir hatten Haftprüfungstermin, bei dem es um weitere acht Wochen Untersuchungshaft ging.

Slavo saß in Handschellen im Hinterzimmer, bewacht von drei Beamten. Er nickte mir zu.

»Bitte nehmen Sie ihm die Handschellen ab«, sagte ich und zeigte auf seine Hände. »Wir sind im Gericht, Sie dürfen das jetzt tun.«

Sie taten, was ich sagte, sahen dabei aber recht mürrisch aus.

»Und dann möchte ich darum bitten, dass Sie sich etwas zurückziehen, damit ich mich mit meinem Mandanten besprechen kann.«

Auch das taten sie.

»Wie geht es Ihnen, Slavo?«, fragte ich.

»Ich lebe«, antwortete er. »Gibt es irgendeine Chance, mich heute schon hier rauszuholen?«

Ich schüttelte den Kopf. »Das glaube ich nicht. Alles ist möglich, aber die Chancen stehen sehr schlecht. Rechnen Sie nicht damit. Dieser Fußabdruck reicht vermutlich, um Sie bis zur Hauptverhandlung in Haft zu lassen. Wenn sie nicht vorher den wahren Mörder finden.« Mir lief ein Schauer über den Rücken, als ich das sagte.

Der Staatsanwalt kam in seiner Robe in den Raum geschneit. Ein tüchtiger Kerl, der trotzdem langweilig und austauschbar wirkte. Ich hatte ihn schon oft im Gericht getroffen, wusste aber nicht, ob ich ihn mochte oder nicht.

»Guten Tag, Herr Brenne«, sagte er. »Sie haben den Haftantrag per Fax bekommen?«

Ich nickte. »Gibt es sonst noch neue Dokumente?«, fragte ich.

»Ja, ein paar.« Er öffnete seine Tasche und zog eine Plastikmappe heraus.

»Etwas von Interesse?«

Wie erwartet zuckte er nur mit den Schultern und sagte, das müsse ich selbst entscheiden.

Ich blätterte die unterschiedlichen Dokumente rasch durch, um mir einen Überblick zu verschaffen. Es handelte sich um Zeugenaussagen, eine Auflistung der Gegenstände aus Mikes Wohnung, den vorläufigen Obduktionsbericht und diverse formelle Anträge über die Herausgabe von Telefondaten und Bankkonti, die ich erst einmal beiseite legte, um sie mir später anzuschauen. Ich konzentrierte mich auf die Zeugenaussagen und suchte nach der von Eva Kaufmann. Sie war nicht dabei, und ich wusste nicht, ob mich das erleichterte oder nicht. Ich studierte die anderen. Ausschließlich Nachbarn, von denen kaum jemand etwas gesehen oder gehört hatte.

Beinahe hätte ich dabei die einzige Aussage von Bedeutung überblättert, wäre mein Blick nicht an der Formulierung »ausländisch ausgesehen« hängengeblieben. Sofort begann ich, die ganze Zeugenaussage zu lesen. Sie stammte von einer älteren Frau, die unter Mike wohnte. Mir brach der Schweiß aus.

Die Zeugin hat in der Mordnacht wachgelegen, wie meistens, da sie nicht mehr gut schlafen kann. Sie hat den Mord gehört, natürlich ohne zu wissen, dass es sich um einen Mord handelte, aber sie hat den Lärm vernommen. Laute Stimmen. Schreie. Dumpfe Schläge, als wäre jemand gestürzt. Sie habe das als höchst unangenehm empfunden und Angst bekommen. So etwas seien sie bei sich im Haus nicht gewohnt. Sonst sei immer alles ruhig und ordentlich gewesen. Aber irgendwie hatte sie so etwas ja erwartet, wenn auch keinen Mord. Es habe zwar zuvor keinen Ärger gegeben, aber sie habe diesen Mann von Anfang an nicht gemocht. Er sei Ausländer gewesen, und da könne man ja nie wissen.

Und die Frauen, die da verkehrten, das waren keine ordentlichen Mädchen, sondern richtige Luder.

Und anschließend? Nun, anschließend sei es still gewesen.

Ganz still. Bis sie dann die Schritte auf der Treppe vernommen habe und der Mann nach unten gegangen sei. Natürlich habe sie ihn gesehen. Sie habe auf dem Flur gestanden und durch den Spion ihrer Tür geschaut, als der Mann nach unten ging. Außerdem habe er vor ihrer Tür kurz Halt gemacht.

Ja, er sei tatsächlich für einen Moment unter der Lampe im Treppenhaus stehengeblieben. Sie meinte, er habe sich den Schlips gelockert. Natürlich könne sie ihn beschreiben, er habe ja direkt unter der Lampe gestanden. Groß sei er gewesen. Und schwer. Nicht dick, aber kräftig. Und er habe ausländisch ausgesehen. Mit kurzen, dunklen Haaren und tiefen Geheimratsecken. An den Schläfen etwas Grau. Dunkle, tiefliegende Augen. Mit diesen dunklen Flächen unter den Augen, die alle Ausländer haben. Der Kopf sei ungewöhnlich groß und rund gewesen. Und er sei elegant gekleidet gewesen, mit Anzug und Mantel. Ja, sie sei sich sicher, ihn wiedererkennen zu können. Ohne Probleme.

Ich las die Aussage noch einmal und dann ein weiteres Mal. Als ich einen Blick auf Slavo warf, stellte ich fest, dass die Beschreibung perfekt war. Hinter meiner Stirn zogen Kopfschmerzen auf. Ich legte meine Hände an die Schläfen und drückte leicht. Das konnte doch nicht stimmen. Ich wusste genau, dass es nicht stimmte, mit absoluter Sicherheit. Und trotzdem stand es da.

Der Gerichtsdiener kam heraus und fragte mich, ob ich bereit sei. Ich schüttelte den Kopf und bat um fünf Minuten Zeit. Dann zeigte ich Slavo die Aussage. Als er sie durchgelesen hatte, stand auch in seinem Gesicht Ratlosigkeit.

»Aber verdammt …«, stotterte er, »verdammt, was ist denn das? Das sind doch blanke Lügen! Nichts davon stimmt. Produziert die Polizei hierzulande jetzt schon Beweise? Was soll das?«

Sein emotionaler Ausbruch ließ mich wieder ruhig werden.

»Hören Sie, Slavo«, sagte ich. »Hören Sie mir genau zu. Ich weiß nicht, was das ist. Ein Missverständnis, irgendwo muss sich da ein Fehler eingeschlichen haben. Ich weiß es nicht, und im Moment können wir da auch nichts tun. Machen Sie drinnen keine Szene, bitte kein Gefühlsausbruch. Sie halten Ihren Mund, verstanden? Und ich rede. Wir machen das so, wie wir besprochen haben. Sie verweisen auf Ihre Aussage vor der Polizei und haben dem nichts hinzuzufügen, okay?«

Ich sah ihm in die Augen, und nach einem kurzen Moment nickte er zustimmend.

»Gut«, sagte ich. »Diese Aussage … wir sprechen später darüber. Wie auch immer, Sie hatten ohnehin kaum eine Chance, heute hier rauszukommen. Kommen Sie, gehen wir.«

Der kleine Gerichtssaal summte von Stimmen, so dicht gedrängt saßen die Journalisten. Der Richter war nicht mehr ganz jung, korpulent, verschwitzt und sehr erfahren. Er wandte sich sofort an den Staatsanwalt. »Herr Staatsanwalt, Sie haben darum gebeten, die Öffentlichkeit auszuschließen. Könnten Sie diesen Antrag bitte begründen?«

Der Staatsanwalt begründete dies wie üblich mit der notwendigen Rücksicht auf die Ermittlungen. Ich meldete meinen obligatorischen Protest an und verwies auf die

Wichtigkeit der freien, unabhängigen Presse. Ich glaube eigentlich nicht mehr wirklich daran, aber die Presse liebt diesen Spruch, so dass ich dieses Mal richtig dick auftrug.

Es summte zustimmend im Raum, als ich zum Ende gekommen war.

Der Richter sah bereits müde aus und schloss die Öffentlichkeit »aus Rücksicht auf die weiteren Ermittlungen« aus. Alles wie üblich. Die Reporter murmelten unzufrieden, während sie nach draußen auf den Flur strömten.

Der Staatsanwalt stützte sich auf die Aussage der neuen Zeugin, die ihm in Verbindung mit dem Fußabdruck im Blut als Beweis absolut ausreichte. Als ich seine Worte hörte, wurde mir erst richtig bewusst, wie schlecht die Sache jetzt für uns stand. Einzig und allein aufgrund einer alten, verwirrten Frau. Erneut lief mir ein Schauer über den Rücken, wusste ich doch, dass Slavo kurz davor war, für zwanzig Jahre hinter Gitter zu wandern. Noch vor einer halben Stunde hatte es viel besser ausgesehen. Und ganz hinten in meinem Schädel rumorte die Gewissheit, dass ich meiner persönlichen Sicherheit ein deutliches Stück näher gekommen war.

Ich konnte nicht viel tun. Mir fehlten ganz einfach vernünftige Argumente, so dass ich stattdessen auf die Polizei schimpfte.

Ich hielt den Bericht der Nachbarin in die Luft. »Hohes Gericht, diese Aussage – dem Staatsanwalt zufolge die zentralste Aussage überhaupt – habe ich gerade erst vor zehn Minuten bekommen. So etwas darf nicht sein. Schließlich haben wir es mit einem Mordprozess zu tun, bei dem für meinen Mandanten sehr viel auf dem Spiel steht. Eine solche Vorgehensweise der Polizei ist absolut inakzeptabel.«

»Es steht Ihnen gar nicht zu, Ermittlungsunterlagen vorzeitig einzusehen«, sagte der Staatsanwalt selbstzufrieden. »Sie kriegen, was Ihnen zusteht, wenn der Zeitpunkt dafür gekommen ist.«

»Das ist reiner Formalismus, Herr Staatsanwalt. Herr Richter, werfen Sie doch einmal einen Blick auf das Datum der Aussage. Sie ist anderthalb Wochen alt. Diese Aussage wurde in keinem anderen Zusammenhang genutzt, zum Beispiel, um meinen Mandanten während seiner Aussage damit zu konfrontieren, was vollkommen in Ordnung gewesen wäre. Ich finde es vollkommen inakzeptabel, mir so ein Dokument fünf Minuten vor dem Haftprüfungstermin draußen auf dem Flur zu überreichen. Damit wollte man mich doch überrumpeln. So etwas gehört sich nicht für den norwegischen Rechtsvollzug.«

Ich war wirklich wütend. Der Staatsanwalt war rot geworden. Ehe er etwas erwidern konnte, ergriff der Richter das Wort.

»Herr Staatsanwalt, ich muss Anwalt Brenne in seiner Kritik recht geben. Oder haben Sie eine vernünftige Begründung dafür, warum dieses Dokument so spät zum Einsatz kommt?« Er sah den Staatsanwalt scharf an. »Möchten Sie dazu etwas sagen?«

Der Staatsanwalt blickte zu Boden und schüttelte unmerklich den Kopf.

»Dass mir das nicht noch einmal vorkommt«, sagte der Richter. Dann wandte er sich mir zu und seufzte. »Aber jetzt liegt das Dokument nun einmal vor, und ich muss es berücksichtigen. Haben Sie noch weitere Anmerkungen zum Thema Inhaftierung, Herr Anwalt?«

Jetzt war es an mir, den Kopf zu schütteln. »Nein, aber

ich bin erstaunt, dass nicht längst eine Gegenüberstellung mit der Zeugin stattgefunden hat. Dann hätte ihre Aussage überprüft werden können. So sind wir nach wie vor auf vage … auf die Abschrift einer Befragung angewiesen, um über die Verlängerung der Untersuchungshaft zu entscheiden.«

»Das wird im Laufe der nächsten Tage geschehen«, sagte der Staatsanwalt.

»Gut«, sagte der Richter. »Herr Anwalt, haben Sie sonst noch etwas zu sagen?«

»Nein.«

»Dann bitte ich Sie, auf dem Gang zu warten.«

Wir mussten nicht lange warten. Slavo kam für weitere acht Wochen in Haft, so dass ich den wartenden Journalisten anschließend nicht viel zu sagen hatte. Natürlich spürten sie, dass etwas schiefgelaufen war, und quälten mich noch zwei Tage lang mit ihren Anrufen, bis durch eine inoffizielle Polizeiquelle die Existenz einer Zeugin an die Öffentlichkeit drang.

Die Gegenüberstellung fand bereits am nächsten Tag statt. Die Polizei hatte gute Arbeit geleistet und eine ganze Reihe von Personen zusammengetrommelt, die in etwa den gleichen Körperbau und die gleiche Haarfarbe wie Slavo hatten. Sie standen mit Nummern um den Hals in einer Reihe hinter der Glasscheibe. Immer wenn der Vorhang zur Seite gezogen wurde, wechselten sie ihre Plätze und Nummern. Aber die Zeugin erkannte Slavo jedes Mal, ohne auch nur einen Augenblick zu zögern.

Ein paar Tage später besuchte ich ihn im Gefängnis. Er war deprimiert und verzweifelt. Wieder und wieder betonte er, dass es sich um einen Fehler handeln müsse und die Nachbarin ihn gar nicht unmittelbar nach dem Mord gesehen haben könne. Am liebsten hätte ich ihm gesagt, dass ich ihm glaubte, ja sicher sei, dass er die Wahrheit sagte, doch das konnte ich ja nicht. Stattdessen ließ ich ihn meinen scheinbaren Zweifel spüren.

»Sollten Sie es getan haben, Slavo«, begann ich, »sollten Sie vielleicht besser gestehen. Ich bin gezwungen … es ist meine Pflicht, Ihnen das zu sagen. Schließlich könnten Sie Ihr Strafmaß so deutlich mindern.«

Er sah mich hilflos an und schüttelte nur den Kopf.

Als ich ging, hatte ich ein schlechtes Gewissen.

Kapitel 32

Die nächsten Wochen vergingen wie im Flug. Ich arbeitete hart, wobei ich mich hauptsächlich dem Mordfall widmete. Peter hatte recht behalten. Der Effekt der Medienaufmerksamkeit zeigte sich rasch, so dass wir eine ganze Reihe neuer Mandanten bekamen. Die meisten davon delegierte ich gemeinsam mit ein paar alten Fällen an Peter, trotzdem blieb mir aber noch mehr als genug zu tun.

Kari war jeden Tag anwesend. Sie brachte mir zwar jeden Morgen den Kaffee, und dann saßen wir auch zusammen und redeten, trotzdem war es nicht mehr so wie früher. Ich spürte bei ihr eine Distanz, eine Reserviertheit, die zuvor nicht da gewesen war. Sie redete nicht über persönliche Dinge, und wenn ich sie fragte, wich sie mir aus. Eines Abends – wir hatten Überstunden gemacht – fragte ich sie, ob sie mit mir essen gehen wolle. Das Lächeln, mit dem sie mir einen Korb gab, war strahlend und kühl wie Schnee.

Im Februar zogen wir mit der ganzen Kanzlei in Peters Räumlichkeiten um. Dieser Umzug brachte mehr Arbeit mit sich, als ich erwartet hatte. Wir brauchten das ganze Wochenende und sortierten bis spät in die Nacht Unterlagen, entsorgten und archivierten. Kari hatte ein paar Studenten besorgt, die uns halfen, Möbel und Kisten zu tragen. Am Samstagabend arbeiteten wir bis elf Uhr abends. Danach bestellte ich Pizza für uns.

Wir saßen auf Kartons und den letzten verbliebenen Stühlen. Kari hockte im Schneidersitz auf dem Boden. Ich sah ihr beim Essen zu. Mit ihren strubbeligen Haaren, der alten Jeans und dem viel zu kurzen T-Shirt sah sie wie eine Jugendliche aus. Sie scherzte mit den Studenten, lächelte sie strahlend an und lachte über ihre Witze. Mich beachtete sie nicht. Ich fühlte mich müde und unwohl.

Dann ging sie mit den Studenten noch ein Bier trinken. Ich lehnte ab und gab vor, müde zu sein und nach Hause zu wollen. Als ich draußen auf dem Bürgersteig stand, sah ich sie eingehakt zwischen zwei jungen Männern davonziehen und hörte ihr Lachen durch die dunklen Straßen schallen.

Nach dem Umzug sah ich sie immer seltener. Das System war nun anders, professioneller, so dass wir die Tagesplanung nicht mehr morgens bei einem Kaffee machten. Außerdem arbeitete sie jetzt nicht mehr nur für mich. Eines Tages fragte ich sie, ob es ihr an ihrem neuen Arbeitsplatz gefiel. Sie antwortete mit Ja. Durch einen Zufall bemerkte ich eines Tages auch, dass sie tatsächlich begonnen hatte, Jura zu studieren, und fragte sie, ob sie Hilfe brauche.

»Nicht nötig, Mikael«, antwortete sie. »Kalle und Nils helfen mir. Sie korrigieren meine Arbeiten und so weiter.« Kalle und Nils waren zwei junge, fleißige Referendare, zwei von einer ganzen Gruppe befristeter Mitarbeiter, die Peter mit strenger Hand regierte. Sie arbeiteten rund um die Uhr, waren aber trotzdem voller Enthusiasmus. Mich machten sie nur müde.

Auch der Mordfall entwickelte sich allmählich. Beinahe jede Woche kam ein Bote der Polizei mit neuen Dokumenten, wobei der Großteil davon irrelevant oder unwichtig war.

Ich hatte alles studiert und sorgsam gelesen, und Slavo machte dasselbe. Einmal pro Woche fuhr ich zu ihm ins Gefängnis. Ich saß neben ihm, während er sich konzentriert über die neuen Akten beugte und las. Manchmal bat er um Kopien, was jedoch nicht erlaubt war. Halbherzig unternahm er den Versuch, mich anzustiften, meine Kompetenzen zu überschreiten und ihm doch einen Satz Kopien zu überlassen, aber ich lehnte ab. Danach achtete ich noch genauer darauf, in Slavo Mihailovics Fall wirklich alle Vorschriften einzuhalten.

Auch deshalb saß ich Woche für Woche bei ihm und beobachtete Slavo, während er die Akten studierte. Seine Konzentration war beeindruckend. Er kannte die Unterlagen und Dokumente seines Falls ebenso gut wie ich. Wenn er las, hörte man nur das Rascheln, das er beim Umblättern erzeugte. Manchmal notierte er kurz etwas.

Die Isolation war nicht spurlos an ihm vorbeigegangen. Sein Kopf war noch immer unverändert massiv und seine Hände groß und ruhig, aber er hatte abgenommen. Die Kleider, die zuvor so elegant gewirkt hatten, hingen jetzt schlaff um seinen Körper, und sein Gesicht hatte eine ungesunde, hellgraue Farbe angenommen. Als ich ihn fragte, ob er nachts schlafen könne, zuckte er nur mit den Schultern. Ich sagte ihm, Schlafprobleme seien bei längerer Isolation ganz normal und dass ihm der Gefängnisarzt sicher Schlaftabletten verschreiben könne, doch er sah mich nicht einmal an. »Ich brauche keine Tabletten« war alles, was er dazu sagte.

Unsere Gespräche waren träge und ohne Engagement. Aber es gab auch nicht viel zu sagen. Wir hatten den Fall tausend Mal und aus allen Blickwinkeln analysiert und kamen doch jedes Mal zu derselben Schlussfolgerung. Das Blut unter seinen Schuhen und die Aussage der Nachbarin würden gemeinsam als Beweis seiner Schuld angesehen werden. Gelang es uns nicht, diese beiden Aspekte voneinander zu trennen, würde er verurteilt werden. Nur diese Tatsache raubte ihm seine Ruhe.

»Diese verdammte Alte!«, sagte er. »Sie lügt. Ich bin sicher, die Polizei steckt dahinter. Sie haben ihr bestimmt gesagt, was sie sagen soll. Diese Schweine produzieren selbst Beweise!«

Ich versuchte ihm das auszureden, aber ohne Erfolg. Slavo war überzeugt davon, dass es sich so verhielt. Wir stritten nur über diesen Punkt, aber da dieses Thema bei jedem meiner Besuche zur Sprache kam, hatte sich unsere Beziehung mit der Zeit deutlich abgekühlt. Wir waren wie ein altes Ehepaar, das sich aus Mangel an anderen Themen immer wieder über dasselbe stritt.

Ich begann mich vor den Besuchen im Gefängnis zu grauen. Sie deprimierten und beunruhigten mich. Schließlich wusste ich, dass er dort zu Unrecht saß.

Ansonsten wurde der Fall für mich allmählich zur Normalität. Dabei wusste ich, wie absurd die ganze Situation war. Ich war der Verteidiger in einem Mordfall, in dem ich selbst der Schuldige war. Trotzdem arbeitete ich an dem Verfahren wie an jeder anderen Aufgabe auch.

Der eigentliche Mord, der Abend, an dem ich Mike erschlagen hatte, war in meinem Kopf längst nicht mehr so präsent. Und auch meine Träume waren nicht mehr so plastisch und aufwühlend. Alles schien in weite Ferne gerückt, und wenn ich mir die Vorgänge vergegenwärtigte, sah ich alles wie durch einen Schleier. Oder wie ein Kinobesucher, der in der letzten Reihe sitzt und auf eine winzige Leinwand starrt. Ich war nur Zuschauer eines blassen, blutigen Schauspiels, das mich nichts mehr anging. Ich war außerstande, einen direkten Bezug zu mir herzustellen, zu der Person, mit der ich jeden Tag lebte, zur Arbeit ging, aß und schlief und die ich zu kennen glaubte. Dieser Mensch war für mich beinahe wieder eine ganz normale Person und ganz sicher kein Mörder.

Wenn ich von dem Mord träumte, wachte ich nicht mehr voller Angst und Grauen auf, sondern mit einem vagen Gefühl von Trauer und diffuser Besorgnis, das mich durch den Tag begleitete.

Manchmal brach allerdings die Wirklichkeit durch. Irgendwie wartete ich voller Angst darauf, dass Eva Kaufmann befragt wurde. Dieses Verhör beunruhigte mich, war es doch mein einziger Schwachpunkt. Ich hatte es nicht gewagt, mit ihr Kontakt aufzunehmen oder die Polizei zu fragen. Meistens gelang es mir allerdings, auch dieses Thema zu verdrängen, aber jedes Mal, wenn ich neue Dokumente von der Polizei erhielt, klopfte mein Herz etwas schneller, bis ich das Inhaltsverzeichnis überflogen und realisiert hatte, dass sie noch immer nicht befragt worden war. Trotzdem quälte mich diese Ungewissheit auf seltsame Weise.

Eines Tages fand ich ihren Namen in den Dokumenten. Er tauchte in dem Bericht eines Beamten auf, der mehrfach vergeblich versucht hatte, sie zu erreichen. Soweit er in Erfahrung hatte bringen können, hatte sie das Land verlassen.

Ich glaubte nicht einen Augenblick daran. Zu gut erinnerte ich mich an ihre Schuhe bei Hoffmann und an den

Duft ihres Parfüms. Sie war irgendwo hier in der Stadt und stellte einen Unsicherheitsfaktor für mich dar, der mich besorgte. Aus Sicht der Verteidigung war das gut, bestand hier doch eine Lücke in den Ermittlungen. Vor Gericht würde das gute Munition sein: eine verschmähte Geliebte – jedenfalls laut Slavo –, die gleich nach dem Mord das Land verlassen hatte. Ich konnte das nutzen, würde aber gerne darauf verzichten. Nachdem ich einen Moment nachgedacht hatte, rief ich Dale an.

»Hallo, hier ist Brenne«, sagte ich.

»Ja?«, antwortete er ohne Begeisterung.

»Eva Kaufmann, die Geliebte des Toten. Aus den Dokumenten geht hervor, dass sie das Land verlassen hat.«

»Ja, das stimmt.«

»Was unternehmen Sie, um sie zu finden? Ist sie zur Fahndung ausgeschrieben worden?«

»Nein«, sagte Dale. »Zur Fahndung nicht. Wir haben ja keinen Hinweis darauf, dass sie etwas mit dem Fall zu tun hat. Aber wir hätten natürlich gerne mit ihr gesprochen. Deshalb haben wir Interpol ersucht, uns zu kontaktieren, sollte sie irgendwo auftauchen. Aber eine Fahndung ist das nicht, dafür fehlt uns, wie gesagt, die Begründung.«

Ich bedankte mich und legte auf. Ich konnte da wenig tun. Entweder tauchte sie wieder auf, oder sie tat das nicht. Ich konnte nur abwarten.

Als ich in der folgenden Woche ein Päckchen von der Polizei bekam, spürte ich, dass sich zwischen den Papieren eine feste Mappe befand. Ich ahnte schon, um was es sich handeln konnte, öffnete den Umschlag und warf einen Blick auf die Vorderseite der Mappe.

Meine Befürchtung hatte sich bewahrheitet. Handelte es sich doch, wie erwartet, um eine Mappe mit den Fotos vom Tatort. Ich legte sie ungeöffnet zur Seite und versuchte, an anderen Dingen zu arbeiten, konnte mich aber nicht konzentrieren. Die Mappe lag auf der Ecke meines Schreibtisches und starrte mich unentwegt an. An diesem Tag ging ich früh nach Hause.

Abends kehrte ich wieder in die Kanzlei zurück, änderte aber noch auf der Treppe meine Absicht, machte wieder kehrt und ging in eine Bar. Dort trank ich schnell zwei Gläser Cognac. Ich wusste, ich kam nicht darum herum, mir diese Bilder anzusehen. Ich musste vorbereitet sein.

Sie würden diese Bilder auch vor Gericht zeigen, vielleicht sogar als Dias. Es gab keinen anderen Ausweg. Ich musste mir diese Bilder ansehen, musste sie so lange betrachten, bis sie mich ebenso kalt ließen wie irgendwelche Ferienbilder.

Ich spürte, dass ich an der Grenze zur Panik war. Zum ersten Mal seit vielen Monaten kamen die Bilder zu mir, blutig und ungebeten, meine höchstpersönliche, traumatische Diashow.

Ich nahm noch einen Cognac und blieb in der Bar sitzen, bis ich mich beruhigt hatte. Dann riss ich mich zusammen und ging in die Kanzlei. Ohne die Jacke auszuziehen stürmte ich in mein Büro, eilte zum Schreibtisch und öffnete die Mappe.

Die Bilder berührten mich nicht. Nicht wirklich. Meine Hände hatten beim Öffnen der Mappe gezittert, doch als ich meinen Blick erst einmal auf die Fotos geheftet hatte, berührten sie mich nicht.

Sie waren grässlich, natürlich. Blutig und grotesk und

mit der entlarvenden Kälte fotografiert, die so typisch für Tatortfotos ist. Es sah aus, als wäre ein Verrückter Amok gelaufen. Mikes Schädel war bis zur Unkenntlichkeit zertrümmert. Ich konnte einfach nicht glauben, dass ich es gewesen war, der diesen Körper aus Wut und Angst derart malträtiert hatte. Ich konnte es einfach nicht gewesen sein. Das war ich nicht.

Das einzige Bild, das mich wirklich quälte, war eine Nahaufnahme der blutigen Brechstange. Beim Anblick dieses Fotos spürte ich für einen Augenblick den Stahl in der Hand, das kalte Eisen, das in meiner Faust steckte. Ich sah mir die Bilder eine ganze Weile an, blätterte hin und her und studierte jedes noch so ekelerregende Detail.

Natürlich hatte ich erwartet, später davon zu träumen, doch in der folgenden Nacht blieben die Träume aus. Was mich erleichterte, aber auch quälte, denn im Innersten wusste ich, dass ich hätte träumen sollen.

Kapitel 33

Ich saß auf der Ecke eines Tisches, ließ die Beine baumeln, trank Gin Tonic und redete beiläufig mit einer jungen Referendarin namens Synne. Wir hatten Kanzleifest.

Es war Peters Idee gewesen. »Ich glaube, wir haben etwas Wichtiges vergessen«, hatte er beim Mittagessen verkündet. »Wir haben fusioniert. Wir verdienen Geld. Mikael ist jede Woche in der Zeitung, und ihr schuftet hier rund um die Uhr für einen Hungerlohn und scheint damit zufrieden zu sein.« Das Letzte war an die Referendare gerichtet, die höflich lachten.

»Leider haben wir das Wohlergehen unserer Angestellten außer acht gelassen. So etwas rächt sich.«

Er machte eine Kunstpause und sah sich erwartungsvoll um. Alle waren gespannt, was jetzt kommen würde.

»Dann kriegen wir also eine Lohnerhöhung?«, fragte einer der Referendare.

»Weit gefehlt«, sagte Peter. »Wir werden ein Kanzleifest machen. Das ist besser als jede Lohnerhöhung.«

Synne strahlte mich an. »Ein Mordfall«, sagte sie. »Das muss doch … das muss doch der ultimative Kick sein. Besser als Sex.«

Ich starrte sie verblüfft an. Ich sah sie jeden Tag im Büro, ein graues, unauffälliges Mädchen, immer seriös und immer langweilig gekleidet. Heute aber trug sie ein Kleid mit einem Ausschnitt, der ihr fast bis zum Nabel reichte, und zwanzig Zentimeter hohe Absätze. Ich sah, dass sie ziemlich angetrunken war, und lächelte sie an.

»Es ist zwar ein gutes Gefühl«, sagte ich. »Aber so gut nun auch wieder nicht. Es ist wichtig, die Prioritäten richtig zu setzen. Ein Gerichtsfall kann nie besser als Sex sein, nie.«

Sie tat so, als dächte sie ernsthaft darüber nach, und machte einen Schmollmund. »Okay«, sagte sie dann. »Ich werde versuchen, mir das zu merken. Aber man kann ja auch beides haben, oder?«

Dann tanzten wir, wenn sie auch durch den Alkohol und die hohen Schuhe etwas wackelig auf den Beinen war. Ich hielt sie an der Hüfte, während wir uns vor der Rezeption langsam drehten. Sie hatte die Augen halb geschlossen und lehnte sich an mich. Einen Moment lang spürte ich ihren Unterleib am meinem Oberschenkel. Ein weicher Druck, auf den ich automatisch reagierte. Ohne nachzudenken ließ ich meine Hand über ihren Rücken nach unten gleiten und presste sie vorsichtig an mich.

Über ihre Schulter hinweg sah ich Kari in einem Kreis junger Männer sitzen. Sie sah glücklich aus, warf den Kopf nach hinten und lachte laut. Ich blieb stehen, entschuldigte mich bei Synne und ließ sie auf der Tanzfläche stehen.

Auf der Toilette wusch ich mir das Gesicht mit kaltem Wasser. Der Mann, der mich aus dem Spiegel anblickte, sah älter aus als noch vor wenigen Monaten, grauer und mit tieferen Falten. Ich ging zurück zur Rezeption und nahm mir ein Glas Weißwein. Ich wagte es nicht mehr, zu den stärkeren Sachen zu greifen.

Am Ende der Kanzlei befindet sich eine kleine Tür, die auf einen schmiedeeisernen Balkon führt, von dem aus man über das gegenüberliegende Haus hinweg auf die Berge blicken kann, die die Stadt umgeben. Ich stand lange da und musterte die dunkle, majestätische Silhouette vor dem schwarzen Himmel. Die Nacht war kühl und sternenklar.

Als ich eine Sternschnuppe bemerkte, wollte ich mir etwas wünschen, wusste aber nicht, was. Dann stand plötzlich Kari neben mir. Ich spürte es einfach, ohne mich umzudrehen.

»Hier bist du also«, sagte sie. »Ich dachte schon, du wärst bereits nach Hause gegangen.«

»Es ist schön hier draußen«, sagte ich. »So viele Sterne am Himmel.«

Sie blieb eine Weile schweigend neben mir stehen. Dann fragte sie, ob sie einen Schluck aus meinem Glas nehmen dürfe, und ich nickte. Sie zitterte etwas in der kalten Luft, so dass ich meinen Arm um sie legte. Als sie sich an mich lehnte, spürte ich ihre Hüfte unter meiner Hand. Plötzlich war es ganz wunderbar, ihr so nahe zu sein. Diese wortlose Nähe fühlte sich so richtig an, so stimmig.

Wir blieben stehen, bis wir zu frieren begannen, und vielleicht sogar noch ein bisschen länger. Als wir uns umdrehten, um wieder hineinzugehen, sahen wir uns an, und sie kam in meine Arme, drückte sich an mich, klein und weich und warm, und legte ihren Kopf wie ein kleines Kind auf meine Brust. Ich roch ihre Haare, erkannte den Duft wieder und erinnerte mich plötzlich an all das andere, das ich mit ihr erlebt hätte. Stundenlang hätte ich so stehenbleiben können.

Sie machte sich frei, sah zu mir auf, streichelte mein Gesicht und sagte meinen Namen. Dann ging sie wieder nach drinnen zum Fest.

Etwas später machte sie sich auf den Heimweg, ohne mir etwas zu sagen. Ich blieb noch eine Weile und ging dann auch. Spazierte unter dem Sternenhimmel nach Hause, die Hände tief in den Taschen vergraben, und spürte eine Art Frieden in mir. Zum ersten Mal erkannte ich, dass ich in Kari verliebt war und etwas tun musste. Ich entschloss mich, sie im Laufe des Wochenendes anzurufen.

Der Samstag war grau und schwer, und ich schleppte mich ziemlich deprimiert mit einem leichten Kater durch den Tag. Der Vorsatz, Kari anzurufen, erschien mir nicht mehr so dringlich. Ich vertagte den Anruf, ging einkaufen und räumte das Haus auf. Am Abend trank ich ein bisschen Rotwein und sah fern. Als ich endlich all meinen Mut zusammennahm, war sie nicht zu Hause. Das Telefon klingelte unaufhörlich, und fast hatte ich das Gefühl, die Leere am anderen Ende der Leitung zu hören. Ich versuchte es auf ihrem Handy, aber das war ausgeschaltet.

Am Sonntag griff ich nicht zum Telefon. Plötzlich hatte mich der Mut verlassen. Ich wusste nicht, was ich sagen sollte. Mir gingen so viele Gedanken durch den Kopf. Ich fürchtete, zu alt für sie zu sein, ihr nicht gewachsen zu sein, auch wenn sie mich wollte. Außerdem wusste ich nicht, ob ich wirklich von ganzem Herzen offen war für eine Beziehung mit ihr. Ich hatte all meine Sicherheit verloren und rief nicht mehr an. Trotzdem dachte ich nur an sie.

In dieser Nacht träumte ich wieder. Ich tötete Mike, aber dieses Mal sah nicht nur Eva Kaufmann, sondern auch Kari zu. Mit trauriger Miene beobachtete sie mich, während ich Mike ermordete und anschließend mit Eva schlief. »Warum musstest du das tun, Mikael?«, fragte sie. »Wir hätten es so schön haben können. Warum?«

Als ich am Montag ins Büro kam, war Kari distanziert und kühl. In der Post lag die Anklageschrift gegen Slavo. Ich blickte auf das Blatt mit dem diskreten Briefkopf des Staatsanwalts.

»Slavo Mihailovic«, stand dort geschrieben, »wird angeklagt, gegen Paragraph 232 des Strafgesetzbuchs verstoßen zu haben.« Dann folgten der Gesetzestext sowie eine Beschreibung des Tathergangs: » … indem er in der Nacht auf den 2. Dezember 2003 mehrmals mit einer Brechstange auf Mike Kovics' Kopf und Körper eingeschlagen und ihm so tödliche Verletzungen zugefügt hat.«

Es sah nackt und brutal aus, schwarz auf weiß. Für einen Moment verschlug es mir den Atem. Ich wusste, dass dort auch mein Name hätte stehen können, und zum ersten Mal wurde mir wirklich bewusst, welch unglaubliches Glück ich gehabt hatte. Ich hatte einen Mord begangen. Nicht vorsätzlich, jedenfalls war ich mir darüber nicht bewusst gewesen und hatte auch nichts unternommen, um meine Spuren zu verwischen oder nicht gesehen zu werden. Ich war in seiner Wohnung aufgetaucht, hatte Mike getötet und war dann wieder gegangen.

Es war reiner Zufall, dass ich nicht geschnappt worden war. Dabei werden in diesem Land die meisten Mörder gefasst. Reiner Zufall, unterstützt durch die Tatsache, dass Slavo nichtsahnend am Tatort erschienen und sich die Polizei deshalb so sicher war, den Richtigen zu haben, dass sie keine anderen Spuren verfolgten.

Neben der Anklageschrift war auch ein beinahe gleichlautendes Schreiben des Polizeipräsidenten an die Staatsanwaltschaft in der Post, in dem empfohlen wurde, Anklage zu erheben. Des Weiteren die Kopie eines Briefes an das Gericht, der den Antrag enthielt, das Verfahren zu eröffnen. Der Staatsanwalt riet darin, das Verfahren auf anderthalb Wochen anzusetzen, was mir persönlich sehr lang vorkam.

Eine halbe Stunde später kamen die ersten Anrufe der Journalisten. Die Neuigkeiten waren rasch aus dem Präsidium gedrungen, aber ich konnte nicht viel dazu sagen.

»Ja«, bestätigte ich, »das ist richtig. Es wird Anklage erhoben. Nein, ich bin nicht überrascht, das war vorherzusehen, aber ich sehe dem Verfahren gelassen entgegen. Ich glaube fest daran, einen Freispruch erwirken zu können.«

Ich weiß nicht, ob sie mir glaubten, aber ich musste ja etwas sagen. Außerdem kam so wieder mein Name in die Zeitung.

Als ich eines Nachmittags durch die Stadt hastete, begegnete ich dem Sonnenkönig. Wir blieben stehen und redeten zögernd und vorsichtig miteinander, wie zwei Feinde, die sich auf neutralem Grund begegnet waren. Einer spontanen Eingebung folgend, fragte ich ihn, wie es Bjørn Kvarme ginge. Der Sonnenkönig wirkte betroffen.

»Sie haben die Gerüchte also gehört?«, fragte er.

»Welche Gerüchte?«

»Bjørn ist vom Dienst suspendiert worden.«

»Warum denn das?«

Er breitete die Arme aus. Eine resignierte, wütende Bewegung. »Er … er hat zu trinken begonnen. Oder er nimmt

Pillen, oder beides, ich weiß es nicht. Kam betrunken zur Arbeit. Ich kapiere nicht, was mit ihm los ist. Ich kenne ihn jetzt seit zwanzig Jahren, und er hat in all der Zeit nie irgendwelche Alkoholprobleme gehabt. Jetzt säuft er, als stünde das Jüngste Gericht vor der Tür. Man kann einfach nicht mit ihm reden.«

Es verblüffte mich, dass er mir das alles anvertraute. Er musste enorm frustriert sein.

»Das tut mir leid«, sagte ich, ohne das wirklich zu meinen. Innerlich spürte ich eine Mischung aus Triumph und Verachtung. Bjørn Kvarme hatte in Slavos Diensten gestanden. Er hatte seine eigenen Leute verraten und trug eine Mitschuld an Doffens Tod. Jetzt war er am Ende. Vor sich einen Berg von Schuldgefühlen, über den er nicht hinwegkam. Ich kannte dieses Gefühl. Aber während Bjørn Kvarme daran zerbrochen war, hatte ich überlebt.

Kapitel 34

Am letzten Tag der Woche rief die Gerichtssekretärin an, um das Verfahren anzusetzen.

»Passt es Ihnen in den Wochen einundzwanzig und zweiundzwanzig?«, fragte sie. »Das sind die letzten beiden Maiwochen.«

»Das wäre aber schnell«, sagte ich. »Ich hatte nicht damit gerechnet, dass der Fall noch im Frühjahr vor Gericht kommt.«

»Ein anderer Fall musste verschoben werden«, erklärte sie lapidar. »Passt Ihnen das?«

Ich überprüfte die Daten am PC und sagte ihr, dass mir das Datum recht war.

»Dann rede ich mit dem Staatsanwalt. Ich melde mich wieder, sollte es ihm nicht passen, ansonsten schicke ich Ihnen direkt die Unterlagen.«

Ich saß eine Weile nachdenklich da. Der Termin lag viel näher, als ich erwartet hatte. Ein Schauer lief mir über den Rücken, als ich einen Blick in den Kalender warf. Ich hatte noch zehn Wochen Zeit. Plötzlich eilte es. Ich griff zum Telefon, rief Peter an und bat um ein Treffen mit ihm und Finn.

Als ich in Finns Büro kam, saß auch Peter bereits dort. Finn war hinter dem dichten Qualm seiner Pfeife kaum zu sehen. Er winkte mir zu und deutete mit der Hand auf einen freien Stuhl. »Um was geht es, Mikael?«, fragte er.

Ich mochte ihn vor der Fusion nicht sonderlich, hatte

ihn jetzt aber zu schätzen gelernt. Er war konzentriert, redlich und vollkommen gelassen. Außerdem war er das perfekte Gegengewicht zu Peter. Wenn mit Peter sein Temperament durchging, war es Finns Job, ihn wieder zu beruhigen. Er sagte nicht oft Nein; wenn er es aber tat, wurde nicht weiter darüber diskutiert.

»Es geht um den Mordfall«, sagte ich. »Ich brauche Hilfe. Der Gerichtstermin ist jetzt angesetzt worden. Die Verhandlung soll in zehn Wochen beginnen. Ich hätte gern einen Referendar zur Verfügung. In den nächsten acht Wochen erst mal halbtags. In den letzten beiden Wochen vor der Verhandlung und natürlich auch während des Prozesses dann ganztags. Ich weiß, dass ich damit einige Ressourcen binde und viel Geld beanspruche. Deshalb dachte ich, wir sollten das gemeinsam entscheiden.«

Peter schüttelte den Kopf. »Das ist viel, Mikael, das sind .. vier … plus vier … eine volle Stelle über acht Wochen. Das belastet unser Budget mit einhundertsechzigtausend zusätzlich. Wie sollen wir das wieder reinkriegen?«

Ich nickte. »Ich weiß. Deshalb frage ich ja. Aber ich brauche das wirklich.«

Finn hob nachdenklich die Hand. »Das ist ein wichtiger Fall«, sagte er. »Wichtig für unsere Kanzlei. Wegen dieses Falls bist du hier, Mikael. Kannst du den gewinnen?«

Ich zuckte mit den Schultern. »Ich weiß es nicht. Es ist ein Strafprozess. Die meisten Strafprozesse gehen verloren. Und die Beweislage ist … erdrückend. Aber mit ein bisschen Glück … und harter Arbeit … habe ich eine Chance.«

»Und ein Referendar … würde deine Chancen erhöhen?«

»Nicht radikal, aber helfen würde es.«

»Dann kriegst du, was du willst«, sagte Finn. »Wir können uns das leisten. Und auf lange Sicht kann sich das lohnen. Aber red Montag noch mal mit dem Richter und klär ab, welche Kosten übernommen werden.«

Ich nickte. »Wer soll mir helfen?«, fragte ich.

Finn vertrieb den Rauch mit der Hand. »Das müsst ihr entscheiden«, sagte er. »Für mich sehen die alle gleich aus. Aber jetzt muss ich arbeiten.«

Wir gingen aus seinem Büro. Peter grinste. »Er hält das alles für einen großen Spaß«, sagte er. »So ein real life murder case. Er spricht das nicht offen aus, doch ich kenne ihn. Aber vielleicht ist das ja auch nicht so erstaunlich, schließlich hat er sein ganzes Leben mit Konkursen, Pfandobligationen und solchem Zeug verbracht.«

»Wen soll ich nehmen, Peter?«

»Frag sie am besten selbst«, sagte er. »Frag, wer gerne möchte. Und dann entscheiden wir. Die beste Voraussetzung ist doch, dass jemand Lust auf den Fall hat.«

Sie hatten alle Lust. Das sagten sie jedenfalls, aber einige hatten mehr Lust als andere.

Die meiste Lust hatte Synne, weshalb wir sie schließlich nahmen. Sie zitterte beinahe vor Begeisterung, als ich sie fragte, und war auch jetzt noch ganz aufgeregt.

»Setz dich, Synne«, sagte ich. »Ich kann nicht nachdenken, wenn du vor mir hin und her läufst.«

Sie nahm Platz. Sie trug die Standarduniform der Juristinnen: blaues Kostüm, weiße Bluse und dunkle Schuhe mit halbhohen Absätzen. Sie sah ordentlich und sehr ernst aus. Wenn ich an das Kanzleifest dachte, wurde mir etwas flau. Sie könnte meine Tochter sein.

Synne hingegen war einfach nur voller Erwartung und Energie. »Also, was soll ich machen?«, fragte sie.

»Okay, pass auf«, erklärte ich. »Als Erstes musst du alle Unterlagen des Falls studieren, von Anfang bis Ende. Du musst alles wissen. Die Bilder sind grässlich, sei dir darüber im Klaren. Du musst sie dir nicht ansehen, wenn du nicht willst. Sie sind für den Fall nicht notwendig.«

Sie nickte, sah aber etwas skeptisch aus. An die Bilder hatte sie nicht gedacht. Vermutlich auch nicht daran, dass es sich um ein tatsächliches Ereignis handelte. Für sie war das nur ein großer, spannender, herausfordernder Fall.

»Wir treffen uns am Freitag nach dem Mittagessen. Bis dahin weißt du über alles Bescheid. Dann gehen wir den Fall durch und verteilen die Aufgaben. In Ordnung?«

Am Freitag war sie wieder da. Ihre Augen waren leicht gerötet, ansonsten schien sie aber gut gelaunt und voller Energie zu sein. »Ich glaube, ich bin im Bilde«, sagte sie.

»Dann gib mir mal eine fünfminütige Analyse des Ganzen. Keine juristische Abhandlung, einfach nur, was du denkst. Wo stehen wir?«

Sie dachte einen Moment nach. Heute trug sie eine Brille. Vermutlich sollte sie das älter machen, doch mit ihrem beflissenen Gesichtsausdruck, den schulterlangen, braunen Haaren und der Brille auf der Nase wirkte sie wie eine Jugendliche, die sich als Erwachsene verkleidet hatte.

»Wir … wir haben ein Problem«, sagte sie. »Die Polizei hat zwei Trümpfe in der Hand. Zum einen den Fußabdruck, die Blutspur, wenn du so willst. Zum anderen die Zeugenaussage dieser Nachbarin … Frau Samuelsen.« Sie stützte ihre Ellenbogen auf meinen Schreibtisch und legte die Fingerspitzen aneinander. »Ich bin keine Strafrechtsexpertin und habe auch noch keine Erfahrung aus früheren Rechtsfällen. Aber für mich sind diese zwei Beweise für den Staatsanwalt ein gefundenes Fressen. Die sollten für eine Verurteilung reichen.«

Ich nickte. »Kurz und präzise. Und vollkommen richtig. Haben wir irgendetwas auf der Habenseite?«

Diese Frage war nicht so leicht zu beantworten. »Nun … ich weiß nicht … wie sieht es mit dem Motiv aus? Ich meine, die Polizei hat doch bis jetzt noch kein handfestes Motiv aus dem Hut zaubern können, oder? Das könnte doch ein Ansatz sein?«

»Ja«, sagte ich. »Das stimmt. Aber weit kommen wir damit nicht. Sie brauchen nicht unbedingt ein Motiv zu präsentieren, aber natürlich werden sie versuchen, eins zu finden.«

»Wie?«

»Mal sehen. In den USA verwenden sie drei Hilfsbegriffe. Ich weiß nicht, ob die auch im englischen Recht gelten, aber in den USA arbeiten sie mit den drei Begriffen *motive, means and opportunity*. Motiv, Mittel und Gelegenheit.« Ich dachte einen Moment nach. »Mittel … das ist das einfachste. Ich weiß nicht, ob die Übersetzung von *means* wirklich gut ist, mir fällt aber keine andere ein. Das bezieht sich auf die … die Tatwaffe, also auf die materielle Möglichkeit, den Mord zu begehen. Wenn die Tatwaffe beispielsweise eine Pistole ist, lautet die Frage: Hatte der Verdächtige eine Pistole oder Zugang zu einer solchen? So in etwa. In unserem Fall ist das kein Problem. Die Tatwaffe war aller Wahrscheinlichkeit nach eine Brechstange, und die war …«

Ich hielt inne. Fast hätte ich gesagt, dass es Mikes Brechstange war und dass die sich in seiner Wohnung befunden hatte. Plötzlich war ich unsicher. Stand das in den Dokumenten, oder wusste nur *ich* das? Weil es meine Hand gewesen war, die sich um das Metall gelegt und auf ihn eingeschlagen hatte?

Synne sah mich etwas verwundert an. Ich wusste nicht, wie lange ich in Gedanken versunken geschwiegen hatte.

»Sorry«, sagte ich. »Ich war gerade nicht bei der Sache. Wo war ich? Ach ja, die Brechstange. Steht in den Dokumenten etwas darüber, wo sie herkam oder wem sie gehört?«

Sie schüttelte den Kopf. »Nicht direkt. Aber sie haben Mikes Fingerabdrücke darauf gefunden. Vermutlich war das seine, und dann war die wohl schon vorher in seiner Wohnung.«

»Ja, das denke ich auch. Ist ja kein ungewöhnlicher Gegenstand. Diesen Aspekt können wir vergessen.«

Ich hatte etwas Panik. Solche Fehler durfte ich mir ganz einfach nicht erlauben. Nicht vor Gericht. Ich wusste, dass ich die Dokumente besser kennen musste als bei jedem anderen Fall. Und ich musste konzentriert sein.

»Mit dem Motiv sieht es ganz anders aus. Die Polizei hat kein Motiv gefunden. Ich bin mir aber sicher, dass sie versuchen werden, eins aus dem Hut zu zaubern, wenn auch vielleicht nur andeutungsweise.«

»Wie das denn?«

Ich seufzte. »Slavo und Mike waren in Drogengeschäfte verwickelt. Auf jeden Fall behauptet das die Polizei. Die Frage, ob das stimmt oder nicht, braucht uns nicht zu beschäftigen. Aber der Staatsanwalt wird versuchen, Slavo und Mike als Drogenhändler hinzustellen. Das würde ihm dann schon als Motiv reichen.«

Synne sah aus wie ein Fragezeichen. Ich gab ihr dieselbe Erklärung, die ich auch Slavo gegeben hatte. »Das ist ein Rechtsfall, Synne. Gelingt es dem Staatsanwalt, die Tat als Streit zwischen zwei Drogenhändlern hinzustellen, bei dem es um viel Geld ging, reicht das völlig. Auf jeden Fall für die Geschworenen.« Dann zeigte ich ihr die Auflistung der Gegenstände aus Mikes Wohnung, auf der die 102 000 Kronen Bargeld verzeichnet waren.

Sie machte ein betretenes Gesicht. »Die hatte ich übersehen.«

Ich sagte ihr nicht, dass mir dasselbe passiert war. »Der Staatsanwalt wird versuchen, seine Polizeizeugen dazu zu bringen, etwas über Slavos mutmaßliche Tätigkeiten zu sagen. In ein oder zwei Wochen kriegen wir weitere Dokumente, nehme ich an. Sicher irgendwelche Rechnungen und Analysen über die Restaurants, die sie betrieben haben. Ich gehe davon aus, dass auch ein Rechnungsprüfer auf der Zeugenliste stehen wird.«

»Um zu zeigen, dass sie in diesen Läden Geld waschen?«, fragte sie.

»Kluges Mädchen«, sagte ich. »Und hier kommt dein Job.«

Sie sah nicht gerade glücklich aus. »Ich kenne mich mit Rechnungen und diesen Dingen nicht so gut aus …«

»Mach dir deswegen keine Sorgen. Vielleicht brauchen wir eine externe Expertise darüber. Dein Job ist es, einen Weg zu finden, wie wir dieses ganze Thema aus dem Fall heraushalten können.«

Sie sah überrascht aus. »Können wir das denn?«

»Ich weiß es nicht, Synne. Aber wir müssen es versuchen. Denk darüber nach. Slavo ist nicht wegen Drogen angeklagt, sondern wegen Mordes. Die Relevanz dieser Dinge fällt einem da ja nicht gleich ins Auge. Es wird Gerüchte und Behauptungen geben. Könnten sie ihm etwas beweisen, hätten sie ihn längst angeklagt.«

Sie nickte langsam und sah abwesend aus. Sie hatte nachzudenken begonnen und war aufgestanden.

»He, warte noch«, sagte ich. »Wir sind noch nicht ganz fertig. Eine ... eine Sache müssen wir noch besprechen. Stichwort Gelegenheit: Hatte Slavo wirklich die Gelegenheit, den Mord zu begehen?«

Sie setzte sich wieder, und ich fuhr fort: »Vermutlich hatte er das. Aber er war in dieser Nacht mit einer Frau zusammen. Einer Prostituierten. Wir sollten mit ihr reden. Man kann ja nie wissen.«

»Soll ich da mitkommen?«

»Ich denke, das kann nicht schaden. Oder hast du was dagegen?«

»Nein, ganz und gar nicht«, antwortete Synne. Dann strahlte sie. »Ich habe vorher noch nie eine Prostituierte getroffen. Das wird ... interessant.«

Ich fand sie wirklich sehr, sehr jung.

Es dauerte nicht eine oder zwei Wochen, sondern bloß drei Tage, bis ich die betriebswirtschaftliche Analyse von Slavos Läden in den Händen hielt. Ein dicker, deprimierender Stapel von Rechnungen und ein fünfzehnseitiger Abschlussbericht.

Ich überflog die Analyse. Vieles war ökonomisches Fachchinesisch, aber ich verstand die grobe Richtung, und die Schlussfolgerung war klar. Infolge des Wirtschaftsprüfers war im Vergleich zu anderen Geschäften innerhalb derselben Branche viel zu viel Geld für Einkäufe und Gehälter in die Restaurants gesteckt worden. Ich legte die Dokumente beiseite.

Kapitel 35

Wir klingelten an der Tür und warteten. Ich hatte vorher angerufen und unser Kommen angekündigt. Es dauerte aber trotzdem einige Minuten, bis wir drinnen etwas hörten. Die Tür wurde von einer blutjungen Frau geöffnet. Sie trug eine Jeans und einen grauen Baumwollpullover.

»Mikael Brenne«, sagte ich. »Ich hatte angerufen. Das ist meine Kollegin Synne. Sie arbeitet bei uns als Referendarin.«

Wir gaben uns die Hände. Sie stellte sich als Sølvi Hansen vor.

Wir gingen ins Wohnzimmer, und sie bot uns einen Kaffee an, den wir gerne annahmen. Die Wohnung lag in einem der neuen Stadtviertel in der obersten Etage eines Hauses mit guter Aussicht über die Hafeneinfahrt. Sie war gepflegt, langweilig eingerichtet und unterschied sich in nichts von den anderen Wohnungen in diesen Häusern.

Synne sah sich um, studierte die Bücher im Regal und die Fotografien an der Wand. Zuoberst hing ein Hochzeitsfoto in Schwarz-Weiß, das ein ernstes junges Paar zeigte. Die Frau ähnelte Sølvi Hansen. Wahrscheinlich ihre Mutter, dachte ich. Darunter waren Bilder von Sølvi als Konfirmandin und Abiturientin zu sehen. Sie sah wie ein ganz normales junges Mädchen aus.

Sie kam mit Tassen, Kaffeekanne und einer Schale Schokoladenkekse aus der Küche. Wir setzten uns, Synne und ich auf das Sofa, während Sølvi Hansen uns gegenüber auf einem Stuhl Platz nahm. Sie hatte ihr Gesicht dem großen Wohnzimmerfenster zugewandt, und ich sah, dass sie doch nicht so jung war, wie ich anfänglich gedacht hatte. Das Tageslicht ließ die feinen Linien an Mund und Augen hervortreten.

Ich lächelte sie an. »Sie wissen, warum wir hier sind?«, fragte ich. »Slavo Mihailovic steht unter Mordverdacht, und Sie können uns vielleicht ein paar Informationen geben.«

Sie zuckte mit den Schultern. »Das bezweifle ich«, sagte sie. »Ich kenne ihn nicht so gut.«

»Nein, das verstehe ich. Aber Sie haben ihn getroffen. Er war … ein Kunde von Ihnen, nicht wahr?«

»Ja, das war er.«

»Und Sie waren mehrmals mit ihm zusammen?«

»Ja, drei Mal, glaube ich.« Sie antwortete auf die Fragen, sagte aber nicht mehr.

Ich blätterte in meinen Papieren. »Es geht um die Nacht auf den 2. Dezember letzten Jahres. Also die Nacht zwischen dem 1. und 2. Dezember, um exakt zu sein. Waren Sie da mit ihm zusammen?«

»Das kann ich herausfinden.« Sie stand auf und trat an einen PC, der auf einem kleinen Tisch in der Ecke des Raumes stand. Sie schaltete den Computer ein und wartete.

Synne starrte sie verblüfft an. »Sie haben … Sie haben Ihre Kunden im PC? Wie ein Archiv?«

Sølvi nickte. »Ja. Aber natürlich nicht alle mit ihrem richtigen Namen. Ich nehme mal an, dass mir viele nicht ihren wirklichen Namen nennen. Oder nur den Vornamen. Aber ich speichere hier alles ab. Namen, Zeit, ihre Vorlieben und so weiter.«

Ihre Finger tippten rasch etwas ein. Es dauerte nur ein paar Minuten. »Stimmt, er war in der Nacht hier. Von … von Mitternacht an.«

»Wann ist er gegangen?« Die Frage, auf die es ankam.

Sie wandte sich uns zu: »Das steht hier nicht. Ich bin mir nicht ganz sicher. Aber er muss ein paar Stunden hier gewesen sein …«

»Versuchen Sie, sich daran zu erinnern«, sagte ich. »Es ist wichtig.«

Sie runzelte die Stirn. »Ich weiß noch, dass er hier war. Er ist … wie soll ich sagen … ein einfacher Kunde. Hat keine Besonderheiten … keine speziellen Wünsche oder so. Einfach nur Sex. Und er ist … nun, sagen wir … engagiert. Er macht es zwei Mal mit einer Pause dazwischen. Ich glaube … ich glaube wirklich, dass er mindestens zwei Stunden hier war. Vielleicht auch länger, aber genau kann ich das nicht sagen.«

Das bedeutete, dass Slavo frühestens gegen zwei Uhr wieder im Zentrum gewesen sein konnte.

»War er mit dem Auto hier?«, fragte Synne. »Ist er gefahren?«

»Nein, er hat ein Taxi genommen. Ich glaube, er hatte etwas getrunken. Ja, sicher. Er hatte eine Flasche Wein dabei, die wir zusammen getrunken haben.«

»Das sollte man doch über die Taxizentrale herausfinden können«, meinte Synne.

Sølvi Hansen blickte auf. »Moment«, sagte sie. »Ich glaube … ich glaube, ich habe ihm das Taxi gerufen. Ja, bestimmt. Und dann …«, sie blätterte in Papieren, die auf ihrem Schreibtisch lagen, » … dann habe ich Kåre angerufen.« Sie hielt lächelnd eine Visitenkarte hoch. »Ich kenne einen Fahrer, den ich immer direkt anrufe. Wir haben eine Geschäftsbeziehung, wenn Sie so wollen. Ich rufe immer erst ihn an, und wenn er kann, übernimmt er dann die Tour. Nehmen Sie seine Karte. Vielleicht haben Sie ja Glück.«

Als wir uns im Flur anzogen, konnte Synne sich nicht länger zurückhalten. »Machen Sie das hier … ich meine … nehmen Sie Ihre Kunden hier in Empfang, in Ihrer Wohnung?«

Sølvi Hansen musterte sie und lächelte dann. Es war ein ironisches, kleines Lächeln, das ihre Augen nicht erreichte. »Sie finden wohl, dass hier zu wenig roter Plüsch ist, oder? Na, Sie sollten mal mein Schlafzimmer sehen.«

Synne wurde rot.

Als wir im Auto saßen und wieder in Richtung Stadt fuhren, fingerte sie an der Visitenkarte herum.

»Wie heißt er?«, fragte ich.

»Kåre Moss.«

»Das ist dann dein Job. Ich habe heute noch andere Sachen zu erledigen. Versuch ihn zu kontaktieren, sobald du wieder im Büro bist. Und denk dran zu dokumentieren, was er uns zu sagen hat.«

Sie nickte und sagte, das ginge klar.

Früh am nächsten Morgen stürmte Synne ohne anzuklopfen in mein Büro. »Ich hab's«, sagte sie.

»Guten Morgen, setz dich doch. Was hast du?«

»Die Taxifahrt. Kåre Moss. Er hat Slavo tatsächlich in dieser Nacht gefahren. Ich habe alles. Die Abholzeit und den Zeitpunkt, als er bezahlt hat. Moss konnte sich sogar noch an die Fahrt erinnern. Er hat Slavo direkt hinter der Stadtbrücke abgesetzt. Fünf Minuten von Mikes Wohnung entfernt. Ich habe die Kopien hier.«

Sie wedelte mit einer Mappe herum.

»Und?«, fragte ich. »Wie sieht es aus?«

Sie lächelte und holte einen Zettel heraus. Es war eine grafische Darstellung des Zeitablaufs. »Sieh her«, sagte sie. »Das ist Mike. Da wurde er zuletzt lebend gesehen, da gefunden, und das ist das Zeitfenster, in dem die Rechtsmedizin den Eintritt des Todes vermutet.« Sie zeigte mit einem rot lackierten Nagel auf das Blatt.

»Und hier haben wir Slavo, er kommt bei Sølvi Hansen an, geht wieder, bezahlt das Taxi und kann frühestens an diesem Punkt hier in Mikes Wohnung eintreffen.«

Wir starrten beide schweigend auf das Blatt. »Was meinst du?«, fragte sie.

»Möglich«, sagte ich langsam. »Das kommt darauf an, was der Gerichtsmediziner vor Gericht über den Todeszeitpunkt aussagt. Aber vielleicht … vielleicht können wir den Staatsanwalt ja doch ein bisschen überraschen.«

Wir lächelten uns an.

Das Fax, das wir vom Staatsanwalt bekamen, schreckte mich auf. Ich war gerade an der Auflistung meiner Zeugen, als es eintraf. Es war eine überarbeitete Zeugenliste der Anklage mit einem neuen Namen: Hauptkommissar Knut Ove Olsen. Ich wusste, wer das war, oder genauer gesagt, welche Position er innehatte. Er war der Chef des Nachrichtendienstes. Und unter seinem Namen stand auch noch ein Hinweis. Sie behielten sich vor, eine Erklärung des UN-Kriegsverbrechertribunals vorzulegen.

Ich fluchte, und mein Magen murrte vor Unruhe. Schließlich holte ich meinen Mantel und machte mich auf den Weg zum Büro des Staatsanwalts.

Kihlberg war da und hatte sogar die Zeit, mich zu empfangen. Er saß an seinem Schreibtisch mit einer Mappe vor sich. Der Rest der Tischplatte war leer, sah man einmal von einem Notizblock und drei Stiften ab, die sorgsam neben dem Block platziert waren.

»Hallo, Brenne«, sagte er ohne aufzustehen. »Was kann ich für Sie tun?«

Ich musterte ihn für einen Augenblick. Er war Mitte vierzig, sah aber jünger aus. Trotz seines korrekten Anzugs und der ordentlichen Frisur hatte er etwas Jungenhaftes an sich. Vermutlich lag das an den fehlenden Linien in seinem Gesicht. Als hätte das Leben auf seinem Antlitz keine Spuren hinterlassen.

»Verdammt, was hecken Sie jetzt wieder aus, Kihlberg?«, fuhr ich ihn an.

Er sagte nichts, sondern zog bloß die Augenbrauen hoch.

»Knut Ove Olsen vom Nachrichtendienst als Zeugen vorzuladen. Was soll das denn? Das Wort Kontradiktion sagt Ihnen doch wohl etwas, nicht wahr? Ein wirklich gutes Prinzip im norwegischen Strafrecht, mit dem sichergestellt werden soll, dass ich auf alles reagieren kann, was Sie vor Gericht aus dem Hut zaubern. Und dafür muss ich doch wohl wissen, was Sie für Material haben, nicht wahr?« Ich war wütend und versuchte gar nicht erst, das zu verbergen.

»Mein Gott, Brenne«, sagte Kihlberg. »Warum sind Sie denn so aufgeregt? Ich sage Ihnen doch gerne, was ich gerade mache.« Das Blitzen in seinen Augen gefiel mir ganz und gar nicht. »Es sieht so aus, als hätte Ihr Mandant eine gewisse Vorgeschichte in den Balkankriegen. Wenn ich das richtig verstehe, war er Mitglied einer paramilitärischen Einheit, die im Jahr 1991 für einige grausame Massaker an der kroatischen Zivilbevölkerung verantwortlich gemacht wird. Daran arbeite ich gerade. Ich will das gar nicht weiter vor Ihnen geheim halten. Sie reden doch ohnehin mit Ihrem Mandanten, und da bin ich davon ausgegangen, dass Ihnen seine Vorgeschichte bekannt ist.«

Ganz hinten in meinem Kopf meldete sich eine Erinnerung an die Pressekonferenz nach der Übernahme des Mandats. Eine Journalistin hatte mich damals gefragt, ob Slavo Mihailovic tatsächlich an Kriegsverbrechen beteiligt war. Ich hatte mir damals vorgenommen, das zu überprüfen, es dann aber bei all dem Rummel vergessen.

»Und was hat das mit dem Fall zu tun?«, fragte ich Kihlberg. »Wollen Sie ihn auch wegen Kriegsverbrechen anklagen? Das hat mit diesem Mord hier doch gar nichts zu tun.«

»Da bin ich nicht ganz Ihrer Meinung. Sollte Ihr Mandant eine Mitschuld am Massenmord von Zivilisten tragen, sollten die Geschworenen das meines Erachtens wissen. Ich erachte das als höchst relevant in einem Mordfall.«

»Sie werden nie die Gelegenheit dazu bekommen, diese Aspekte vorzubringen, Kihlberg«, sagte ich.

»Besprechen Sie das mit dem Richter«, erwiderte er. »Kann ich sonst noch etwas für Sie tun, Brenne?«

Ich war noch immer wütend, als ich aus seinem Büro stürmte. Wütend auf Kihlberg, aber auch wütend auf mich selbst.

Kapitel 36

Slavo sah in dem blassen Tageslicht ganz grau aus. Er befand sich gerade auf dem Gefängnishof, als ich eintraf. Der Nordwind war kalt, und ich schlug den Mantelkragen hoch.

»Ich will nicht darüber reden«, sagte er immer wieder. »Das ist nicht relevant.«

»Hören Sie mir zu, Slavo«, sagte ich. »Es spielt keine Rolle, ob Sie das für relevant halten oder nicht. Tatsache ist, dass der Staatsanwalt das ansprechen wird, und es ist absolut nicht sicher, dass ich ihn daran hindern kann. Deshalb müssen wir wissen, was wir dann sagen. Ob Ihnen das nun passt oder nicht, wir müssen wissen, wie wir reagieren können.«

Er blieb stehen und wandte sich mir zu. »Ich bin Serbe«, sagte er. »Es stimmt, dass ich … dass auch ich im Krieg gegen die Kroaten gekämpft habe. Ich habe meine Pflicht als Soldat getan. Und als Bürger von Serbien. Das ist alles, was ich dazu zu sagen habe.«

»Slavo«, sagte ich. »Das ist nicht alles. Wir werden …«

Er fiel mir ins Wort. »Mehr werde ich nicht sagen.« Sein Blick begegnete dem meinen, und ich kannte ihn gut genug, um zu wissen, dass ich an diesem Punkt nicht weiterkommen würde.

Ich ließ ihn auf dem Gefängnishof stehen. Als ich mich umdrehte, um ihm zum Abschied zuzuwinken, stand er noch immer mit den Händen in den Taschen da. Der Atem dampfte weiß aus seinem Mund. Er sah schrecklich einsam aus.

Auf dem Rückweg im Auto dachte ich zum Gott weiß wievielten Mal, dass ich sein Schicksal in meinen Händen hielt. So, wie die Sache stand, würde er vermutlich verurteilt werden. Ich dachte daran, wer er war und was er getan hatte, wenn auch Mike vermutlich die Drecksarbeit erledigt hatte. An all die Trauer und das Leid, für das er verantwortlich war. In meinem Inneren suchte ich nach einem Gefühl des Hasses auf Slavo Mihailovic, doch vor meinem inneren Auge erschien immer nur dasselbe Bild: Slavo unter tiefhängenden, grauen Wolken, die Hände in den Taschen vergraben, zwischen grauen Betonwänden und Maschendrahtzäunen.

Am Freitagabend fragte ich mich, ob ich ausgehen sollte, doch noch bevor ich zu Hause war, hatte ich wie so oft in letzter Zeit pochende Kopfschmerzen.

Am nächsten Morgen stand ich spät auf. Gegen Mittag ging ich ins Zentrum. Der Wind hatte gedreht, und die Temperaturen mussten über Nacht um mindestens zehn Grad gestiegen sein. Zum ersten Mal in diesem Jahr lag so etwas wie Frühling in der Luft. Es roch nach Veränderung.

Ich kaufte einen Stapel Zeitungen und ging in ein Café. Anschließend ging ich in einen Supermarkt und fuhr dann mit dem Bus nach Hause. Abends wurde ich unruhig. Ich fuhr wieder in die Stadt und ging ins Kino. Mitten im Film wurde mir aber bewusst, dass ich den Faden verloren hatte und den Film nicht mehr verstand. Es wäre sinnlos gewesen, ihn noch weiter anzuschauen.

Draußen war es dunkel geworden. Ich hatte noch keine Lust, nach Hause zu gehen, wollte aber auch in keine Kneipe. Es war noch früh am Abend und die Straßen waren voller Menschen auf der Suche nach Zerstreuung. Der Hauch des Frühlings, der in der Luft lag, stimmte die Menschen positiv. Ich lief ziellos durch die Straßen.

Unter einer Straßenlaterne stand ein Pärchen und küsste sich. Als ich an ihnen vorbeiging, ließen sie sich los, und ich erkannte das Gesicht der Frau. Sie sah wahnsinnig jung aus. Jung und verliebt. Mit einem Mal wusste ich, wohin ich wollte, und ging schneller.

Als Kari die Tür öffnete, fehlten mir die Worte. Ich hatte mir so oft eingeredet, sie sei sicher nicht zu Hause, dass ich vollkommen überrumpelt war, als sie plötzlich vor mir stand.

»Mikael«, sagte sie. »Hallo.«

Ich brachte noch immer kein Wort über die Lippen, doch nach einer Weile trat sie zur Seite und fragte mich, ob ich nicht hereinkommen wolle. Ich nickte nur.

In ihrem Wohnzimmer ging mir auf, dass ich noch nie bei ihr gewesen war. Die Wohnung war klein und unordentlich. Überall lagen Kleider. Kari machte eine vage Geste mit der Hand und unternahm einen ineffektiven Versuch, das Chaos ein wenig zu lindern, bis sie stehenblieb und mich ansah.

»Was … gibt es etwas Besonderes … oder?«

»Nein … nein, nein. Ich war einfach in der Nähe. Ich dachte, ich könnte mal vorbeikommen. Falls ich nicht störe, meine ich.« Ich hörte selbst, wie dumm das klang.

»Aber nein. Es ist schön, dass du da bist.« Sie wedelte

wieder mit dem Arm. »Es ist so unordentlich hier, tut mir leid. Wir können uns in die Küche setzen, wenn du willst, da ist aufgeräumt. Das ist bei mir immer so. In der Küche herrscht Ordnung, wenn hier das Chaos ausgebrochen ist. Und umgekehrt.« Sie kicherte, und mir wurde bewusst, dass sie sich ebenso unwohl fühlen musste wie ich.

Ich saß am Küchentisch, während Kari Tee kochte. Ich glaube nicht, dass ich zuvor schon einmal eine kleinere Küche gesehen hatte. Ein Tisch und zwei Stühle. Sie trug ein graues T-Shirt, das viel zu groß für sie war, und eine ausgebeulte Jogginghose. Sie tat geschäftig und redete über die Wohnung, die Arbeit und was ihr sonst noch in den Sinn kam, während ich ihr nur einsilbig antwortete. Als sie sich setzte, sah ich, dass sie keinerlei Schminke trug und einen Pickel am Kinn hatte. Ihre Haare sahen noch strubbeliger aus als sonst und standen in alle Richtungen von ihrem Kopf ab. Sie bemerkte, dass ich sie musterte, und wurde rot.

»Ich sehe bestimmt fürchterlich aus«, sagte sie. »Aber ich wusste ja auch nicht, dass du kommst.«

»Nein«, sagte ich. »Du siehst ganz wunderbar aus.« Dann wurde es still zwischen uns.

»Du …«, sagte sie.

»Kari …«, begann ich gleichzeitig, so dass wir beide wieder verstummten.

Sie kicherte. »Was wolltest du sagen, Mikael?«

»Ich … ich wollte sagen, dass …«

»Ja?«

»Dass ich dir gerne sagen würde, dass ich dich liebe. Ich habe aber Angst davor, es auszusprechen.«

»Das würdest du mir gerne sagen?«

»Ja.«

»Dann sag es doch.«

»Ich liebe dich.«

Ihre Augen waren groß und ruhig wie ein See im Dunkel der Nacht. »Gut, Mikael«, sagte sie. »Denn ich liebe dich auch.«

Ihr Atem strich warm über meinen Hals. In ihrem Schlafzimmer war es dunkel.

»Macht es dir was aus, wenn wir heute Nacht nicht miteinander schlafen?«, fragte ich.

»Nein, Mikael, das macht nichts. Wir haben noch so viel Zeit.«

Wir waren eine Weile still. Sie lag ganz dicht an mir, so dass ich ihre warme Haut an meinem Körper spürte.

»Glaubst du, wir kriegen das hin?«, fragte ich sie schließlich.

»Was?«

»Das Zusammensein.«

»Ja, das glaube ich. Wenn wir einander lieben und es wirklich wollen, dann schaffen wir das auch.«

»Findest du nicht, dass ich zu alt für dich bin?«, fragte ich sie nach einer Weile.

Sie antwortete nicht, und ich begriff, dass sie eingeschlafen war.

Ich legte mich anders hin, denn mein Arm war taub geworden. In der Schräge über ihrem Bett war ein großes Dachfenster. Ich drehte mich auf den Rücken und blickte nach draußen. Die leichten Wolken, die über den Nachthimmel trieben, hatten einen silbernen Rand. Irgendwo musste der Mond scheinen. Neben mir atmete Kari ruhig und gleichmäßig. Ihre runde Hüfte zeichnete sich neben mir unter der Decke ab. Ich berührte sie und streichelte ihr dann über die Schulter und den Oberarm. Ihre Haut war weich und glatt und fühlte sich kühl an. Weit entfernt hörte ich das Brummen der Autos. Jemand rief etwas. Es betraf mich nicht, denn ich war hier oben unter dem Himmel, neben mir eine schlafende Frau, und ich hatte Frieden.

Ich hatte nicht vorgehabt, zu ihr zu gehen, und ich hatte nicht vorgehabt, ihr meine Liebe einzugestehen. Das alles war nicht beabsichtigt, nicht geplant gewesen, und doch hatten mich meine Beine hierhergetragen, und mein Mund hatte diese drei Worte gesagt. Und als ich sie hörte, wusste ich, dass es stimmte.

Doch bald darauf beschlich mich die Angst, dass es möglicherweise wieder nur leere Worte waren. Andererseits lebe ich von Worten und glaube an ihre Magie. Ich glaube, Worte sind in der Lage, ihre eigene Wirklichkeit zu erschaffen, ihre eigene Wahrheit. Schließlich mache ich das jede Woche vor Gericht und nicht nur da, denn ich habe das auch an unzähligen Restauranttischen oder bei diversen Festen praktiziert. »Ich mag dich, brauche dich, habe Lust auf dich«, waren meine Worte, die dann zur Wahrheit wurde. Denn am Anfang war das Wort. Und hinter dem Wort – das Nichts.

Jetzt lag ich hier unter der Dachschräge in ihrer Wohnung und wusste, dass es richtig war, hier zu sein. Ich weiß nicht, ob ich glücklich war. Ich befand mich im Gleichgewicht, hatte zum ersten Mal seit langer Zeit Frieden mit mir und der Welt geschlossen.

Die Wolken trieben über den Himmel, Kari schlief, und als ich mich auf die Seite drehte und den Arm um sie legte, schmiegte sie sich mit einem leisen, zufriedenen Laut an mich. Es war, als käme ich nach Hause.

Kapitel 37

Natürlich regnete es. Große Verfahren beginnen oft mit Regen. Wir hasteten derart bepackt mit Unterlagen und Dokumenten über den Platz vor dem Gerichtsgebäude, dass wir keine Hand für einen Schirm frei hatten. Erst am Ende der Treppe fanden wir Schutz unter dem Vordach und blieben stehen, um durchzuschnaufen. Synne war bei Weitem nicht so außer Atem wie ich. Sie schüttelte sich die Regentropfen aus den Haaren und zündete sich eine Zigarette an.

»Du rauchst?«, fragte ich überrascht.

»Eigentlich nur in Gesellschaft oder wenn ich sehr aufgeregt bin«, antwortete sie.

Da wir ziemlich früh dran waren, standen wir allein auf der Treppe. Die übliche Schar der kettenrauchenden Strafanwälte oder der gestressten Wirtschaftsanwälte mit ihren nervösen Mandanten im Schlepptau würde erst in einer halben Stunde eintreffen. Der Regen fiel schräg auf den Platz vor dem Gericht. Wir standen schweigend da und beobachteten die Menschen, die im Schutz ihrer Regenschirme zur Arbeit hasteten. Synne drückte ihre Zigarette aus.

»Lass uns hochgehen und unsere Unterlagen ordnen«, sagte ich.

Wir gingen durch das Büro des Gerichtsdieners Hauge, dem ich Synne vorstellte. »Gerichtsdiener Hauge ist die gute Seele des Gerichts, ohne ihn läuft hier gar nichts«, sagte ich zu Synne.

Wir bekamen Kaffee in Plastikbechern. Ich hatte ein gutes Gefühl. Ich bewegte mich hier auf bekanntem Terrain, kannte mich aus und wusste an diesem Ort zu bestehen. Schließlich hatte ich hier Fälle gewonnen, die alle schon abgeschrieben hatten. Der Kaffee war ebenso schlecht wie immer, aber auch das passte ins Bild.

»Nun, was glauben Sie, Hauge?«, fragte ich. »Werde ich gewinnen oder verlieren? Er ist stolz darauf, in neun von zehn Fällen den richtigen Riecher zu haben«, erklärte ich Synne.

Hauge schüttelte den Kopf. »Ein serbischer Gangster? Was glauben Sie denn, Mikael? Um den Fall zu gewinnen, müssten Sie schon zaubern können.«

Ich lächelte und sagte, dass ich dann halt zaubern würde. Trotzdem gefiel mir seine Äußerung ganz und gar nicht.

Wir betraten den Gerichtssaal am hinteren linken Ende. Rechts von uns lagen die Zuschauerplätze, harte Eichenholzbänke, umrahmt von einem Holzgeländer. Am anderen Ende des Raumes befanden sich die Plätze der Richter. Die massiven, dunklen Holzsitze standen etwas erhöht auf einem Podest. Die Proportionen dieses Saales, seine Deckenhöhe, die eleganten Bogenfenster, durch die man auf den Platz vor dem Gerichtsgebäude blickte, und die massive Holztäfelung überwältigten jeden, der zum ersten Mal diesen Raum betrat.

Synne blieb wie angewurzelt stehen. »Mein Gott«, sagte sie. »Was für ein Gerichtssaal.«

Ich musste lächeln. »Ja, so muss ein Gerichtssaal aussehen. Wenn du hier bist, weißt du, dass es ernst ist. The real thing.«

Ich führte sie zu unseren Plätzen rechts vor den Richterbänken. »Hier sitzen wir«, sagte ich. Ich möchte als Erster vor den Richtern sitzen, du sitzt hier und Slavo hier. Als Untersuchungshäftling wird er von Polizeiwachen begleitet werden. Die sitzen dann hinter ihm.«

Sie nickte.

»Du hast drei Aufgaben«, fuhr ich fort. »Erstens musst du die Dokumente in Ordnung halten. Ich richte immer ein schreckliches Chaos an, du musst aufräumen und alles wieder in die richtige Reihenfolge bringen. Als Zweites bist du für den Kontakt zu Slavo zuständig. Er wird Fragen und Kommentare haben und zwischendurch Vorschläge machen. Das ist immer so. Die musst du aufschreiben und an mich weiterleiten, wenn du es für nötig hältst. Benutz deinen Kopf.«

Sie nickte.

»Drittens musst du dir Notizen machen. Natürlich nicht von unwesentlichen Dingen, aber von den Zeugenaussagen. Das ist wichtig.«

»Ich weiß, Mikael. Das hast du alles schon ungefähr hundert Mal gesagt.«

Ich seufzte. »Mag sein. Aber … hör mal … ich werde vermutlich nicht sonderlich freundlich zu dir sein. Ich kenne mich. Während der Verhandlung bin ich immer verschlossen und konzentriert, da ist die Kommunikation schon mal gestört. Manchmal höre ich ganz zu reden auf. Das ist einfach so. Es hat nichts mit dir oder Slavo zu tun. Das musst du auch ihm erklären, wenn es nötig ist. Und halte bitte in den Pausen seine Hand, wenn er das braucht, okay?«

»Okay«, sagte Synne. Sie war blass und konzentriert. »Lass uns auspacken und die Sachen ordnen.«

Draußen auf dem Flur hatte sich bereits die Presse versammelt. Sie bemerkten mich sofort, als ich den Gerichtssaal verließ, und stürmten auf mich zu, als könnte ich ihnen weglaufen. Das hatte ich gar nicht vor. Tags zuvor war ich beim Friseur gewesen, hatte mir einen neuen Anzug gekauft, ein neues Hemd und einen neuen Schlips. Ich brauchte das nicht, es fühlte sich aber gut an und gab mir ein Gefühl von Kontrolle.

Die Blitzlichter begannen aufzuleuchten, und die Fernsehkameras wurden eingeschaltet. Dann hagelten die Fragen auf mich ein. Ich ignorierte sie und hob meine Hand, worauf es beinahe still wurde. Ich wusste, was ich sagen musste.

»Hören Sie mich alle? Ich sage es nur einmal, danach bitte ich um Ruhe, damit ich mich auf den Fall konzentrieren kann.« Ich streckte mich und spürte, dass der Krawattenknoten so saß, wie er sitzen musste. »Ich sehe dem Verfahren gelassen entgegen. Ebenso mein Mandant, der jetzt schon ein halbes Jahr in Untersuchungshaft sitzt und darauf wartet, reingewaschen zu werden. Ich glaube, dass wir gute Karten haben und die Beweise des Staatsanwalts nicht ausreichen werden.« Nach diesen Worten suchte ich Zuflucht im Büro des Gerichtsdieners.

Auch Kihlberg zog eine ganze Schar von Journalisten hinter sich her, denen er die Tür vor der Nase zuknallte.

»Guten Morgen«, sagte er. Er sah frisch und entspannt aus, die Haare wie immer perfekt gekämmt. Sein Blick huschte kühl musternd über mich hinweg. Sein Lächeln war knapp bemessen.

»Schicker Anzug, Brenne«, sagte er. »Aber der wird Ihnen auch nicht helfen.«

Dann ging er in den Saal.

Ich folgte ihm langsam. Synne war noch immer dabei, die Dokumente zu ordnen. An meinem Platz lagen ein leerer Notizblock und zwei Stifte sowie drei Dokumente. Die Anklageschrift, die Beweisstücke und eine Liste mit den Namen der Geschworenen. Ich zog meine Jacke aus und legte sie auf die Bank hinter mir. Dann streifte ich die Robe über. Auch die ersten Zuschauer waren bereits im Gerichtssaal.

Der Staatsanwalt, der mir schräg gegenübersaß, schien bereits alles geordnet zu haben. Er las ein Dokument. Die Wanduhr zeigte 9.15 Uhr. Noch eine Viertelstunde.

Ich warf einen letzten Blick in die Anklageschrift: »… mehrmals mit einer Brechstange auf Mike Kovics' Kopf und Körper eingeschlagen und ihm so tödliche Verletzungen zugefügt hat«.

Plötzlich drehte es sich vor meinen Augen, und mit einem Mal wusste ich, wie falsch das alles war. Ich durfte nicht hier sein, nicht in einem Fall als Verteidiger auftreten, in dem ich selbst der Schuldige war. Mein Mund war unvermittelt voller Schleim, und ich spürte, wie sich mein Magen umdrehte. Ich stürmte regelrecht nach draußen.

Natürlich war die Männertoilette besetzt, so dass ich aufs Damenklo rannte. Ich erbrach mich mehrere Male. Nur mit Mühe gelang es mir, die Robe vor Flecken zu schützen. Als ich endlich fertig war, wusch ich mir die Hände und spülte mir das Gesicht mit kaltem Wasser ab. Ich fühlte mich schwach und elend. Das Gesicht, das mir im Spiegel begegnete, sah alt und grau aus. Meine Hände zitterten. Ich hatte den Eindruck, hohes Fieber zu haben.

Vor einem Verfahren bin ich oft angespannt, nie aber war ich so nervös wie jetzt.

Meine Armbanduhr zeigte präzise halb zehn. Ich ging aus der Toilette, nickte der wartenden Frau zu, die mich entgeistert ansah, und betrat erneut den Gerichtssaal. Es fühlte sich an wie der Weg zum Schafott.

Drinnen standen bereits alle an ihren Plätzen und warteten auf mich. Der Gerichtsdiener sah mich zurechtweisend an. Slavo war mit Polizeieskorte gekommen, ich konnte ihm nur noch kurz zunicken. Auf den Stühlen vor den Zuschauern saßen die Geschworenen. Ich fummelte an den Knöpfen meiner Robe herum und hatte gerade erst zwei geschlossen, als die Richter den Saal betraten und uns baten, Platz zu nehmen.

Ich war froh, mich wieder setzen zu können. Der ganze Saal schien mit einem Mal in Nebel gehüllt zu sein, so dass ich Schwierigkeiten hatte, klar zu sehen. Ein einziger Gedanke kreiste durch meinen Kopf: Ich durfte nicht hier sein. Aber jetzt war es zu spät, eine Kehrtwende zu machen. Ich spürte den besorgten Seitenblick von Synne, ignorierte ihn aber.

Die einleitenden Formalitäten gingen wie in Trance an mir vorüber. Ich musste das Richtige gesagt und getan haben, konnte mich anschließend aber nicht mehr daran erinnern.

Fünfzehn Jurymitglieder saßen im Saal. Der Verteidiger darf drei ablehnen und der Staatsanwalt zwei weitere, bevor die restlichen auf den Bänken hinter dem Staatsanwalt Platz nehmen. Bei diesen Verfahren sind immer drei Richter anwesend. In der Mitte sitzt der Vorsitzende, der das

Verfahren leitet. In diesem Fall ein früherer Staatsanwalt namens Kolle. Ich kannte ihn von früher und schätzte ihn als Menschen. Er war auch ein tüchtiger Jurist, stand aber noch unter dem Einfluss seiner früheren Tätigkeit. Als Verteidiger bekam man von ihm nichts geschenkt. Er ließ seinen Blick für einen Moment durch den Saal schweifen, ehe er sagte: »Der Angeklagte möge aufstehen.«

Slavo erhob sich. Er sah ruhig aus, aber ich habe immer gedacht, dass dieser Moment für einen Angeklagten sehr einsam sein muss. In diesem Augenblick ist er der Einzige, der steht, und alle Blicke richten sich auf ihn. Ich konnte die Gedanken der Zuschauer und Geschworenen beinahe spüren. »Da steht er«, dachten sie. »Der Mörder. So sieht also ein Mörder aus.«

Kolle fragte die Personalien ab, las dann die Anklageschrift laut und deutlich vor und fragte Slavo, ob er sich schuldig bekenne. Slavo verneinte mit lauter Stimme. Kolle bat ihn, sich zu setzen, und gab ihm die üblichen Informationen.

»Gibt es noch etwas zu klären, ehe ich dem Staatsanwalt das Wort erteile?«, fragte Kolle. »Weitere Zeugen, Beweise oder etwas anderes? Herr Staatsanwalt?«

Kihlberg stand auf. »Ich habe einen Ablaufplan, Herr Richter. Wenn der Gerichtsdiener so freundlich …« Hauge teilte ein paar Blätter an den Richter und mich aus. »Es wird sicher ein paar Verschiebungen geben, das ist ja immer so, aber das können wir dann von Mal zu Mal entscheiden.«

Er setzte sich, worauf Kolle sich an mich wandte. »Herr Verteidiger?«

Ich saß ganz still. Synne stieß mir in die Seite, und ich

stand mit einem Gefühl von Panik auf. Ich wusste, dass ich mir vorgenommen hatte, etwas Bestimmtes zu sagen, doch mein Kopf war vollkommen leer. »Hohes Gericht«, sagte ich, um sogleich wieder zu verstummen.

Ich wusste, dass mich alle ansahen, erkannte selbst aber niemanden. Der Raum war noch immer voller Nebel. Wie einfach wäre es jetzt gewesen, die Wahrheit zu sagen. Zu gestehen. »Ich war es, der ihn getötet hat«, hätte ich sagen können. Dann würden sie mir Handschellen anlegen und mich abführen, und ich hätte endlich Frieden.

»Herr Verteidiger?«, fragte der Richter.

In meinem Kopf stand noch immer alles still, und ich wusste, dass ich mich wieder setzen sollte. Dann fiel mein Blick auf den Block, der vor mir lag. Dort standen drei Worte geschrieben. In dicken, gut zu lesenden Druckbuchstaben. Es war unverkennbar meine Handschrift. »Relevanz der Beweisführung in Frage stellen« stand dort, und dann: »1. Drogen, 2. Kriegsverbrechen«. Ich konnte mich nicht daran erinnern, diese Worte geschrieben zu haben. Es musste aber so sein, denn als die Richter vor wenigen Minuten den Saal betreten hatten, war der Block noch leer gewesen, dessen war ich mir ganz sicher.

Jetzt wusste ich, was ich sagen wollte, und räusperte mich. »Hohes Gericht«, sagte ich erneut. »Es gibt ein paar Fragen zur Relevanz der Beweisführung, die ich gerne vorab klären möchte.«

»Können wir nicht darüber sprechen, wenn es so weit ist?«, fragte Kolle.

Ich schüttelte den Kopf. »Ich denke nicht, Herr Richter. Ich habe einen begründeten Verdacht, dass diese Themen einen wichtigen Bestandteil der Argumentationskette des

Herrn Staatsanwalt ausmachen. Er wird diese Themen sicher ansprechen, wenn er den Angeklagten befragt. Vermutlich auch bereits in seiner einleitenden Stellungnahme, weshalb ich das jetzt ansprechen möchte.«

Kolle seufzte. »Ja, gut, Herr Verteidiger. Um welche Themen geht es?«

Wieder schüttelte ich den Kopf. »Ich fürchte, dass ich darum bitten muss, die Jury so lange aus dem Saal zu schicken, bis diese Frage geklärt ist.«

Kolle war verärgert. Richter hassen Verzögerungen mehr als alles andere. Und das Verfahren hatte noch nicht einmal richtig begonnen. »Ist das wirklich notwendig, Herr Verteidiger? Ich würde gerne darauf verzichten.«

»Ich fürchte schon, Herr Richter. Wenn das Gericht eine vernünftige Grundlage für ein späteres Urteil haben möchte, muss ich im Vorfeld auf die Beweisführung des Herrn Staatsanwalts eingehen, ehe die Geschworenen dazu verleitet werden, sich ein vorschnelles Urteil zu bilden.«

Kolle sah mich zweifelnd an, dann drehte er den Kopf. »Herr Staatsanwalt?«

Kihlberg breitete lediglich die Hände aus. »Vollkommen unnötig, was mich angeht«, sagte er. »Außerdem täte es mir um den Zeitplan leid. Schließlich haben wir ein straffes Programm vor uns.«

Er wusste genau, was der Richter dachte, und streute gezielt Salz in die Wunde. »Die Verzögerung tut auch mir leid«, entgegnete ich. »Aber es wäre sicher ebenso bedauerlich, wenn ich mich andernfalls gezwungen sähe, Berufung gegen das Verfahren einzulegen, noch ehe es wirklich begonnen hat.«

Kolles Blick verriet mir, dass ich mit diesem Schachzug

keine Pluspunkte eingeheimst hatte. Er seufzte. »In Ordnung, Herr Verteidiger. Hören wir uns an, was Sie zu sagen haben. Die Geschworenen sind bis auf Weiteres entlassen. Sie können im Juryraum warten.«

Damit waren wir in Gang, und meine Nervosität war wie weggeblasen.

Kapitel 38

Lassen Sie mich zusammenfassen«, sagte ich. »Die Anklage möchte den ›Beweis‹ führen« – ich zeichnete Anführungsstriche in die Luft –, »dass mein Mandant mit Drogen handelt. Er ist aber bisher aus dem simplen Grund nicht angeklagt worden, weil man keine ausreichenden Beweise gegen ihn hat. Die Beweisführung hier vor Gericht wird sich deshalb auf Andeutungen, Gerüchte und Vermutungen stützen, die für eine Anklage nicht ausreichen, die Geschworenen aber vermutlich in höchstem Maße beeinflussen.«

Ich machte eine Pause und trank einen Schluck Wasser. »Des Weiteren will man beweisen, dass mein Mandant in Kriegsverbrechen auf dem Balkan verwickelt war. Auch diesbezüglich ist aber niemals Anklage erhoben worden. Dieser Aspekt ist noch stärker dazu geeignet, die Geschworenen negativ zu manipulieren. Diese beiden Aspekte dürfen hier gemäß Paragraph 292 des Strafgesetzbuches nicht behandelt werden, weil sie keine Bedeutung für den aktuellen Fall haben. Außerdem berufen wir uns auf Paragraph 301, Absatz 2, da eine solche Beweisführung nur zur Verunglimpfung unseres Mandanten führen würde.« Ich setzte mich.

Der Richter nickte dem Staatsanwalt zu und erteilte ihm das Wort. Kihlberg sprang auf. Er war kurz und knapp und sehr gut. Zu gut. »Es ist richtig, dass sich ein Teil der Beweisführung auf den Kontakt des Angeklagten zur Drogenszene stützt«, sagte er. »Es handelt sich dabei um Informationen des Drogendezernats und um die Analysen von Rechnungen verschiedenster Gesellschaften und Betriebe, die dem Angeklagten gehören. Diese Aspekte werden deshalb angeführt, weil sie das Motiv für die Tat darstellen. Wir sind der Meinung, dass dem Mord aller Voraussicht nach ein Streit um Drogengelder zugrunde liegt. Aus diesem Grund sind diese Aspekte nicht ohne Bedeutung für den Fall. Außerdem geben sie Auskunft über den Lebenswandel des Angeklagten, weshalb sie hier ebenfalls relevant sind.

Ähnlich verhält es sich mit der Verbindung des Angeklagten zu Morden an der kroatischen Zivilbevölkerung während des Krieges zwischen Serbien und Kroatien. Wir wollen damit aufzeigen, welch geringe Hemmschwelle der Angeklagte hat, Gewalt auszuüben. Bei einem Mordfall hat das für mich höchste Relevanz. Ich beabsichtige aber gar nicht mehr, diesen Punkt anzusprechen. Das Gericht braucht sich also mit diesem Antrag nicht weiter zu beschäftigen.« Er setzte sich und warf mir ein kurzes, kaltes Lächeln zu.

Kolle zog sich mit seinen Kollegen zur Beratung zurück. »Bleiben Sie bitte in der Nähe«, sagte er.

»Warum wollen die das mit den Kriegsverbrechen nicht mehr berücksichtigen?«, fragte Slavo.

Ich zuckte mit den Schultern. »Keine Ahnung. Vielleicht hat er aus den Haag nicht die gewünschte Bestätigung bekommen. Vielleicht wollte er es aber auch nie wirklich nutzen, sondern uns nur verunsichern.«

»Und Zeit verschwenden«, ergänzte Synne.

Ich gab dem Gerichtsdiener meine Handynummer, ließ Synne mit Slavo zurück und ging ein paar Schritte nach draußen. Es hatte zu regnen aufgehört, aber ein kalter Westwind blies, und der Himmel sah nach weiterem Regen aus. Es tat gut, sich die Beine zu vertreten und die frische Luft auf dem Gesicht zu spüren. Und es tat gut, dass das Verfahren jetzt endlich lief. Meine Nervosität war verflogen, und ich glaubte jetzt fest daran, das Verfahren ordentlich und professionell über die Bühne bringen zu können. Ob ich den Fall gewinnen konnte, wusste ich nicht, aber das war beinahe immer so. Nur in einem Punkt war heute alles fundamental anders, denn zum ersten Mal war ich mir gar nicht sicher, ob ich diesen Fall wirklich gewinnen *wollte*. Der Gedanke quälte mich. Dann klingelte mein Handy. Das Gericht war bereit. Ich hastete zurück.

Der Vorsitzende verlas den Gerichtsbeschluss mit monotoner Stimme. »Die Verteidigung hat beantragt, bei der Beweisführung der Anklage auf die mögliche Verbindung des Angeklagten zum Drogenhandel und zu angeblichen Übergriffen auf die Zivilbevölkerung während des Balkankrieges zu verzichten. Letzteres wird aber nach Aussage des Staatsanwalts ohnehin nicht angesprochen werden, so dass das Gericht keine Veranlassung hatte, dazu Stellung zu nehmen. Die Verteidigung begründet ihren Antrag damit, dass …«

Ich wusste, ich hatte diese Runde verloren, und hörte nicht mehr zu. Kolle wäre niemals so ausführlich auf dieses Thema eingegangen, wenn er diese Aspekte aus der Verhandlung hätte heraushalten wollen. Stattdessen musterte ich die Zuschauer. Während sie dem Richter zuhörten, starrten sie Slavo an. In ihren Blicken las ich eine Mischung aus Faszination und Abscheu, die nichts Gutes erwarten ließ. Die Journalisten, die sich im Saal befanden, redeten leise miteinander und schrieben hektisch mit. Es würde am nächsten Tag fette Schlagzeilen geben, und mit einem Mal wurde mir bewusst, dass so auch die Geschworenen über die angeblichen Kriegsverbrechen informiert werden würden. Das war jetzt nicht mehr zu verhindern.

»... ist die freie Beweisführung eine der Hauptregeln der norwegischen Rechtsprechung«, summierte Kolle. »Nur sehr selten wird deshalb das Erwähnen bestimmter Aspekte bei einem Strafprozess untersagt. Die Indizien und Beweise, die vorgebracht werden sollen, sind offensichtlich nicht ohne Bedeutung für den Fall. Auch sieht das Gericht keinen Grund, sie aus Rücksicht auf den Lebenswandel des Angeklagten zu untersagen. Inwieweit diese Beweise sinnvoll sind, das heißt für den Fall von Bedeutung, will und kann das Gericht zum jetzigen Zeitpunkt nicht beurteilen...«

Ich sah zu Slavo hinüber. Er hob seine Augenbrauen ein wenig und erwiderte meinen Blick. Er war darauf vorbereitet gewesen. Ich hatte ihn im Vorfeld darüber informiert, wie gering unsere Chancen waren, gewisse Beweisführungen grundsätzlich ausschließen zu lassen. Trotzdem war das ein Fehlstart für uns, und ich sah die Resignation in seinem Gesicht. Ich beugte mich zu Synne und flüsterte ihr zu: »Kümmere dich in der Mittagspause um Slavo, versuch ihn ein bisschen aufzumuntern. Es dauert nicht mehr lange, dann muss er an die Front.« Sie nickte.

Der Staatsanwalt hielt sein Eingangsplädoyer. Er hatte das schon hundert Mal gemacht, und das merkte man ihm an. Seine Stimme, seine Körpersprache, seine ganze Erscheinung vermittelte den Eindruck von Entspanntheit und Kontrolle. Er kannte den Fall bis ins letzte Detail. Das einleitende Plädoyer der Staatsanwaltschaft soll im Wesentlichen über die Vorgänge informieren. Es geht noch nicht darum, die Jury zu überzeugen. Es soll die Fakten aus Sicht der Anklagebehörde auflisten und ankündigen, welche Beweisführungen geplant sind. Und es soll dabei absolut objektiv sein. Das ist zwar nur selten wirklich der Fall, aber Kihlberg war ein Profi, der beständig an der Grenze balancierte, sie aber nie überschritt. Er ging den Fall Schritt für Schritt durch, erst den Mord und dann die Ermittlungen, und kündigte die daraus resultierenden Beweisketten an.

Ich hörte nur mit halbem Ohr zu. Für mich war das nichts Neues. Die Jury schrieb mit, wie auch das Gericht. Und Synne. Ich fand es unnötig, ließ sie aber gewähren.

Als Kihlberg zum Schluss gekommen war, blieb uns noch eine Viertelstunde bis zum Mittagessen. Der vorsitzende Richter sah mich an. »Anwalt Brenne. Noch ein paar kurze Anmerkungen zum Vortrag des Staatsanwalts?« Er betonte das Wort »kurz«.

Ich erhob mich. »Ja, danke, Herr Richter.«

Das norwegische Recht kennt kein Eingangsplädoyer der Verteidigung. Wir sollen nur die Punkte kommentieren, die unvollständig sind oder missverstanden werden könnten. Mit der Zeit hat sich aber eine Tendenz entwickelt, die Verteidiger ein bisschen weiter ausholen zu lassen. Einige Richter räumen ihnen dafür recht viel Raum ein, andere ersticken jede Form von Plädoyer im Keim.

Ich kannte Kolle und wusste, dass ich nicht weit ausholen durfte. »Ich danke dem Staatsanwalt für die exakten und ausführlichen Ausführungen«, sagte ich und blickte in die Jury. Die Geschworenen nickten mir zu. Ich wusste, dass sie von Kihlberg beeindruckt waren. Das war immer so. Ich wollte, dass sie mich als objektiv, ehrlich und vernünftig einschätzten und den Eindruck bekamen, dass ich in gewissen Punkten mit dem Staatsanwalt übereinstimmte. Es ist nicht immer ratsam, sofort die Konfrontation zu suchen. Zwar kann man seinen Mandanten damit beeindrucken, aber meistens führt das nur dazu, dass sich die Geschworenen im Handumdrehen mit dem, wie sie finden, sachlich-objektiven Staatsanwalt identifizieren, sich auf seine Seite schlagen und fortan gemeinsame Sache gegen den immerfort mäkelnden Anwalt machen. Aber natürlich ist das ein Drahtseilakt.

»Nichts von dem, was der Herr Staatsanwalt gesagt hat, ist direkt falsch, so dass ich nur ein paar kleine Punkte ergänzen möchte. Das Opfer wurde, wie der Staatsanwalt bereits gesagt hat, in der Nacht vom 1. auf den 2. Dezember des letzten Jahres ermordet. Wir werden später in Verbindung mit der Aussage des Rechtsmediziners noch einmal genauer auf diesen Punkt eingehen. Der Staatsanwalt hat aber mit keinem Wort erwähnt, was Slavo Mihailovic in dieser Nacht gemacht hat. Da er aber des Mordes angeklagt wird, ist das wohl von Bedeutung.«

Ich machte eine Kunstpause. Die Mitglieder der Jury nickten mir zu und sahen zum Staatsanwalt hinüber. Sie hatten vorher nicht daran gedacht, stimmten mir aber zu. Sie erkannten die große Bedeutung dieser Frage und wunderten sich plötzlich, dass der Staatsanwalt mit keiner Silbe darauf eingegangen war. Das erste kleine Samenkorn, aus dem, wie ich hoffte, etwas Großes entspringen sollte.

Außerdem konnte ich so den Eindruck erwecken, der Staatsanwalt sei vielleicht doch nicht ganz so objektiv, wie er vorgab, und hatte die Wahrheit auch nicht zu hundert Prozent gepachtet.

»Sie haben Anspruch darauf, das zu erfahren, und wir werden Ihnen diese Informationen geben.« Ich hatte diese Formulierung bewusst gewählt. Sie hatten Anspruch darauf, es aber vom Staatsanwalt nicht bekommen.

»Ich werde zwei Zeugen aufbieten, um diesen Sachverhalt zu beleuchten. Zum einen eine Frau namens Sølvi Hansen. Sie war in dieser Nacht über weite Strecken mit dem Angeklagten zusammen.

Der andere Zeuge heißt Kåre Moss. Er fuhr den Angeklagten in derselben Nacht von Frau Hansens Wohnung in die Stadtmitte. Ich will der Zeugenbefragung nicht vorgreifen und jetzt noch keine Details bekanntgeben.« Jury und Staatsanwalt durften ruhig ein bisschen gespannt sein.

»Diese Zeugen sind mir völlig neu«, sagte Kihlberg etwas zu laut. Er gab sich manchmal eine Blöße, wenn man ihn auf dem falschen Fuß erwischte.

Ich trat vor und übergab erst dem Gericht und dann dem Staatsanwalt die Zettel mit den Namen und Anschriften der Zeugen.

»Ich bin nicht gerade begeistert von dieser … Überrumpelungstaktik.« Kihlberg war eingeschnappt, aber ich zeigte ihm die kalte Schulter. Innerlich jubelte ich, dass er angebissen hatte.

»Nun, Herr Staatsanwalt«, sagte ich. »Das kann ich durchaus verstehen, und es tut mir leid, dass ich Ihnen diese Informationen nicht eher geben konnte. Aber das ist ein Fehler der Polizei.«

»Wie … wie meinen Sie das?«

»Den Namen der ersten Zeugin habe ich den Ermittlungsbeamten schon vor langer Zeit genannt und sie darum gebeten, diese Frau zu befragen. Von dem anderen Zeugen habe ich erst durch diese erste Zeugin erfahren. Natürlich hatte ich damit gerechnet, dass sie schon längst befragt worden war, und auf die entsprechenden Dokumente gewartet. Es ist wirklich nicht mein Fehler, wenn die Polizei ihre Ermittlungen schleifen lässt.«

Kihlbergs Gesicht war rot vor Wut.

»Mein Schreiben an die Polizei liegt hier vor«, sagte ich und hob ein Blatt hoch. »Sollte es sich nicht in Ihren Unterlagen befinden, kann ich Ihnen gerne eine Kopie machen.«

Er antwortete nicht. Die Geschworenen sahen ihn an, einige flüsterten miteinander.

Ich nahm erneut Anlauf. »Es gibt aber noch etwas, das ich gerne erwähnen würde. Wie Sie wissen, habe ich versucht, die Beweisführung, in der die Staatsanwaltschaft auf die Drogenverbindungen meines Mandanten eingehen will, zu unterbinden. Das Gericht lässt diese Beweisführung zu, und das müssen wir respektieren. Sie haben die Ausführungen des Staatsanwalts über die Meinung der Polizei gehört. Es ist natürlich nicht akzeptabel, sollte Slavo Mihailovic tatsächlich in Drogengeschäfte verwickelt sein. Es ist jetzt aber nicht der richtige Zeitpunkt, um darauf einzugehen. Wir sollten die Beweise abwarten, die diesbezüglich vorgebracht werden. Aber lassen Sie mich noch etwas sagen.«

Ich sah zum Staatsanwalt hinüber. Er hielt den Kopf gesenkt und versuchte noch immer den Fehler zu verdauen, den er bei Sølvi Hansen gemacht hatte. Ansonsten wäre er sicher bereit gewesen, erneut zu protestieren.

»In diesem Fall geht es nicht um Drogen. Es geht lediglich um eine Sache, nämlich um den Mord an Mike Kovics.«

Kihlberg war auf dem Sprung zu einer Reaktion, er hob den Kopf. Ich sah rasch zum Richter hinüber und glaubte auch in seinen Augen eine Warnung erkennen zu können.

»Ich möchte nicht, dass Sie das aus dem Blick verlieren. Lassen Sie sich nicht davon täuschen, wenn der Staatsanwalt Aspekte anspricht, die mit der eigentlichen Sache nichts zu tun haben. Lassen Sie sich nicht dazu verleiten, meinen Mandanten aufgrund von Gerüchten und vagen Behauptungen zu verurteilen.«

»Entschuldigen Sie, Herr Richter …!« Kihlberg war erneut aufgesprungen.

Ich hob abwehrend die Hände. »Ich bin gleich fertig, Herr Vorsitzender.« Wieder blickte ich die Geschworenen direkt an. »Wenn Sie Ihr Urteil über meinen Mandanten fällen, so hoffe ich, dass sie dies aufgrund einer sachlichen Analyse der tatsächlich vorgebrachten *wirklichen* Beweise tun. Ist dies der Fall, dann habe ich volles Vertrauen, dass Sie das Richtige tun werden.«

Ich setzte mich. Kihlbergs Augen waren finster vor Wut. Synne beugte sich zu mir herüber. »Wirkliche Beweise«, flüsterte sie. »Das ist mir neu, diesen juristischen Begriff kenne ich noch gar nicht.«

»Den gibt's auch nicht«, sagte ich leise. »Aber es hat funktioniert, oder?«

»Verdammt gut … wirklich«, sagte Synne.

Kapitel 39

Slavo saß regungslos im Zeugenstand vor den Richtern, den Kopf nach vorn gebeugt, die Schultern etwas herabhängend. Seine Hände waren um den Ständer des Mikrofons gefaltet, das vor ihm auf dem Tisch stand. Er sprach langsam und deutlich und wählte seine Worte mit Bedacht. Der Staatsanwalt befragte ihn jetzt bereits seit zwei Stunden.

Ich fragte mich, wie seine Körperhaltung, die mir so vertraut war, auf die Geschworenen wirkte. Er sah schwerfällig aus, aber sein Körper strahlte dabei auch eine versteckte Energie aus, die man nicht sehen, aber beinahe spüren konnte. Seine Ruhe war monumental, erschien aber trotzdem erzwungen und etwas bedrohlich.

Slavo hatte sich im Großen und Ganzen gut geschlagen, sah man einmal von der Frage ab, weshalb er nicht die Polizei oder den Rettungswagen verständigt hatte. »Ich weiß nicht«, hatte er dazu nur immer wieder gesagt. »Ich stand unter Schock, habe nicht nachgedacht.«

Alle anderen Punkte meisterte er mit Sicherheit. Der Staatsanwalt hatte ihn durch die Mordnacht gelotst, vorwärts und rückwärts, ohne auch nur ein Stück weiterzukommen. Slavo hatte seine Geschichte, und er hielt sich daran, wie der Staatsanwalt seine Fragen auch stellte.

Meiner Meinung nach konnte ihm das alles nur deshalb so souverän gelingen, weil er die Wahrheit sagte. Die Frage war bloß, ob auch die anderen ihm glaubten.

Jetzt sprach Kihlberg die Gastronomiebetriebe an, und sogleich wurde es problematischer. Ich glaubte Slavos Körpersprache anzusehen, dass ihm diese Fragen unangenehm waren. Es gelang ihm, seine Rolle in den Restaurants klar darzustellen, er wollte aber keine Auskunft darüber geben, wer die Aktionäre der jeweiligen Gesellschaften waren. »Verschiedene Investoren«, wiederholte er immer wieder. Kihlberg ritt darauf herum. Nichts gefällt Staatsanwälten besser als Angeklagte, die Informationen zurückhalten.

»Warum wollen Sie uns nicht sagen, wer hinter diesen Gesellschaften steht?«, fragte Kihlberg zum zehnten Mal, und ich unterbrach ihn: »Aber Herr Staatsanwalt, das haben Sie jetzt schon reichlich oft gefragt.«

»Ja, das habe ich«, sagte Kihlberg. »Und ich frage es wieder, weil ich noch keine ordentliche Antwort erhalten habe.«

»Fahren Sie fort«, sagte Kolle.

»Die Investoren möchten anonym bleiben«, sagte Slavo.

»Warum müssen die absolut anonym bleiben?«, fragte Kihlberg. »Wenn diese Betriebe … legale Geschäfte betreiben, wie Sie immer behaupten, kann es doch nicht so schlimm sein, die Namen zu nennen?«

Slavo antwortete nicht, und ich unterbrach erneut. »Herr Richter, können wir nicht zum nächsten Punkt übergehen? Das ist doch sinnlos und führt zu nichts.«

Kihlberg hob die Hand, bevor der Vorsitzende etwas sagen konnte. »Ich bin einverstanden. Der Angeklagte will uns zu diesem Punkt ganz offensichtlich keine Auskünfte geben. Ich werde zu einem anderen Thema übergehen.«

Kolle nickte nur.

Kihlberg widmete sich jetzt den Abrechnungen der Restaurants, wobei dieses Thema für Slavo nicht weniger prekär war. Er ging langsam und methodisch vor und machte auch noch dem letzten Geschworenen klar, dass die Restaurants nach der Übernahme durch Mike und Slavo plötzlich viel mehr Geld abgeworfen hatten. So viel mehr, dass dies nur schwer zu erklären war.

Slavo konnte es jedenfalls nicht. Er versuchte es auch gar nicht erst. Ich hatte vorher intensiv mit ihm gearbeitet und eine Strategie zu entwerfen versucht, doch jetzt war sie nutzlos. Es gab wirklich nur eine Erklärung: dass diese Gelder aus einer anderen Einnahmequelle stammten als dem Restaurantbetrieb und es naheliegend war, dass es sich um Drogengelder handelte. Wir waren bei der einfachsten Lösung angelangt.

»Ich habe keine Ahnung«, sagte Slavo. »Ich kenne mich mit der Buchhaltung nicht aus und kann es nicht erklären. Vielleicht hat Mike krumme Geschäfte gemacht, ich weiß es nicht.«

Dieses »Ich weiß es nicht« sagte er sicher auf hundert verschiedene Arten. Kihlberg schien es aber nicht leid zu werden, ihn zu quälen. Die Geschworenen starrten Slavo an, ich konnte ihre Gedanken lesen. Es lief nicht gut für uns. Am liebsten hätte ich eingegriffen, wusste aber, dass es dadurch nur noch schlimmer werden würde. Schließlich machte der Richter dem Ganzen ein Ende.

Kihlberg nickte, er war zufrieden und ging zum nächsten Thema über. »Diese Umschläge wurden zu Hause bei Ihnen gefunden«, sagte er und verwies auf einen ganzen Stapel Briefumschläge.

Slavo sagte nichts.

»Wollen Sie sich die nicht ansehen?«

Er schüttelte den Kopf.

»Nun, dann gehe ich davon aus, dass Sie das akzeptieren. Wir werden später zur eigentlichen Beweisführung kommen. Ich will nur darauf hinweisen, dass auf der Vorderseite dieser Umschläge verschiedene Zahlen stehen. Fünftausend, zehntausend und so weiter. Es sieht so aus, als wäre die Schrift dieselbe wie auf dem Umschlag, den wir bei Mike gefunden haben und der voller Geld war. Ist es dieselbe Schrift?«

»Das weiß ich nicht.«

»Sie wissen es nicht?«

Slavo saß reglos da.

»Ist es Mikes Schrift?«

»Vielleicht, es handelt sich ja nur um Zahlen. Da ist das schwer zu sagen.«

»Nun denn, wo kommen diese Umschläge her?«

»Aus dem Restaurant, nehme ich an.«

»Und was war darin? Geld?«

»Vermutlich.«

»Sie sind sich nicht sicher?«

»Doch, Geld.«

Kihlberg ließ die Antwort eine Weile wirken. »Drogengeld?«

»Nein«, antwortete Slavo.

»Hohes Gericht, ich habe keine weiteren Fragen«, sagte Kihlberg.

Ich stellte meine Fragen. Es waren nicht viele, ich wollte ihn einfach aus dem Zeugenstand haben. Wir sprachen etwas über seinen persönlichen Hintergrund und seine Beziehung zu Mike, den er als guten Freund beschrieb. Dann wiederholten wir kurz seine Version von der Mordnacht. Zum Schluss fragte ich ihn, wer – seiner Meinung nach – Mike ermordet haben könnte.

»Ich weiß es nicht. Da kommen einige in Frage. Mike … ich mochte ihn, aber er war ein schwieriger Mann. Manchmal war er gewalttätig. Und vielleicht, vielleicht war er … in kriminelle Machenschaften verwickelt, ich weiß es nicht.«

Er hob den Kopf und blickte zum ersten Mal in die Jury. »Ich habe ihn nicht getötet. Er war mein Freund.«

Ich war zufrieden. Ich wusste nicht, ob das Eindruck auf die Jury gemacht hatte, aber mehr konnte ich nicht tun. Zumindest nicht an diesem Tag, der sich langsam dem Abend zuneigte. Der Richter hob das Gericht auf, und wir gingen nach Hause.

Kari weckte mich mit schnellen kleinen Küssen, wie man sie von einem Kind bekommt. Es war in etwa so romantisch, wie von einer Fliege geweckt zu werden. Ich drehte ihr grunzend den Rücken zu, und sie lachte mich aus.

»Du weist meine Annährungsversuche also bereits zurück?«, fragte sie. »Als wären wir schon zwanzig Jahre verheiratet.«

Ich konnte ihr einfach nicht antworten. Mein Kopf war voller Baumwolle, und meine Augen waren dick und verquollen. Ich hatte geschlafen. Kari hatte für uns gekocht. Danach hatte ich mich aufs Sofa gelegt und war beinahe unmittelbar eingeschlafen. Es gibt nichts auf der Welt, das einen so müde macht wie eine Gerichtsverhandlung. Sogar einfache Fälle können einen maßlos erschöpfen. Vermutlich ist es die Konzentration, die so viel Kraft kostet.

Ich bekam einen Kaffee und trank ihn viel zu heiß in hastigen, kleinen Schlucken, um einen klaren Kopf zu bekommen. Wir plauderten ein wenig über ganz alltägliche Dinge. Anschließend hockte ich an ihrem Esstisch und bereitete mich auf den nächsten Tag im Gericht vor. Kari saß auf dem Sofa und las. Wir sahen uns gemeinsam die Nachrichten an, ehe ich weiterarbeitete.

Um halb zwölf ging Kari ins Bad, um sich die Zähne zu putzen. Sie kam zu mir, legte von hinten die Arme um mich und biss mir vorsichtig ins Ohr. »Ich geh ins Bett«, sagte sie und gähnte mir ins Ohr. »Kommst du bald?«

»Es dauert nicht mehr lang«, sagte ich. »Ich bin gleich fertig.« Dann küsste ich sie.

Sie schlief, als ich ins Bett kam. Ich legte mich hin und musterte sie im schwachen Licht, das durch das Dachfenster fiel. Seit ich an jenem Abend zu ihr gegangen war und ihr meine Liebe gestanden hatte, waren wir jeden Tag zusammen gewesen. Manchmal hatten wir vereinbart, uns nicht zu sehen, hatten uns dann aber abends doch wieder angerufen und waren zueinander gefahren. Ich wusste, ich brauchte sie. Alles fühlte sich richtig an, wenn ich mit ihr zusammen war. Jedes noch so kleine Puzzleteil fiel dann an seinen Platz, die Unruhe verschwand, und ich hatte endlich das Gefühl, ganz ich selbst zu sein. Zum ersten Mal in meinem Leben war ich mir vollkommen sicher, jemanden zu lieben.

An diesem Abend fiel es mir allerdings schwer, glücklich zu sein. Das Verfahren lief, was mich gleichzeitig erleichterte und belastete. Ich dachte an Slavo im Zeugenstand, an seine Ruhe, sein versteinertes Gesicht, und fragte mich, was in diesen Tagen in ihm vorging. Er wusste, dass er unschuldig war, gleichwohl aber in großer Gefahr schwebte, verurteilt zu werden. Die Monate in der Untersuchungshaft waren ihm anzusehen. Er war etwas dünner geworden, seine Haare grauer und die Falten um seinen Mund tiefer. Ich fragte mich, ob er Angst hatte. Ob er jetzt in seiner Zelle wach lag und ihm davor graute, dort drinnen alt und grau zu werden. Von der Welt vergessen.

Weit hinten in meinem Kopf war Mike. Ich hatte ihn in diesen Wochen verdrängt, ihn aus meinem Bewusstsein verbannt. Aber jetzt war er da, mit seinen manischen Augen, der blassen Haut und seinem Lächeln, das nichts als Gewalt versprach. Mike, den ich erschlagen hatte und der mich das niemals vergessen lassen würde.

Ich tat das einzig Mögliche. Ich suchte Karis Nähe. Streichelte ihren Körper, gestattete meinen Fingern und meinem Mund, sie aus dem Schlaf zu locken, um mich in ihr zu begraben und alles zu vergessen.

Kapitel 40

Bereits am zweiten Verhandlungstag hatte alles eine gewisse Routine bekommen. Wir begannen uns aneinander zu gewöhnen, schließlich hatten wir uns schon viele Stunden gesehen. Ich kannte die Gesichter der Geschworenen, die auf ihren festen Plätzen saßen und sich um einen aufmerksamen Ausdruck bemühten. Einige machten sich Notizen, wenn sie nicht bloß etwas auf ihre Zettel kritzelten. Andere beugten sich nach vorn oder hatten es sich auf ihren Stühlen bequem gemacht. Ein älterer Mann in der hinteren Reihe hatte die Ellenbogen auf den Tisch gestemmt und den Kopf auf die Hände gestützt. Er rührte sich schon so lange nicht, dass ich mich fragte, ob er schlief.

Auch ich hätte am liebsten geschlafen. Kihlbergs Stimme war so altbekannt und monoton, dass sie mich einschläferte. Er hatte eine Reihe von Polizisten in den Zeugenstand gerufen und befragte sie jetzt einen nach dem anderen. Sie redeten über den Tatort, über die Ermittlungen und die Hausdurchsuchung bei Slavo. Ich hatte im Grunde keine Fragen an sie. Sie stellten für mich keine Gefahr da und waren insgesamt auch nicht wichtig. Für den Staatsanwalt bildeten sie aber die einzelnen Bausteine, mit denen er sein Fundament errichtete. Manchmal riss ich mich zusammen und stellte ein paar Fragen, doch eigentlich nur, um darauf aufmerksam zu machen, dass auch ich noch bei der Sache war.

Ein junger Beamter mit offenem, etwas naivem Gesicht

war bei der Durchsuchung des Tatorts im Einsatz gewesen. »Soso«, begann ich, »Sie waren es also, der das Geld zu Hause bei dem Opfer gefunden hat?«

Er nickte abwartend.

»Können Sie etwas genauer darauf eingehen, wo Sie das Geld gefunden haben?«

»Das habe ich doch schon gesagt. Im Schlafzimmerschrank.«

»Ja, das weiß ich. Aber wo im Schrank? Und wie lag es da? Konnten Sie das Geld gleich sehen? Lag es auf dem Boden oder auf einem Regalbrett? Einfach so lose? Ich will einfach ein paar weitere Details.«

Sein Gesicht leuchtete auf. »Nein, das war eingepackt.«

»Ja?«

»Ja, in einer Schachtel. Die stand unten im Schrank neben einer ganzen Reihe von Schuhen. Das Geld war da drin.« Er dachte einen Moment nach. »In Briefumschlägen … die wiederum in Seidenpapier gewickelt waren. Und da drüber lagen noch andere Papiere.«

»Was für Papiere?«

»Öh … alles Mögliche. Rechnungen, Briefe, Quittungen. Und … und ein paar Fotografien, glaube ich.«

»Ah ja, und das Geld lag darunter?«

»Ja.«

»Würden Sie sagen, es war versteckt? Unter den anderen Papieren?«

»Ja … das kann man wohl sagen.«

»Was dachten Sie, als sie es gefunden hatten?«

Er sah aus wie ein Fragezeichen. Ich seufzte. »Ich meine, dachten Sie, dass dieses Geld etwas mit dem Verbrechen zu tun haben könnte?«

»Wieso denn das?«

»Als Motiv?«

Er sah wieder überrascht aus.

»Dachten Sie, es könne sich um Raubmord handeln? Dass das Opfer von jemandem ermordet worden sein könnte, der es auf das Geld abgesehen hatte? Es war doch eine stattliche Summe, nicht wahr?«

»Das stimmt«, sagte er.

»Und dachten Sie das?«

»Nein, darüber habe ich nicht nachgedacht. Ich habe bloß das Geld gefunden.«

»Vielleicht hatten ja einige Ihrer Vorgesetzten diesen Gedanken. Keine weiteren Fragen.«

Ich aß mit Synne in der Gerichtskantine zu Mittag. Sie sprach laut aus, was ich dachte. »Ich hätte niemals gedacht, dass die Verhandlung so langweilig sein kann. Eigentlich ist das ja seltsam, ich meine … es ist doch ganz schön dramatisch, und geht ja auch wirklich um viel … ein Mordfall, die Geschworenen und das alles. Aber irgendwie passiert so wenig …« Sie fand keine besseren Worte.

Ich lächelte. »Ich weiß. Gerichtsverfahren gehen schrecklich langsam vor sich. An manchen Tagen hat man das Gefühl, als wäre die Zeit stehengeblieben. Als würde man die Bewegung eines Gletschers verfolgen. Ich glaube, das ist die Schuld des Fernsehens, das uns mit sensationellen Begebenheiten und Actionfilmen bombardiert, die einem keine Luft zum Atmen lassen. Doch das hier, das ist die Wirklichkeit.«

Ich nahm einen Schluck Kaffee und nickte ein paar Kollegen zu, die vorbeigingen. »Das Bild des Gletschers ist gar nicht so schlecht. Denn plötzlich geschieht etwas Wichtiges, das voller Kraft ist. Plötzlich kalbt so ein Gletscher. Und wenn das geschieht, wird eine ungeheure Energie freigesetzt. Dann weiß man wieder, dass man den besten Job der Welt hat.«

Nicht bei diesem Fall!, schrie es in meinem Kopf. Dieser Fall ist kein Job, Mikael. Dieser Fall ist dein Leben. Du hast einen Mord begangen und solltest auf der Anklagebank sitzen. Du bist hier fehl am Platz.

Synne erwiderte mein Lächeln. »Versteh mich nicht falsch. Ich will an keinem anderen Ort sein. Mir gefällt es hier. Es ist nur so … anders.«

Kommissar Dale war wütend auf mich, was nicht zu übersehen war. Gemeinsam mit Kihlberg hatte er gerade ein Frage-und-Antwort-Spiel aufgeführt, das wie ein Ballett bis ins letzte Detail einstudiert und choreographiert war. Doch jetzt bewegte er sich auf unbekanntem Terrain, und das gefiel ihm gar nicht. Sein Rücken war noch gerader als sonst, sein Bart zitterte leicht, und seine Stimme klang abweisend. Ich war mir sicher, dass auch die Geschworenen den Unterschied bemerkten.

»Ich verstehe die Frage nicht«, sagte er.

»Ich glaube doch, dass Sie das tun«, beharrte ich. »Ich glaube aber, dass sie Ihnen nicht gefällt.« Kihlberg wollte schon wieder aufspringen, so dass ich mich beeilte, ihm zuvorzukommen. »Aber lassen Sie es mich anders ausdrücken. Sie hatten in diesem Fall keine Unterstützung des Staatlichen Kriminalamtes, oder?«

»Nein, das war unserer Einschätzung nach nicht notwendig.«

»Unserer?«, hakte ich nach. »Oder Ihrer?«

Er zuckte mit den Schultern. »Meiner Meinung nach und der des zuständigen Ermittlungsrichters.«

»Ah ja, aber es ist Ihnen bekannt, wie das Kriminalamt sonst bei Mordfällen vorgeht, nicht wahr?«

»Natürlich. Das weiß ich sehr gut.«

»Lassen Sie mich dieses Vorgehen kurz skizzieren. Zu Beginn der Ermittlungen wird immer versucht, sich ein möglichst vollständiges Bild aller Bewegungen rund um den Tatort zu verschaffen. Man sammelt dafür systematisch alle Informationen von Nachbarn und Passanten, die sich in der Nähe befunden haben, und verschafft sich so einen detaillierten Überblick, wer zu dem betreffenden Zeitpunkt vor Ort war, vorbeigegangen ist, wessen Auto dort geparkt hatte, wer etwas gesehen hatte und so weiter. Stimmen Sie mir zu, dass man von Seiten des Kriminalamts in etwa so vorgeht?«

Er nickte. »Etwas vereinfacht, aber ja, das beschreibt die Methode.«

»Okay«, sagte ich. »Dann sind wir uns ja einig. Sind Sie in diesem Fall so vorgegangen?«

Er zögerte. »Äh … in etwa.«

»Was meinen Sie damit? Sind Sie so vorgegangen oder nicht?«

»Ich kann auf diese Frage nicht mit Ja oder Nein antworten.«

»Dann könnte man also sagen, dass Sie sich nicht vollständig an diese Prozedur gehalten haben?«

»Ja.«

»Warum nicht?«

»Das war unserer Einschätzung nach nicht notwendig.«

»Warum nicht?«

Er wusste, worauf ich hinauswollte, und setzte sich zur Wehr. »Das wäre unserer Meinung nach ein unverhältnismäßiger Einsatz der polizeilichen Ressourcen gewesen.«

»Weil Sie den Mörder bereits gefunden hatten?«

»Ja.«

»Slavo Mihailovic?«

»Ja.«

»Nach der Festnahme von Slavo Mihailovic haben Sie also die breit angelegte Ermittlungsarbeit, die beim Staatlichen Kriminalamt üblich ist, abgebrochen? Ist das richtig?«

»Ja.« Seine Stimme klang jetzt viel leiser.

»Dann verstehen Sie meine Ausgangsfrage jetzt vielleicht besser. Ich kann sie gerne noch einmal wiederholen: Gibt die Art Ihrer Ermittlungsarbeit nicht Aufschluss darüber, dass Sie gar nicht in Betracht gezogen haben, dass ein anderer Täter in Frage kommen könnte?«

Er hasste mich. »Wir haben den Richtigen festgenommen«, sagte er. »Davon bin ich fest überzeugt.«

Ich sah ihn lange an. »Ich weiß, dass Sie davon überzeugt sind. Und diese Überzeugung hat die Ermittlungen beeinflusst. Die Frage ist nur, ob die Geschworenen ebenso davon überzeugt sind wie Sie, Herr Kommissar. Ich bin es jedenfalls nicht.«

Kihlberg brüllte fast: »Das tut hier überhaupt nichts zur Sache, Herr Kollege!«

»Keine weiteren Fragen«, schloss ich.

Kihlberg versuchte, den Schaden zu reparieren, und stellte simple Fragen: »Hat denn im Laufe der Ermittlungen irgendetwas auf einen anderen Täter hingedeutet?« Er erhielt die gewünschten Antworten, aber Kommissar Dale wirkte wie ein Ball, aus dem man die Luft herausgelassen hatte. Er hatte absolut keine Lust mehr, noch länger im Zeugenstand zu sitzen.

Gegen Ende des Gerichtstags lief es nicht so gut für uns. Ein Mann von der Spurensicherung zeigte Lichtbilder von den Spuren im Eingangsbereich von Mikes Wohnung. Anschließend präsentierte er uns Slavos Schuhe und ging ausführlich auf die Analysen ein, die man von den Abdrücken und dem Blut gemacht hatte. Die Polizei hatte auch einen DNA-Test durchgeführt, und es gab keinen Zweifel, dass das Blut an Slavos Schuhen von Mike stammte.

»Gab es noch andere biologische Spuren in der Wohnung, die Sie einem DNA-Test unterzogen haben?«, fragte Kihlberg.

Der Zeuge nickte. »Ja.«

»Was waren das für Spuren?«

»Haare.«

»Könnten Sie etwas genauer darauf eingehen?«

»Ja.«

Er blätterte in seinen Unterlagen. »Wir haben in der Wohnung einige Haare sicherstellen können. Bei den meisten handelt es sich um Haare des Opfers. Des Weiteren haben wir Haare im Schlafzimmer und im Bad gefunden. Sie waren lang und stammten vermutlich von einer Frau. Wir haben diese Haare nicht untersucht, weil wir keinen Verdächtigen hatten, mit dem wir sie hätten abgleichen können.«

»Verstehe«, sagte Kihlberg. »Und was ist mit dem Eingangsbereich der Wohnung, also dem eigentlichen Tatort?«

»Abgesehen von den Haaren des Toten haben wir noch Haare von zwei unterschiedlichen Personen gefunden. Eines davon stimmte mit der DNA des Angeklagten überein.«

»Gefunden am Tatort«, sagte Kihlberg mit Nachdruck, um es in die Köpfe der Geschworenen einzuhämmern.

Ich wusste, dass ich darauf reagieren musste. »Das Haar, das Sie gefunden haben, gehörte also ohne jeden Zweifel dem Angeklagten, stimmt das?«

»Ja. Mit an Sicherheit grenzender Wahrscheinlichkeit.«

»Okay. Haben Ihre Tests auch etwas darüber ergeben, wann dieses Haar vom Angeklagten … verloren wurde?«

»Nein, natürlich nicht.«

»Ihnen ist bekannt, dass der Angeklagte ein guter Freund des Toten war? Und dass er selbst eingeräumt hat, an diesem Abend dort gewesen zu sein? Wie auch an vielen Abenden zuvor?«

»Tja, ich weiß nicht, was das …«

Ich unterbrach ihn. »Das ist eine Tatsache.« Ich machte eine kleine Kunstpause. »Dann … dann erzählt uns dieser Test also nur das, was wir ohnehin schon wissen, nicht wahr? Nämlich dass der Angeklagte irgendwann einmal am Tatort war?«

»Ich … ja, das stimmt wohl.«

»Und …«, fuhr ich fort. »Wie sieht es mit dem anderen Haar aus, das Sie am Tatort gefunden haben? Haben Sie auch das untersucht?«

»Ja. Wir hatten aber keinen Treffer in der DNA-Datenbank und auch keinen Verdächtigen, mit dem wir es hätten vergleichen können.« Dann fuhr er unaufgefordert fort: »Es war ein mittellanges, ziemlich graues Kopfhaar.«

Wie von selbst hob sich meine Hand zu meinen Haaren. Mir lief ein Schauer über den Rücken. Der Zeuge lächelte plötzlich. »Ja, Herr Anwalt. Etwa so wie Ihre.«

Kihlberg lachte, und sogar Kolle musste lächeln. Mein eigenes Lächeln fühlte sich eher wie eine Grimasse an.

»Keine weiteren Fragen«, sagte ich.

Kihlberg reichte den Schuh in der Jury herum, und die Geschworenen fassten das Beweisstück an, als könne es jeden Augenblick explodieren. Angeekelt betrachteten sie die braunen, lehmartigen Flecken auf der Sohle und reichten den Schuh schnell weiter.

Ich wollte nicht, dass der Tag damit schloss, aber so war es. Ein handfester Beweis, der sich über Nacht in die Köpfe der Geschworenen einprägen würde. Die Blicke, die sie Slavo zuwarfen, gefielen mir ganz und gar nicht.

»Morgen früh findet eine Begehung des Tatorts statt, nicht wahr, Herr Staatsanwalt?«, fragte der vorsitzende Richter und bekam ein Nicken als Antwort.

»Dann treffen wir uns morgen um neun Uhr am Tatort. Das Gericht ist damit aufgehoben. Ich wünsche Ihnen noch einen schönen Abend.«

Wie Schüler murmelten wir eine Antwort und gingen nach Hause.

Auch in dieser Nacht konnte ich nicht schlafen. Ich lag stundenlang wach und starrte ins Dunkel. Meine Augen waren wund vor Müdigkeit, und mein Körper schmerzte. Ich fragte mich, ob es möglich war, ohne Schlaf eine Verhandlung zu überstehen, die länger als eine Woche andauerte. Gegen Morgen nickte ich für eine Weile ein, schrak dann aber schweißnass aus einem Alptraum auf, an den ich mich nicht erinnern konnte. Schließlich gab ich es auf und ging duschen. Als es zu dämmern begann, trank ich einen Kaffee. Kari schlief, und ich fühlte mich vollkommen allein auf der Welt. Ich war gleichzeitig müde und hellwach, und mir graute vor der Begehung des Tatorts.

Kapitel 41

Es war alles vollkommen anders, als ich erwartet hatte. In meinem Kopf lief ein Film ab, ein unscharfer, doppelt belichteter Film mit Bildern, die wie eine vage Ahnung hinter der Wirklichkeit lagen. Die Wohnung war noch immer versiegelt. Als Kommissar Dale das Absperrband durchtrennte, sah ich meine Hand auf dem Klingelknopf. Als er die Tür öffnete und das Gericht in die Wohnung strömte, liefen sie direkt durch Mike hindurch, dessen Gesicht immer noch diesen überraschten, leicht höhnischen Ausdruck zeigte. Wir standen schweigend in einem Halbkreis um die schwarze, angetrocknete Blutlache, und ich fragte mich, ob nur ich sah, wie Mike nach hinten stürzte und sich mit den Händen zu schützen versuchte, während die Brechstange auf ihn zuschnellte und das Blut im nächsten Moment an die Wand spritzte. Die angetrockneten Flecken schienen mir wie Ausrufezeichen, die mir ihre Anklage entgegenschrien.

Ich weiß nicht, was die anderen sahen, aber gemeinsam war uns allen die Stille, mit der wir vorsichtig über die Blutflecken stiegen und von Raum zu Raum gingen. Die Geschworenen waren blass und schweigsam. Sogar Dale redete nur leise, als wollte er die Ruhe nicht stören.

Die Wohnung war seit Monaten nicht betreten worden. Es roch stickig, und überall war Staub. Ich glaubte, das Blut an den Wänden riechen zu können, den schwachen, süßlich quälenden Gestank, aber vielleicht geschah das alles auch nur in meiner Phantasie.

Auf jeden Fall war es gut, anschließend wieder an die frische Luft zu kommen. Gemeinsam mit Synne lief ich wortlos zurück zum Gericht. Draußen nieselte es, doch die Nässe auf dem Gesicht tat gut.

Nachmittags sahen wir weitere Lichtbilder vom Tatort. Ich hatte sie zuvor schon gesehen, hatte die Fotomappe immer wieder durchgeblättert und mich auf diesen Augenblick vorbereitet. Obgleich das Format riesig war und die Farben klarer und stärker als auf den Bildern in der Mappe, ging alles gut. Irgendwie war es mir gelungen, diese Bilder in einem verschlossenen Raum in meinem Kopf zu speichern. Als gingen sie mich nichts an. Als sei die Kluft zwischen dem, was ich auf der Leinwand sah, und meiner wirklichen Welt zu groß, um miteinander in Verbindung gebracht zu werden. Der erneute Aufenthalt in Mikes Wohnung war für mich viel schlimmer gewesen.

Trotzdem waren es heftige Bilder, blutig, grotesk und schonungslos. Einer Geschworenen wurde so schlecht, dass wir eine Pause machen mussten. Kihlberg fragte, und Dale erklärte mit Hilfe eines Zeigestocks.

Ich sah für einen Moment zu Slavo hinüber. Er saß wie immer ruhig da und verfolgte alles aufmerksam. Seinem Gesicht war nichts zu entnehmen. Wie ist das möglich?, fragte ich mich. Er war dein Kollege, dein Freund. Wie kannst du nur so gefühllos dasitzen? Ich wusste, dass ich ungerecht war, aber ich konnte mich dieses Gefühls einfach nicht erwehren. Für einen Moment kochte sogar die alte Wut wieder hoch, der Hass auf Slavo. Ich dachte: Du kannst das doch nur deshalb, weil es dich überhaupt nicht bewegt, weil du Gewalt gewohnt bist und schon viel Schlimmeres gesehen hast.

Es war für alle eine Erleichterung, als wir fertig waren.

Der Gerichtsmediziner brauchte viel Zeit. Er redete lang und schien es richtiggehend zu genießen, Mikes Verletzungen bis ins letzte Detail vor Gericht zu beschreiben. Seine Stimme klang hoch und recht scharf.

»Also«, sagte Kihlberg, »können Sie uns zusammenfassend sagen, was die entscheidende Todesursache war?«

»Um es vereinfacht auszudrücken, die Kopfverletzungen. Aber …«, er breitete die Arme aus, »es ist, wie gesagt, unmöglich, eine einzelne Verletzung als Todesursache zu isolieren. Der Schädel war an vielen Stellen gebrochen und dazu noch die Knochen an der Schläfe und im Gesicht, wodurch es zu massiven Gehirnblutungen gekommen ist. Aber exakt festlegen können wir die Todesursache eben nicht.«

Ich meldete mich zu Wort: »Wenn Sie erlauben, Herr Richter, nur eine kurze Zwischenfrage.«

Der Richter nickte.

»Ich frage mich … er wurde ja erst am Morgen gefunden … Wenn er früher gefunden worden wäre, hätte man dann sein Leben retten können?« Diese Frage quälte mich schon lange. Ich hatte mich seit damals gefragt, ob ich nicht die Möglichkeit gehabt hätte, durch einen anonymen Anruf einen Streit im Haus zu melden, so dass er rechtzeitig gefunden und ich nicht zum Mörder geworden wäre.

Der Gerichtsmediziner schüttelte entschieden den Kopf. »Die Antwort lautet Nein. Die Verletzungen waren so massiver Natur, dass eine Rettung unmöglich gewesen wäre.

Selbst wenn er schon eine Minute später auf dem Operationstisch gelegen hätte.«

Kihlberg kam auf den Zeitpunkt des Todes zu sprechen. Der Gerichtsmediziner erklärte bereitwillig, mit welcher Methode man den Eintritt des Todes berechnete. Die äußere Körpertemperatur, die Temperatur der Leber, die Totenstarre und so weiter.

»Es gibt keine Methode, den Zeitpunkt des Todes exakt zu bestimmen«, erklärte er. »Wir können nur eine Schätzung abgeben, die auf einer Reihe verschiedener Variablen und Erfahrungswerte basiert.«

»Und wie lautet Ihre Schlussfolgerung?«, fragte Kihlberg.

»Der Tod traf zwischen ein und zwei Uhr nachts ein. Das ist meine begründete Annahme.«

Ich hatte keine Fragen. Ich war zufrieden mit den Antworten und wollte den Zeugen aus dem Zeugenstand haben, bevor er seine eigenen Schlussfolgerungen wieder relativierte. Die größtmögliche Sünde eines Anwalts ist es, eine Frage zu viel zu stellen.

Slavo wollte mit mir reden, nachdem die Verhandlung für diesen Tag beendet war. Wir saßen in einer Zelle im Untergeschoss des Gerichts und hatten von einem Wachmann Kaffee bekommen. Er schmeckte wie immer, wenn Kaffee stundenlang in einer Thermoskanne warmgehalten worden war, tat aber trotzdem gut. Mir war schwindelig vor Müdigkeit. Auch Slavo sah erschöpft und mitgenommen aus.

»Was meinen Sie, wie läuft es, Mikael?«, fragte er.

Ich zuckte mit den Schultern. »Ganz in Ordnung. Keine Überraschungen. Keine unerwarteten Probleme. Bis jetzt läuft es … wie erwartet.«

Er nickte. »Ja. Gestern waren Sie gut. Da haben Sie Dale schön in die Ecke gedrängt.«

»Ja, das ist gut gelaufen, aber …«

»Ja?«

»Es war ein kleiner Sieg, ein Teilsieg. Und der war wichtig. Solche Gerichtsfälle bestehen aus Details. Wenn die Geschworenen glauben, dass die Ermittlungen nicht konsequent zu Ende geführt worden sind, haben wir wirklich einen großen Schritt nach vorn gemacht. Aber es gibt diese Blutspur. Und wir haben eine Zeugin gegen uns. Das ist und bleibt unser Problem.«

Er blickte zu Boden. »Diese Zeugin … die Nachbarin … sie ist wichtig, nicht wahr?«

»Ja.«

»Die Sache steht und fällt mit ihr?«

»Nicht nur. Aber wenn sie bei ihrer Behauptung bleibt, wenn ich da nichts ändern kann, dann …«

Er hob den Kopf und blickte mir in die Augen. »Dann müssen Sie etwas mit ihr anstellen, Mikael. Das ist doch Ihr Job, nicht wahr, Mikael?«

Ich klopfte an die Tür, um die Wache zu rufen. Während wir warteten, fragte er mich: »Diese Zeugin … wann kommt die? Wann soll sie ihre Aussage machen?«

»Morgen früh«, antwortete ich.

Ich rief Kari an und sagte ihr, dass ich den Abend und die Nacht allein verbringen wollte.

»Ich bin müde, und morgen … morgen können wir den ganzen Fall verlieren. Ich muss nachdenken, ist das in Ordnung für dich?«

Sie antwortete, das sei kein Problem, und ich sagte ihr

noch einmal, wie sehr ich sie liebte. Dann ging ich zu McDonald's und aß zwei Hamburger, ehe ich mit dem Bus nach Hause fuhr.

Ich legte mich aufs Sofa und schlief dreieinhalb Stunden. Es war bereits Abend, als ich wieder aufwachte, doch ich fühlte mich noch genauso müde. Es war mir unmöglich, mich auf die Gerichtsunterlagen zu konzentrieren. Ich las, aber schon auf der Seitenmitte hatte ich alles wieder vergessen. Schließlich gab ich es auf und sah ein bisschen fern. Ich zappte durch die Programme, war unruhig und nervös. Es hatte keinen Sinn, ins Bett zu gehen. Ich wusste, dass ich nicht schlafen konnte. Schließlich zog ich mich an und ging spazieren.

Draußen war es dunkel und kalt. Ein unangenehmer Nordwind blies, und ich fragte mich, ob es morgen schön werden würde, wie so oft, wenn dieser Wind aufkam. Ich schlug den Kragen hoch und ging planlos zwischen den dunklen Häusern hindurch. Ich sah nur einen einzigen Menschen, einen Mann, der seinen Hund ausführte. An einem hell erleuchteten Fenster stand eine hübsche Frau. Ein Mann legte von hinten seine Arme um sie und lehnte seinen Kopf an den ihren. Einen Moment lang vermisste ich Kari. Ich fragte mich, ob ich zu ihr gehen sollte, ließ es aber bleiben.

Ich wusste genau, was das Problem war. Am nächsten Morgen konnte ich den Fall verlieren. Es wäre die leichteste Sache der Welt, die Aussage der Nachbarin einfach durchgehen zu lassen, sie halbherzig zu befragen, ob sie sich wirklich ganz sicher sei, und damit ihre Aussage umso glaubhafter erscheinen zu lassen. Ich konnte das tun, ohne dass es jemandem auffallen würde, schließlich hatte ich mein halbes Leben in Gerichtssälen verbracht und inkompetenten Kollegen genau dabei zugehört.

Zum ersten Mal gelang es mir, mir selbst gegenüber einzugestehen, dass ich genau das tun wollte. Innerlich wünschte ich mir nur, diesen Fall zu verlieren. Und frei zu sein. Für immer befreit von dem Risiko, doch noch entlarvt und gefasst zu werden.

Ich wusste aber, dass ich auch die Chance hatte, anders mit der Zeugin umzugehen. Schließlich wusste ich, was sonst niemand wusste – dass sie nicht die ganze Wahrheit sagte.

Ich lief viele Stunden umher, bis ich richtig müde war. Als ich nach Hause kam, hatte ich noch immer keine endgültige Entscheidung gefällt. Ich ging ins Bett und fiel bis zum Einbruch der Dämmerung in einen kurzen, unruhigen Schlaf.

Kapitel 42

Kihlberg war mit ihr höflich und geduldig. Sie hieß Frau Samuelsen und hatte ihren Mantel abgelegt, den Hut aber aufbehalten. Anfangs saß sie angespannt und voller Ernst im Zeugenstand, taute jedoch bald auf. Kihlberg verstand sich auf alte Damen.

Sie brachte ihre Geschichte klar und deutlich vor, und diese unterschied sich in nichts von der Aussage, die sie bei der Polizei gemacht hatte. Sie erzählte von dem Lärm, den sie aus der Wohnung über sich gehört hatte, und ließ sich lang und breit darüber aus, dass sie so etwas ja schon erwartet hatte, da ihr dieser Mike von Anfang an unsympathisch gewesen war. In diesem Punkt konnte ich ihr nur recht geben.

Als Kihlberg sie bat, den Mann zu beschreiben, den sie über die Treppe nach unten laufen gesehen hatte, gab sie erneut eine ausgezeichnete Beschreibung von Slavo ab.

Kihlberg fragte sie nach Entfernung und Lichtverhältnissen, und ihre Antworten waren eindeutig. Dann fragte er: »Sehen Sie die Person, die Sie damals durch den Türspion beobachtet haben, jetzt hier im Gerichtssaal?«

Es war vollkommen still im Saal. Frau Samuelsen kramte in ihrer Tasche, holte eine Brille heraus, setzte sie auf die Nase und sah sich langsam um. Mit war bewusst, dass sie die Situation genoss, die allgemeine Aufmerksamkeit und die Dramatik. Sie hob langsam die Hand, deutete auf Slavo und sagte laut und deutlich. »Der da, der war's.«

»Herr Verteidiger«, sagte der vorsitzende Richter. »Haben Sie Fragen an die Zeugin?«

»Ja, danke.« Ich wusste, dass ich eine Entscheidung fällen musste. Entweder musste ich versuchen, den Fall zu gewinnen – oder nicht. Ich sah mich im Gerichtssaal um. Mein Blick fiel auf Slavo. Er hatte die Hände in den Schoß gelegt und den Kopf gesenkt. Ich suchte nach meiner Wut, dem Gefühl, dass er das alles verdiente, konnte aber nichts finden. Dann betrachtete ich die Geschworenen. Sie starrten Slavo im Bewusstsein an, einem Mörder gegenüberzusitzen. Und die Presse wartete. Mir war klar, dass sie alle meinen Mandanten für überführt hielten. Kihlberg saß entspannt zurückgelehnt auf seinem Stuhl und sah zufrieden aus.

Plötzlich fiel mir die Entscheidung überhaupt nicht mehr schwer. Ich arbeitete jetzt schon so lange als Anwalt, fast mein ganzes erwachsenes Leben lang. Es gab einiges in dieser Zeit, auf das ich nicht stolz war, aber ich hatte stets meine Arbeit getan und mich immer für meine Mandanten eingesetzt. Tat ich das jetzt nicht, würde ich jeden Selbstrespekt verlieren. Mir blieb keine andere Wahl, ich musste meine Arbeit tun, also beugte ich mich vor, lächelte die alte Frau im Zeugenstand an und sagte mit klarer Stimme:

»Ich werde Ihnen auch noch ein paar Fragen stellen, Frau Samuelsen.«

Ich begann vorsichtig. Zuerst fragte ich sie, ob sie sich wirklich sicher war, Slavo an diesem Abend gesehen zu haben.

»Ja«, sagte sie. »Ganz sicher.« Kihlberg lächelte.

»Das bin ich auch«, sagte ich. »Ich bin ganz und gar davon überzeugt, dass Sie recht haben. Der Angeklagte«, ich deutete mit der Hand in Richtung Slavo, »hat nämlich selbst eingeräumt, in dieser Nacht dort im Haus gewesen zu sein. Sie haben also richtig gesehen.«

Sie nickte und erwiderte vorsichtig mein Lächeln.

Ich ging behutsam vor, fragte sie nach ihrer Familie und ihrem Alltag. Sie hatte zwei Kinder, die beide in Oslo wohnten. Die meisten Freundinnen hingegen waren im Laufe der Jahre gestorben.

»Da sind Sie sicher oft recht einsam?«

Sie nickte.

»Und dann verfolgt man doch gerne, was sonst so in der Nachbarschaft passiert, wer kommt und wer geht, nicht wahr?«

Sie musste mir zustimmen, wobei sie auch nicht neugieriger sei als die anderen Menschen. Nur dass bei ihr selbst tagsüber einfach nichts mehr passiere.

»Und nachts?«

»Wie meinen Sie das?«

»Sie haben den Angeklagten ja sehr spät in der Nacht bemerkt … waren Sie da noch auf?«

»Ja. Ich kann nicht schlafen. Ich liege oft bis in den Morgen wach.«

Ich nickte. »Und dann passen Sie auch nachts auf, was sich in Ihrem Haus so tut?«

Sie zögerte etwas. »Ja, gewissermaßen …«

»Es ist wichtig, dass Sie ganz ehrlich zu uns sind, Frau Samuelsen. Können Sie hören, wenn nachts jemand kommt oder geht?«

»Ja. Es ist ein altes, hellhöriges Haus. Und die Schritte im Flur hört man gut.«

»Und wenn Sie jemanden hören …«

»So viele Leute laufen da ja nachts nicht herum, wir sind ein ordentliches Haus. Das war nur dieser Mike … der bekam zu jeder Tages- und Nachtzeit Besuch. Da kamen Frauen …«

»Und wenn Sie jemanden hören, dann sehen Sie nach, wer es ist?«

»Ja, wenn ich auf bin.«

Ich machte eine kleine Pause und trank einen Schluck Wasser.

»Und in der Mordnacht waren Sie auf? Sie sind nicht ins Bett gegangen und dann wieder aufgestanden?«

»Nein, ich war die ganze Zeit über wach.«

»Und Sie haben Slavo gehört, den Angeklagten, meine ich.«

»Ja, und ihn gesehen.«

»Aha, haben Sie in dieser Nacht noch andere gehört?«

Sie zögerte wieder etwas. »Da war … doch, ich glaube, da war noch ein anderer, der zu diesem Mike gegangen ist.«

»In derselben Nacht?«

»Ja, vielleicht. Ich glaube schon.«

»Davon steht aber nichts in der Aussage, die Sie bei der Polizei gemacht haben.«

»Nicht?« Sie sah verwirrt aus.

»Das macht nichts, ich habe Ihre Aussage ja hier. Warum steht da nichts von einer zweiten Person, die Mike besucht hat?«

»Das weiß ich nicht, das müssen Sie die Polizei fragen.« Dann fügte sie unaufgefordert hinzu: »Ich glaube, die haben nicht danach gefragt.«

Ich wusste, was ich fragen musste, hatte aber keine Lust. Plötzlich war mir etwas übel, mein Mund war trocken. Ich hatte Angst. »Diese andere Person, haben Sie die gesehen?«

»Nein.«

Ich hätte sie umarmen können. »Warum nicht?«

Sie lächelte etwas verlegen. »Ich musste auf die Toilette, glaube ich, und habe es nicht mehr geschafft.«

»Hören Sie, Frau Samuelsen, ich habe nur noch eine Frage, aber die ist wichtig, und ich muss Sie bitten, genau nachzudenken, bevor Sie antworten.«

Sie nickte ernst.

»Sie haben uns eben von dem Lärm erzählt, den Sie von oben gehört haben, etwas, das sich für Sie wie ein Kampf angehört hat. Haben Sie das in Verbindung mit Slavos Besuch gehört, oder kann das auch in Verbindung mit dem Besuch der anderen Person gewesen sein?«

Wir hätten eine Stecknadel fallen hören können, als sie nachdachte. Nach einer Weile sagte sie: »Ich weiß es nicht. Ich bin mir nicht sicher.«

Kihlberg versuchte, die Zeugenaussage zu retten, aber es war hoffnungslos. Jetzt war sich Frau Samuelsen nur noch sicher, sich nicht sicher zu sein.

Synne sah mich an und flüsterte: »Bingo!« Ich war erschöpft, aber wahnsinnig glücklich. Slavo lächelte mich an. Ich konnte mich nicht daran erinnern, wann ich ihn das letzte Mal lächeln gesehen hatte.

Draußen auf dem Flur hielt Synne mich zurück. »Das war … ich meine, hast du den Fall nicht jetzt schon gewonnen?«

Ich war überrascht: »Wie kommst du denn darauf?«

»Ich meine, wenn sich Frau Samuelsen nicht mehr sicher ist, dass es Slavo war, den sie gesehen hat, und überdies noch eine andere Person in dieser Nacht da war … reicht das nicht? Sind das nicht schon berechtigte Zweifel?«

»Theoretisch schon, praktisch aber nicht. Sie war sich sehr unsicher. Vielleicht gewichtet die Jury das nicht so stark wie die Aussage, die sie bei der Polizei gemacht hat. Das kommt auf den Gesamteindruck an. Wir sind einen Schritt weiter, mehr nicht.«

Synne nickte. Ich sah ihr aber an, dass sie nicht einverstanden war.

»Du, das ist hier nicht die Uni, Synne«, sagte ich. »Willkommen in der Wirklichkeit.«

Kapitel 43

Der Rest des Tages lief weniger glatt.

Als Nächstes kam der Wirtschaftsprüfer der Polizei. Er war langweilig, dass Kihlberg die Zügel anziehen musste, damit die Geschworenen bei der Sache blieben.

»Können wir das zusammenfassen?«, fragte Kihlberg. »Sie sagen also, dass die Betriebsergebnisse der Restaurants die Erwartungen bei weitem übertroffen haben?«

»Ja, das ist korrekt.«

»Und woran wurde das deutlich?«

»Am Geldfluss … und den Abrechnungen.«

»Das heißt … an diesen Orten wird zu viel Geld eingenommen, haben ich Sie da richtig verstanden?«

»Das stimmt. Viel zu viel.«

»Sind Sie sicher?«

»Ja, ganz sicher. Für so etwas gibt es sehr konkrete Erfahrungswerte. Die Ergebnisse dieser Restaurants liegen aber so weit jenseits der Norm, dass es dafür keine natürliche Erklärung gibt.«

Kihlberg dachte nach, dann nahm er Anlauf. »Und wie würden Sie das erklären?«

»Es müssen Gelder aus einer externen Quelle in das System eingespeist werden.«

»Wie zum Beispiel Drogengelder?«

»Das ist sehr wahrscheinlich.«

»Stimmt es, dass Drogengelder häufig auf diese Weise gewaschen werden?«

»Das ist richtig«, sagte der Wirtschaftsprüfer, doch da hatte ich bereits das Wort ergriffen.

»Herr Richter, das ist eine Suggestivfrage. Bei dieser Art von Meinungsmache könnten wir auf den Zeugen ja ganz verzichten. Der Staatsanwalt beantwortet sich seine eigenen Fragen.«

Der Richter nickte, aber Kihlberg hatte bereits die Hand gehoben. »Keine weiteren Fragen«, sagte er.

Ich tat, was ich konnte. »Dieses Geld … gehen wir davon aus, dass Sie recht haben und zu viel Geld ins System einfließt. Können Sie dann konkret sagen, was das für Gelder sind und woher sie stammen?«

»Nein.«

»Es könnte also alles Mögliche sein? Lottogewinne? Schwarz verdientes Geld?«

»In etwa, ja.«

»Kann es sich auch ganz einfach um Investitionen handeln? Könnte es sein, dass jemand in die Betriebe investiert und Geld einschießt, ohne das zu dokumentieren?«

»Das glaube ich nicht.«

»Warum nicht?«

Er begann eine lange Erklärung, warum ein solches Vorgehen sowohl juristisch als auch wirtschaftlich unsinnig wäre. Ich unterbrach ihn nach ein paar Minuten.

»Ich verstehe das nicht ganz«, sagte ich und lächelte etwas verlegen. Auch die Geschworenen lächelten, es ging ihnen nicht anders als mir. »Aber ich nehme Sie beim Wort und gehe davon aus, dass es unwahrscheinlich ist. Es ist aber alles nur eine Theorie, oder? Das heißt, auch Sie wissen das nicht ganz genau, nicht wahr?«

»Nein.«

»Der Staatsanwalt sprach von Drogengeldern. Haben Sie irgendwelche konkreten Anhaltspunkte dafür, dass es sich wirklich um solches Geld handelt?«

Er schüttelte den Kopf. »Nein.«

»Haben sie denn konkrete Anhaltspunkte oder Beweise dafür, dass Slavo Mihailovic etwas mit diesen Geldströmen zu tun hat? Ich meine wirkliche, wasserdichte Beweise?«

»Nein«, sagte er, »aber …«

»Keine weiteren Fragen«, sagte ich rasch, doch er ließ sich nicht stoppen. »Aber er muss es gewusst haben.«

Kihlberg ließ nicht locker.

»Nur eine kleine Verständnisfrage, Herr Richter?«

»Ja, bitte.«

»Nur der Ordnung halber, auf welche Quellen konnten Sie während Ihrer Untersuchung zurückgreifen?«

Der Wirtschaftsprüfer sah verwirrt aus.

»Welches Material stand Ihnen zur Verfügung?«

»Ach so! Natürlich die gesamten Rechnungsunterlagen. Belege, Kontoauszüge, Abrechungen und so weiter. Das war vollkommen ausreichend.«

»Gut. Haben Sie auch persönliche Gespräche geführt?«

»Äh, nein … Herr Mihailovic saß ja im Gefängnis, und …« Er wedelte vage mit der Hand durch die Luft.

»Und mit Anwalt Brenne? Haben Sie mit ihm gesprochen?« Kihlberg zeigte auf mich.

»Nein«, kam es von dem immer verwirrteren Zeugen. »Warum hätte ich das tun sollen?«

»Nun, er war ja der Wirtschaftsanwalt des Angeklagten und seiner Firmen, wussten Sie das nicht?«

Der Wirtschaftsprüfer schüttelte den Kopf.

Ich wusste, dass ich gerade aus dem Hinterhalt angegriffen worden war. Anwälte sollten eine gewisse Distanz zu ihren Mandanten haben und der Jury gegenüber glaubwürdig sein. Jetzt starrten mich alle Geschworenen an und fragten sich, was für einen Charakter ich hatte, Gangster geschäftlich zu vertreten. Ich wusste nicht, wie ich die Situation retten und den Eindruck zurechtrücken konnte.

Kolle wusste das, und auch ihm schien die Situation nicht zu gefallen.

»Ist das ein Problem, Herr Staatsanwalt? Wollen Sie damit sagen, dass der Verteidiger befangen ist?«, fragte er.

»Keinesfalls, Herr Vorsitzender.«

»Hm«, sagte Kolle. »Dann ist das wohl ohne jede Relevanz.«

Ich war dankbar für seine Hilfe, aber das Porzellan war trotzdem zerschlagen.

Der Sonnenkönig war der letzte Zeuge an diesem Tag. Es schien ihm zu gefallen, vor Gericht seine Aussage zu machen. Er lächelte mich kühl an, als er seine Erklärung abgab.

»In welchem Dezernat arbeiten Sie?«, fragte Kihlberg.

»Im Drogendezernat«, antwortete der Sonnenkönig. Anschließend stopfte er gemeinsam mit Kihlberg die Löcher im Bericht des Polizeirevisors. Er machte einen guten Job. Kihlberg stellte einfache Fragen, was aber gar nicht nötig gewesen wäre. Der Sonnenkönig hatte sich gründlich vorbereitet und wusste genau, was er wollte und wie er ans Ziel kam. Seine Geschichte war klar und schlüssig und stellte Slavo und Mike als gewichtige und einflussreiche Akteure im Drogengeschäft dar.

»Unserer Meinung nach gehen sie sehr professionell vor.

Sie haben innerhalb von unglaublich kurzer Zeit große Teile des Marktes hier in der Stadt an sich gerissen.«

»Wie haben sie das geschafft?«, fragte Kihlberg.

Der Sonnenkönig zuckte mit den Schultern. »Diesbezüglich können wir eigentlich nur spekulieren«, sagte er. »Aber wie ich das sehe, hatten sie einen verlässlichen Zugriff auf die Ware, gute wirtschaftliche Rahmenbedingungen und eine professionelle Einstellung zum … Geschäft.«

»Wie meinen Sie das?«

»Der Drogenhandel funktioniert im Grunde wie jedes andere Geschäft auch. Man kann das gut oder schlecht machen. Aber häufig sind Amateure involviert, die keine guten Kontakte zu Lieferanten haben oder selbst süchtig sind. Sie haben keine sichere Ökonomie, müssen sich Geld leihen, um Drogen zu finanzieren, und geben trotzdem Freunden und Bekannten Kredite, die sie nie zurückerhalten. So sieht es häufig aus.« Er lächelte die Geschworenen an. »Im Drogengeschäft ist viel Geld zu holen. Umso erstaunlicher ist es, dass viele unserer lokalen Akteure nie wirklich Geld damit verdienen.«

»Im Gegensatz zu diesen zwei Serben?«

»Ja, die gingen professionell vor. Und rücksichtslos. Es war unklug, sich mit ihnen anzulegen oder nicht zu bezahlen.«

»Haben Sie ein paar konkrete Beispiele für Ihre Äußerungen?«

Zu meiner Überraschung begann der Sonnenkönig von Johnny Hansen zu erzählen, dem die Daumen abgeschnitten worden waren. Als er fertig war, starrten die Geschworenen Slavo an, als wäre er ein Insekt.

Ich traute meinen Ohren nicht. Am liebsten wäre ich aufgestanden und hätte den Sonnenkönig angeschrien, dass es einzig seine Schuld war, dass man Johnny verstümmelt hatte, aber mir war klar, dass ich das nicht tun durfte.

Als ich endlich das Wort erhielt, war ich wütend. Zu wütend. »Sie erzählen eine Unmenge über die Verbindung meines Mandanten zum Drogengeschäft«, sagte ich.

Er nickte bloß.

»Aber das ist … bloß eine Geschichte. Wo sind die Beweise?«

»Wenn Sie an Beweise denken, die vor Gericht standhalten, muss ich passen. Sonst hätten wir Anklage erhoben.«

»Mal ehrlich«, sagte ich. »Sie müssen schon etwas Konkretes bringen. Wir sind hier vor Gericht. Und es geht um eine wichtige Sache.«

»Im Drogengeschäft ist das halt so«, sagte er. »Und das wissen Sie sehr gut, Herr Anwalt. Wir sind total abhängig von Informanten, vertraulichen Quellen, die wir schützen müssen. Ohne die könnten wir unsere Arbeit nicht tun. Es ist ein geschlossenes Milieu, gegen das wir ankämpfen. Neben unseren Informanten haben wir V-Männer und Spitzel, gehen Gerüchten nach, hören Telefone ab und so weiter. Alles kleine Puzzleteile, die nach und nach ein immer klareres Bild ergeben.«

»Sie sagen uns also, dass Sie nicht einen einzigen konkreten Beweis haben, den Sie hier vor Gericht vorlegen können?«

»Das kann man so sagen.« Er lächelte wieder. »Ich kann hier nur nach bestem Wissen und Gewissen die Informationen weitergeben, die ich erhalten habe.«

Ich öffnete den Mund, um eine weitere Frage zu stellen,

aber er kam mir zuvor, beugte sich vor und fuhr fort: »Aber ich möchte betonen, dass ich jetzt seit fünfzehn Jahren in dieser Stadt arbeite und einen ziemlich guten Überblick über die Drogenszene habe. Ich fühle mich sehr sicher, was die Informationen angeht, die ich Ihnen heute gegeben habe.«

»Und Sie finden das ausreichend? Das Gericht und die Geschworenen sollen also nichts anderes bekommen als irgendwelche Informationen aus dritter Hand, Gerüchte und anonyme Geschichten, die sie hier vortragen?«

»Ich weiß nicht«, sagte der Sonnenkönig. »Ich finde schon, dass da genug Fleisch am Knochen ist. Ich teile Ihre Einschätzung über die Qualität der Informationen nicht.«

»Nun, ich bin der Meinung, dass diese Mutmaßungen nicht ausreichen«, sagte ich. »Als Beweismittel sind sie jedenfalls vollkommen unbrauchbar.«

Der Sonnenkönig war immer noch ruhig. Er saß zurückgelehnt und entspannt im Zeugenstand. »Aber eigentlich geht es doch gar nicht darum, Herr Anwalt«, sagte er ganz leise. »Weder Sie noch ich müssen beurteilen, ob die Beweise gut sind oder ausreichen, nicht wahr? Das müssen die Geschworenen entscheiden. Und ich kann der Jury nur sagen, was ich weiß. Ob das gut genug ist, kann und muss ich nicht beurteilen.«

Er hatte sich gemeinsam mit Kihlberg vorbereitet, und ich hatte ihm durch meine Ungeduld in die Karten gespielt. Es war mir nicht gelungen, ihn auch nur einen Millimeter von seiner Position abzubringen. Statt mich auf die Fakten zu konzentrieren, hatte ich mich hinreißen lassen, mit dem Zeugen zu streiten. Eine Todsünde für einen Verteidiger. Ich gab auf.

Synne sah mich von der Seite her an. Ich schüttelte nur den Kopf.

»Sag jetzt nichts«, warnte ich. »Sag jetzt bitte nichts.«

Am Abend besuchte ich meinen Vater. Er fragte mich nach dem Verfahren, und ich erzählte ihm ein bisschen, spürte aber, dass er Schwierigkeiten hatte, mir zu folgen. Er war alt geworden.

»Es geht sicher gut, Mikael«, sagte er. »Ich weiß doch, was du kannst.«

Als er auf die Toilette ging, nutzte ich die Gelegenheit, seine Küche ein bisschen zu putzen. Er war früher sehr penibel gewesen, doch in letzter Zeit waren mir seine Schwierigkeiten, alles sauber zu halten, immer deutlicher ins Auge gefallen. Ich hatte dieses Thema auch einmal angesprochen, ihn damit aber nur verärgert.

»Ich habe ein Mädchen getroffen«, sagte ich unvermittelt, als er wieder zurückkam.

»Hm.«

»Sie … sie heißt Kari. Ich dachte, du könntest sie mal kennenlernen. Wir können bei mir zusammen essen, wenn du magst.«

Er schwieg für einen Moment. »Diese … diese andere … Silje … sie war nicht so gut für dich, oder?«

»Nein, das stimmt. Aber ich war vielleicht auch nicht so gut für sie.«

Er musste lächeln. »Ich möchte sie gerne treffen … Kari, meine ich. Such mal einen Tag aus.«

»Ja, das mache ich gern. Aber zuerst muss ich dieses Verfahren hinter mich bringen.«

Kapitel 44

Am nächsten Morgen lugte die Sonne zwischen den schnell ziehenden Wolken hindurch, und es war deutlich wärmer als zuvor. Es war Freitag, der letzte Tag der Beweisaufnahme. Nur meine zwei Zeugen standen jetzt noch aus, und ich wusste, was sie sagen würden. Trotzdem war ich alles andere als ruhig. Mein Magen rumorte. Vor dem Beginn der Verhandlung war ich gleich zweimal auf der Toilette. Gerichtsdiener Hauge reichte mir wortlos eine Tasse Kaffee, so wie jeden Morgen. Ich nahm sie dankend an, trank aber nicht. Immer wieder versuchte ich mir einzureden, dass ich bald am Ziel sei und überlebt hatte, aber das alles half nicht.

Kihlberg kam genau fünf Minuten vor halb zehn. Man konnte die Uhr nach ihm stellen, wobei er jeden Tag gleich frisch und gepflegt aussah. Ich murmelte ein »Guten Morgen«, und er erwiderte den Gruß mit einem Nicken.

»Eine kleine Änderung, Herr Kollege«, sagte er. »Ich habe noch eine weitere Zeugin. Eva Kaufmann. Sie kam gestern Abend mit dem Flugzeug hier an. Ein aufmerksamer Zollbeamter hat mich noch von der Passkontrolle aus angerufen. Es wird aber nicht lange dauern.« Er fegte durch die Tür in den Gerichtssaal und ließ mich geschockt zurück. Es fühlte sich an, als hätte mir jemand in den Bauch getreten.

Hauge sah mich verwundert an. »Schlechte Nachrichten?«, fragte er. Ich antwortete nicht, sondern folgte Kihlberg in den Gerichtssaal, wobei ich nachzudenken versuchte. Was würde geschehen, wenn sie alles sagte? Dass ich nur wenige Stunden vor der Tat bei ihr gewesen und von Mike mit einem Messer bedroht worden war? Schließlich hatte ich das gegenüber der Polizei verschwiegen. Ich versuchte, mir die Folgen auszumalen, konnte aber keinen klaren Gedanken fassen. Warum sollte sie das alles verschweigen? Sie musste es Hoffmann erzählt haben, der sicher erkannt hatte, dass sie mit ihrer Aussage Slavo entlasten und mich ins Verderben stürzen konnte. Es gab keinen Grund, mich zu schützen.

Kihlberg erklärte dem Gericht, warum seine neue Zeugin nicht auf der Zeugenliste eingetragen war. »Der Verteidiger weiß darüber Bescheid, dass wir sie zu finden versucht haben«, sagte der Staatsanwalt.

»Herr Verteidiger«, sagte der Vorsitzende. »Irgendwelche Einsprüche?«

Ich hätte alles gegeben für einen begründeten Einspruch. »Nein«, sagte ich.

Sie war konservativer gekleidet als jemals zuvor, ein schwarzes Kleid und Schuhe mit mittelhohen Absätzen. Nur ihr wiegender Gang war unverändert und versetzte mir trotz all der Angst, die ich spürte, einen Stich. Sie sah nicht in meine Richtung, blickte nicht ein einziges Mal zu mir, als sie durch den Raum zum Zeugenstand ging, stehenblieb und mit leiser, klarer Stimme ihre Erklärung abgab.

Erst als sie sich setzte, begegneten sich unsere Blicke kurz. Ihr Gesicht war ausdruckslos. Sie nickte mir nicht zu, lächelte nicht. In ihrem Blick lag nicht die geringste Spur von Vertrautheit. Ihre Augen wirkten genauso kühl und musternd, wie ich sie von früher in Erinnerung hatte.

Jetzt erzählt sie alles, dachte ich. Vom Sex im Gefängnis, von Mike, alles. Und ich bin verloren. Ich wusste mit einem Mal, dass ich alles gestehen würde, sollte mich die Polizei verhören und mit heiklen Fragen konfrontieren. Ich wusste nicht warum, spürte aber, dass ich einfach nicht mehr konnte, dass ich müde war, um diese Bürde noch länger zu tragen, und es mich nur erleichtern würde, mir das alles von der Seele zu reden.

Kihlberg fragte, und Eva Kaufmann antwortete. Kurze, präzise Antworten über ihre Beziehung zu Mike und Slavo. Für mich hörte es sich so an, als führten sie das Gespräch in einem anderen Raum. Ihre Stimmen erreichten mich wie ein fernes Echo.

»Ja, wir hatten ein Verhältnis«, sagte sie. »Mike und ich. In gewisser Weise.«

»Wie … in gewisser Weise?«

Sie dachte einen Moment nach. »Er … er … er hatte keine Beziehungen, so wie andere die haben. Er … er hatte Sex mit mir, wenn er wollte.«

»Und für Sie war das in Ordnung?«

Sie hob die Schultern und breitete die Arme zu einer kleinen, kontrollierten Bewegung aus. »Ich hatte nicht so viel zu sagen. Er war kein Mann, gegen den man sich zur Wehr setzte.«

Kihlberg fragte sie über die Geschäfte von Mike und Slavo aus und wollte von ihr wissen, ob sie etwas mit Drogen zu tun hatten. Ihre Antworten wurden noch kürzer. »Ich weiß es nicht«, wiederholte sie immer wieder.

Dann widmete sich Kihlberg dem Tag vor dem Mord.

»Haben Sie ihn an diesem Tag oder am Abend getroffen?«, fragte er.

Ich war wie benommen. Ich sah, wie sich ihr Mund bewegte, beobachtete die kleinen Handbewegungen, die ihre Antworten untermalten. Sie hörte aufmerksam zu, als Kihlberg sie etwas fragte, und antwortete erneut. Ich hörte nichts. Einzig mein eigener Puls drang zu mir, die Schläge meines Herzens, die wie Trommeln durch eine Tropennacht hallten. Die Zeit blieb stehen – wie in dem Moment, als ich im Treppenhaus vor Mikes Wohnung war. Wieder war ich allein, gefangen in einer Blase, ohne Geräusche und ohne Zukunft.

»Herr Verteidiger«, sagte der Richter. »Ich habe Sie gefragt, ob Sie Fragen an die Zeugin haben?«

Nichts war geschehen. Niemand starrte mich schockiert oder ungläubig an. In den Gesichtern der Leute sah ich lediglich eine gewisse Verwunderung.

»Entschuldigen Sie, Herr Vorsitzender«, sagte ich. »Einen kleinen Augenblick.« Ich beugte mich zu Synne hinüber und warf einen Blick auf ihre Notizen. »Hatte Sex«, stand dort in ihrer zierlichen Mädchenschrift. »Alles wie immer. Ging gegen Mitternacht. Hat nicht gesagt, wohin er wollte.«

Ich räusperte mich. Ich wünschte mir wirklich nichts lieber, als sie aus dem Zeugenstand zu haben, wusste aber, dass ich ihr vorher noch eine Frage stellen musste.

»Glauben Sie, dass Slavo Mike getötet hat?«, fragte ich.

»Nein«, sagte sie. »Das glaube ich nicht. Sie waren Freunde. Slavo hätte das niemals getan.«

Sie sagte nicht, dass sie mich für den Täter hielt, aber als ich in ihr perfektes, kühles Gesicht schaute, fragte ich mich, ob sie sich nicht längst diesen Gedanken machte. Dann war sie fertig. Plötzlich lächelte sie, doch dieses Lächeln galt nicht mir, sondern Slavo. Er nickte ihr voller Ernst zu.

Ich bat um eine Pause und bekam sie zugestanden. Ich ging auf die Toilette und übergab mich.

Die Nächste, die vor Gericht aussagen musste, war Sølvi Hansen. Sie war meine Zeugin, und zum ersten Mal in diesem Verfahren durfte ich zuerst die Fragen stellen. Sie war nervös, doch das ging schnell vorüber.

»Slavo Mihailovic war an diesem Abend, also in der Mordnacht, bei Ihnen?«

»Ja.«

»Und warum war er dort?«

»Er wollte Sex. Wir haben miteinander geschlafen.«

»Ah ja«, sagte ich. »Sie sind Prostituierte, ist das richtig?« Es war besser, dieses Thema gleich anzusprechen, möglicherweise wusste Kihlberg darüber Bescheid. Die Geschworenen richteten sich auf ihren Stühlen auf und sahen sofort interessierter aus. Sølvi Hansen errötete etwas, bejahte die Frage dann aber mit fester Stimme. Sie sprach von ihrem Tagebuch und ihrem Computer und bestätigte, Slavo wiederzuerkennen.

»Ich weiß nicht genau, wann er gegangen ist«, sagte sie. »Etwa um halb zwei. Er kam gegen Mitternacht.«

Ich dankte ihr und Kihlberg hatte keine Fragen. Als sie nach draußen ging, sah sie wie eine junge Hausfrau aus.

»Taxiunternehmer«, sagte Kåre Moss so laut, dass es sich wie ein Schlachtruf anhörte. Er hatte dünne Haare, war etwas untersetzt und strahlte eine geradezu aggressive Selbstzufriedenheit aus. Aber seine Aussage war in Ordnung.

Er bestätigte, in der betreffenden Nacht einen Fahrgast bei Sølvi Hansen abgeholt zu haben. »Ja«, sagte er. »Das stimmt. Den da.« Er deutete auf Slavo. »Ich habe ihn bei Sølvi abgeholt und dann kurz hinter der Stadtbrücke abgesetzt.«

»Ist Ihnen etwas an ihm aufgefallen? Erinnern Sie sich noch, ob er verschlossen oder redselig war oder …«

»Tja, ich weiß nicht …« Er lachte dröhnend. »Nun, er war bei Sølvi, da wird er wohl zufrieden gewesen sein, denke ich.«

Sein Lächeln sprang auf niemanden sonst über. Ich sah mich um und erblickte Eva Kaufmann auf einem der Zuschauerplätze. Ich folgte ihrem Blick. Sie starrte Slavo an. Ich konzentrierte mich wieder auf meinen Zeugen.

»Können Sie sich daran erinnern, wann genau Sie ihn abgesetzt haben?«

»Ja, das kann ich. Das war um 2.06 Uhr, am Ende der Brücke. Ich habe das noch in meinem Datenspeicher.«

Er begann, seine Brusttasche zu durchforsten, aber ich winkte dankend ab und sagte, ich habe eine Kopie, die ich dem Gericht vorlegen könne.

Kihlberg blätterte in seinen Unterlagen, dann stand er auf: »Hohes Gericht, ich muss darum bitten, einen weiteren Zeugen benennen zu dürfen.«

Der Richter sah ihn überrascht an.

»Wir haben gerade neue Informationen erhalten. Ich muss noch einmal darum bitten, den Gerichtsmediziner vorzuladen, damit er sich zu diesen neuen Erkenntnissen äußern kann.«

Der Vorsitzende war etwas verärgert, aber Kihlberg bestand darauf.

Ich protestierte, wusste aber, dass es sinnlos war. Kolle dachte einen Moment nach und beriet sich leise mit seinen Kollegen. Dann wandte er sich an Kihlberg.

»Ich bin nicht begeistert darüber, Herr Staatsanwalt. Schließlich ist es Ihre Aufgabe, die richtigen Fragen zu stellen, wenn Sie Ihre Zeugen vernehmen. Aber …«, er warf einen Blick auf seine Armbanduhr, »wir können unseren Zeitplan wohl trotzdem einhalten. Ich lasse Ihren Wunsch unter der Bedingung zu, dass Ihr Zeuge in spätestens fünfundvierzig Minuten hier ist. Die Verhandlung ist bis halb zwölf unterbrochen.«

Dann rauschte er mit flatternder Robe aus dem Gerichtssaal.

Dem Gerichtsmediziner war jetzt nicht mehr so wohl in seiner Haut. Kihlberg hatte ihn im Vorfeld instruiert. Auf die Fragen des Staatsanwalts hatte er sofort eingeräumt, dass es natürlich gut möglich sei, dass der Tod auch erst nach zwei Uhr nachts eingetreten war. Jetzt quälte ich ihn.

»Warum haben Sie Ihre Meinung in den letzten Tagen geändert?«

»Ich bin nicht der Meinung, das getan zu haben.«

»Ich hatte Sie nach dem Zeitpunkt des Todes gefragt, und Sie hatten versichert, der Tod sei zwischen ein und zwei Uhr nachts eingetreten.« Ich tat so, als lese ich aus meinen eigenen Notizen vor. »Jetzt behaupten Sie, der Tod könne auch erst später eingetreten sein. Für mich ist das eine Änderung Ihrer Meinung, finden Sie nicht auch?«

Er druckste herum. »Das mag so wirken, aber …«

»Das tut es.«

»Wissen Sie, wir … das … das ist ja keine exakte Wissenschaft, hatte ich das nicht bereits angedeutet?«

»Doch, deshalb wollten Sie ja keinen genauen Zeitpunkt angeben. Sie haben sich aus diesem Grund auf den Zeitraum zwischen ein und zwei Uhr nachts festgelegt. Stimmt das jetzt nicht mehr?«

»Doch, schon.«

»Der Tod kann also doch nicht nach zwei Uhr eingetreten sein?«

Er knetete seine Hände und sah verzweifelt aus. »Doch, doch das kann er. Ich will damit sagen, dass der Tod höchstwahrscheinlich zwischen ein und zwei Uhr nachts eingetreten ist, dass ich aber auch nicht ganz ausschließen kann, dass Mike Kovics erst später gestorben ist.«

»Ich verstehe«, sagte ich. »Könnten wir uns dann darauf einigen, dass ein Eintreten des Todes nach zwei Uhr nicht unmöglich, aber doch sehr unwahrscheinlich ist?«

»Ja«, sagte er. Mir war klar, dass er das sagte, weil er die Befragung einfach hinter sich bringen wollte und keine Lust mehr hatte, länger gequält zu werden. Ich wusste aber auch, dass ich aus diesem Zeugen das Maximum herausgeholt hatte.

Eva Kaufmann wartete auf dem Platz vor dem Gerichtsgebäude, als ich in der Mittagspause nach draußen ging. Sie saß auf einer Bank und hielt ihr Gesicht in die Sonne. Ihre Augen sahen geschlossen aus, aber als ich mich näherte, wandte sie sich zu mir und sagte: »Hallo, Mikael.«

»Hallo, Eva«, antwortete ich. »Du siehst gut aus.«

»Gehen wir ein bisschen spazieren?«, fragte sie.

Wir liefen nebeneinanderher durch die Stadt. Sie sagte

aber nicht viel. Das Wetter war schön geworden, und die Sonne wärmte uns. Nach einer Weile setzten wir uns auf eine Bank, von der aus man über den Fjord blicken konnte. Ein Segelboot fuhr mit straffen Segeln aufs offene Meer hinaus und zeichnete im Kielwasser Streifen in die glitzernde Wasseroberfläche. Eva saß einfach nur da.

»Du hast nicht gesagt … dass ich an diesem Abend bei dir war«, sagte ich, ohne sie anzusehen.

»Nein.«

»Warum nicht?«

Ihr Lächeln war kühl und distanziert. »Warum sollte ich das, Mikael? Er … Mike … er war außer Kontrolle. Er schluckte Pillen und war auf Speed. Zum Schluss hatte ich richtig Angst vor ihm. Er … nur Gewalt hat ihn noch angemacht. Er war … verrückt. Ich bin froh, dass ihn jemand umgebracht hat.«

Sie war einen Moment still und sagte dann: »Ich glaube, du warst das, Mikael.« Sie sah mich an, als suchte sie in meinem Gesicht eine Bestätigung, und vielleicht fand sie diese auch, denn dann fügte sie hinzu: »Du brauchst nichts zu sagen, Mikael. Er hat es verdient. Wenn du es getan hast, hoffe ich nur, dass du damit leben kannst.«

Das hoffte ich auch.

Plötzlich wurde mir alles klar, ihr Lächeln im Gerichtssaal, der Blick, den sie dem Angeklagten zugeworfen hatte. »Du willst Slavo, nicht wahr? Deshalb passt es dir, dass Mike tot ist. Slavo steht eine Stufe höher auf deiner Rangliste, nicht wahr? Du willst ihn.«

Sie lächelte verträumt. »Hm … das will ich. Und ich kriege ihn auch, wenn du ihn freibekommst. Schaffst du das?«

Ich seufzte. »Ich weiß es nicht, Eva. Ich weiß es wirklich nicht. Vielleicht …«

Ich sah sie nicht an. Wir blieben eine Weile still nebeneinander sitzen, dann sagte sie leise: »Das solltest du aber, Mikael. Sonst bin ich gezwungen, zur Polizei zu gehen und ihr alles über diesen Abend zu erzählen.«

Ich hatte darauf gewartet, es befürchtet, doch jetzt, da es ausgesprochen war, stellten ihre Worte keine Bedrohung mehr für mich da. Ich wusste auf einmal, was ich zu tun hatte und welcher Entschluss in den letzten Wochen in mir herangereift war. Mit einem Mal legte sich eine Ruhe über mich, wie ich sie schon seit Monaten nicht mehr empfunden hatte.

Sie las es in meinen Augen und wurde unruhig und aggressiv, weil sie meine Reaktion nicht verstand.

»Ich meine das ernst, Mikael. Aber ich will das nicht tun, denn ich mag dich wirklich gern. Wir hatten es schön zusammen, und du warst mir echt eine große Hilfe, aber ich tue es, wenn ich muss.«

»Ich weiß. Du tust, was du glaubst, tun zu müssen, Eva«, sagte ich. Sie war hübsch und berechnend und ohne jeden Skrupel. Ich hatte das gewusst – von Anfang an –, war aber trotzdem enttäuscht von ihr.

Als sie ging, blieb ich noch eine Weile sitzen und sah ihren schlanken, eleganten Beinen nach, die sich entschlossenen Schrittes in der Sonne entfernten. Deprimiert stellte ich dabei fest, dass ich Eva Kaufmann noch immer begehrte, was auch immer sie getan hatte.

Nach der Mittagspause wurden die Fragen für die Jury formuliert. Die Geschworenen müssen darauf mit Ja oder Nein antworten können, weshalb einer korrekten Formulierung sehr viel Gewicht zukommt. Manchmal ergeben sich in diesem Zusammenhang spitzfindige juristische Probleme, doch in diesem Fall ging alles glatt. Diese Arbeit macht man nicht öffentlich im Gerichtssaal, sondern im Aufenthaltsraum der Richter, und es sind mit dem Staatsanwalt, dem Verteidiger und den drei Richtern auch nur die Fachjuristen anwesend. Diese Zusammenkunft ist immer ein wenig seltsam. Man zieht seine Robe aus, der Richter serviert Kaffee. Mit der Robe legt man in diesem Zusammenhang auch einen Teil seiner Rolle ab, so dass häufig eine Art kollegiale Gemeinschaft entsteht. In diesen Momenten eines Prozesses habe ich immer wieder den Eindruck, dass die Juristen wirklich die Hauptrollen innehaben. Der Angeklagte ist nur Statist in einem Drama, das sich nicht nur auf offener Bühne, sondern ebenso hinter den Kulissen vollzieht. Deshalb sind wir in der Lage, uns während des gesamten Prozesses, so lang er auch dauert, zu streiten und vor der Presse, den Geschworenen und den Angeklagten gegeneinander zu kämpfen, um dann doch im Hinterzimmer allen Zwist beizulegen und unsere Rollen und unseren Status zu genießen.

Entspannt arbeiteten wir den Entwurf der Staatsanwaltschaft durch, kommentierten hier und da etwas, verschoben ein paar Kommata und änderten die eine oder andere Formulierung. Wir tranken Kaffee und nahmen uns reichlich Zeit. Schließlich sah Kolle in die Runde und sagte: »Tja, dann haben wir's wohl.« Wir zogen unsere Roben wieder an, schlüpften zurück in unsere Rollen und gingen in den Gerichtssaal, um die Verhandlung auf Montag zu vertagen.

»Montagmorgen beginnen wir dann mit den Schlussplädoyers«, sagte Kolle. »Wir sollten die Verhandlung im Laufe des Montags abschließen können. Ich wünsche Ihnen ein schönes Wochenende.«

Kapitel 45

Ich war an diesem Freitagabend so müde, dass ich einschlief, kaum dass ich den Kopf auf das Kissen gelegt hatte, und erst am nächsten Morgen wieder aufwachte. Als ich in die Küche kam, saß Kari dort mit einer Zeitung. Sie trank Kaffee. Sie lächelte mich an und fragte, ob ich gut geschlafen hatte. Ich antwortete mit Ja, fühlte mich in Wahrheit aber so, als wäre ich nach einer langen Krankheit zum ersten Mal wieder aufgestanden. Mein Körper fühlte sich schwer an, und der Kopf war voller Schatten und unruhiger Träume, die noch nicht ganz vergessen waren.

Draußen hatte es schon wieder einen Wetterumschwung gegeben. Die Wolken hingen tief über den Hausdächern. Es war nass, grau und still. Am liebsten wäre ich wieder ins Bett gegangen, hätte mir die Decke über den Kopf gezogen und alles vergessen.

Stattdessen trank ich eine Tasse Kaffee, duschte und frühstückte ohne Appetit, bevor ich in die Kanzlei fuhr, wo ich mich mit Synne verabredet hatte. Wir saßen gut zwei Stunden zusammen, diskutierten die Beweisaufnahme, verglichen unsere Erinnerungen mit ihren Aufzeichnungen und analysierten das Verfahren.

Synne war motiviert und energisch. Ich war unruhig, unkonzentriert und irgendwie deprimiert. Das machte mir ernsthaft Sorgen, schließlich sollte ich doch am Montagmorgen mein Abschlussplädoyer in einem Mordfall halten. Wo war das Adrenalin, das in meinen Adern pulsieren sollte, wo die guten Ideen und Formulierungen, die mir sonst in solchen Situation wie ein Funkenregen durch den Kopf sprühten? Die Einzige, die heute Ideen hatte, war Synne. Ich konnte ihr nur gähnend zunicken, und als wir gingen, sah sie reichlich verwirrt aus.

»Bist du … ist alles in Ordnung mit dir, Mikael?«

»Ja«, sagte ich. »Es geht mir gut, ich bin bereit.«

Aber das war ich nicht.

Ich hätte nach Hause gehen und an dem Plädoyer arbeiten sollen, konnte es aber nicht. Stattdessen schlenderte ich ziellos durch die Stadt. Ich ging in Boutiquen, was ich sonst nie tat, wenn ich nicht etwas Bestimmtes suchte. Ich kaufte einen Pullover und ein Paar Schuhe, die ich nicht brauchte. Dann holte ich mir die Samstagszeitungen und setzte mich in ein Café. Ich las zwei Zeitungen, bekam aber nichts mit.

Die Unruhe in meinem Inneren war so gewaltig, dass ich langsam panisch wurde. Ich wusste, dass ich nur kraft meines Willens so viele Tage und Nächte durchgestanden hatte. Ich hatte Zeugen und Beweise über mich ergehen lassen, Tatortbegehung und Lichtbilder, und stand jetzt doch mit dem Rücken zur Wand und hatte keine Kraft mehr. Ich war am Ende und spürte, dass ich nicht in der Lage war, mein Plädoyer zu schreiben. Ich konnte ja nicht einmal logisch und rational über den Fall nachdenken.

Ich verließ das Café, doch draußen war es nur grau und trist. Die Luft war so feucht, dass die winzigen Regentropfen stillzustehen schienen. Alles war nass. Nach zehn Minuten tropfte es von meinen Kleidern. Ich blieb vor einem Tabakladen stehen. Hinter den kleinen Scheiben standen

Dutzende von Pfeifen in allen Größen und Formen. Alles war verstaubt, als wäre die Auslage schon seit fünfzig Jahren nicht mehr verändert worden. Ich ging hinein, und als der Besitzer aus dem Hinterzimmer trat und mich anlächelte, wusste ich, dass ich in diesem Laden schon einmal gewesen war. An Heiligabend. Auch er erinnerte sich an mich und hätte gerne ein Gespräch mit mir begonnen.

»Und, hat Ihnen die Zigarre geschmeckt, die Sie Weihnachten gekauft haben?«, fragte er. »Ich habe noch ein paar davon, wenn Sie möchten ... ?«

Er hatte noch vier Stück, und ich kaufte sie alle, ohne recht zu wissen, warum.

»Sie machen da eine wichtige Arbeit«, sagte er. »Bestimmt anstrengend und schwierig, aber sehr wichtig.« Er nickte über seine eigene Äußerung, während er mit etwas zittrigen Händen die Zigarren einpackte. Trotz des Zitterns war seinen Fingern anzusehen, dass sie sich auf diese Bewegungen blind verstanden.

»Die Menschen sind böse. So ist es einfach, wir Menschen haben schon immer Untaten begangen und werden es wohl auch immer tun. Daran ist nichts zu ändern. Aber der Gerechtigkeit muss Genüge getan werden. Das ist wirklich wichtig. Das ist unser einziger Schutz gegen das Böse. Die Schuldigen müssen verurteilt und die Unschuldigen freigesprochen werden.«

Er sah klein und freundlich aus, aber seine Stimme war stark, und seine Augen glänzten. Ich hielt ihn für etwas senil, aber seine Worte hallten auch noch in meinen Ohren, nachdem ich bezahlt und den Laden verlassen hatte.

Arbeitet man als Strafanwalt, gibt es nur Sieg oder Niederlage, Erfolg oder Misserfolg. Ich pflege meinen Mandanten immer zu sagen, dass das Strafrecht nichts mit Gerechtigkeit zu tun hat, sondern dass es einzig und allein um Beweise geht. Entweder es gibt diese Beweise, oder es gibt sie nicht. Nur das ist von Bedeutung und nicht etwa, ob der Angeklagte die Tat begangen hat oder nicht. Ich hatte das auch Slavo gesagt und aus vollem Herzen so gemeint. Pragmatisch betrachtet war das auch richtig. Jetzt aber dachte ich, dass es nicht die volle Wahrheit war. Vielleicht hatte der alte Mann recht, vielleicht ging es in Wirklichkeit um Gerechtigkeit. Um richtig und falsch. Darum, die Schuldigen zu verurteilen und die Unschuldigen freizubekommen. Schließlich ist das die Grundlage unseres Rechtssystems, des ganzen komplizierten Apparats, der in Bewegung gesetzt wird, wenn ein Verbrechen geschieht. Polizisten, Büropersonal, Richter und Anwälte – wir alle verdienen uns unseren Lebensunterhalt damit, Gewalt und Mord nicht ungesühnt zu lassen, sondern für Gerechtigkeit zu sorgen.

Zum ersten Mal, seit ich den Mord begangen hatte, spürte ich sein wahres Gewicht. Nicht in Form von Angst oder Unruhe oder nächtlichen Alpträumen, sondern das Gewicht der Sünde, die ich begangen hatte, des Unrechts, für das ich bezahlen sollte. Irgendwo in meinem Inneren steckte mein Bewusstsein, mein Gespür für Recht und Unrecht, und sagte mir, mit welchen Untaten ich leben konnte und mit welchen nicht. Meine Kindheit, Mutter und Vater, die Schulen, auf die ich gegangen war, die Bücher, die ich gelesen hatte, und nicht zuletzt die Meinungen, die ich vertreten hatte – all das hatte mich im Laufe der Jahre zu dem Menschen werden lassen, der ich jetzt war. In diesem Moment wusste ich zweifelsfrei, dass es falsch war zu töten.

Trotzdem hatte ich es getan. Ich wusste, dass ich diese Bürde für den Rest meines Lebens würde tragen müssen.

Ich wusste aber auch, dass ich sie tragen konnte. Ich hatte selbst erlebt, zu was ich aus Wut, Verzweiflung und Angst in der Lage war, und das war keine schöne Erfahrung gewesen. Trotzdem glaubte ich, damit leben zu können. Was jetzt vor mir lag, war indes viel schlimmer: Es war die Möglichkeit, dass ein anderer für meine Schuld büßen sollte. Das wirklich grundlegendste juristische Prinzip lautet, dass man lieber zehn Schuldige frei herumlaufen als einen Unschuldigen büßen lässt. Wie oft hatte ich das schon vor Gericht vorgebracht, es als unerschütterliches Prinzip in die Köpfe der Richter und Geschworenen eingehämmert. »So ist es«, hatte ich betont. »Auf diesem Grundsatz basiert unser Rechtssystem, und daher rührt auch die Tatsache, dass die Beweislast bei der Staatsanwaltschaft liegt, wie auch die anderen Regeln, durch die ein Angeklagter geschützt ist. Das ist von zentraler Bedeutung. Wir dürfen es niemals, ich wiederhole: *niemals* zulassen, dass ein Unschuldiger verurteilt wird.«

Ich hatte daran geglaubt, und ich glaubte noch immer daran. Nur mit dem Unterschied, dass dies früher nur ein abstraktes Prinzip gewesen war. Jetzt war ich persönlich betroffen.

Ich wusste, was ich zu tun hatte, doch dieses Wissen lag schwer wie Blei auf meiner Brust, als ich durch den Regen nach Hause ging.

Während des Essens wechselten wir kaum ein Wort, aber das machte nichts, denn in Karis Nähe fühlte ich mich sicher. Unsere Beziehung war so ausbalanciert, dass es mir niemals schwerfiel, mit ihr zusammen zu sein. Als sie abends fernsah, skizzierte ich mein Plädoyer. Es war nicht brillant, und Form und Struktur waren alles andere als perfekt, aber es war mir gelungen, meine Argumentation so zu ordnen, dass alle wichtigen Punkte angesprochen wurden. Das war das Wichtigste, so hatte ich ein Gefühl der Sicherheit. Ich wusste, der Rest würde sich ergeben.

Anschließend tranken wir noch ein Glas Rotwein zusammen. »Hast du's jetzt bald zusammen?«, fragte sie.

Ich nickte.

»Und was meinst du, Mikael? Schaffst du's? Ich meine, kannst du diesen Fall gewinnen?«

Ich sah sie an. Sie trug einen meiner Baumwollpullover, der ihr viel zu groß war, und hatte die Beine unter sich aufs Sofa gezogen. Ihre Haare waren wie immer zerzaust, und sie wirkte jung, hübsch und voller Energie. Für sie war es ein gewöhnlicher Strafprozess, vielleicht ein bisschen größer und prestigeträchtiger als üblich, ansonsten aber ganz normal. Diese Erkenntnis versetzte mir einen Stich, und für einen Moment hatte ich das Gefühl, sie zu betrügen. Ich wurde nachdenklich und entschied mich, ihr eine ehrliche Antwort zu geben.

»Ich weiß es nicht«, sagte ich. »Ich glaube nicht, dass ich es schaffe.« Ich nahm einen Schluck Wein. »Es gibt da mehrere Probleme. Zum einen der Fall selbst, also die Beweise, zum anderen Slavo.«

»Wieso?«

»Die Polizei hatte anfänglich eigentlich nur zwei zentrale Beweise, die zusammen allerdings mehr als ausreichen sollten. Da war das Blut an Slavos Schuhen, das seine Anwesenheit am Tatort beweist, und zwar ungefähr zu der

Zeit, in der der Mord passiert ist. Und es gibt die Aussage der Nachbarin, Frau Samuelsen. Durch diese wird Slavo direkt mit dem Kampf in Verbindung gebracht, der über ihr stattgefunden hat und zum Tod von Mike geführt haben muss. Diese Zeugenaussage konnte ich abschwächen. Die ist nicht mehr viel wert, da bestehen jetzt berechtigte Zweifel. Es ist nicht auszuschließen, dass Slavo die Wahrheit sagt und jemand anderes vor ihm bei Mike in der Wohnung war, jemand, der dann den Mord begangen hat.

Analysiert man das richtig und wertet man das wirklich als einen berechtigten Zweifel, müsste er freigesprochen werden. Schließlich heißt es: im Zweifel für den Angeklagten.«

»Und …?«, fragte Kari. »Wo liegt dann das Problem?«

»Genauer gesagt sind das sogar zwei. Zum einen, dass die Jury nach den Aussagen des Wirtschaftsprüfers und des Sonnenkönigs und nichts zuletzt wegen der Geldumschläge davon überzeugt ist, dass Slavo ein Gangster und Drogenhändler ist und dieses Geschäft gemeinsam mit Mike betrieben hat. Das ist nicht sonderlich erstaunlich und entspricht ja auch der Wahrheit. In den Augen der Geschworenen hat er dadurch ein klares Motiv.«

Ich goss mir selbst Wein nach. Nicht viel, aber ein bisschen. Dann fuhr ich fort. »Das ist ein Problem, aber vielleicht kann ich das durch mein Plädoyer beseitigen, wenn es mir gelingt, ihnen vor Augen zu führen, wie gefährlich diese Art von Schlussfolgerungen in einem Mordprozess sind. Schließlich sind das in Wahrheit gar keine Schlussfolgerungen, sondern Vorurteile. Aber da ist noch etwas. Ich glaube, ein einzelner Fehler von Slavo wird den Fall zu seinen Ungunsten entscheiden. Er behauptet, die Leiche entdeckt zu haben und dann nach Hause gegangen zu sein, und er hat dabei weder einen Rettungswagen noch die Polizei gerufen. Er ist einfach nach Hause gegangen und hat sich ins Bett gelegt. Seiner eigenen Aussage zufolge hat er fast bis zum Mittag geschlafen. Die Jury wird und kann das nicht verstehen. Ihrer Auffassung nach ist das so unverständlich, dass es dafür nur eine einzige Erklärung gibt, nämlich dass er selbst der Täter ist.

Ich kenne Kihlberg. Er ist klug und gerissen. Verdammt gerissen. Er wird das in die Köpfe der Geschworenen einhämmern. Und sie werden ihm glauben. Und ich glaube, das wird Slavo den Hals brechen. Nur weil er ein blöder Krimineller ist, der niemals die Polizei rufen würde, was auch geschieht, wird er wegen Mordes verurteilt werden.«

Kari saß für einen Moment still da. Dann sagte sie. »Ja, ich verstehe. Vermutlich hast du recht, Mikael. Aber du bist gut. Vielleicht kannst du ihn trotzdem retten. Du musst einfach über dich hinauswachsen.«

»Ja, vielleicht«, sagte ich und lächelte sie an, ohne wirklich daran zu glauben. Ich kannte die Geschworenen und den Staatsanwalt, und ich vertraute nicht darauf. Nicht einen einzigen Augenblick lang.

Kari ging ins Bett. Ich sagte, ich wolle noch ein bisschen arbeiten, blieb aber sitzen und dachte nach. Nachdem ich aufgeräumt und alle Kerzen bis auf eine ausgeblasen hatte, nahm ich noch ein Glas Wein und setzte mich in den Erker. Draußen war es so dunkel, dass ich nur mein eigenes, verzerrtes Spiegelbild im Fenster sah. Ich blieb viele Stunden sitzen und nippte ab und zu an meinem Glas.

Ich fühlte mich vollkommen nüchtern. Ich weiß nicht, ob ich nachgedacht habe, aber wenn, dann nicht logisch oder zusammenhängend. Es waren Bruchstücke von Gedanken, verstreute Erinnerungen: Kari. Slavo, wie er bei unserer ersten Begegnung gewirkt hatte und wie er jetzt wirkte. Nicht gebrochen, aber doch zusammengeschrumpft, reduziert auf eine kleinere, blassere, verletzlichere Ausgabe seiner selbst. Eva Kaufmann im Gefängnis. Eva beim Orgasmus, mit offenem Mund und geschlossenen Augen. Mike, an den ich nur eine vage Erinnerung hatte, die mit jedem Tag weiter verblasste. Doffen. Johnny Hansen. Und noch einmal Kari. Immer wieder Kari. Und ich selbst. Mikael Brenne. Anwalt. Wie ich gewesen war, wie ich jetzt war und wie ich sein würde.

Im Grunde hatte ich die Entscheidung längst gefällt, musste sie an diesem Abend aber noch einmal fällen. Es ging nicht nur um mich. Es ging auch um Kari, um meinen Vater, um Peter und um all die anderen, die sich um mich kümmerten oder die von mir abhängig waren. Dann atmete ich tief durch und ging nach oben ins Schlafzimmer zu Kari.

Eine Zeitlang saß ich auf der Bettkante und beobachtete sie. Ihr Gesicht war weich und offen, ihr Atem ging ruhig. Sie schlief tief, und ich wusste, dass ich sie liebte und sie um nichts auf der Welt verlieren wollte. Ich weckte sie und bat sie, mit in die Küche zu kommen.

Wir setzten uns an den Küchentisch. Schläfrig und verwirrt bat sie um ein Glas Wasser, das ich ihr gab. Als ich sagte, ich müsse etwas mit ihr besprechen, sah sie mich nur an und sagte: »Verlass mich nicht, Mikael.«

Ich schüttelte den Kopf. Dann atmete ich einmal tief

durch und erzählte ihr alles. Sie unterbrach mich nicht ein einziges Mal. Ich erzählte von Eva und ich redete von Slavo und Mike. Ich sprach über den Mord und gestand ihr alles, was geschehen war und was ich gehört hatte. Ich schaffte es nicht, sie dabei anzusehen, sondern heftete meinen Blick auf die Wand hinter ihr, während ich alles in einem gleichmäßigen, monotonen Strom aus mir herausquellen ließ. Es kam mir vor, als erzählte ich ein absurdes Märchen mit einer mir fremden Hauptperson.

Als ich fertig war, sah ich sie an. Ich fühlte mich vollkommen leer und ganz leicht, als hätte ich all mein Gewicht und all meine Substanz verloren, als wäre nur noch die leere Hülle geblieben. Sie weinte. Still liefen ihr die Tränen über die Wangen, doch ich hatte keine Worte mehr.

Nach einer Weile musste ich aufstehen, mich bewegen. Ich stellte mich in den Erker, betrachtete wieder mein Spiegelbild und starrte in das Dunkel vor dem Fenster. In diesem Moment fühlte ich eigentlich gar nichts. Ich weiß nicht, ob ich mir mehr erwartet hatte, eine Art Erleichterung vielleicht, eine Reinigung. Stattdessen war nur Einsamkeit in meinem Inneren. Erst als sie ihre Arme um mich legte, spürte ich, dass Kari da war. Sie umarmte mich, presste sich an mich, umklammerte mich, als hinge ihr Leben daran, mich festzuhalten.

Als sie sprach, war ihre Stimme so leise, dass ich sie kaum verstand: »Oh, Mikael«, sagte sie. »Ich hatte so eine Angst, dass du mich verlassen würdest.«

Ich drehte mich zu ihr um und sagte, dass ich mich gefragt hätte, ob sie mich verlassen würde, wenn sie erst wusste, was ich getan hatte. Sie sah mich an, als wäre ich verrückt, und bedeckte meine Stirn, mein Kinn, meinen Mund und meine Augen mit Küssen. Sie sagte, sie werde mich niemals verlassen und dass sie mich liebte.

Alles war so ganz anders, als ich gedacht hatte, und das machte es noch schwieriger, denn so musste ich ihr auch noch den Rest erzählen.

Wir standen lange eng umschlungen da und hielten einander fest, als hätten wir Angst vor der Dunkelheit, die uns umgab. Dann nahm ich ihre Hand und ging wieder in die Küche. Kari kochte Tee. Sie sagte, sie wolle jetzt nicht darüber reden. »Ich weiß, wir müssen das, Mikael, aber nicht jetzt. Ich weiß, dass ich … ich muss das verarbeiten und … wir müssen noch mal richtig darüber reden. Aber jetzt kann ich das nicht. Ich glaube aber zu verstehen, was dich getrieben hat, jedenfalls ein bisschen.«

Sie kam zu mir und streichelte mir mit kurzen, hastigen Bewegungen über die Haare. Ich wartete auf die Frage, die schließlich kommen musste.

»Mikael«, sagte sie. »Warum … warum hast du mir das erzählt? Ich meine … ich kann damit leben. Ich kenne dich. Ich weiß, dass du kein Mörder bist, nicht wirklich. Ich liebe dich. Aber das war … du konntest doch nicht wissen, wie ich das … du bist da ein gewaltiges Risiko eingegangen, Mikael. Das ist schon eine schreckliche Sache, um damit den Menschen zu belasten, den man liebt. Warum?«

»Weil ich musste.«

Ich sah die Angst in ihren Augen. Ganz weit hinten. Sie ahnte, dass noch mehr kommen würde.

Ich seufzte. »Kari, hör mir zu«, sagte ich. »Ich zermartere mir seit Tagen den Kopf. Ich kann damit leben, Mike ermordet zu haben. Das ist eine schwere Last für mich, aber ich kann sie tragen. Ich brauche dafür nicht zu sühnen, und ich muss es niemandem erzählen, um mein Gewissen zu erleichtern. Ich hätte dir das auch nicht erzählen müssen. Ich habe mich … ja, in gewisser Weise habe ich mich damit abgefunden.«

Ich trank einen Schluck Tee. Kari sagte nichts. Sie wartete gespannt und wachsam.

»Aber ich kann nicht damit leben, dass ein anderer Mann für einen Mord verurteilt wird, den ich begangen habe. Wenn Slavo verurteilt wird … wenn sie ihn am Montag für schuldig erkennen … werde ich mich der Polizei stellen. Ich muss das tun.«

Sie saß für ein paar Minuten still da. Dann brach zu meiner Überraschung alles aus ihr heraus. Sie explodierte vor Wut, schmiss die Teetasse an die Wand und riss alles, was auf der Anrichte stand, herunter. Sie schrie, heulte und weinte. Es war beinahe unmöglich zu verstehen, was sie sagte. Ich versuchte, sie zu halten, meine Arme um sie zu legen, aber sie schlug ihre Nägel in meine Wangen und kratzte mich bis aufs Blut.

Ich gab auf, saß vor der Anrichte zwischen den Scherben und wartete darauf, dass der Sturm sich legte. Nach einer Weile verstand ich endlich, was sie sagte. Sie schimpfte und schluchzte, das sei das Schrecklichste, das man ihr jemals angetan habe. Und dass sie mich hasste. Sie sagte, sie wolle mich nicht verlieren, aber sie hoffte, dass ich lebenslänglich bekommen würde. Dann schleuderte sie mit aller Kraft ein Glas auf mich. Es zerplatzte an der Wand hinter mir. Aus meiner Wange tropfte Blut.

Zum Schluss stand sie erschöpft und mit keuchendem Atem vor mir und weinte. Dann sagte sie plötzlich mit leiser Stimme: »Weißt du, was du da tust, Mikael? Du opferst mich für Slavo. Du opferst mich für einen zynischen, brutalen Kriminellen, einen Drogenhändler. Was ist denn das für eine Liebe, Mikael? Was ist das für eine Entscheidung? Du opferst mich für ihn und für einen idiotischen, edlen, sinnlosen Vorsatz, das Richtige zu tun!«

Ihre Stimme zitterte. »Und für Slavo! Wie tickst du eigentlich, Mikael? Wie kannst du mir so etwas antun? Uns? Er ist ein Schwein, Mikael. Er lässt Menschen töten. Er wird sich totlachen, wenn er erst erkennt, was du getan hast. Er ... ich bin sicher, dass er an diesem Abend zu Mike gegangen ist, seinem angeblichen Kumpel, einen Blick auf den Toten geworfen hat, durch sein Blut gelatscht ist, noch bevor es geronnen war, und dann mit einem Schulterzucken nach Hause gegangen ist, um sich erst mal richtig auszuschlafen. Verdammt, er ist es nicht wert ...«

Sie sprach weiter, aber ich hörte sie nicht mehr. Ich blickte auf die Blutflecken, die langsam zu einem dunkelroten Muster auf dem Tisch geronnen. Etwas von dem, das sie gesagt hatte, jagte kleine Stromstöße durch meine Hirnrinde. Dann wusste ich, was es gewesen war. Ich sprang so abrupt auf, dass mein Stuhl nach hinten kippte.

»Sag nichts mehr«, sagte ich und überraschte Kari damit so, dass sie verstummte. Ich rannte ins Wohnzimmer, durchsuchte fieberhaft die Gerichtsunterlagen, bis ich die Mappe mit den Bildern vom Tatort fand. Ich nahm sie mit in die Küche und legte sie unter die Deckenlampe auf Glasscherben, Tee und Blut. Dann suchte ich nach einem ganz bestimmten Bild, an das ich mich zu erinnern glaubte. Kari starrte mich an, als wäre ich verrückt. Ich fand es. Es war nicht leicht zu sehen, aber deutlich genug zu erkennen, wenn man denn wusste, worauf man achten musste.

Ich blickte zu Kari. »Yes!«, rief ich. »Yes! Yes! Yes!« Dann küsste ich sie, drückte sie auf einen Stuhl und sagte ihr, was ich vorhatte.

Kapitel 46

Die Sonnenstrahlen fielen wie glänzende Säulen durch die Bogenfenster und teilten den Saal in langgestreckte, geometrische Muster. Es war Montag, der Morgen des letzten Prozesstages, und knisternde Spannung erfüllte den Saal. Eine fast greifbare Gewissheit, dass heute eine Entscheidung fallen musste. Hinter mir lag ein Wochenende mit wenig Schlaf und viel Arbeit, aber ich spürte keine Spur von Müdigkeit, sondern war bis in die Fingerspitzen gespannt und konnte kaum ruhig stehen.

Kihlberg kam durch den Raum auf mich zugestürmt. »Verdammt, was haben Sie jetzt wieder ausgeheckt, Brenne?«

Ich hatte ihn vorher noch nie fluchen gehört. »Der Richter hat Sie gestern noch angerufen?«

Er nickte.

»Warten Sie's ab, Herr Kollege«, sagte ich und wandte ihm den Rücken zu.

Synne und Slavo saßen bereits an ihren Plätzen. Ich hatte beiden gesagt, dass ich noch einen letzten Zeugen aufbieten würde, mehr aber nicht. Sie starrten mich an, als stünde mir die Lösung des Rätsels ins Gesicht geschrieben.

Ich stellte mich an meinen Platz. Der Gerichtsdiener vergewisserte sich, dass alle anwesend waren, und öffnete dem Gericht die Tür. Stuhlbeine kratzten über den Boden, als sich auch noch die Letzten erhoben. Die Richter kamen herein, Kolle sah sich für einen Augenblick um und erklärte die Verhandlung für eröffnet. Wieder war das Kratzen von Stuhlbeinen zu hören, dann wurde es still. Kolle holte seine Brille heraus, starrte einen Moment lang vor sich auf die Tischplatte und hob dann den Kopf. Ich spürte meinen Pulsschlag in den Schläfen.

»Guten Morgen«, sagte er. »Wir nähern uns dem Ende eines langen, anstrengenden Prozesses. Am Freitag haben wir die Beweisaufnahme hinsichtlich der Schuldfrage abgeschlossen. Heute sollten die Plädoyers von Staatsanwaltschaft und Verteidigung erfolgen sowie die Belehrung der Geschworenen durch den Vorsitzenden, also mich.«

Er rückte seine Brille zurecht und fuhr fort: »In der Zwischenzeit habe ich allerdings einen Anruf von Anwalt Brenne erhalten. Er hat mir mitgeteilt, dass er gerne noch einen weiteren Zeugen hören möchte. Ein solches Vorgehen ist äußerst irregulär, aber ich habe ihm zugesichert, mir über sein Anliegen Gedanken zu machen. Halten Sie Ihren Antrag, diesen Zeugen zu hören, aufrecht, Herr Verteidiger?«

»Ja, das tue ich«, sagte ich.

»Hat die Staatsanwaltschaft dazu einen Kommentar, oder erhebt sie Einspruch?«

Kihlberg war wie ein Blitz auf den Beinen. »Das habe ich. Ich wehre mich aufs Entschiedenste. Die Zeugenvernehmungen sind abgeschlossen. Beide Seiten hatten Monate Zeit, den Prozess vorzubereiten. Es ist ein grundlegendes Prinzip des norwegischen Strafrechts, dass sich beide Seiten auf die Beweisführung der Gegenseite vorbereiten und notfalls darauf reagieren können. Ich weiß nicht einmal, was dieser Zeuge aussagen soll. Meiner Auffassung nach ist das unerhört, und ich bitte das Gericht, diesen Zeugen abzulehnen.«

Ich war bereits aufgesprungen, aber Kolle hob die Hand.

»Nicht notwendig, Herr Verteidiger. Ich habe Ihre Argumente gestern Abend erhalten und mich bereits entschieden. Sie haben mir versichert, der Zeuge sei wichtig – ja entscheidend für die Beurteilung der Schuldfrage des Angeklagten. Ich weiß natürlich nicht, ob das stimmt. Es fällt mir schwer zu glauben, dass ein Zeuge, an den keine der beiden Seiten bis zum Wochenende gedacht hat, eine derart entscheidende Bedeutung für den Fall haben kann.«

Er nahm einen Schluck aus seinem Wasserglas. »Wir haben diesen Prozess mit der Frage nach der Relevanz gewisser Beweisführungen begonnen. Das Gericht hat den Antrag der Verteidigung seinerzeit mit Verweis auf das Prinzip der freien Beweisführung abgelehnt. Noch wichtiger ist für mich aber die Tatsache, dass ich keine wirklich schwerwiegenden Gründe sehe, diesen Zeugen abzulehnen. Es stimmt zwar, dass wir solche Überraschungen nicht gerne sehen und dass die Staatsanwaltschaft soweit möglich vorher informiert werden sollte. Entscheidender ist es aber, Rücksicht auf die Rechtssicherheit des Angeklagten zu nehmen. Solange es die Möglichkeit gibt, dass dieser Zeuge wirklich von Bedeutung ist, und solange der Umfang der Beweisführung nicht unverhältnismäßig groß ist, muss dem Antrag stattgegeben werden. Sie können Ihren Zeugen aufbieten, Herr Verteidiger.«

Kihlberg konnte sich nicht zurückhalten. »Wenn Sie sich schon entschieden hatten, hätten Sie mich gar nicht erst zu fragen brauchen!«

Kolle drehte sich zu ihm. »Ich habe Sie gefragt, Herr Staatsanwalt, da Sie ja vielleicht etwas zu sagen haben könnten, an das ich noch nicht gedacht hatte. Aber das war nicht der Fall. Haben Sie sonst noch etwas einzuwenden?«

Kihlberg schüttelte den Kopf. Sein Gesicht war rot angelaufen. So erregt hatte ich ihn vor Gericht noch nie gesehen.

Der Richter nickte mir zu, worauf ich dem Gerichtsdiener, der an der Wand vor den Geschworenen stand, ein Zeichen gab. Er ging hinaus, holte den Zeugen und führte ihn an den Zuschauerplätzen vorbei zum Zeugenstand.

Heute war der Gerichtssaal beinahe voll besetzt. Ich konnte ein leises Raunen hören, während die Zuschauer meinen Zeugen mit ihren Blicken verfolgten. Er war ein kleiner Mann mit halblangen, etwas zerzausten Haaren, die ihm in die Augen fielen. Er war neutral gekleidet mit Tweedsakko und Cordhose und sah sich neugierig im Saal um.

»Wenn Sie einen Augenblick dort stehenbleiben könnten«, sagte der Richter. »Ihr Name?«

»Ole Helgesen.« Er fuhr fort und nannte sein Geburtsdatum und seine Adresse.

»Und Ihr Beruf?«

»Ich bin Oberarzt an der Universitätsklinik, Fachgebiet Hämatologie.«

Kolle schrieb. Dann sagte er: »Ich muss Sie darauf aufmerksam machen, dass eine Zeugenaussage vor Gericht eine wichtige Sache ist. Sie dürfen nichts auslassen und müssen die Wahrheit sagen. Meineid wird hart bestraft. Bitte heben Sie Ihre rechte Hand und antworten Sie mit *Ja, das versichere ich*, wenn ich Sie frage, ob Sie bereit sind, die

Wahrheit zu sagen und nichts als die Wahrheit und nichts auszulassen oder hinzuzufügen.«

»Ja, das versichere ich«, sagte Ole Helgesen.

Kolle nickte mir zu. »Bitte, Herr Verteidiger, Ihr Zeuge.«

»Danke«, erwiderte ich. »Herr Helgesen, Sie müssen wissen, dass das Gericht noch keine Ahnung hat, warum Sie hier sind oder wer Sie sind. Wir müssen deshalb Schritt für Schritt vorgehen.«

Er nickte.

»Zuerst ein paar Angaben zu Ihrer Person. Sie haben uns über Ihre Anstellung unterrichtet, aber lassen Sie uns etwas ausführlicher auf Ihren fachlichen Hintergrund und Ihre Kompetenz eingehen. Sie sind promovierter Arzt, wo haben Sie Ihre Ausbildung gemacht?«

»Hier in der Stadt. An der Universitätsklinik.«

»Und nach dem Studium haben Sie sich spezialisiert?«

»Ja, das tun alle Mediziner.«

»Was ist Ihr Fachgebiet?«

»Um es kurz zu sagen und mich nicht in Details zu verlieren: Blut.«

»Ah ja. Und Sie haben promoviert?«

»Das ist richtig. Ebenfalls über das Thema Blut.«

»Könnten Sie etwas genauer auf das Thema Ihrer Doktorarbeit eingehen?«

»Um es einfach auszudrücken, ging es in meiner Arbeit um die Koagulationseigenschaften des menschlichen Bluts und die dazugehörigen Mechanismen.«

»Das heißt, die Fähigkeit des menschlichen Bluts zu gerinnen und zu trocknen, wenn es an … wenn es den Körper verlässt und in Kontakt mit der Luft kommt, nicht wahr?«

»Ja, das kann man so sagen.«

»Und Sie haben Ihre Forschungen auf diesem Gebiet nach der Doktorarbeit fortgeführt?«

»Ja, das habe ich. Ich forsche, publiziere und … unterrichte.« Das Letzte kam widerstrebend, als gefiele ihm dieser Punkt weniger gut.

»Würden Sie sagen, dass Sie auf Ihrem Fachgebiet, also was die Gerinnungseigenschaften des Blutes angeht, eine große Kompetenz besitzen?«

Er dachte einen Augenblick nach. »Es gibt da noch einen Kollegen in Tromsø … aber ich glaube, dass ich über dieses Thema mehr weiß … als irgendjemand sonst in diesem Land.«

»Gut.« Ich wandte mich dem Richter zu. »Ich denke, am Sachverstand meines Zeugen besteht kein Zweifel, Herr Vorsitzender.«

»Wir können das später beurteilen, Herr Verteidiger. Fahren Sie mit der Befragung fort.«

Ich sah, dass Kolles Interesse geweckt war und er sich fragte, auf was ich hinauswollte. Ich sah zu Kihlberg hinüber. Er starrte Ole Helgesen unablässig an, während sich auf seiner Stirn eine tiefe Falte abzeichnete.

»Herr Helgesen, eigentlich sollen Sie dem Gericht von einem Experiment berichten, das Sie durchgeführt haben. Können Sie die Ausgangssituation kurz schildern und erklären, um was es dabei ging?«

»Ja, der Hintergrund ist einfach. Ich habe gestern, am Sonntag, einen Anruf von Ihnen erhalten, in dem Sie mich um Hilfe in einer bestimmten Angelegenheit baten.« Er lächelte mich an. »Sie waren sehr … darf ich sagen … engagiert? Auf jeden Fall habe ich eingewilligt, Sie zu unterstützen.«

Ich ließ ihn einfach weiterreden.

»Die Versuchsanordnung war einfach. Wir haben Blut auf einem Linoleumboden ausgegossen. In einem Raum mit einer Temperatur von zwanzig Grad, also bei normaler Raumtemperatur. Danach haben wir einen Schuh genommen, Ihrer Aussage nach ein Schuh mit einem ähnlichen Profil wie der, der in diesem Verfahren eine Rolle spielt, und in unterschiedlichen Zeitabständen damit Abdrücke im Blut gemacht. Das ist sicher nicht das wissenschaftlich anspruchsvollste Experiment, das ich bisher durchgeführt habe, und es brauchte auch eigentlich meine Fähigkeiten nicht, um das zu tun. Im Prinzip hätte das jeder machen können.«

»Ja«, sagte ich. »Aber neben Ihrer fachlichen Kompetenz und Integrität haben Sie noch einen anderen, sehr spezifischen Vorteil. Sie haben Zugang zu Blut. Menschlichem Blut.«

Ich machte wieder eine Pause und sah mich um. Es war still geworden, die Spannung war fast körperlich zu spüren. Die Journalisten, die sonst beständig murmelten oder etwas auf ihre Blöcke kritzelten, saßen kerzengerade da und starrten Helgesen an.

»Können Sie über den Verlauf des Experiments berichten? Was haben Sie gemacht, und welche Resultate haben Sie dabei erzielt?«

»Am einfachsten wäre das, wenn ich die Bilderserie kurz zeigen könnte«, sagte Helgesen. »Sie haben doch einen Projektor hier.«

Ich hatte vorher mit Hauge gesprochen, der alles vorbereitet hatte. Es dauerte nur wenige Minuten, dann war der Gerichtssaal verdunkelt und das erste Bild auf die Leinwand projiziert. Es war ein Übersichtsfoto, das einen großen Raum mit ein paar Büromöbeln an der Wand zeigte. Auf dem Boden waren drei Blutlachen zu sehen. Helgesens Stimme klang im Halbdunkel lauter.

»Dies ist der Raum, ein gewöhnliches Krankenhauszimmer in einem Trakt, der gerade renoviert wird. Dieser alte Teil hat sich angeboten, weil der Fußboden hier relativ uneben ist.

Sie sehen drei Blutlachen. Wir haben bewusst drei verschiedene Stellen ausgewählt, damit die Tiefe der Blutlachen unterschiedlich ist, um es einmal so auszudrücken. Der Boden hat an manchen Stellen Dellen, dort läuft das Blut zusammen, während es an anderen Stellen nur einen dünnen Film bildet.«

Ein weiteres Bild erschien auf der Leinwand. Es zeigte drei rote Quadrate, deren Oberfläche durch nichts unterbrochen wurde.

»Das sind Nahaufnahmen der drei Blutlachen. Rechts ist die tiefste, links die flachste. Ich habe eine Zusammenstellung, die alle drei Blutlachen in verschiedenen Zeitabständen zeigt. Ich kann die später austeilen. Es zeigte sich im Übrigen, dass die Tiefe der Lache kaum Einfluss auf das Resultat hat. Bei den nächsten Bildern werde ich mich deshalb auf die mittlere Lache beschränken.«

Er warf das nächste Foto an die Leinwand. Wieder sahen wir nur eine perfekte, rote Fläche.

»Was wir gemacht haben, ist ganz einfach. Wir haben diesen Schuh …« Ein weiteres Bild erschien, dieses Mal von einem Schuh, der demjenigen glich, mit dem Slavo in Mikes Blut getreten war, gefolgt von einem weiteren Bild, das das markante Profil der Schuhsohle zeigte.

»… wir haben diesen Schuh genommen und ihn in fünfminütigem Abstand mit der Sohle in die Blutlache gedrückt, um dann weitere zwei Minuten später ein Foto vom Abdruck zu machen. Ich werde die Bilder fortlaufend zeigen.«

Ein neues, rotes Quadrat erschien. Am unteren Rand stand »5 min«. Dann ein weiteres, identisches Bild, unterschrieben mit »10 Min«. Er fuhr fort. Klick. »15 Min«. Klick »20 Min«, »25 Min«. Es war immer nur eine reine, rote Fläche zu sehen.

»Wie Sie bemerken werden, ist da absolut nichts zu sehen. Nichts.« Er zeigte noch einmal die ganze Reihe der Bilder. »Nichts.«

»Lassen Sie mich einen Sprung machen und zu dem Bild kommen, das 35 Minuten nach dem Ausbringen des Blutes aufgenommen wurde.«

Er klickte weiter. Jetzt konnte man ein leichtes Muster im Rot erahnen. »Es ist nicht leicht zu sehen, aber hier können Sie ein Muster erkennen. Das ist der Abdruck des Schuhs.«

Ich unterbrach ihn mit einer Frage. »Warum? Warum können wir bei den ersten Bildern keinen Abdruck sehen?«

»Das ist ganz einfach. Logisch eigentlich. Erst nach einer halben Stunde beginnt das Blut so stark zu koagulieren, dass die Schuhsohle einen Abdruck hinterlässt. Das ist, wie wenn man in Wasser tritt. Hebt man den Schuh aus der Pfütze, fließt das Wasser wieder dorthin, wo man gestanden hat. Genauso verhält sich Blut, bevor es geronnen ist. Es fließt zurück und bildet eine glatte, ebene Oberfläche. Der Schuh hinterlässt keinen Abdruck. Erst wenn es ausreichend koaguliert, also nicht mehr so dünnflüssig ist, bleiben die Abdrücke der Sohle bestehen.«

»Sie haben ein letztes Bild, nicht wahr? Eines, das Sie von mir erhalten haben, zum Vergleich.«

»Ja, das ist korrekt. Man hat mir gesagt, dass dieses Bild am Tatort entstanden ist. Es stammt aus der Fotomappe der Polizei. Ich glaube, die Nummer neun aus der Serie.«

»Das ist richtig«, sagte ich. »Uns allen liegen diese Bilder und die Mappen vor. Können wir das Bild sehen?«

Klick.

Genau an dieses Bild hatte ich mich in der Nacht erinnert, als Kari schluchzend vor mir stand. Es war das Bild von Slavos Schuhabdruck in Mikes Blut. Am Rand der Blutlache waren deutlich Abdrücke von Slavos Schuhen zu sehen. Sie zeichneten ein dunkelrotes Muster auf dem grauen Linoleum. Doch das waren nicht die einzigen Spuren, denn auch inmitten der Blutlache war schwach das Relief des Sohlenmusters zu erkennen. Es fiel nicht gleich ins Auge, war aber deutlich, wenn man wusste, worauf man achten musste. Es war reiner Zufall, dass dieser Abdruck noch auf dem Bild zu sehen war. Wäre die Aufnahme aus einem anderen Winkel gemacht worden, wären die Schatten nicht hervorgetreten. Auf keinem der anderen Fotos war der Abdruck zu erkennen.

»Also«, sagte ich. »Können Sie, bezugnehmend auf unser kleines Experiment, Schlussfolgerungen aus dieser Aufnahme vom Tatort ziehen?«

»Ja. Dieser Abdruck im Blut kann frühestens eine halbe Stunde nach dem Mord entstanden sein. Oder besser gesagt, nachdem das Blut vergossen wurde.«

»Weil bei einem früheren Zeitpunkt kein permanenter Abdruck entstanden wäre?«

»Ja, das ist richtig.«

Das war es eigentlich. Das Licht wurde wieder eingeschaltet. Kihlberg sah aus, als würde er ohnmächtig. Er hatte keine einzige Frage an den Zeugen. Die Journalisten schrieben wie besessen. Einer der Geschworenen sah verwirrt aus, sie redeten murmelnd miteinander, und es war direkt zu sehen, wie die Konsequenz dessen, was sie gerade gehört hatten, in ihr Bewusstsein vordrang. Ich hatte soeben bewiesen, dass Slavo eine halbe Stunde nach dem Mord am Tatort gewesen war.

Kolle machte eine Pause. »In Anbetracht dessen, was wir gerade gehört haben, brauchen Sie, Herr Staatsanwalt, vielleicht ein paar Minuten Bedenkzeit«, sagte der Vorsitzende zu Kihlberg. »Wir machen eine Pause bis nach dem Mittagessen. Sollte die Staatsanwaltschaft infolge der Zeugenaussage weitere Schritte unternehmen wollen, wird dazu Gelegenheit sein. Ist dies nicht der Fall, kommen wir dann zu den Schlussplädoyers. Ist das in Ordnung?«

Kihlberg nickte nur.

Slavo blieb einfach sitzen, während sich der Saal langsam leerte. Die Wachen schienen einverstanden zu sein. Schließlich wandte er sich mir zu. »Ich hatte schon gar nicht mehr zu hoffen gewagt«, sagte er. »Jetzt habe ich Hoffnung, und das ist fast noch schlimmer, aber … aber danke, Mikael.«

»Lassen Sie uns erst unser Ziel erreichen«, sagte ich. »Dann können Sie mir danken.«

Kihlberg hatte der Zeugenaussage nichts entgegenzusetzen. Aber er gab auch noch nicht auf. Halten die Beweise nicht stand, ist es Aufgabe der Staatsanwaltschaft, einen Freispruch des Angeklagten zu fordern. Es geht nicht darum, jemanden um jeden Preis zu verurteilen. Ein Staatsanwalt ist der Objektivität viel stärker verpflichtet als ein Verteidiger. Jedenfalls theoretisch. In der Praxis sieht es oft anders aus.

Kihlberg hatte jedoch zu viel in diesen Fall investiert, um jetzt aufzugeben. Er war nicht objektiv, sondern wütend, und ich glaubte das sogar seiner Stimme anzuhören. Er machte noch immer einen sehr guten Job, aber seine Stimme klang in all ihrer Verzweiflung etwas zu eindringlich, fast schrill.

Er verwendete viel Zeit auf den kriminellen Hintergrund von Slavo und Mike und erinnerte detailliert an die Erklärungen des Revisors und des Sonnenkönigs.

»Das sind Drogenbarone«, sagte er zu den Geschworenen, »und zwar sowohl der Ermordete als auch der Angeklagte. Internationale Verbrecher und Drogenhändler der schlimmsten Sorte. Die Beweisführung lässt daran keinen Zweifel. Fällen Sie Ihre Entscheidung auf Basis dieses Wissens.«

Dann redete er über das Geld, das bei Mike gefunden worden war, und über die Umschläge von Slavo. »Hier liegt das Motiv. Wir brauchen gar keins, aber meiner Meinung nach ist hier ganz klar das Motiv zu suchen. Und«, sagte er, »das ist keineswegs überraschend, sondern vielmehr typisch. Denn in diesem schmutzigen Geschäft geht es um große Summen. Die Beteiligten werden einzig von ihrer Gier getrieben, weshalb es auch nicht erstaunlich ist, dass man sich immer wieder um Geld streitet, viel Geld. In diesem Milieu ist die Gewalt ein probates Mittel. Menschen werden für viel weniger Geld umgebracht als in diesem Fall. Einhundertzehntausend Kronen, hohes Gericht, versteckt in einem Kleiderschrank. Das ist das Motiv, so Sie denn eines brauchen.«

Er band Slavo an den Tatort, was nicht schwer war. Er bezog sich dabei soweit wie möglich auf Frau Samuelsens Aussage und ging sogar noch etwas weiter, indem er die Aussage ansprach, die sie bei der Polizei gemacht hatte. Er bat die Jury, diese zu berücksichtigen, da der Verteidiger die alte Dame vor Gericht verwirrt habe. Was in Anbetracht ihres Alters ja nicht schwierig gewesen sei.

Ich spürte, dass ich langsam wütend wurde. Er lieferte wirklich kein objektives Plädoyer ab. Kihlberg wollte schmutzige Wäsche waschen.

Er ging ausführlich darauf ein, wie Slavo nach der Bluttat reagiert hatte. »Bitte, stellen Sie sich doch einmal die Frage«, sagte er, »was Sie selbst in einer solchen Situation tun würden? Was würde ein normaler Mensch dann tun? Genau! Er würde die Polizei oder wenigstens einen Rettungswagen rufen. Es gibt nur einen einzigen Grund, weshalb Slavo Mihailovic dies nicht getan hat, weshalb er sich nicht wie jeder andere verhalten hat. Und zwar, weil er selbst der Mörder ist.«

Er machte eine kleine Pause, damit sich diese Behauptung den Geschworenen einprägen konnte, trank einen Schluck Wasser und blätterte in seinen Unterlagen. »Und dann, verehrtes Gericht, beglückt uns der Verteidiger in letzter Sekunde mit diesem Experiment. Ich werde nicht im Detail darauf eingehen, aber bedenken Sie, dass die Ergebnisse dieses Experiments nicht bedeuten, dass der Angeklagte den Mord nicht begangen hat. Es zeigt lediglich, dass er sich nach dem Mord noch eine ganze Weile in der Wohnung aufgehalten hat. Und das ist verständlich, schließlich hat er das Geld gesucht. Die Zeugenaussage von Dr. Helgesen hat in Wirklichkeit keine Bedeutung für uns.«

Nach einer zehnminütigen Pause durfte ich mit meinem Plädoyer beginnen. Für Anwälte wie mich ist das Plädoyer der Augenblick der Wahrheit. Da ist man in seinem Element. In diesem Moment weiß man, ob man von ganzem Herzen Anwalt ist oder nicht. Man steht allein im Rampenlicht, zieht alle Aufmerksamkeit auf sich: die der Presse, der Jury und des Angeklagten, dessen Hoffnung auf einem ruht. Auf der Gegenseite hat der Staatsanwalt seinen Stift gezückt und ist mehr als bereit, jedes Argument, das man vorbringt, in der Luft zu zerreißen. Man ist vollkommen allein. Entweder liebt man das, oder man hasst es. Ein Rest Angst bleibt immer. Wenn man in den letzten langen Minuten draußen auf dem Flur ruhelos auf und ab geht und selbst die Regenbogenpresse klug genug ist, einen nicht zu behelligen, hat man in der Regel einen trockenen Mund, einen wild rumorenden Magen und keinen einzigen klaren Gedanken im Kopf.

So war es auch heute, aber ich hieß dieses Gefühl wie einen alten Freund willkommen. Ich kannte es und wusste, dass es so sein musste und es mich nicht daran hindern würde, alles zu geben, wenn ich erst an der Reihe war. Ich hatte Angst, war aber ruhig. Die lähmende Angst, die ich so oft in diesem Fall verspürt hatte, war verschwunden. Ich wusste, was ich tun musste, wie meine Lage war und was auf dem Spiel stand. Ich hatte alles Erdenkliche getan und wusste auch, was ich tun würde, sollte es dennoch schiefgehen. Die Unsicherheit war vorüber, und auf eine seltsame, fast unpersönliche Weise hatte ich mich mit allen denkbaren Möglichkeiten abgefunden.

Ich ging in den Saal. Holte mir ein Glas Wasser und platzierte die für die Jury formulierten Fragen neben einem Stift vor mir auf dem Tisch. Schob den Stuhl nach hinten, damit ich genug Platz hatte, um mich zu bewegen. Richtete das Mikrofon, schaltete es ein und sah die rote Lampe blinken. Drückte den Knopf. Legte die Notizen beiseite. Heute brauchte ich sie nicht. Dann waren plötzlich alle zur Stelle, und der Vorsitzende erteilte mir das Wort: »Bitte, Herr Verteidiger.«

Ich betrachtete die Richter: drei schwarze Roben, drei Brillen, auf deren Gläsern das Licht reflektierte, so dass die Menschen dahinter unpersönlich und fern wirkten. Kihlberg: aufrecht, korrekt und ordentlich wie immer, aber mit einem Zucken um den Mund, als wünschte er sich, mich nicht anhören zu müssen. Die Geschworenen: abwartend, neutral, etwas unruhig. Der Prozess hatte lange gedauert. Sie wünschten sich das Ende herbei und wollten nach Hause. Synne saß neben mir, hochkonzentriert. Sie hatte ihren Blick nach vorn gerichtet. Slavo starrte vor sich auf die Tischplatte, regungslos wie immer. Der Saal war beinahe bis auf den letzten Platz besetzt, und plötzlich sah ich Kari dort unten, ganz am Rande der Zuschauer. Sie starrte mich an, ihre Lippen schienen sich zu bewegen. Zwei Reihen hinter ihr erblickte ich Eva Kaufmann. Auch sie sah mich an. Alle waren da, und alle sahen mich an, und langsam wurde es still im Saal.

Kapitel 47

»Hohes Gericht, verehrte Geschworene«, begann ich und fühlte mich mit einem Mal sicher und frei. Mein Körper war leicht, mein Kopf hellwach, und das Plädoyer hielt sich wie von selbst. Die Worte schienen aus dem Nichts zu kommen und von allein Gehalt anzunehmen. Kurz, es war ein einzigartiges Erlebnis.

»Berechtigte Zweifel. Genau darum geht es auch in diesem Prozess. Berechtigte Zweifel. Ich weiß, dass Ihnen dieses Wort nicht unbekannt ist. Der Staatsanwalt hat Sie über die Beweislast der Anklage aufgeklärt, und auch der Vorsitzende wird später noch einmal darauf eingehen. Ich weiß ebenso, dass Sie alle schon früher einmal Mitglied einer Jury waren und uns Anwälte lang und breit darüber reden gehört haben. Vermutlich sind Sie es leid, wenn nun auch ich davon anfange. Trotzdem muss ich es tun, denn das ist meine Aufgabe. Und ich möchte auch etwas darüber sagen, weil es so wichtig ist.

Seien Sie einen Moment geduldig mit mir. Denken Sie einmal kurz über den Ausdruck nach. Berechtigte Zweifel. Wir hören das viel zu oft vor Gericht. Die Anwälte benutzen den Begriff, reiten darauf herum, dehnen seine Bedeutung aus, missbrauchen sie und versuchen damit, das Unmögliche zu erreichen. Der Ausdruck ist wie eine magische Beschwörung. Wir rufen ihn wie eine Zauberformel, flüstern ihn, wiederholen ihn, bis er jegliche Bedeutung und jedweden Sinn verloren hat.

Und das ist gefährlich, gerade weil dieser Begriff von so zentraler Bedeutung ist. Er fasst mit seinen zwei Worten die gesamte Arbeit dieses Gerichts zusammen. Ihre Arbeit, verehrte Jury. Deshalb sind Sie hier. Sie müssen herausfinden, ob es berechtigte Zweifel gibt.

Was heißt das aber konkret? In diesem Fall sollen und müssen Sie über eine einfache Sache entscheiden:

Sie haben gehört, was Slavo Mihailovic über die Nacht zum 2. Dezember letzten Jahres ausgesagt hat. Dass er die Treppe zur Wohnung seines Freundes Mike hinaufgegangen ist und ihn tot am Boden entdeckt hat. Sie haben gehört, was der Staatsanwalt vermutet, dass nämlich Slavo in dieser Nacht nach oben gegangen ist und Mike Kovics mit einer Brechstange erschlagen hat.

Die Frage lautet also: Sind Sie sich sicher, dass der Staatsanwalt recht hat? Sind Sie sich ganz sicher, dass es wirklich so geschehen ist? Oder existiert die Möglichkeit, dass Slavo Mihailovic die Wahrheit sagt? Die Frage ist nicht, ob Sie glauben, was er sagt, oder wie hoch die Wahrscheinlichkeit dafür ist, dass es der Wahrheit entspricht. Die Frage ist viel einfacher: Glauben Sie, nachdem Sie alle Beweise abgewogen haben, die hier vor Gericht vorgebracht wurden, dass er vielleicht die Wahrheit sagt?

Wenn Sie das glauben, dann haben Sie berechtigte Zweifel. Dann muss mein Mandant freigesprochen werden. Dann ist es Ihre Pflicht, die Schuldfrage mit Nein zu beantworten. So lautet für Sie die ganz konkrete Bedeutung des Begriffs ›Berechtigte Zweifel‹.«

Ich richtete mich auf, machte eine kleine Pause und trank einen Schluck aus meinem Wasserglas. Es ist nicht möglich, die Gesichter der Geschworenen zu lesen. Man sieht ihnen nicht an, was sie über einen Fall denken. Man sollte damit gar nicht erst seine Zeit vergeuden. Aber *eine* Sache kann man sehen, und darauf kommt es an. Hat man sie gefangen? Hat man ihre Aufmerksamkeit geweckt? Und das hatte ich. Sie waren bei der Sache und warteten auf die Fortsetzung. Ich nahm den Zettel mit der Schuldfrage vom Tisch und hielt ihn hoch. Dann fuhr ich in einer etwas anderen Tonlage, ein bisschen leiser, fort. Es ist wichtig, mit der eigenen Intensität zu spielen, sonst verliert man die Aufmerksamkeit aus reiner Erschöpfung.

»Werfen Sie einmal kurz gemeinsam mit mir einen Blick auf die Frage, die Sie beantworten sollen.« Das ist ein einfacher, kleiner Trick, den ich gerne bei Strafprozessen mit Geschworenen anwende. Ich beziehe sie mit ein. Tue etwas mit ihnen gemeinsam.

»Nehmen Sie den Zettel und lesen Sie. Wie Sie sehen, ist es eine ganz einfache Frage. Hat Slavo Mihailovic einen anderen Mann erschlagen? Das ist alles. Beachten Sie, was dort nicht steht, nach was Sie nicht gefragt werden. Es geht nicht darum, ob er ein serbischer Krimineller ist. Auch nicht darum, ob er in den Drogenhandel oder andere kriminelle Machenschaften verwickelt ist.

Ich erwähne das, obgleich einige von Ihnen das sicher unnötig und selbstverständlich finden, weil der Staatsanwalt zu meinem großen Erstaunen mehr als die Hälfte seines Plädoyers darauf verwendet hat, über die kriminellen Machenschaften meines Mandanten sowie seine Verwicklung in den Drogenhandel zu sprechen und nicht über den Mord oder die Beweise, die für oder gegen die Tat sprechen. Und das ist auffällig. Auffällig und gefährlich, weshalb ich es ansprechen muss. Es ist nämlich irrelevant und kann Sie dazu verleiten, gedankliche Sprünge zu machen, die in eine ganz falsche Richtung führen.

Ich will ehrlich zu Ihnen sein. In der Regel lohnt sich das bei Prozessen wie diesem. Wenn Sie mich fragen würden: Glauben Sie, dass Ihr Mandant in den Drogenhandel verstrickt ist?, würde ich Ihnen sagen: Ich habe dieselben Zeugen und dieselben Beweise gehört wie Sie, und ja, ich halte das für sehr wahrscheinlich. Ich weiß es nicht, glaube es aber.«

Aus dem Augenwinkel heraus sah ich, wie sich Slavos Kopf abrupt hob, und ich fühlte mehr, als ich es sah, dass auch Synne mich anstarrte. Ich wusste, dass ich ein hohes Risiko einging, aber ich habe eine einfache Philosophie, was solche Gerichtsverfahren angeht. Nutze die Fakten, solange du kannst. Weder die Geschworenen noch die Richter sind dumm. Wenn man versucht, ihnen ein X für ein U vorzumachen, verspielt man ihr Vertrauen.

»Natürlich sage ich so etwas äußerst ungern, und mein Mandant hört es sicherlich auch nicht gerne, aber vermutlich ist das die Wahrheit. Dennoch muss ich in diesem Moment die Frage stellen: Na und? Und wenn schon!« Ich ließ meine Worte einen Moment im Raum stehen.

»Auch wenn er mit Drogen zu tun hat, macht ihn das zum Mörder? Gibt es einen Beweis für diesen Mord? Und wenn er ein Dieb wäre, ein Steuerhinterzieher oder seine Frau betröge? Würde ihn das zum Mörder machen? Natürlich ist das ein sinnloser, unhaltbarer Gedankengang, und ich glaube, Sie wissen das. Vielleicht würde der Staatsanwalt geltend machen, dass für Drogenhändler das Leben der anderen weniger Bedeutung hat als für andere Menschen. Vielleicht hat er mit dieser Behauptung recht. Aber noch einmal – und wenn schon! Zu welcher logischen Schlussfolgerung will der Staatsanwalt Sie da verleiten? Slavo ist Drogenhändler. Einige Drogenhändler sind Mörder. Slavo ist ein Mörder.

Diese Schlussfolgerung ist eines Erasmus Montanus würdig, nicht aber eines norwegischen Staatsanwalts.«

Sie lachten über diese Bemerkung. Die Geschworenen kannten ihren Holberg. Kihlberg machte ein gequältes Gesicht.

Danach ging ich auf Slavos Reaktion ein, nachdem er Mike gefunden hatte. Das war mein schwächster Punkt und ich verwendete nicht viel Zeit darauf. Ich wollte nicht, dass die Geschworenen lange bei diesem Gedanken verweilten. Ich sagte nur, es könne viele Erklärungen dafür geben. Vielleicht habe er ganz einfach unter Schock gestanden. Vielleicht sei er ein Verbrecher, der deshalb eine ganz andere Einstellung zur Obrigkeit habe als normale Menschen und aus Prinzip niemals die Polizei rufen würde. Vielleicht überlagerten sich diese Aspekte aber auch. Ich sagte, dass die Menschen manchmal irrational handelten, besonders in außergewöhnlichen Situationen. Es sei gefährlich, schwerwiegende Schlussfolgerungen daraus abzuleiten.

Dann bewegte ich mich wieder auf festerem Grund. »Jetzt komme ich zum Kern dieses Verfahrens, aber zuvor war es einfach notwendig, den Nebel zu vertreiben, den der Staatsanwalt so willentlich verbreitet hat. Als dieser Prozess vor einer Woche seinen Anfang nahm, hatte ich das Gefühl, wenig Chancen zu haben. Ich hielt es für wahrscheinlich, dass mein Mandant für schuldig erklärt werden würde. Das lag an zwei sehr zentralen Beweisen, sozusagen den zwei Trümpfen, die die Staatsanwaltschaft in den Händen hielt.

Zum einen die Blutspur, die bewies, dass mein Mandant am Tatort war, was ihn natürlich in unmittelbare Verbindung mit dem Mord brachte.

Zum anderen die Zeugenaussage der Nachbarin, Frau Samuelsen, die gesehen hat, wie Slavo den Tatort verließ, und zwar angeblich unmittelbar nachdem sie Lärm und Geschrei aus der Wohnung über sich vernommen hatte.

Diese beiden Beweise zusammengenommen begründen die Anklage gegen Slavo Mihailovic.

Und, verehrte Geschworene, diesen beiden Beweisen ist im Laufe dieser Woche mehr oder weniger die Luft ausgegangen.«

Ich hielt inne. Mein Wasserglas war fast leer, so dass ich die wenigen Schritte bis zur Karaffe ging, mir nachschenkte und wieder an meinen Platz zurücktrat. Es war still im Saal.

»Nehmen wir zuerst Frau Samuelsen. Der Staatsanwalt hat behauptet, sie habe ihre Aussage abgeändert, weil ich sie verwirrt habe. Das stimmt ganz einfach nicht. Ich habe sie entspannt und methodisch befragt. Sie war nicht im Mindesten verwirrt, obgleich wir es hier mit einer alten Dame zu tun haben. Sie selbst war es, und nur sie selbst, die hier vor Gericht ausgesagt hat, dass sie an diesem Abend möglicherweise *zwei* Personen gehört hat, die zu Mike Kovics in die Wohnung gegangen sind. Diese Aussage kam ganz von selbst und nicht als Antwort auf eine Suggestivfrage oder als das Resultat einer gezielten Verwirrung. *Zwei* Personen haben das Opfer vor dem Mord besucht. Slavo war eine davon. Die andere kennen wir nicht. Frau Samuelsen war sich in einem Punkt unsicher, ob es nämlich der Angeklagte war oder der andere, der Unbekannte, der nach dem Lärm in der Wohnung nach unten gegangen ist. Daran konnte sie sich nicht genau erinnern.

Dass sie unsicher ist und sich nicht erinnern kann, bedeutet nicht, dass sie verwirrt war. Im Gegenteil ist es ganz normal, dass sich die Zeugen nicht an jedes Detail eines Erlebnisses erinnern, und es ist wichtig und richtig, dass sie uns an ihren Zweifeln teilhaben lassen.

Für Sie ist Folgendes wichtig: Frau Samuelsen hat Slavo in dieser Nacht aus Mikes Wohnung nach unten gehen sehen. Sie glaubt ferner, in derselben Nacht auch noch jemand anders gehört zu haben. Sie hat oben aus der Wohnung Geräusche gehört, Lärm, den Kampf, der vermutlich zum Tode geführt hat. Sie wusste nicht, welche der beiden Personen nach dem Mord nach unten gegangen ist. Es kann Slavo gewesen sein. Es kann aber auch ein anderer gewesen sein, dessen Identität wir nicht kennen. Es ist diese Beweissituation, die für mich von Bedeutung ist und auf deren Grundlage Sie Ihre Entscheidung fällen müssen. Und auch der Staatsanwalt hätte sich darauf beziehen müssen.«

Erneute Pause. Sie hingen noch immer an meinen Lippen, waren aufmerksam und schrieben mit.

»Der andere Beweis ist die Blutspur. Am Tatort finden sich deutliche Abdrücke von Slavo Mihailovics Schuhen. Er hat deutliche, blutige Abdrücke auf dem Boden hinterlassen, die Sie auf den Fotos gesehen haben. Das ist nicht überraschend. Er hat zugegeben, am Tatort gewesen zu sein, behauptet aber, erst nach dem Mord gekommen zu sein und seinen Freund ermordet im Flur vorgefunden zu haben.

Was für uns in diesem Zusammenhang von absolut zentraler Bedeutung ist, sind nicht die Blutspuren, die er auf dem Linoleum neben der Blutlache hinterlassen hat, sondern der Abdruck in der Blutlache, die um den Toten herum entstanden war.

Hier kommt die Zeugenaussage von Dr. Helgesen zum Tragen, bedeutet Dr. Helgesens Erklärung für uns doch, dass Slavo Mihailovic frühestens eine halbe Stunde nach dem Mord am Tatort war und in das Blut getreten ist.«

Ich hob einen Finger und wiederholte langsam und mit Nachdruck: »Er war eine halbe Stunde nach dem Mord da. Natürlich bedeutet das nicht, dass er nicht auch schon früher da gewesen sein kann. Natürlich ist es möglich, dass er den Mord begangen hat, sich danach noch mindestens eine halbe Stunde in der Wohnung aufgehalten hat, bevor er beim Verlassen der Wohnung in das Blut getreten ist. Das kann so gewesen sein, ist aber sehr unwahrscheinlich.«

Jetzt fehlte nicht mehr viel. Für einen kurzen Moment verlor ich meine Konzentration, wie es manchmal im Laufe eines Plädoyers geschieht, so dass ich kurz nachdenken musste. Dann holte ich tief Luft und fuhr fort:

»Außerdem möchte ich Sie noch an eine wichtige Sache erinnern, nämlich an den Zeitpunkt des Todes. Sie wissen, zu welchen Schlussfolgerungen der Gerichtsmediziner gekommen ist. Der Tod ist vermutlich zwischen ein und zwei Uhr nachts eingetreten. Wir wissen aber mit hundertprozentiger Sicherheit, dass der Angeklagte nicht vor Viertel nach zwei am Tatort war. Das geht aus dem Datenspeicher vom Taxifahrer Kåre Moss hervor. Der Tod kann eventuell erst nach dem Eintreffen des Angeklagten erfolgt sein, aber das ist nicht wahrscheinlich. Auch hier zeigt sich, dass die einfachste Variante die glaubhafteste ist, nämlich dass Slavo Mihailovic die Wahrheit sagt.

Verehrte Geschworene, ich komme jetzt gleich zum Schluss. Lassen Sie mich nur noch einen Punkt ansprechen: Denken Sie auch an die Aussage des Angeklagten, daran, was er selbst über diesen Abend berichtet hat. Betrachten Sie dann die Beweise, die zentralen, wichtigen Indizien wie Frau Samuelsens Aussage und die Blutspuren. Zählen Sie eins und eins zusammen, und fragen Sie sich selbst: Sind diese oder andere Indizien unvereinbar mit seiner eigenen Aussage?

Die Antwort ergibt sich von selbst. Das sind sie nicht. Im Gegenteil. Dr. Helgesens Aussage deutet in Verbindung mit dem angenommenen Todeszeitpunkt darauf hin, dass Slavo Mihailovic die Wahrheit über die Geschehnisse dieses Abends gesagt hat.

Ich beende mein Plädoyer, wie ich es begonnen habe, mit berechtigten Zweifeln. Es gibt in diesem Fall berechtigte Zweifel und mehr als das. Man kann einfach nicht mit Sicherheit davon ausgehen, dass mein Mandant schuldig ist. Es ist im Gegenteil wahrscheinlich, dass er die Wahrheit sagt. Und das bedeutet, dass dort draußen noch ein Mörder frei herumläuft. Aber das ist nicht Ihr Problem, sondern ein Problem der Polizei. Ihre Aufgabe ist es, die Beweise und Indizien richtig zu gewichten, so nüchtern es nur geht. Wenn Sie diese Arbeit unsentimental und sachlich angehen, werden Sie mir – davon bin ich fest überzeugt – zustimmen. Slavo Mihailovic kann für diesen Mord nicht verurteilt werden. Sie müssen die Frage, die vor Ihnen auf dem Zettel steht, mit Nein beantworten.«

Ich fühlte mich vollkommen entladen. Der Vorsitzende unterbrach die Verhandlung kurz. Slavo kam zu mir und drückte wortlos meine Hand. Ich wandte mich an Synne. »War es gut?«

»Das war es, Mikael. Das war brillant.«

Ich konnte mich einfach nicht von meinem Platz erheben. Nach der Pause folgte die kurze Belehrung durch den Vorsitzenden. Die Jury muss sich an das halten, was der Vorsitzende über juristische Fragen und Deutungen sagt, ist aber in der Bewertung der Beweise und Indizien vollkommen frei. In diesem Fall gab es keine juristischen Schwierigkeiten, so dass der Vorsitzende schnell fertig war. Ich fühlte mich leer und hörte kaum noch zu. Synne schrieb wie immer mit. Der Richter gab der Jury die letzten Anweisungen, dann standen wir alle gemeinsam auf, während der Gerichtsdiener die Geschworenen in ihren Beratungsraum geleitete. Jetzt konnten wir nur noch warten.

Ich ging gemeinsam mit Kari und Synne in die Kanzlei. Wir saßen im Pausenraum und tranken Kaffee, ohne viel zu sagen. Ich war froh, dass Kari bei uns war, fühlte ansonsten aber wenig. Zwischendurch blickte ich immer wieder auf die Uhr. Die Zeiger bewegten sich kaum.

Peter steckte den Kopf herein. »Es heißt, du wärst genial gewesen, Mikael. Gewinnen wir den Fall?«

Ich zuckte mit den Schultern. »Wer kann schon vorhersagen, wie die Jury entscheidet?«

Kari hatte die Hände im Schoß so fest gefaltet, dass ihre Fingerknöchel weiß hervortraten. Die Zeiger der Uhr bewegten sich jetzt gar nicht mehr. Ich trank noch einen Kaffee, was sollte ich sonst tun? Das Gespräch war jetzt vollends ins Stocken geraten. Dann war plötzlich eine halbe

Stunde vergangen. Ich fragte mich, ob mit dieser Uhr wirklich alles in Ordnung war.

Als mein Handy klingelte, zuckten wir alle zusammen. Ich saß reglos da und sah zu, wie es wie eine wütende Wespe auf dem Tisch vibrierte. Schließlich war es Synne, die das Gespräch entgegennahm. Sie hörte einen Moment zu, sagte dann kurz: »In Ordnung«, und legte auf.

»Die Jury ist so weit«, sagte sie zu uns.

Das Licht, das durch die Fenster in den Gerichtssaal fiel, ließ die tanzenden Staubflocken wie Galaxien aufleuchten. Wir warteten. Alle waren da. Alle hatten sich erhoben. Ich hatte das schon öfter erlebt, die Spannung gespürt, Siege und Niederlagen hingenommen, ja, die besten und schlimmsten Augenblicke meines Lebens in diesem Saal, hinter diesem Tisch verbracht. Alles war wohlbekannt und doch ganz anders. Denn mit einem Mal wusste ich, wie es war, angeklagt zu sein. Zum ersten Mal empfand ich dieses Gefühl. Ich selbst stand, verkleidet mit einer schwarzen Robe, auf der Anklagebank, nur dass es niemand bemerkte, außer Kari, die in der ersten Reihe der Zuschauer stand und mich mit ihren großen, dunklen, sternengleichen Augen ansah. Nur mich.

Plötzlich war die Jury da, als hätte die Zeit einen kleinen Sprung gemacht. Ich hatte sie nicht hereinkommen sehen, bis der Sprecher sich räusperte und mit klarer Stimme verkündete: »Was den Hauptanklagepunkt angeht, so lautet unsere Antwort: Nein.«

Was er sagte, drang nicht zu mir vor. Ich verstand es nicht, erkannte die Bedeutung nicht, erfasste nichts. Das änderte sich erst, als die Richter sich flüsternd unterhielten, das Urteil annahmen und die Verhandlung für beendet erklärten. Als Slavo mich wie ein Bär umarmte, Synne lachend an meinem Hals hing und mir unverständliche Worte ins Ohr raunte und Kihlberg mit einem verkrampften Lächeln durch den Saal auf mich zukam. Erst da wurde mir alles bewusst, so dass ich mich für einen Moment hinsetzen musste, weil meine Beine unkontrolliert zitterten. Erst da verstand ich es. Ich hatte gewonnen. Alles.

Ich sah Eva Kaufmann an Slavos Arm hängen und ihm etwas ins Ohr flüstern, woraufhin er sie lachend hochhob.

Ich ging auf den Flur, eilte die Treppe hinunter und durchquerte die große, dunkle Halle, bevor ich hinaus ins Licht trat, in die scharfen, blendenden Sonnenstrahlen. Durch das Blitzlichtgewitter hindurch, vorbei an Mikrofonen und Kameras. Hinaus aus dem Dunkel ins Licht.

Und da stand Kari. Sie lächelte. Sie stand in der Sonne und strahlte.

Giles Blunt

BLUTIGES EIS

Thriller

Eines Morgens, mitten im dichten Januarnebel, verschlägt es Ivan Bergeron die Sprache: Sein Hund legt ihm einen abgerissenen Arm vor die Füße. Schon bald entdeckt Detective John Cardinal von der Polizei in Algonquin Bay in einer abgelegenen Hütte weitere Leichenteile, und wenig später wird im Wald die nackte Leiche der Ärztin Winter Cates gefunden. Als sich herausstellt, dass das erste Opfer amerikanischer Staatsbürger war, wird das Bild noch verworrener. Offensichtlich sind der CIA und auch der kanadische Geheimdienst mit im Spiel. Cardinal stößt auf ein gefährliches Geflecht von Spitzeln und Informanten, das bis in die höchsten Kreise von Algonquin Bay reicht.

»Wem bei diesem Krimi nicht das Blut
in den Adern gefriert, hat ein Herz aus Stein.«
Schweizer Illustrierte

KNAUR TASCHENBUCH VERLAG

Das Böse. Das Grauen. Die Klinik.

John Katzenbach

DIE ANSTALT

Psychothriller

Vor zwanzig Jahren, als junger Mann, ist Francis Petrel gegen seinen Willen in eine psychiatrische Klinik eingewiesen worden. Mehrere Jahre hat er dort zugebracht – bis die Anstalt nach einer Mordserie geschlossen wurde.
Noch immer hört Francis Stimmen, nimmt Medikamente. Die Erinnerung an die traumatischen Geschehnisse von damals ängstigt ihn, und er beginnt aufzuschreiben, was er erlebt hat – mit Bleistift auf den Wänden seiner Wohnung. Wer war der mysteriöse »Engel des Todes«, der damals sein Unwesen trieb? Gibt es ihn überhaupt? Oder existiert er nur in Francis' Schreckensphantasien?

»Eine Tour de force, herausragend erzählt.«
Washington Post

KNAUR TASCHENBUCH VERLAG

Thomas Kastura

DER VIERTE MÖRDER

Klemens Raupachs erster Fall

»Am Tag der Geburt des Erlösers werden die Menschen brennen. Es wird unter der Erde geschehen. Die Strafe wird furchtbar sein.«
Anfang Dezember geht bei der Kölner Polizei ein anonymer Drohbrief ein, der für den 23.12. einen verheerenden Brandanschlag ankündigt. Ein Fall für Hauptkommissar Klemens Raupach. Doch der einst erfolgreichste Ermittler der Kölner Kripo ist in den Innendienst, ins Polizeiarchiv, strafversetzt. Während sein Nachfolger mehr als halbherzig ermittelt, werden nach einem Brand auf einem Spielplatz ein weiterer Drohbrief und kurz darauf eine Leiche in einer Unterführung entdeckt. Raupach und seine junge, scharfzüngige Kollegin Photini Dirou nehmen sich inoffiziell des Falles an. Doch die Zeit zerrinnt den Ermittlern zwischen den Fingern, der 23.12. rückt unaufhaltsam näher, und erst als weitere brutale Morde gemeldet werden, erhält Raupach den entscheidenden Hinweis …

KNAUR TASCHENBUCH VERLAG